수전 손택, 1970년

윌리엄 S. 버로스와 베를린에서, 1976년

파리에서, 1979년

뉴욕의 서재에서, 1979년

1986년

함부르크에서 열린 펜 회의에서 알베르토 모라비아와 함께, 1986년

보스니아의 사라예보 청년극단에서 사뮈엘 베케트의
「고도를 기다리며」를 연출하는 손택, 1993년

로버트 윌슨이 베를린 샤우뷔네 극단에서 연출한
「앨리스, 깨어나지 않는 영혼」에서 연기 중인
리프가르트 슈바르츠(왼쪽)와 스베틀라나 쇤펠트, 1993년

1993년

에드거 로런스 닥터로(가운데), 에드워드 올비와 함께, 1998년

뉴욕에서, 1999년

전미도서상 시상식에서 (왼쪽부터) 너새니얼 필브릭, 루실 클리프턴,
글로리아 휄런과 함께, 2000년

애니 리버비츠

데이비드 리프

독일출판협회 평화상 시상식에서 (왼쪽부터) 파올로 딜로나르도,
손택, 디터 쇼르만, 2003년

요하네스버그에서 네이딘 고디머와 함께, 2004년

수전 손택

영혼과 매혹

SUSAN SONTAG

GEIST UND GLAMOUR. BIOGRAPHIE
DANIEL SCHREIBER

수전 손택
영혼과 매혹

다니엘 슈라이버
한재호 옮김

글항아리

차례

- 이 책은 Daniel Schreiber, *Susan Sontag. Geist und Glamour. Biographie* (Berlin: Aufbau, 2007)를 기본 저본으로 삼되, 수전 손택의 저술과 인터뷰를 비롯해 영어가 출발어인 자료를 고려해 영역본인 *Susan Sontag: A Biography*, trans. by David Dollenmayer (Evanston: Northwestern University Press, 2014)도 공동 저본으로 삼았다.
- 본문에 숫자로 표시된 후주는 모두 저자의 것, *로 표시된 각주와 후주에 [ ]로 부연한 곳은 모두 한국어판 편집자의 것이다.
- 인명 등 고유명사 표기는 국립국어원의 외래어 표기법을 준용하되, '손택Sontag'(수전 손택 일가) '한나Hannah'(한나 아렌트) 등 일부 인명은 관용적 용례를 따랐다.

2005년 1월 17일, 세계 각지에서 온 예술가, 작가, 편집자 몇몇이 부슬비에도 아랑곳 않고 수전 손택의 장례를 치르기 위해 파리의 몽파르나스 묘지에 모였다. 작가 살만 루슈디와 배우 이자벨 위페르가 그곳에 있었다. 극작가 겸 연출가 로버트 윌슨, 펑크록 스타 패티 스미스, 손택의 책을 독일에서 펴낸 출판인 미하엘 크뤼거, 사진작가 애니 리버비츠도 함께했다. 아들 데이비드 리프가 어머니가 영면할 장소를 선택했고, 리프의 파리 친구들이 장례식 준비를 도왔다. 위페르는 샤를 보들레르의 『악의 꽃Les Fleurs du mal』 「에필로그」에서 "Je t'aime, ô capitale infâme!"(나는 너를 사랑하노니, 오 추악한 수도여!)를 인용해 낭독했다. 뉴욕을 떠나 제2의 고향으로 삼은 프랑스의 수도에서 손택이 때때로 겪어야 했던 갈등을 상기하면서. 추도사는 손택의 영웅 롤랑 바르트와 에밀 시오랑의 글로 대신했다. 이들의 무덤은 손택의 묘지로부터 불과 몇 발자국 떨어진 곳에 있었다. 조문객들은 손택의 작품도 몇 구절 읽었다. 손택이 죽기 전까지 남기고 간 작품은 널리 알려진 에세이집 아홉 권, 논쟁을 불러일으킨 소설 네 편, 대중에게 거의 알려지지 않은 영화 시나리오 두 편, 상대적으로 덜 알려진 채 남아 있던 희곡 한 편으로, 그의 작품들은 당시 32개 언어로 번역되어 있었다.[1] 장례식이 상징하는 바는 분명해 보였다. 작가 손택은 황량한 애리조나 사막에서 보낸 어린 시절 이래로 늘 그 일부가 되기를 간절히 바랐던 지성의 세계에서 안식을 취했다. 손택은 사뮈엘 베케트, 장폴 사르트르, 시몬 드 보부아르의 무덤으로부터 그리 멀지 않은 곳에 묻혔고, 전후 지식인의 삶을 열성적으로 추종하는 사람들은 이제 그곳에서 손택의 무덤 또한 방문할 수 있게 되었다.

대부분의 유럽인은 연륜 있는 에세이 작가이자, 2003년 전 세계인이 지켜보는 가운데 독일출판협회로부터 평화상을 수상한 미국인 비평가로 수전 손택을 기억할 것이다. 『쥐트도이체 차이퉁』의 로타르 뮐러와 『프랑크푸르터 알게마이네 차이퉁』의 헤닝 리터 등 독일 언론의 부고 기사는 손택이 이따금 보여주던 다소 과장된 "반체제의 아우라"[2], 그리고 "도덕의 심급審級으로서 비평의 경고자"[3]였던 그의 역할을 되돌아보았다. 같은 맥락에서 손택의 문화비평도 강조했지만, 문학작품과 언론의 스타덤에 오른 일은 그에 비해 가볍게 다뤘다.

반면 미국에서는 손택이 사망했다는 소식이 동남아를 강타한 쓰나미 보도와 함께 주요 일간지에 대서특필됐다. 『뉴욕타임스』에 실린 탁월한 부고 기사는 손택을 향한 미국인들의 감정이 어땠는지를 전형적으로 보여준다. 지난 40년간, 손택의 작품은 "대학원 세미나에서부터 대중 잡지와 할리우드 영화 「19번째 남자Bull Durham」(1988)에 이르기까지, 어디에서나 토론의 주제가 되는 현대의 고전이었다"[4] 기사는 최상급 표현으로 가득했다. 손택은 "20세기 문단에서 가장 찬양받는—그러나 동시에 가장 평가가 엇갈리는—존재"였으며, "손택의 이미지는 누구라도 한눈에 알아볼 수 있는 20세기 대중문화의 산물"이 되었다.[5] 고국은 2005년 3월 30일 뉴욕시에서 기념식을 열어 손택을 또 다른 방식으로 추모했다. 500명의 친구, 동료, 지인이 카네기홀에 모여 브렌타노 현악사중주단이 연주하는 베토벤 「현악사중주 15번」을 들었다. 전설적인 피아니스트 우치다 미쓰코는 아널드 쇤베르크의 「여섯 개의 피아노 소품」과 베토벤 「소나타 32번」을 연주했다. 참석자들은 노년에도 여전히 빼어나게 아름다웠던 손택의 모습을 담은 사진이 실린 비망록을 받았다. 앤디 워홀, 앙리 카르티에브레송, 로버트 메이플소프, 애니 리버비츠, 피터 후자, 질 크레멘츠, 리처드 애버던, 토머스 빅터가 찍은 사진은 적극적인 삶에 대한 기록을 넘어서는 한 편의 강렬한 성장소설로서, 손택의 일대기와 그가 공인으로서 다양한 역할을 열정적으로 수행해온 장면을 보여준다. 손택은 아방가르드 비평가이자, 베트남전쟁에 반대하는 시위를 벌이다 체포된 운동가, 정치적 급진주의자, 스웨덴에서 진지하게 활동했던 영화감독, 세월을 거스르는 젊음을 간직한 지식인, 낭만적 예술가들에게 이끌렸던 소설가였다. 이 사진집은 손택을 빼놓고는 얘기할 수 없는 서양 문화매체의 영전에 손택이 묘비 대신 남기고 간 기념물이었다.

유년기라는 것에
관한 기억

출신과 거리 두기를 좋아합니다. 돌아갈 곳이 없다는 게 좋아요.[1]

기억은 연약한 것이다. 그것이 유년기에 관한 것이라면 특히
더. 단순히 시간이 지나면서 언제, 어디서, 누가, 무엇을 했는
가와 같은 기초적 정보가 희미해진다는 뜻이 아니다. 어린 시
절의 삶이란 항상 흐릿한 상태로 뭉뚱그려진 기억에 불과하
다는 게 모든 유년기의 본질이다. 우리는 이것을 딱히 인지하
지 못한 채로 세 살에서 열두 살까지의 시간을 보낸다. 어떤
날은 오후가 끝없이 계속될 것만 같다. 기운이 솟구칠 때, 자
아도취에 깊이 빠졌을 때, 지독한 모멸감을 맛볼 때는 하루가
영원처럼 느껴진다. 모든 기억은 실제 사건에 다만 근접할 뿐
이다. 각각의 기억은 부모와 형제, 친척이 해주는 이야기에 영
향을 받아 형성되며, 사진의 형식을 띠기도 한다. 기억은 현재

사건의 조명 아래 재평가되거나, 심리치료 과정에서 재해석된다. 때로는 일시적 감정에 휩싸여 우리가 그것을 만들어낸 건 아닌지조차 확신할 수 없을 때가 있다. 기억은 선별적이다. 우리는 특정 순간이나 메시지, 이미지에 끼워 맞추기 위해 기억을 재단한다. 게다가 타인에게 그것을 드러낼 때는—의도적이든 그렇지 않든—자기 치장이라는 기만적인 과정으로서 재단이 이루어진다.

『사진에 관하여On Photography』(1977)와 『강조해야 할 것Where the Stress Falls』(2001)에서 기억의 메커니즘을 매우 예리하게 분석한 손택 자신의 유년기 기억에는, 놀랍게도 유난히 불확실한 구석이 있다. 유년기에 관한 손택의 발언을 보면 때로 책과 사랑에 빠진 조숙한 소녀의 빛바랜 사진첩에서 꺼낸, 공들여 채색된 삽화와도 같은 장면이 눈에 띈다.

손택은 일평생 대중적 이미지와 사생활 영역 모두를 신중하게 관리했기에, 유년기에 관해서 스스로 묘사한 것 이상의 배후를 들여다보기란 매우 어렵다. 알코올의존증에 빠진 냉담한 홀어머니로부터 방치된 외톨이 천재 소녀의 삶은 오로지 어린 시절에 관한 그의 언급에서 발견되는 모순과 훗날 친구들에게 털어놓은 일화를 통해서만 그 면면을 엿볼 수 있을 따름이다.

손택이 신중을 기해 연출한 유년기 기억을 처음 대중 앞에 내놓은 것은 마흔이 다 되어서였고, 예순 번째 생일이 지나 이를 좀더 보강했다. 자전적 이야기인 「중국 여행 프로젝트Project for a Trip to China」(1973)의 주제는 그가 고작 다섯 살이었을 때 그 먼 곳에서 돌아가신 아버지에 대한 탐구, 그리고 그런 아버지와 떼어놓고 생각할 수 없었던 극동에 대한 매혹이었다. 반면에 「순례Pilgrimage」(1987)는 망명 작가 토마스 만을 로스앤젤레스의 퍼시픽팰리세이즈에서 알현한 이야기를 고백 조로 읊조린다. 구 유고슬라비아와 이라크, 남아메리카에서 발생한 내전을 『뉴욕 타임스』『로스앤젤레스 타임스』『워싱턴 포스트』 등에 보도해온 저널리스트인 손택의 아들 데이비드 리프가 이 두 이야기의 세부 사항이 사실임을 확인해주었다.[2]

1990년대 초반, 손택은 유년기와 가족에 관해 1970년대와 1980년대에 산발적으로 했던 발언을 부연하는 데 적극적이었다. 그는 뉴욕시 근처 첼시에 있는 햇볕이 잘 드는 자신의 아파트로 기자들을 불러들여 반갑게 맞이했고, 사진에 찍힐 때도 편안해 보였다. 그곳에서 손택은 마음 가는 대로 기억을 떠올렸으며, 가끔 감정이 북받쳐 눈물을 쏟아내기도 했다.

수전 리 로젠블랫Susan Lee Rosenblatt이 1933년 1월 16일 뉴

욕 맨해튼의 여성병원에서 태어난 것은 어머니 밀드러드가 아시아에서 출산하기를 꺼렸기 때문이었다. 아버지 잭 로젠블랫은 중국 톈진에 있는 쿵천모피회사의 소유주였다. 밀드러드는 이따금 회사 일에도 관여하는 전형적인 식민지 시대 부인이었던 것 같다. 로젠블랫 부부는 미국인 특유의 기업가 정신을 지닌, 젊고 엄청나게 부유한 한 쌍이었다. 밀드러드는 수전을 낳은 뒤 뉴욕에 잠시 머물렀지만, 곧 아이를 로즈 맥널티—수전은 나중에 그를 로지라고도 불렀다—라는 아일랜드계 미국인 보모의 손에 맡기고 톈진으로 떠났다(밀드러드는 훗날 수전의 여동생 주디스를 낳았을 때도 그렇게 했다). 보모와 아이로 이루어진 임시 가족은 부모가 롱아일랜드의 그레이트넥에 집을 구입하기 전까지 처음엔 조부모의 집에 그리고 나중에는 다른 친척 집에 얹혀살았다.

「중국 여행 프로젝트」에서 수전은 그레이트넥에 있던 부모의 거실을 회상했다. 거실은 상아와 장미석영으로 만든 중국 코끼리, 고급 당지唐紙 두루마리로 장식돼 있었다. 그는 중국식 생일 선물인 녹색 옥팔찌도 기억했는데, 워낙 값비싼 것이라 차볼 엄두조차 내지 못했다고 한다.

하지만 부모님이 중국에서 가져온 기념품을 보며 가장 먼저 떠올린 것은 수전이 한 번도 보지 못한 중국의 집이었다.

과거를 되돌아보며 분석한 바에 따르면 손택은 아버지와 어머니의 삶에서 배제되었다는 사실 때문에 성장하는 동안 속앓이를 심하게 했다고 한다. 부모님은 뉴욕에서 고작 몇 달간 머무르다가 중국으로 돌아가곤 했다. 손택은 이런 상황을 F. 스콧 피츠제럴드의 상류사회 소설에 빗대어 "영국인 거주 구역에서 위대한 개츠비와 데이지 행세"[3]를 계속하기 위해서였다고 비꼬았다.

트라우마의 경험은 대개 오랫동안 억눌리기 마련이다. 그러는 동안 이로 인해 정신적 고통을 받을 가능성은 점점 더 커진다. 그런 경험과 거리를 두면 둘수록, 그것을 말하고 싶은 충동은 더 커진다. 성인의 유년기 기억이란 게 그렇듯이, 수전 손택의 회상도 감상에 젖은 향수나 우스꽝스러운 기억과 함께 때때로 신비로운 색채를 보여준다. 그 안에는 지독한 쓰라림도 있고, 엄청난 분노도 있다. 아마 이런 것들이 손택 스스로 "납득하기 어려운 내 어린 시절"이라고 표현한 인생의 단계에 더 부합하는 감정일 것이다.[4] 주기적으로 혼자 남겨졌던 경험이, 예민하기 이를 데 없었던 이 아이의 자존감을 추락시켰음을 보여주는 증거가 많이 있다. 손택이 글로 적고 말로 이야기한 기억의 일부는 이 상처에 우울한 빛을 드리운다. 손택은 어린 시절 부모와 함께 중국을 여행하기를 간절히 바랐다고 한다. 아직 어린 여자아이였을 때, 착실하고 명민했던 수전은 젓가락을 사용하는 법을 열심히 배워서 '중국인'처럼 보이려고 노력했다. 그렇게라도 하면 부모님이 자신을 중국이라는 낯선 땅에 데려가줄지도 모른다고 믿었던 것이다. 50대가 되어서도 손택은 외국에서 온 부모의 지인들이 네 살배기의 '중국인스러움'을 칭찬했던 일을 자랑스레 회상했다. 어쩌면 그 어린 소녀는 부모가 자신을 떠나고 또 떠나는 이해할 수 없는 상황에서 스스로를 책망하고, 악착같이 적응력을 키우며 거기서 오는 죄책감을 지워버리려 했던 것 같다. 밀드러드 로젠블랫은, 딸이 자기 정체성을 가지고 펼치는 이런 역할극을 부추기고, 심지어 권태롭고 냉담한 방식으로 부채질하기까지 했다. 이를테면, 그는 수전이 떠들지 못하게 하려고 중국 아이들은 말이 없다고 했다. 하지만 관찰력이 예리한 소녀는 훈육을 위해 지어낸 이런 이야기가 이치에 맞지 않는다는 걸 금세 알아챘다. 가령 중국에서는 식사 후에 마음껏 트림해도 된다는 어머니의 말과 달리, 로젠블랫 가족의 저녁 식탁에서는 당연히 이런 행동이 허용되지 않았다.

　가장 오래된 기억은 어머니가 아닌 보모 로지에 관한 것들이다. 유대계 가문이었지만, 손택은 어떤 종교적 교리도 전수받지 못했다. 손택의 가족은 세속화되어 유대교의 기념일이나 종교 의식을 따르지 않았다. 손택은 20대 중반이 되기 전까지 유대교 회당에 들어가본 적도 없었다. 하지만 가톨릭교도인 보모는 손택을 주일미사에 데려가곤 했다. 손택이 종종 언급하곤 했던 네 살 때의 일화가 하나 있다. 로지는 손택과 그의 여동생을 공원에 데려가곤 했는데, 한번은 로지가 다른 보모(풀을 먹인 하얀 유니폼을 입은 두 여성은 소녀의 눈에 거인처럼 보였다)에게 하는 말을 엿들은 적이 있었다. "수전은 엄청나게 예민한 아이야." 당황한 아이는 로지의 말이 무슨 뜻인지, 그리고 다른 사람들도 자신을 두고 그런 말을 하는지 곰곰이 생각했다.[5] 성숙함이 남달랐던 네 살짜리 아이가 자신과 다른 아이들이 어떻게 다른지를 이해하려고 했던 이 일화가 분명하게 보여주듯이, 손택은 가장 중요한 유년기 기억의 많은 부분을 로지와 연관짓는다. 로지는 손택이 열네 살이 될 무렵까지 어머니 같은 존재로 그의 곁에 머물렀다. 그리고 훗날 손택의 아들 데이비드를 돌보기 위해 그의 삶에 다시 등장한다.

아름답고도 우울한 알코올의존자였던 사랑받지 못한 어머니 밀드러드에 관해 말할 때면, 손택의 목소리에는 유난히 쓰라림이 묻어난다. 그는 어머니가 미모를 가꾸는 데 열중하고 노화를 감추기 위해 강박적으로 매달렸던 것을 기억했다. 이런 강박을 보여주는 부조리한 일화가 있는데, 밀드러드는 딸에게 모르는 사람들이 있는 곳에서는 자신을 '엄마'라고 부르지 못하게 했다. 밀드러드의 이런 처신은 그러지 않아도 이미 부모와 떨어져 오랜 시간을 홀로 보내야했던 손택에게 어떤 식으로든 끔찍한 영향을 미쳤을 것이다. 사는 동안 손택은 어머니를 'M'으로만 불렀는데, 이 약어는 '밀드러드Mildred'이면서 동시에 비밀스런 '어머니Mother' 내지 '엄마Mom'를 뜻하기도 했다. 손택은 평생 어머니를 향해 느껴온 침울하고도 반항기 어린 분노를 이런 식으로 표출했다. 가족에 대한 기억뿐 아니라 성인이 된 후 어머니와의 관계까지 알고 있는 손택의 동료 중 몇몇—이 중에는 손택의 파트너였던 무용가 겸 안무가 루신다 차일즈도 있다—은 밀드러드가 "수전에게 이상적인 어머니는 아니었다"는 의견에 공감했다.[6]

세월이 흘러 1992년에 『로스앤젤레스 타임스 매거진』의 기자에게 자신과 어머니 사이의 깊은 감정의 골에 대해 이야기할 때도 손택은 눈에 띄게 격앙된 모습을 보였다. 밀드러드는 평소 잠자리에 들 때 커튼을 치고 침대 옆 탁자에 유리잔을 올려놓곤 했는데, 어린 손택은 거기에 물이 담겨 있다고 생각했다. 나중에야 그는 그것이 보드카였음을 알게 됐다. 손택이 엄마를 찾을 때마다, 밀드러드는 너무 피곤하다며 아이를 방에서 쫓아버리곤 했다.[7]

손택이 다섯 살 때, 중국에서 혼자 돌아온 밀드러드 로젠블 랫은 딸에게 아버지도 곧 올 거라는 말을 했다. 그로부터 네 달이 지난 뒤에야 어머니는 딸에게 무슨 일이 있었는지를 말해주었다. 어느 날 점심 식사를 마친 뒤 밀드러드는 무표정한 얼굴로, 어쩌면 여전히 충격에서 헤어나지 못한 듯한 멍한 표정으로 아이를 거실로 데려가서는 아버지가 죽었다는 사실을 전했다. 1938년 10월, 잭 로젠블랫은 폐결핵에 걸려 톈진에 있는 독일계 미국인 병원에서 34세를 일기로 세상을 떠났다.[8] "영화를 보다가 견딜 수 없을 만큼 오랫동안 집을 비웠던 아버지가 마침내 돌아와 아이들을 안아주는 장면이 나오면, 저는 아직도 흐느껴 울어요."[9] 손택은 59세가 되어서도 이런 감정을 에두르지 않고 말했다. 그러나 여기에는 극복되지 못한 고통스런 기억이 불러일으켰을, 시나브로 쌓인 파토스도 없지 않았다.

이런 경험이 트라우마라고 할 만한 영향을 미쳤음을 보여주는 또 다른 증거는 손택의 기억이 부정확하다는 사실이다. 손택은 「중국 여행 프로젝트」와 여타 인터뷰에서, 이미 학교에 다니고 있던 중 아버지의 죽음을 알게 됐다고 주장했다. 하지만 아버지의 사망진단서와 손택의 학교 성적표를 비교해보면, 이 기억은 맞지 않는다.[10] 손택은 1939년 9월까지 학교에 다니지 않았다. 그는 당시 무슨 일이 일어났는지를 거의 이해하지 못했고, 그랬기에 아버지의 죽음에 전혀 대처할 수 없었다고도 말했다. 아버지의 죽음을 명확히 인식하게 된 것은 훗날, 손택이 학교에 들어가고 난 후에나 가능했을 것이다.

"반지, 검은 비단실로 아버지의 머리글자를 수놓은 하얀 비단 스카프, 안쪽에 이름이 작은 금색 글씨로 찍혀 있는 돼지가죽 지갑, 이것들이 내게 남은 아버지 유품의 전부다."[11] 손택은 마흔 살 때 「중국 여행 프로젝트」에 이렇게 적었다. 그는 아버지의 필체가 어땠는지조차 알지 못했다. 손택은 이 밖에 자신이 태어나기 전에 아버지가 인력거와 낙타를 타고 찍은 흑백사진 몇 장도 가지고 있었다. 머릿속에 남아 있는 아버지에 관한 기억들도 스냅사진의 형태를 띠고 있다. "아버지가 식탁보만큼이나 커다란 손수건을 접어서 가슴 호주머니에 넣던 것을 기억합니다. 거인 같은 아버지를 올려다보며 손수건을 저렇게 접을 수 있다는 건 세상에서 가장 놀라운 일이라고 생각했던 기억이 나네요. 요리조리 접다 보면 마침내 작은 조각이 돼서 호주머니에 쏙 들어가더라고요!"[12] 이런 기억과 물건이 자아내는 향수의 힘은 손택이 부모님의 중국 출장뿐만 아니라 돌이킬 수 없는 아버지의 죽음과도 언제나 연관 짓곤 했던 고통스러운 무지와 밀접히 연결돼 있다. 손택은 부모님이 살던, 그리고 아버지가 세상을 떠난 나라가 어떻게 생겼는지를 상상조차 할 수 없었다. 할 말을 잃은 아이의 애도는 흑백 사진에서 뚜렷이 드러난다. 사진은 한편으로 아버지라는 존재를 생생히 떠올리게 해주었지만, 다른 한편으론 아버지가 돌아오는 일은 절대 없으리라는 사실을 해를 거듭해가며 더 분명하게 했다. 그에게 남은 아버지의 일부는 머나먼 장소를 향한 강렬하고도 끊임없는 동경, 해답을 찾아 여행을 떠나고자 하는 소망이었다.

이런 경험이 반복되면서 1975년 『뉴 보스턴 리뷰』 제프리 모비어스와의 인터뷰에서 손택은 다시 한번 슬픔과 방랑벽이 교차하는 장면을 묘사한다. 그들은 손택의 할아버지 새뮤얼과 할머니 거시에 관해 이야기했다. "대부분의 미국인이 이민자의 후손인데, 그분들이 여기로 오기로 결심한 이유는 무엇보다 손실을 줄이는 것과 관련이 깊었습니다. 이민자들은 모국과의 관계나 모국의 문화를 유지할 때에도, 일부만을 매우 까다롭게 골라가며 지켰습니다. 그 주된 충동은 망각이었죠. 제가 일곱 살 때, 돌아가신 할머니께 할머니는 어디에서 왔냐고 물은 적이 있습니다. '유럽'이라고 하시더군요. 저는 고작 여섯 살이었지만 그게 제대로 된 대답이 아니라는 걸 알았습니다. 그래서 다시 물었죠. '할머니, 그러니까 유럽 어디요?' 할머니는 무뚝뚝하게 '유럽이란다'라는 말만 되풀이했습니다. 그래서 전 지금도 할머니 할아버지가 어느 나라 출신인지 알지 못합니다. 하지만 그분들이 나온 사진 몇 장은 가지고 있어요. 무척 아끼는 건데, 그분들에 대해 제가 모르는 모든 것이 담긴 신비의 유품인 셈이죠."[13]

불현듯 소녀에게 유럽은 중국 못지않게 멀고, 환상적이고, 매혹적이고, 신비한 곳으로 보였다. 그리고 무엇보다 출신지를 비밀로 간직했던 조부모가 세상을 떠남으로써 유럽이라는 곳도 점차 의미심장한 곳이 되었다. 조부모가 미국으로 이주한 이유가 되었을 19세기 후반과 20세기 초반의 폴란드 유대인 대학살에 대해 듣기에 아이는 너무 어렸다. 1975년까지만 해도 손택은 자기 가족이 어느 나라 출신인지 모른다고 장난스레 이야기했지만, 사실 그는 조부모가 갈리치아의 우치와 빌뉴스 출신이라는 것을 확실히 알았다. 그로부터 25년 후, 헬레나 모제스카로도 알려진 폴란드계 미국인 배우 헬레나 모제예프스카를 모델로 반⊕전기소설을 집필할 때도, 손택은 마찬가지로 자기 혈통을 짐짓 모르는 척하며 모제예프스카가 폴란드에서 태어났다고 주장했다. 시인 아담 자가예프스키는 손택이 "독학의 성과를 강조하기 위해" 또는 "빌뉴스의 선조들에게 깃든 지적 잠재력을 강조하기 위해" 그런 언급을 했다고 회상했다.[14] 가족의 기원을 둘러싼 비밀에 혼란을 느낀 어린 시절 이후 수십 년이 지난 뒤까지도 남아 있던, 안정을 못 찾고 불안해하는 모습은 손택이 내키는 대로 정체성을 가지고 벌인 연극에서도 엿볼 수 있다.

아버지가 사망하고 뒤이어 모피 사업을 매각한 뒤 로젠블랫 가의 가세는 기울어갔고, 그 상황에서 대공황까지 찾아왔다. 손택 가족은 집안의 물건을 대부분 내놔야 했다. 장미석영과 상아로 만든 코끼리도 팔았다. 설상가상으로 손택은 심각한 천식 증세를 보였는데, 돌팔이 의사의 진단을 곧이곧대로 믿은 어머니는 무조건 기후가 다른 지역으로 이사를 해야 한다고 생각했다. 밀드러드는 두 딸과 로지, 요리사 한 명을 데리고 바닷바람이 부는 마이애미로 이사했고, 여섯 살 수전의 삶은 또다시 엉망이 됐다. 손택은 어린 시절 플로리다에서 보낸 해의 기억에 관해 마치 가짜 무어 장식으로 꾸민 하얀 치장벽토 집과 야자나무가 있는 흐릿한 19세기의 이미지 같다고 아들 데이비드에게 말했다.[15] 훨씬 선선한 기후에 속하는 뉴욕 날씨와 마이애미의 날씨는 하늘과 땅 차이였을 것이다. 이사를 하며 느낀 혼란은 손택이 후일 자주 이야기했던 뿌리가 없다는 느낌을 더욱 깊어지게 했다.

마이애미의 습한 아열대 기후에서 수전의 천식이 오히려 악화되자, 몇 달 뒤 가족은 다시 이사를 했다. 이번엔 미국 서남부 애리조나주 투손이었다. 애리조나 남부의 광활한 사막은 어린 시절 살았던 모든 장소 가운데 손택에게 가장 강한 인상을 남겼다. 투손은 손택이 "상상으로나마" 유년기와 연관 짓는 장소였으며, 그는 투손을 자신이 자란 곳이라고 불렀다.[16] 지금이야 애리조나주에서 가장 큰 도시이지만, 로젠블랫 가족이 도착했을 때까지만 해도 투손은 아직 주민이 3만 명에 불과한 소도시였고, 주민 중 상당수는 라틴아메리카계 이주민이었다. 투손은 건강에 좋은 기후로 유명했다. 도시와 그 주변으로 각종 호흡기질환 환자를 위한 병원과 요양원이 30여 군데나 있었다. 사방으로 뻗어 있는 사막은 미국에서 손꼽히게 아름다운 경관을 자랑했다.

광활한 사막 풍경에서 보낸 유년기는 수전을 더욱 외롭게 했다. 보모 로지가 함께 오긴 했지만, 밀드러드는 여전히 자주 여행을 떠났다. 수전은 엄마가 어디 가서 뭘 하는지 알지 못했다. 나중에 손택은 어머니에게 애인이 있었을 것이라고 추측했다. 더욱이 이번 이사는 가세가 더더욱 기울었음을 뜻했다. 로젠블랫 가족이 생계를 어떻게 해결했는지는 분명치 않다. 다만 밀드러드가 현지 고등학교에서 기간제 교사로 일했던 것 같기는 하다. 새집은 투손 변두리에 있는 비포장도로인

유년기라는 것에 관한 기억 1933-1944

드라크먼가에 있었다. 손택의 저작권 에이전트이자 친구인 앤드루 와일리*가 50년 뒤 애리조나를 방문했을 때, 또 다른 친구 래리 맥머트리**는 수전이 성장한 집을 와일리에게 보여주었다. 그것은 세상 끝에 있는 사막 모퉁이의 콘크리트 기초 위에 세워진 이동 주택이었다. 와일리는 말했다. "정말 놀라웠어요. 제가 본 건 수전의 본질인 자기 창조 행위였습니다. 투손은 미국에서 사람이 살아가기에 가장 척박한 곳이었는데, 그런 투손 변두리의 낡아빠진 작은 이동 주택에서 시작한 그가 이렇게 당당하고 교양 넘치는 세계주의적 지성인이 됐다는 사실을 도저히 믿기 어려웠죠."[17]

세 살 무렵, 수전은 이미 글 읽는 법을 배웠다. 당시의 다른 아이들처럼 수전도 만화책을 엄청나게 많이 가지고 있었다. 여섯 살이 되자 수전은 "진짜 책"을 읽기 시작했다.[18] 유년기의 문학적 탐험에 대한 기억에서 무엇보다 눈에 띄는 건 정체성을 찾으려는 욕구다. 부모의 도움 없이 자신만의 방법으로 롤모델을 찾아야 했던 수전은 문학에서 그것을 구하려 했다.

---

* 미국의 저작권 에이전트로 1980년 자신의 이름을 딴 에이전시 와일리를 설립해 손택과 아들 데이비드 리프를 비롯, 호르헤 루이스 보르헤스, 필립 로스, 블라디미르 나보코프, G. W. 제발트, 올리버 색스, 앤드루 솔로몬, 모옌 등 수많은 세계적 작가를 대리하는 초국적 저작권 에이전시로 성장시켰다.
** 미국의 작가, 각본가로 퓰리처상을 수상했고, 영화와 텔레비전 프로그램으로 여러 차례 오스카상, 에미상 후보에 올랐다.

손택은 유년기에 가장 영향을 많이 받은 책으로 딸 에브 퀴리가 노벨상을 수상한 어머니 마리 퀴리에 대해 집필한 전기를 자주 언급했다.[19] 지적인 소녀가 가족 바깥에서 지성의 롤모델을 찾기 어려웠던 시기에, 높은 도덕성을 겸비한 데다 탁월하기까지 한 노벨상 수상자가 남성들이 매진하는 분야에서 일하는 모습을 담은 전기는 어린 수전이 반색할 만한 무엇이었다. 손택이 나중에 말한 바에 의하면 또래의 야심 있는 소녀들이 그랬듯이 그도 자신이 차라리 남자였으면 좋겠다고 생각했다고 한다. 그랬다면 많은 일이 훨씬 더 수월했을 테니까.[20]

우연은 아닐 테지만, 마리 퀴리는 폴란드와 프랑스—수전의 상상 속에서 우울한 매력을 간직한 유럽—에서 살고 활동했다. 퀴리는 유년기 초반을 지나는 손택에게 절대적인 여성 영웅이 됐다. 퀴리의 전기를 덮자마자 수전은 과학자가 되기로 결심했다. 어린 수전의 상상 속에서는 노벨상도 문제가 아니었다.[21]

수전 손택은 훗날 유년기 자아의 가슴 아픈 모습을 애리조나 사막을 떠도는 외로운 방랑자로 묘사하곤 했다. 수전은 학교가 파하면 집으로 곧장 가지 않고 사막에 난 돌길을 따라 걷기를 즐겼다. 그곳에서 여유 있게 시간을 보내며 가시 돋힌 선홍색 열매가 열린 사와로선인장에 시선을 빼앗겼다. 예쁜 돌을 모으고―이것은 평생의 취미가 됐다―뱀과 화살촉을 찾아다니다가, 길을 잃거나 재난에서 혼자 살아남는 상상도 해보았다. 이렇게 북미 원주민 흉내를 냈지만, 수전은 사실 서부극에 등장하는 "론 레인저"였다.[22]

　"물론 저는 제가 『작은 아씨들』에 나오는 조라고 생각했습니다." 손택은 내전 당시 쓰인 루이자 메이 올컷의 삼류작품 논란과 관련한 에드워드 허시와의 1995년 인터뷰에서 이렇게 말했다. 그는 눈부시게 아름답고 관습에 얽매이지 않는 젊은 캐서린 헵번이 조 마치 역할을 맡은 조지 큐커 감독의 영화 「작은 아씨들」(1933)도 봤을 가능성이 높다. 이 영화는 1930년대 할리우드에서 가장 성공한 작품으로 다년간 미국 전역에서 상영됐는데, 전쟁 중의 가정생활을 낙관적으로 묘사한 것이 성공의 큰 요인이었다. 소설의 플롯은 손택의 삶과 놀랍도록 유사한 점이 있었으며, 손택이 스스로와 동일시할 만한 또 다른 인물을 제시했다. 『작은 아씨들』에서 어머니와 딸들, 보모는 경제적·정서적 궁핍에 대처해야 했던 데 반해, 아버지는 멀리 남북전쟁에 참전 중이다. 조라는 남성적인 별명만 봐도 알 수 있듯이, 주인공 조지핀은 말괄량이다. 말이 많고, 건방지며, 칼싸움에 관심이 있다. 자기가 만든 연극을 무대에 올려

연기하고, 글쓰기를 사랑한다. 심지어 작가로서도 재능이 있어서 유령 이야기를 신문사에 팔기도 한다. 그리고 수전처럼 조도 유럽으로 가서 문명의 본고장인 구세계에서 그것을 배우려는 꿈을 키웠다. 또 수전이 그랬듯 결국 뉴욕으로 가서 선정적인 이야기 대신 진지한 문학 작품을 쓰기 시작한다.

훗날 작가가 될 수전은 이 작품의 메시지를 직관적으로 파악했다. 보모 로지가 이미 네 살 때 알아봤던 것처럼, 언제나 진지하고, 열정적이며, 사색하기를 좋아하는 아이였던 수전은 글을 쓰고자 했지만 "조가 쓴 것 같은 작품은 쓰고 싶지 않았다".[23] 당시 가장 유명한 배우 중 한 사람이었던 캐서린 헵번도 수전에게 굉장한 인상을 남겼음이 틀림없다. 헵번은 스크린 밖에서도 물불을 가리지 않는 톰보이로 유명했다. 당시 언론은 화장기 없는 얼굴로 할리우드의 엄격한 행동 규칙을 제멋대로 어기는 캐서린 헵번을 두고 여성스러운 면모가 부족하다며 조롱을 퍼붓곤 했다.

수전 로젠블랫은 제2차 세계대전이 발발한 1939년 9월에 초등학교에 입학했다. 『시카고트리뷴』의 저널리스트 론 그로스먼에게 이야기한 바에 의하면, 수전은 읽기 실력이 월등해서 입학 첫날에 한 학기를 월반했다. 둘째 날에도 다시 월반했고, 주말에는 3학년이 되어 있었다.[24] 손택은 학교에 대한 좋은 기억이 거의 없었다. 그는 만년에 이르러 자기는 형편없는 미국 공교육의 피해자이지만, 그래도 아동심리학자들의 시대 이전에 학교에 다닌 건 행운이라고 퉁명스럽게 말했다.[25] 수전은 1학년 친구들에게 사실이 아니라는 걸 알면서도 자기가 중국에서 태어났다고 말했는데, 이것이 그의 "첫 번째 거짓말"이었다고 한다.[26]

손택은 일본이 진주만을 공격한 1941년 12월 7일에 느꼈던 공포를 기억했다. 루스벨트 행정부는 미국의 뒤이은 제2차 세계대전 참전을 유럽계 유대인을 구하는 것을 주목적으로 하는 "인민의 전쟁"에 합류하는 일로 묘사했다. 그 뒤로 4년 동안, 유럽계 유대인의 후손인 수전 로젠블랫은 전장에서 들려오는 소식에 몹시 가슴 아파했다. 전선의 상황과 심한 타격을 입은 전투에 관한 소식이 집과 학교의 지직거리는 라디오로 전해졌다. 투손의 요양원은 군인으로 가득 찼다. 식료품과 소비재는 제한적으로 공급되었고 정전이 되풀이됐다. 민간 항공 정찰대가 날아다니고, 야간에 사이렌이 울려대고, 응급처치 실습이 행해졌다. 도시가 폭격되고, 건물이 폭발하며 온통 무너져내린 유럽의 도시들, 피란민의 행렬이 끝없이 이어지는 비참한 현장을 담은 영화가 상영됐다. 손택은 어디서나 울려

퍼지던 "전쟁 기간에는"이라는 구호를 절대 잊을 수 없다고 말했다. 이 말은 소녀가 유년기에 일어난 당대의 사건을 똑바로 보게 하는 동시에, 그것을 잠시 잊을 수 있게도 해준 낙관주의를 암시했다. "전쟁 기간에는"이란 말은, 지금에 이어 더 나은 미래가 도래할 것임을 의미했다.[27]

더 나은 미래를 위한 수전의 투자 가운데는 리처드 핼리버턴의 여행기도 있었다. 수전은 중국이나 유럽처럼 먼 곳을 여행하고자 하는 열망을 핼리버턴의 책을 통해서 상상으로나마 마음껏 충족했다. 손택은 68세가 되어서도 자신이 수집한 핼리버턴의 초판본들에 관해 말할 때면 열을 올렸다.[28] 손택의 파트너 애니 리버비츠의 회고록에 의하면, "여행을 향한 평생의 열정"에 불을 붙인 건 핼리버턴의 책이었다.[29] 핼리버턴은 수전에게 여행의 낭만을 알려주었다. 수전은 모험가의 책이라면 닥치는 대로 모조리 읽었고, 그들의 책은 순수한 즐거움과 "성공적인 결단"의 근원이었다.[30] 이 책들은 수전에게 상상의 날개를 달 것을 요구했고, 수전은 그 요구를 기쁜 마음으로 받아들였다. 그리고 이 경험은 글쓰기로 연결된다. 손택은 나중에 핼리버턴을 통해 작가라는 것이 무엇을 뜻하는지 알게 됐다고 말했다. 작가의 삶이란 "가장 특권적인 삶 (…) 끝없는 호기심과 활력, 무한한 열정으로 가득한 삶이어야 한다고 생각했다. 어린 마음에 여행가가 된다는 것과 작가가 된다는 게 동일한 것으로 인식되기 시작했다."[31]

아이다운 열정으로, 수전은 이상을 현실로 옮기기 시작했다. 최근에 있었던 전투를 직접 요약하고 다른 기사도 손수 작성해 4쪽짜리 잡지를 만든 뒤, 동네에서 한 부당 5센트에 팔기로 한 것이다. 이것이 처음으로 글쓰기에 도전한 경험이었다.[32] 1978년 『롤링스톤』 지와의 인터뷰에서 손택은 "저는 잠시도 가만히 있지 못하는 아이였어요. 제가 아이라는 게 너무 짜증이 나서 늘 분주했죠. 여덟아홉 살 무렵엔 글을 엄청나게 써댔습니다"라고 말했다.[33] 1985년 인터뷰에서는 심지어 처음 글쓰기를 시도한 때가 일고여덟 살이라고도 했다.[34] 1987년에는 예닐곱 살이라고 말하며 "희곡, 시, 소설"을 썼다고 덧붙였다.[35] 나중에 한 인터뷰에서 종종 자신을 극적으로 포장하려는 유혹에 사로잡혔던 것 같긴 하지만, 그렇더라도 그가 아주 어린 나이에 글을 쓰기 시작했다는 점에는 의심의 여지가 없다.

손택은 자신의 유년기 자아상을 가족과 학교에 얽매이지 않고, 격려 따위는 필요 없이, 마치 자신의 능력을 시험하려는 듯이 난해한 세계문학 작품 안에서 살다시피 하는 모습으로 그리기를 즐겼다. 드라크먼가에 있던 방갈로의 차고에 마련한 화학 실험 도구와 마리 퀴리 스타일의 실험실은 시작에 불과

했다. 손택은 향수에 젖어 자신의 유년기 전반이 지적·문학적 절정으로 가득한 여정, 혹은 세계문학과 철학이라는 낙원으로의 자유낙하였다고 회상했다. 수전은 열 살 때 투손의 문구점에서 모던 라이브러리* 시리즈를 발견했다. "고전이겠구나 싶었어요. 백과사전을 즐겨 읽던 터라 이름을 많이 알았거든요. 그런데 그 이름이 거기 딱 있는 거예요! 호머, 베르길리우스, 단테, 조지 엘리엇, 새커리, 디킨스. 몽땅 읽기로 결심했죠."[36] 모든 책이 하나의 작은 왕국이었다고 그는 말했다.[37]

하지만 유년기 독서에 대한 낭만적 기억에도 이따금 어두운 어조가 끼어든다. 독서와 음악 감상은 수전에게 승리를 의미했지만, 그건 "나 자신이 아님으로써 거둔 승리"였다.[38] 물론, 아이는 책을 읽음으로써 삶의 속박에서 벗어날 수 있었다. 하지만 다른 한편에서 모습을 드러내는 건, 자신의 외피에서 벗어나려 애쓰는 불안정하고 매우 지적인 아이의 자아상이다. 소녀는 이를 불충분하다고 여겼다. 그 결과 마침내 인정받지 못하는 외로운 시골뜨기의 유년기라는 감옥에서 탈출한, 그리고 바로 그 때문에 스스로를 과장하고 이상화하는 작가의 자아상이 생겨나게 된다. 아무리 신동이었다고 해도, 자발적

---

* 펭귄 랜덤 하우스가 1917년부터 펴내기 시작한 세계문학 걸작선으로 미국에서 가장 유명한 전집 시리즈 중 하나다.

으로 아르투어 쇼펜하우어를 읽고 이해했다는 주장을 곧이듣기는 어렵다. 다년간 인터뷰에서 했던 말을 액면 그대로 받아들인다면, 수전의 유년기 독서량은 천재적인 성인 독자의 그것까지도 압도하기에 충분할 것이다. 독서와 관련된 손택의 발언은 무엇보다 그가 만년에 의식적으로 스스로를 포장한 천재로서의 아우라를 풍긴다. 이런 묘사에서 등장하는 건 진짜 아이가 아니라, 손택이 이상화한 유년기의 자아이며, 손택은 이런 자아를 자신이 생각하는 참된 지성인으로 가는 전 단계로 여긴 것 같다.

손택의 절친한 친구이자 남아프리카공화국 출신 노벨상 수상자인 네이딘 고디머는 손택과 함께 "딱히 행복하지 않았던 유년기"에 대해 자주 대화를 나누었다고 말했는데, 중대한 부분에서 차이가 있었을지언정, "독서를 향한 독학자의 열정과 문학적인 삶"이라는 유사점이 있음은 인정했다고 한다.[39] 그러나 "많은 사람이 자기 삶에 대한 책임을 유년기로 돌리는 세태가 오랫동안 유행하고 있는 현상"에는 두 저자 모두 깊은 반감을 표했다.[40]

주어진 환경에서 적극적으로 벗어나야 할 의무가 있다는 생각은 '유년기라는 것'에 관한 손택의 기억 전반을 관통한다. 어른이 된 손택은 유년기를 훗날 지적이고도 문학적인 일을 하게 된 자신의 전체적인 스펙트럼에서 이미 중요한 의미를 띠었던 일련의 경험으로 손쉽게 언명한다. 그렇게 함으로써 손택은 어떤 면에서 과거로 거슬러 올라가 결코 행복하지 않았던 유년기에 확고하고도 예견적인 의미를 부여한다. 그러나 다른 한편으로 이 관점을 담보하는 것은 다름 아닌 이후에 거둔 성공이며, 이 성공이 없었다면 유년기의 고통을 정당화할 방법도 없었을 것이다. 말하자면, 손택은 스스로에게 성공 외의 다른 선택지를 주지 않았다. 그 외의 다른 모든 것은 문학에 취해 외로이 보낸 유년기에 대한 배반일 따름이었으리라.

수전 손택의
창조

1945
1948

우리는 언제나 미국을 믿습니다. 우리는 다시 시작할 수 있고, 새 출발할 수 있으며, 자신을 창조할 수 있고, 자신을 변화시킬 수 있습니다.[1]

어머니 밀드러드가 참전 용사였던 네이선 손택 대위와 결혼했을 때 수전 손택은 열두 살이었다. 네이선은 미 육군항공대 조종사로 1944년 6월 미국군과 영국군의 노르망디상륙작전 5일 뒤에 발생한 비행기 사고에서 부상을 입어 투손에 있는 요양원에서 회복 중이었다. 네이선은 아내의 두 딸을 입양하지 않았지만, 밀드러드는 딸들로 하여금 네이선의 성을 따르게 했다. 수전은 그게 마냥 좋았다. 왜냐하면 투손에서 "더러운 유대인"이라고 여러 차례 놀림을 받은 적이 있었는데, 유대인 느낌이 덜 나는 '손택'이라는 성을 쓰면 그런 일이 없을 것 같았기 때문이다.[2]

바뀐 이름은 혼자 있기 좋아하던 소녀에게 애리조나에서

끊임없는 탐독을 통해 자기 것으로 만든 판타지로 구성된 새로운 정체성을 시험해볼 기회를 선사했다. 이 전환점이 바로 손택이 일평생 신조로 삼은 자기창조의 시작이었다. 유명 영화배우 이름처럼 두운이 맞는 새로운 이름을 얻은 수전 손택은 이내 스스로를 지적이고 세련된 세계의 시민으로 여기게 되었다. 이때부터 수전은 넘치는 열정과 아이다운 믿음을 스스로 평생에 걸쳐 길러나간 온갖 이상과 관심사, 품행과 야망을 아우르는 '수전 손택 프로젝트'에 쏟아부었다.

사춘기 청소년의 삶이란 연애와 성적 경험을 중심으로 돌아가기 마련이지만, 수전 손택은 고급문화에 진입함으로써 부모와 연결된 탯줄을 끊어버리는 데 몰두했다.

1946년 네이선과 밀드러드, 수전과 그의 여동생 주디스는 보모 로지, 반려견과 함께 로스앤젤레스로 이사했다. 캘리포니아에서 보낸 3년은 손택의 본질을 규정하는 경험이 됐다. 친구들의 말에 의하면, 손택은 언제나 '캘리포니아인'이었다. 작가이자 컬럼비아대 문예창작 교수인 스티븐 코크는 손택을 볼 때면 종종 "캘리포니아 걸스카우트"가 떠올랐다고 말하며 미소를 짓는다. 『로스앤젤레스 타임스 북 리뷰』의 전 편집장 스티브 와서먼은 이렇게 기억한다. "사람들과 경험에 대한 수전 손택의 열린 태도에는 캘리포니아인의 것이라고 부를 만한 뭔가가 있었죠. 뉴요커라고 하면 흔히 떠올리는 냉소적인 모습이라곤 전혀 없었어요. (…) 손택은 캘리포니아를 자기창조의 공화국, 미국 중의 미국이라고 여겼습니다."[3]

캘리포니아는 기획된 정체성의 수도였다. 이곳에서 그레타 로비사 구스타브손이 그레타 가르보가 될 수 있었고, 아치 리치는 캐리 그랜트로, 루실 페이 러슈어는 조앤 크로퍼드로, 프랜시스 검은 주디 갈런드로 변모할 수 있었다. 자전적인 이야기인 「순례」에서 손택은 뉴스영화에 나오는 화려한 영화시사회에 열광했던 장면을 회상한다. 할리우드대로에 리무진이 들어서고, 은막의 스타들이 플래시 세례를 받으며 등장한다. 수많은 인파가 사인을 받으려 몰려들고, 기마경찰대가 이들을 통제한다.[4] 어린 수전 손택은 이런 구경거리도 즐기긴 했지만, 그에게 가장 큰 인상을 남긴 건 문화계의 유명 인사였다. 수전은 영화배우들에게 열광한 것과는 비교도 안 될 정도로, 나치치하 유럽을 탈출한 이름 높은 망명자들을 격하게 숭배했다. 손택은 캘리포니아에서 보낸 청소년기를 자세히 묘사하면서 당시 이고르 스트라빈스키와 아널드 쇤베르크, 토마스 만, 베르톨트 브레히트, 크리스토퍼 이셔우드, 올더스 헉슬리에게 빠져 지냈던 기억을 떠올렸다. 이렇게 유럽으로부터 도망쳐 왔거나 (이셔우드처럼) 귀화한 유럽인들은 수전에게 야생 오렌지나무 숲과 야자수가 늘어선 거리, 할리우드와 비치보이스, 신바우하우스식 건축과 햄버거 가게 속에서 신분을 숨긴 채 뿌리를 잃어버린 경험을 달래던 "고급문화의 신"이었다.[5]

제2차 세계대전 종전 후 희열에 찬 분위기, 막 시작된 경기 상승, 미국 전역에서 우후죽순처럼 생겨난 중산층 교외 주택가―이 모든 것이 수전에게 엄청난 영향을 미쳤다. 새집은 로스앤젤레스 샌퍼낸도밸리 외곽에 있는, 장미 덤불과 자작나무에 둘러싸인 허름한 시골집이었다. 수전에게는 자기만의 방이 있었고, 이곳에서 그는 누구에게도 방해받지 않고 손전등에 의지해 책을 읽으며 밤을 지샐 수 있었다.

네이선 손택은 전후 미국의 낙관주의와 새로 얻은 가족에게 온 마음을 빼앗겼다. 수전의 기억 속에서 새아버지는 그릴에 스테이크를 굽고 옥수수에 버터를 발라가며 (당시에는 새로운 문화였던) 바비큐 파티를 열고 무서울 정도로 즐거워했다. 수전의 여동생도 대중가요 순위와 주말 코미디쇼, 야구 경기와 상금이 걸린 라디오 퀴즈 쇼를 한껏 즐기며 새로운 삶에 열광했다. 하지만 열세 살 수전에게 이 광경은, 그 안에서 조연의 역할을 수행하는 데 그쳐야 하는 "가정생활의 복제품"으로 보일 따름이었다. 영혼 깊은 곳에서 그 소녀는 이미 오래전에 사라지고 없었다고, 손택은 회상했다. "이제 와서 가족인 척할 수는 없었던 거죠. 너무 늦었으니까!"[6]

밀드러드는 입맛을 잃고 무덤덤하게 테이블 앞에 앉아 있을 따름이었지만, 수전은 배가 터져라 꾸역꾸역 먹었다. 나중에 밝힌 바에 의하면, 순순히 잘 먹는 게 다툼을 피하는 최고의 방법으로 보여서 그랬다고 한다. 이 시기에 수전이 느낀 미국 중산층 소시민의 자기이해와 의식儀式에 대한 강한 혐오감은 그의 마음속 깊이 새겨졌다. 수전은 자신이 가족 안에 "체류하는 이방인"이라고 생각했고, 유년기라는 "장기 복역"에서 석방되기를 애타게 기다렸다.[7]

수전의 글에 의하면 양아버지는 이런 말을 자주 했다. "수, 그렇게 책만 읽다간 남편감 찾기는 그를 거다." 수전은 이런 훈계에 십대의 치기로 응수했다. "'이 얼간이는 바깥세상에 지적인 남성들이 있다는 걸 모르는군. 다른 남자들이 다 자기 같은 줄 아나 봐'라고 생각했습니다. 외딴곳에 살았지만, 바깥세상 어딘가에 나 같은 사람이 얼마 없으리라고는 절대 생각해보지 않았거든요."[8] 손택은 양아버지에 대해 무척 상반된 감정을 느꼈다. 양아버지와 어머니는 이미 인습과 관습을 벗어던지고 해방되기 시작한 딸의 성장을 이해하지 못했다. 쌓이고 쌓인 실망감과 공격성을 억누르고 있던 수전 역시 부모의 세계에 적응할 수 없었다. 수전은 곧 지성과 고급문화에 대한 관심을 가족으로부터 자신을 구분 짓는 도구로, 즉 주변의 '얼간이들' 틈에서 자신을 돋보이게 하는 수단으로 활용하는 법을 익혔다. 의아한 점은, 너그러워서였든 무신경해서였든 간에, 가치관이 전혀 달랐음에도 수전에게 놀라울 만큼의 자유를 허락한 사람들이 바로 그 '얼간이들'이었다는 사실을, 그 자신은 거의 깨닫지 못했다는 것이다.

1947년 초, 손택은 교원이 젊고 학생이 2000명이나 되는 진보적인 학교인 노스할리우드고등학교에 입학했다.[9] 손택은 곧바로 학생신문 『아케이드』의 편집장이 되어 문학을 향한 야심을 계속 좇았다. 그는 영화비평과 정치 칼럼, 그리고 몇 편의 시를 신문에 실었다.[10] 손택의 말에 의하면, 그는 동급생보다 두 살 어렸지만 누구도 그걸 눈치 채지 못할 정도로 문제가 전혀 없는 학생이었다.

하지만 노스할리우드고등학교에도 지성을 자극하는 것은 없었다. 영어 수업에서는 『리더스 다이제스트』의 기사를 요약해야 했지만, 매일 방과 후 수전은 할리우드대로에 있는 유서 깊은 픽윅 서점에 들러 세계문학을 탐독했다.[11] 그곳에서 발견한 건 미국 작가들의 책이 아니었다. 1980년 손택은 폴란드 저널리스트 모니카 바이어와의 인터뷰에서 말했다. "유럽을 알게 된 건 청소년기였습니다. (…) 제게 중요한 의미를 지니고, 제가 정말 아끼는 작가의 글을 읽기 시작했을 때였죠. (…) 제가 창조하고, 발견하고, 중요하게 여겼던 배경은 프란츠 카프카나 토마스 만이었습니다. 열네 살 무렵의 이 위대한 발견이 제 인생을 바꿨죠. 지금껏 문화의 원천이라고 생각하는 유럽 문화에 대한 애착이 그렇게 생겨났습니다. 저는 여전히 미국이 유럽의 식민지라고 생각해요."[12]

수전의 문학을 향한 채울 수 없는 굶주림은 가족 바비큐 파티에서의 폭식과는 달랐다. 문학을 향한 갈망이 너무나 컸던 나머지, 그는 책을 훔쳤다가 죄책감과 수치심으로 몇 주 동안 괴로워한 적도 있었다고 한다.[13]

수전은 유럽을 향한 갈망을 충족할 다른 방법을 자신처럼 아버지를 여읜 동급생 피터와의 우정에서 찾았다. 헝가리와 프랑스의 피가 반반씩 섞인 피터는 아버지가 독일 게슈타포에 의해 체포돼 살해된 후 어머니와 함께 파리에서 프랑스 남부로 피란했다. 그 뒤 리스본에서 체류하던 어머니와 아들은 1941년에 미국으로 향했다. 수전과 피터는 학교 구내식당에서 돌아가신 아버지에 관해 서로 이야기를 나누면서 친해졌다.[14] 나중에는 틈만 나면 같이 로럴영화관에 가서 손을 잡고 로베르토 로셀리니의 「무방비 도시Roma, cittá aperta」(1945), 장 들라

누아의 「전원 교향곡La Symphonie Pastorale」(1946), 레온티네 자간의 「제복의 처녀Mädchen in Uniform」(1931), 마르셀 파뇰의 「제빵사의 아내La femme du boulanger」(1938), 장 콕토의 「미녀와 야수La Belle et la Bête」(1946)와 같은 자막 달린 외화를 관람했다.[15] 당시 미국이 다른 어느 나라보다 영화 관람이 일상화된 곳이었다고 해도, 이런 영화들을 골랐다는 건 지성을 향한 비범한 결단을 보여주는 증거다. 여기서도 훗날 손택이 다른 많은 것과 함께 촘촘하게 엮어나가게 되는 삶의 실마리를 확인할 수 있다. 손택은 일평생 영화광으로 남았으며, 프랑스와 일본 영화를 특별히 사랑했다.

지성인이 되겠다는 결단은 픽윅 서점에서 발견한 잡지를 학교 과제인『리더스 다이제스트』의 이야기 대신 읽었던 일화에서도 나타난다. 1981년 영국판『코먼웰』과의 인터뷰에서, 손택은 1940년대 후반『파르티잔 리뷰』『케니언 리뷰』『스와니 리뷰』『폴리틱스』『액센트』『타이거스 아이』『호라이즌』과 같은 잡지들로부터 영향을 받았음을 언급했다. "그때까지 문예지를 본 적이 한 번도 없었습니다. 문예지를 읽는 사람조차 본 적이 없었죠.『파르티잔 리뷰』를 집어 들어 라이어널 트릴링이 쓴 「예술과 운Art and Fortune」을 읽는 순간 전율이 일었어요. 그 이래로 제 꿈은 어른이 돼서 뉴욕으로 이주한 다음『파르티잔 리뷰』에 글을 싣는 것이었습니다."[16]

손택이 1948년에 『파르티잔 리뷰』에 실린 라이어널 트릴링의 글을 읽었을 당시, 이 잡지의 영향력은 절정에 달해 있었고, 트릴링이 비공식 대표로 있는 좌파 집단인 이른바 뉴욕 지성계New York Intellectuals의 동인지나 마찬가지였다. 『파르티잔 리뷰』와 같은 잡지가 찬양하는 예술 이념은 완전히 새로운 시작으로서 하이모더니즘이라 불리는, 형이상학에 가까울 만큼 근본적인 형식주의였다. 트릴링이 「예술과 운」에서 주장한 바를 말하자면, 사회는 살아 있음을 느끼기 위해 소설을 필요로 하고, 이상적인 독자는 오직 현실과 환상에 대한 문학적 변증법을 통해서만 도덕적 성숙으로 향하는 길을 찾을 수 있다는 것이었다. 알다시피, 수전 손택은 트릴링의 글이 현대소설을 위해 끌어들이고자 했던 부류의 독자상에 딱 들어맞는 인물이었다. 손택이 우연히 발견한 이 에세이에, 성숙해지고자 하는 열망에 사로잡힌 문학소녀보다 더 잘 어울리는 독자는 없었을 것이다.

밤이 되면 손택은 눈이 따가울 때까지 뉴욕 지성계의 소설과 잡지를 읽고, 일기를 썼으며, 이들의 용어를 이해하기 위해 외국어 단어 목록을 작성해가며 어휘력을 키웠다. 스티브 와서먼은 손택이 이 결정적인 장면에 대해 이야기했던 일을 기억했다. "『파르티잔 리뷰』를 집에 가져왔는데 한마디도 이해할 수 없었답니다. 하지만 이 사람들이 말하는 내용이 왠지 자기한테 엄청나게 중요할 것 같다는 느낌이 들어서 암호를 해독하기로 결심했다더군요."[17]

다른 청소년들이 낭만적인 만남에 열을 올리고 있을 때, 손택은 엄청난 열정과 놀라운 인내심을 발휘해 이 결심을 실행에 옮겼다. 남자아이들과 우정을 나누긴 했지만, 그에게는 미학적 관심사가 더 중요했다. 예를 들어, 「순례」에서 손택은 피터 다음으로 친했던 메릴에 대해 이야기한다. 손택은 그와 함께 종종 멀홀랜드드라이브의 마루에 차를 세우고 시간을 보냈다. 멋진 도시 경관이 한눈에 보이는, 연인들이 사랑을 나누기로 유명한 곳이었다. 수많은 할리우드 영화에서 봤을 법한 장면이 실제로 눈앞에 펼쳐졌다. 별이 빛나는 하늘 아래, 발밑에 펼쳐진 빛의 바다를 보며, 소년과 소녀는 서로에 대한 연애감정이 아닌 현대 실내악에 대한 사랑을 고백했다. 당시 실내악은 유럽 이민자와 영화사의 경제적 지원에 힘입어 제2의 전성기를 맞이하고 있었다. 손택에 따르면, 그들은 부슈 현악사중주단과 부다페스트 현악사중주단, 그리고 쇤베르크와 스트라빈스키를 견주어본 뒤, 차를 몰고 집으로 돌아갔다.[18]

손택은 난해한 잡지 기사와 고전문학, 현대 고전음악 외에

미술의 세계에도 열중했다. 열네 살 때, 수전은 뉴욕으로 돌아가서 어린 시절 이후 처음으로 할머니 할아버지와 함께 여름을 보냈다. 그로부터 55년이 흐른 뒤, 박물관장 필립 피셔와의 인터뷰에서 손택은 뉴욕의 박물관들을 발견한 경험을 이야기했다. 그는 53번가에 있는 뉴욕현대미술관MoMA, 구겐하임미술관의 전신인 비대상회화미술관, 메트로폴리탄미술관에서 매일 몇 시간씩 보내며 흥미로운 현상을 발견했다. 열네 살이었음에도 여전히 열 살처럼 보였던 외모 탓에 서점이나 공연장에서 사람들이 말을 거는 일이 많았지만, 박물관에서는 방해받지 않고 돌아다닐 수 있었던 것이다.[19] 10대 소녀는 보고듣고 읽는 모든 것을 흡수했다. 손택이 나중에 말하곤 했듯이, 그는 뭐든 원하는 대로 될 수 있고, 어떤 목표든 이룰 수 있으리라고 믿었다.[20]

하지만 자신에 대한 기준을 이례적으로 높게 잡았던 손택은 당연히 문학적이고 지적인 영역에서 난처하고 부끄러운 경험을 하기도 했는데, 가령 미국으로 망명한 뒤 엄청난 인기를 누리던 독일 소설가 토마스 만을 만났을 때가 그랬다. 손택이 노벨문학상 수상자를 알현한 건 헬렌 트레이시 로포터가 1927년에 번역한 『마의 산The Magic Mountain』을 읽은 뒤였다.

이 모순적인 성장소설을 읽은 것은 10대였던 손택에게 결정적인 경험이었다. 손택은 1947년 11월 초 며칠 밤에 걸쳐 이 소설을 읽는 동안 흥분에 차서 숨조차 제대로 쉴 수 없었던 일을 회상했다. 그 안에는 익숙한 것이 엄청나게 많았고, 새로이 발견한 것도 엄청나게 많았다. 손택의 아버지도 소설에 나오는 주인공 한스 카스토르프처럼 결핵을 앓았고, 그로 인해 세상을 떠났다. 손택은 투손 요양원에서 결핵 환자들을 보았고, 천식을 앓던 시기에는 비슷한 증상을 경험하기도 했다. 토마스 만이 이 질병을 "애처롭고 영적인 관심의 전형"[21]이라는 말로 묘사했을 때, 손택이 이를 얼마나 흡족하게 여겼겠는가. 바로 여기서부터 그는 질병을 은유와 연관 지으려는 치열한 작업에 착수했으며, 처음 암이 발병했을 무렵에 이르러 아마도 가장 영향력 있는 작품일 『은유로서의 질병Illness as Metaphor』(1978)에 이를 기록했다. 손택은 결핵의 정신병리학적 함축에 대한 만의 성찰에서 큰 영감을 받았다고 말한다. 마지막 두 소설 『화산의 연인The Volcano Lover』(1992)과 『인 아메리카 In America』(2000)에서도 『마의 산』에서 받은 영향을 확인할 수 있다.

이 독일 작가와의 만남을 주선한 사람은 친구 메릴이었다. 「순례」에서 손택이 달리 말한 바에 의하면, 로스앤젤레스 전화번호부에서 이 위대한 남성의 번호를 찾아내 전화를 거는 것은 쉬운 일이었다고 한다. 그리고 정말로 이 주제넘은 전화가 통했다. 메릴과 수전은 차와 케이크를 준비해놓을 테니 돌아오는 일요일에 산레모드라이브에 있는 자택으로 오라는 토마스 만의 초대를 받았다.

손택은 이날의 방문을 즐겁고도 불편한 것으로 묘사했다. 당대의 가장 유명한 소설가, 영웅의 지성에 미치지 못하는 자신의 지적 수준을 스스로 용서할 수 없는 열네 살 소녀를 만나는 불균형한 상황을 설명해주는 대목이다. 만은 어리지만 조숙한 두 명의 문학애호가를 흥미롭게 여긴 것 같지만, 수전은 "사실상, 우리는 존재감이 거의 없었다"고 생각했다.[22] 그와 동시에 손택은 자신의 우상을 실제로 마주 보고 앉아 있을 때 시작된 일종의 각성, 문학의 허구는 실제 삶과 다르다는 깨달음을 묘사한다. "나는 내가 속하기를 열망해온 바로 그 세계를 다스리는 왕의 알현실에 있었다. (…) 작가가 되고 싶다는 말을 하겠다는 애초의 생각은 언감생심 떠오르지도 않았다. (…) 내가 만난 남자는 틀에 박힌 말만을 반복했다. 그는 토마스 만의 책을 쓴 사람이었는데 말이다. 심경이 복잡했지만, 말문이 막혀서 뻔한 소리만 나올 뿐이었다. 우리 모두에게 어긋난 만남이었다."[23]

토마스 만은 어린 방문자들에게 프란츠 카프카나 레프 톨스토이를 어떻게 생각하는지 묻지 않고, 대신 고등학교 교과과정과 어니스트 헤밍웨이에 대해 물었다. 숫기 없는 수전은 실망했고, 당황스러웠으며, 침울해졌다. 그 위대한 작가가 자신에게서 막 탄생하려는 작가를 알아보지 못한 채, 흥미로운 미국인 고등학생 소녀만을 보았던 것이다. 40년이 지난 후 『뉴요커』에서 당시의 일을 설명할 때조차, 손택은 조숙한 10대 자아의 열성을 우스갯소리로 넘기지 못했다. 손택에게 만과의 만남은 평생 당혹스러운 사건으로 남았다.

하지만 이런 경험도 수전 손택이 문학적 명성을 향한 자기만의 길을 개척하는 것을 막지는 못했다. 1948년 12월, 열여섯 번째 생일을 목전에 두고 손택은 노스할리우드고등학교를 한 학기 앞당겨 졸업했다. 손택이 나중에 말한 바에 의하면, 교장이 직접 여기서는 더 배울 것이 없으니 시간 낭비하지 말고 조기 졸업을 하라고 권했다고 한다. 마침내 손택은 핼리버턴을 비롯한 동료들과 진정한 여행을 위한 정신의 여정을 주고받을 수 있게 된 것이다.

지성의
광란

1949
1957

자정 무렵 고루한 학자들이 기꺼이 파티라고 부르는 것에서 돌아오는 길에, 우리는 차 안에 앉아 짜증 나는 그의 동료들을 깎아내리는 데 정신이 팔려 동이 틀 때까지 집으로 돌아가는 것도 잊은 적이 여러 번 있었다. 그렇게 여러 해 동안, 수다가 끊이지 않았다.[1]

수전 손택은 열여섯 살에 대학에 들어갔고, 열일곱 살에 결혼했으며, 열아홉 살에 어머니가 됐다. 너무나 맹렬하게 스스로를 밀어 붙여가며 성년기에 진입한 나머지, 마치 청소년기에서 되도록 빨리 벗어나는 것을 최우선으로 여긴 것처럼 보일 정도였다. 삶이라는 프로젝트를 위한 기준이 확고했기에, 여느 10대 청소년처럼 질문과 체험, 시행착오로 시간을 낭비할 필요가 없었다. 대학생활 동안 손택이 따른 인생관은 대부분 이 시기의 산물이었다. 여성에게 1950년대는 다름 아닌 사생활로 물러나는 시기였다. 제2차 세계대전 기간에 사무실이나 공장에서 일했던 많은 여성이 집으로 돌아가 이전 세대보다 더 전통적인 방식으로 가정에 헌신했다. 가정적인 삶에서 일탈한 여성은 곧잘 사람들의 따가운 시선을 받았다.

훗날 손택이 쓴 글과 그의 정치적 활동을 고려하면, 이 시기에 어린 수전 손택이 그토록 보수적인 집단에 발을 들였다는 건 놀라운 일이다. 당시 미국 학계의 풍경에서는, 미혼 남성이 경력을 쌓기가 상당히 어려운 일이었으며, 미혼 여성이 학계에 들어가기란 거의 상상조차 할 수 없는 일이었다. 1960년대의 학생운동은 아직 까마득한 일이었다. 대부분의 교수가 나이 지긋하고 덕망 있는 인물이었으며, 그들 중 상당수는 나치를 피해 망명한 뒤 미국 대학에서 자리를 잡은 유럽계 유대인이었다.

수전 손택은 주간지 『콜리어스』에서 시카고대학교와 그곳의 학부 교육과정에 관한 기사를 읽은 적이 있었는데, 시카고대학교의 교육과정은 위대한 고전에 기초해 마련돼 있었고, 선택과목이 없었다. 위대한 고전이란 영어, 프랑스어, 라틴어, 고대 그리스어 작품을 강조했던 20세기 초 지식인들이 편찬한 문학, 철학, 역사, 과학 고전 100여 권의 목록이었다. 1950년대 초, 여전히 로버트 메이너드 허친스의 막강한 영향력 아래에 있던 시카고대학교는 미국에서 가장 혁신적이고 중요한 교육기관 중 한 곳으로 여겨졌다. 허친스는 1929년부터 1945년까지 긴 시간 총장으로 재임한 뒤, 1951년까지 명예총장을 지냈다. 록펠러 재단의 경제적 지원을 받은 허친스는 미국 최고의 지식인, 그리고 제2차 세계대전 기간에는 유럽 최고의 지식인을 학교로 끌어들였다. 노벨상 수상자 수십 명이 이 대학교 졸업생으로, 오늘날까지 61명이 노벨상을 수상했다.* 개혁의 일환으로, 허친스는 교내 미식축구 팀을 없앴고, 자유로운 생각과 토론을 막는다는 이유로 표준화된 교과서 사용을 금지했다. 대신 18세에서 22세 사이였던 학부생들은 이마누엘 칸트, 르네 데카르트와 같은 위대한 사상가와 작가가 저술한 원전을 읽었다.[2] 전통적인 교수법의 틀을 깬 허친스의 개혁 덕분에 고전 교양과목은 다시금 대학 교과과정의 우선적이고도 정통적인 교육으로 자리 잡았다.[3]

시카고대학교가 학부생에게 제공한 건 교양시민이라면 알아야 할 고전 작품의 칵테일이었다. 달리 말해 그것은 지성과 사회와 삶에 대한 근본적인 질문에 대해 끊임없이 연구하고 토론하는 과정이었고, 이러한 교육은 비범한 10대들의 환상에 날개를 날아주었다. 손택은 생각했다. "이 별난 곳에서는 (…) 사람들이 플라톤과 아리스토텔레스와 아퀴나스에 대해 밤낮으로 이야기했다."[4] 그러니 손택이 실망할 일도 없을 터였

---

* 2019년 수상자까지 모두 92명이다.

다. 몇 년이 지나 손택은, 허친스의 시카고대가 제공한 교육을 두고 "미국이 고안한 것 중 가장 성공적인 권위주의 교육 프로그램이었다"고 말했다.[5]

손택의 어머니는 평판이 지독히 좋지 않던 중서부의 중심 도시로 이사를 가려는 딸에게 반대의 뜻을 분명히 밝혔다. 수전은 어머니가 "거기엔 검둥이와 공산주의자밖에 없을걸"이라고 말했던 것을 기억했다.[6] 밀드러드의 걱정은 당시 백인 중산층 미국인이 느낀 소련과의 핵전쟁에 대한 집단적 공포심, 그리고 상원의원 조지프 매카시가 언론을 이용해 교묘하게 퍼뜨린 반공주의 히스테리를 반영했다. 게다가 시카고대학교는 하이드파크에 있었는데, 시카고 남쪽에 있는 이 구역은 당시 백인 중산층이 교외로 이주하면서 급격히 쇠퇴해 범죄가 늘어나고, 게토화되어가고 있었다.[7]

시카고대는 어차피 9월이 돼야 다닐 수 있었으므로, 밀드러드 손택은 딸에게 봄 학기에 샌프란시스코 근처에 있는 캘리포니아대학교 버클리 캠퍼스에 다녀보면 어떻겠냐고 제안했다. 밀드러드는 수전이 서부 해안에 위치한 유명 대학에 다니며 거기 만족해 춥고 수상쩍은 시카고에 가겠다는 계획을 잊어버리기를 바랐다. 하지만 수전은 단호했다. 버클리에서 한 학기를 마친 뒤, 1949년 9월 시카고대학교에 등록했다. 그는 만만치 않은 입학시험을 멋지게 통과했고, 교육과정에 포함돼 있던 작가와 철학자의 책을 대부분 이미 읽은 덕에 본래 4년 동안 이수하는 교과과정도 단 2년 만에 마쳤다.[8]

손택은 시카고대학교에서의 기억을 귀향이라는 열정적인 수사로 정의했다. 열여섯 살 수전은 숨 막히는 유년기의 조건들을 뒤로하고 마침내 또래 사이에 있다는 느낌을 받았다. 영국 일간지 『인디펜던트』와의 인터뷰에서 손택은 등록일에 줄을 서 있다가 상급생 두 명이 마르셀 프루스트에 관해 이야기하는 걸 엿들은 일을 회상했다. "'오 젠장, '프루스트Proost'라고 발음하는 거구나'라고 생각했습니다. 물론 『잃어버린 시간을 찾아서Remembrance of Things Past』를 읽긴 했지만, 프루스트라는 이름을 제 머릿속에서 말고는 누군가에게 사용해본 적이 없어서 줄곧 '프로스트Prowst'라고 발음하는 줄 알고 있었거든요. 정말 황홀한 기분이었어요. 드디어 이런 이름들을 어떻게 발음하는지 알게 되겠구나 싶었죠. 마침내 제가 읽은 것을 읽은 사람들이 옆에 있었습니다. 실감이 났죠. 드디어 이곳에 도착했고, 이건 꿈이 아니라는 게."[9] 『시카고 트리뷴』은 59세가 된 손택의 인물기사에서 끊임없는 배움이라는 낭만에 여전히 깊은 애착을 가지고 있다고 썼다. 모교는 "16세 수전에게" 그야말로 "마법의 세계"였다고 손택은 말했다.[10]

손택은 학부 수업 외에 공식적으로는 수강할 수 없는 대학원 세미나를 청강하기도 했다. 손택은 자연과학자이자 교육철학자로 1934년부터 1973년까지 시카고대학교의 교과과정에 큰 영향을 미친 조지프 슈와브의 세미나를 이렇게 묘사했다. "관념의 세계로 떠나는 새로운 탐험이었습니다. 강의실을 나설 때면 황홀감이 몰려왔죠."[11] 슈와브는 "천재적인 강사, 시카고에서 소크라테스식 문답법의 화신"이었다. 그가 논평하고 해석하고 종합하는 수업은 손택에게 마스터클래스나 다름없었다. 강의 초반 손택이 거의 말을 하지 않았다는 것만 빼면 말이다. 그는 여전히 수줍음이 많았고 자기 능력을 신뢰하지 않았다.[12]

  캘리포니아의 침실에서 손수 정리한 저자와 철학자의 목록을 독파했던 수전 손택은 이제 새로운 목록을 만들면서 가장 먼저 고대 그리스·로마 철학과 독일 관념론 철학자를 사적인 지성의 신전으로 모셨다. 지적 활동은 기숙사에서도 계속됐는데, 같은 이유로 이 색다른 대학교를 선택한 기숙사 친구들이 대부분 젊고 관심사도 비슷했기 때문이다. 손택과 함께 대학에서 연극을 한 마이크 니컬스는 평생 손택이 가장 친하게 지낸 남자 친구 중 한 사람으로 남았다. 시카고대를 졸업한 다른 유명인으로는 솔 벨로, 필립 로스, 커트 보니것, 저널리스트 시모어 허시, 『뉴욕 리뷰 오브 북스』의 공동 창간인이자 편집장인 로버트 실버스, 연방대법관 존 폴 스티븐스 등이 있다.

시카고대학교에서 손택을 가르친 또 다른 교수는 테오도어 아도르노, 허버트 마르쿠제, 막스 호르크하이머와 동년배인 레오 슈트라우스였다. 슈트라우스는 독일 헤센주 키르히하임 출신으로, 에드문트 후설과 마르틴 하이데거 밑에서 수학한 뒤 1938년 미국으로 이주했다. 그는 1949년부터 시카고대에서 정치철학과 학과장을 맡았고, 곧 미국 학계에서 가장 영향력 있는 인물 중 한 명이 됐다. 대부분의 근대철학을 신랄하게 비판한 슈트라우스는 정치철학의 신보주수의 운동을 정립했다. 그를 추종하던 사람들이 워싱턴 정계의 중추를 장악하며 부시 2기 행정부의 막후 인물이 됐다. 슈트라우스의 세미나와 강의는 시카고의 지식인들 사이에서 우상적인 지위를 획득했다. 그를 따르던 팬클럽 무리에는 학생뿐만 아니라 교수, 지식인, 정치인도 있었다.[13]

하지만 어린 수전 손택에게 가장 중요했던 인물은 의심의 여지 없이 미국에서 가장 저명한 수사학자 중 한 명인 작가 겸 문학연구가 케네스 버크*였다. 손택은 종종 버크가 텍스트

---

* 미국의 문예비평가로, 지성의 본질에 대한 수사학적 분석과 '상징적 행위symbolic action'로서의 문학 이론으로 잘 알려졌다. 비평 외에도 시와 소설을 여럿 발

를 분석하는 탁월한 방식에 관해 열띤 감탄을 내뱉곤 했다. 한 세미나에서 버크는 거의 1년 동안 조지프 콘래드의 소설 『승리Victory』를 글자 하나, 장면 하나 건너뛰지 않고 꼼꼼히 분석했다. 손택은 생을 마감하기 얼마 전에도 힘주어 말했다. "저는 아직도 버크의 가르침대로 글을 읽습니다."14 버크의 꼼꼼한 강독의 목적은 의사소통의 극적이고 과장된 측면에 각별히 주의를 기울임으로써 인간 갈등의 근원이 무엇인지를 이해하는 것이었다. 그의 문학비평은 형식주의적이지 않았다. 그는 문학의 목적을 사회에 일종의 영향력을 행사하는 것, 삶에 가치 있는 도움을 주고 구체적인 행동 지침을 제시하는 것으로 이해했다. 손택 자신도 나중에 변화를 불러오는 언어의 힘을 믿게 됐다. 손택이 에세이와 문학에 접근하는 방법은 언제나 현재적 현상을 모호함이 없는 명료한 언어로 사고하고 설명해내는 것이었다.

버크가 그리니치빌리지의 보헤미안 사회와 관계를 맺고 있다는 사실도 손택을 매료했다. 그곳의 수많은 작가, 배우, 감독, 자유로운 영혼이 그의 친구였다. 버크는 오래전에 잊힌 자신의 소설 『더 나은 삶을 향해Towards a Better Life』(1932)를 손택

표했고, 많은 독일 작가의 작품을 영역했다.

에게 선물했고, 그리니치빌리지에 있는 한 아파트에서 주나 반스, 하트 크레인과 함께 지낸 이야기도 해주었다. 손택은 한 인터뷰에서 말했다. "이게 어떤 영향을 미쳤는지 상상이 가시죠. (…) 작가들이란 제게 스타 영화배우만큼이나 멀게 느껴지던 존재였습니다."15

이 무렵, 문학에 빠진 청년의 상상력은 새로운 목표를 향하게 되었는데, 그것은 바로 그가 숭배해 마지않던 작가로서의 삶이었다. 그리니치빌리지는 여러모로 미국적 모더니즘이 세상의 빛을 볼 수 있는 곳이었다. 버크는 1918년에 그리니치빌리지로 이주한 뒤 금세 자신이 옹호하고 칭송했던 작가들과 함께 그곳을 대표하는 인물이자, 보헤미안주의의 창시자가 됐다. 1915년에서 1930년 사이 미국 아방가르드계에는 유진 오닐, 메리앤 무어, 마르셀 뒤샹, E. E. 커밍스, 조지아 오키프, 앨프리드 스티글리츠, 에드먼드 윌슨, 윌리엄 칼로스 윌리엄스 등의 선지자들이 있었다. 버크에 따르면 이들에게 글쓰기란 혁명적인 행동으로, 그 목적은 독자를 일깨워 사회주의, 여성과 흑인 해방, 게이와 레즈비언의 대안적 생활 방식 인정과 같은 개혁을 일으키는 혁명적 과제였다.16 버크는 1930년대 미국에 대공황이 닥치며 학계에 발을 들이기 전 토마스 만의 『베니스에서의 죽음Tod in Venedig』(1912)을 영어로 번역했고,

음악과 문학을 비평했으며, 단편 및 장편 소설과 시를 썼다.[17]

버크가 불꽃 같은 삶을 살았던 시인 하트 크레인, 괴짜 주나 반스와 함께했던 시절을 자신의 학생 수전 손택에게 이야기하며 추억에 잠길 즈음, 그리니치빌리지는 이미 미국인의 상상 속에서 그려볼 수 있는 모든 형태의 저항, 예술가적 생활 방식, 성적 해방과 자아실현이 구현되는 신화적 지위를 차지하는 곳이 되어 있었다. 손택은 자신도 속하기를 원했던 주류 사회 바깥에서 살아가는 사람들의 이야기에 심취했다. 사실상 케네스 버크는 손택의 학창 시절부터 그가 나중에 쓴 비평 에세이, 문학, 정치 관련 저술에서까지 그 영향력을 확인할 수 있는 유일한 인물이다. 손택은 슈트라우스와 슈와브로부터 엄밀한 철학 논증을 배웠지만, 버크로부터는 스무 살이 되기도 전에 뚜렷하게 틀이 잡혀가고 있던 개인적·정치적 성향에 잘 들어맞는 아방가르드적 사고 방식을 물려받았다.

하지만 작가의 삶이라는 환상은 손택이 택한 학문의 길과는 양립할 수 없는 것처럼 보였다. 당시의 손택은 이 환상을 현실로 만들겠다는 생각을 전혀 하지 못했는지도 모른다. 그 대신 "감사할 줄 아는, 호전적인 학생"이라는 새로운 역할에 만족했다.[18]

시카고대의 떠오르는 샛별 중에는 필립 리프라는 사회학

강사가 있었다. 그는 지그문트 프로이트, 막스 베버와 문화사회학을 연구하고 있었다. 리프는 아직 박사학위 논문을 쓰고 있었지만 이미 당시 지배적이었던 경험적 사회학과 거리를 두면서, 미국에서 가장 유명하고 널리 읽히는 사회학자 중 한 사람이 되어가는 중이었다. 친구들은 손택에게 그의 프로이트 강의를 한번 들어보라고 했다. 제일 앞줄에 앉은 조용하고, 진지하며, 아름다운 학생에게 매료된 리프는 강의가 끝난 뒤 말을 걸었고, 손택을 저녁 식사에 초대했다. 이 만남은 이튿날 아침 식사 초대와 점심 식사 초대, 그리고 그 이튿날 저녁의 청혼으로 이어졌다. 리프는 손택의 목소리를 처음 듣는 순간 이 사람이 내 결혼 상대임을 직감했다고 손택에게 말했다. 50년 뒤, 손택은 『가디언』 수지 매켄지와의 인터뷰에서 "그 전까지 누군가 나를 여자라고 부른 적이 한 번도 없었어요. 환상적이란 생각이 들더군요. 그래서 좋다고 했죠. 정신 나간 짓 아닌가요?" 손택이 같이 자자고 했을 때 리프는 말했다. "먼저 결혼을 해야죠."[19]

열흘 뒤, 둘은 결혼했다. 리프는 리투아니아 출신 유대인 집안의 아들이었고, 시카고에서 성장했다. 그는 스물여덟이었지만 겉늙어 보였기 때문에, 검고 긴 머리칼에 피부는 지중해 사람처럼 그을린 캘리포니아인 수전이 곁에 있으면 엄청나게 젊고 이국적으로 보였다. 그들은 기묘한 한 쌍이 되어 학생과 교수 사이에서 호기심을 불러일으켰고, 가십거리가 됐다. 결혼 직후 리프의 강의에 들어간 손택은 뒷자리에서 누군가 귓속말하는 걸 들었다. "야, 그거 알아? 리프가 열네 살짜리 인디언하고 결혼했대!"[20]

어린 대학생의 이국적인 외모는 독특한 옷차림으로 인해 더욱 두드러졌다. 무심한 듯하면서도 자신을 돋보이게 하는 재주가 있었던 손택은 늘 청바지와 몸에 꼭 맞는 어두운색 스웨터를 입었다. 1950년대 초에 풀을 먹인 속치마와 허리를 죄는 거들이 일반적인 옷차림이었다는 사실을 고려하면, 이건 여성이 입기에 창피한 옷차림이었다고 해도 과언이 아니다.[21] 일찍이 관습적이지 않은 옷차림을 하고, 페티코트를 거부했던 수전은 동시대 여성들이 1960년대에 대대적으로 동참한 패션 혁명을 앞서갔던 것이다.

필립 리프는 수전 손택이 난생처음 진심으로 사랑한 사람이었다. 손택은 그와 처음으로 감정적이고도 지적인 전쟁을 벌이며 어른이 되기 위한 신고식을 치렀다. 그로부터 50년 가까운 시간이 지나 『가디언』의 수지 매켄지가 남편을 사랑했느냐고 물었을 때, 손택은 격정적으로 대답했다. "오 그럼요⋯⋯ 사랑했죠, 진정한 결혼이었어요." 하지만 남편도 그를 사랑했느냐는 질문을 받았을 때는 쓸쓸함을 내비치며 말을 흐렸다. "그건 말을 못하겠네요…… 누군가가 저를 사랑했다는 말은 못 하겠어요. 아니, 그런 말은 정말 할 수 없습니다."[22] 다른 인터뷰에서 손택은 리프를 다음과 같이 묘사했다. "열정적이고 책을 좋아하고 (…) 세상 물정을 몰라도 너무 모르는 사람이었죠. 그에 비하면 저는 세상 물정에 밝은 사람이에요."[23] 과연 손택은 남편을 따라 성을 리프로 바꾸지 않고 자기 성인 손택으로 유지하겠다는, 당시로서는 엄청나게 파격적인 결정을 내릴 정도로 세상 물정에 밝았다.

손택은 리프와의 결혼생활을 샴쌍둥이의 결혼이라고 표현했다. 몇 안 되는 손택의 자전적 이야기인 「편지 장면들」은 결혼 초 행복했던 시기에 느낀 희열과 안정감을 묘사한다. 두 사람은 몇 시간도 떨어져 있지 못했다. 손택은 이런 공생관계 안에서 지적이고도 개인적인 대화를 누렸고, 그것은 언제까지고 끝나지 않을 것처럼 보였다.[24]

1952년 필립 리프가 브랜다이스대학교에 강사 자리를 얻으면서 두 사람은 보스턴으로 이사했다. 리프는 그곳에서 손택의 지적이고 적극적인 학문적 조언에 힘입어 박사학위 논문 작업을 계속했다. 이 연구는 1959년 마침내 『프로이트: 도덕주의자의 정신Freud: The Mind of the Moralist』으로 출판된다.* 그사이 아이를 임신한 열아홉의 손택은 좀더 만만한 편이었던 코네티컷대에서 반년간 영문학을 전공한 뒤, 매사추세츠주 케임브리지의 하버드대에서 철학을 공부한다. 1952년 9월 이곳에서 아들 데이비드 리프가 태어났다. 두 대학은 보스턴에서 통학이 가능했다. 손택의 보모였던 로즈 맥널티가 그곳으로 와서 아이를 돌봤다. 밀드러드 손택은 아이가 태어난 지 18개월이 지난 뒤에야 손자를 보러 왔다. 그 자리에서 밀드러드는 딸의 가슴에 못을 박았다. "아이고, 애가 참 귀엽구나. 그런데 내가 애들 안 좋아하는 거 너도 알지, 수전."[25]

로즈 맥널티가 아이를 봐준 덕에 수전은 학업을 지속할 수 있었다.** 손택은 계속해서 "지성의 광란 속에서" 살고 싶었다고 말했다. 두 사람의 친구는 대체로 나이 지긋한 학자들—"주로 유대인인, 독일에서 망명한 학자들"—이었다.[26] 일례로, 손택과 리프는 허버트 마르쿠제와 밤이 깊어가는 줄도 모르고 철학을 논했다. 마르쿠제 역시 하버드대학교에서 교편을 잡고 있었는데, 그는 두 사람의 아파트에서 1년간 머물기도

---

* 손택과 리프는 이 책을 함께 저술하는 데 많은 시간을 보냈지만 파경에 이르면서 책은 필립 리프의 단독 저서로 출간된다.
** 손택은 1953년 가을 스토스에 있는 코네티컷대학교 영문학과 대학원에 입학했지만, 교육과정이 마음에 들지 않아서 1년 만에 학위를 받지 않고 그만뒀다. 1955년 가을엔 하버드대학교 철학과 대학원에 들어갔다.

했다.[27] 당시 마르쿠제는 '억압적 관용repressive tolerance'이라는 이론을 전개하고 있었는데, 이는 좌파 철학자와 1960년대 학생운동의 핵심 개념이었으며 젊은 손택에게도 큰 영향을 미쳤다.

손택은 하버드에서 그에게 가장 중요한 지적 멘토이자 지지자가 되어준 두 사람, 파울 틸리히와 야코프 타우베스도 만났다. 손택은 특히 타우베스의 수업에 열성적이었다. 타우베스는 오스트리아 출신의 명망 높은 유대인으로 미국으로 망명한 뒤 록펠러 재단으로부터 연구비를 받으며 하버드대에서 2년 동안 강의하고 있었다. 손택은 타우베스가 독일로 돌아가 베를린자유대학교에서 강의하기 전까지 그와 함께 몇 년을 더 연구했다. 하지만 재능 있는 학생답지 않게 손택의 대학원 연구는 순조롭지 않았다. 손택이 코네티컷대를 떠난 건 교육과정이 만족스럽지 않아서였는데, 애초에 영문학 대학원생으로 등록한 하버드대에서조차 시카고대에 다닐 때 큰 도움을 받았던 것 같은 학문적 길잡이를 만나지 못한 것이다. "하버드는 최고의 대학이었지만, 여전히 평범한 대학교이기도 했습니다. 선택지는 다양했지만, '올바른 길'은 없었죠."[28] 그럼에도 불구하고 손택은 철학과 조교를 맡았고, 머지않아 학과에서 가장 똑똑한 조교로 인정받았다. 석사학위 예비시험을 볼 무렵엔

하버드 철학과 대학원생 중 최고로 손꼽혔다.[29]

카리스마 넘치던 야코프 타우베스는 모든 세대의 미국과 독일 지식인에게 영향을 미쳤다. 그는 선생으로서 재능이 있었고 또 그만큼 까다롭기도 했던 것 같다. 레오 슈트라우스처럼, 곧 타우베스의 주변에도 탁월한 몇몇 학생이 모여들었다. 학생들은 날카롭게 벼린 그의 이상과 집념, 그리고 문화사와 종교사를 아우르며 사상의 아치를 축조해낼 수 있게 한 그의 이론에 매료되었다. 타우베스는 가부장적이고 권위적인 스타일을 이따금 마음에 상처를 주는 신랄한 냉소주의로 드러내기도 했다. 요컨대 리프와 슈트라우스처럼, 타우베스도 지적이고 학구적인 매력을 가지고 군림하려 드는 이국적인 유럽계 유대인 아버지상의 화신이었다. 손택은 활동하는 내내 줄곧 이런 이들에게 매혹되었다. 타우베스가 손택이 논쟁을 즐기는 겁 없는 논객이 되는 데 일조했음은 분명하다. 손택은 타우베스로부터 역설을 사고의 본질적 요소로 보는 법, 그리고 모순을 지적인 자유를 제한하기보다 오히려 열어주는 특징으로 여기는 사고방식을 배웠다. 타우베스처럼 손택도 문화의 좁은 측면을 상세히 분석하는 대신, 거시적인 관점에서 문화적·역사적 연관성을 만들어내는 경향이 있었다.

손택은 케임브리지에서 타우베스의 스물세 살 먹은 아내

를 만났는데, 그도 이름이 수전이었다. 손택처럼 굉장히 조숙했던 수전 타우베스 역시 우울한 기질이 있었다. 그는 당시 시몬 베유를 연구하는 중이었다. 시몬 베유는 프랑스 출신 유대인으로 기독교 신비주의자였는데, 제2차 세계대전이라는 비극적인 시기에 신앙을 아우르는 은총grâce의 경험을 전하고자 했다. 젊은 두 여성은 금세 절친한 친구가 됐다. 두 사람 모두 1950년대 미국 여성의 사회적 이상과는 접점이 거의 없었고, 상대적으로 혼자 있기를 좋아했다. 또 두 사람 다 어린 나이에 학문적 우상과 결혼했다. 둘의 우정은 젊은 아내가 스스로 정체성을 찾는 것을 달가워하지 않는 남편의 보수적 지배가 점점 더 강해지던 상황에서 전략적으로 벗어날 기회가 되어주었다.

지적 환희가 감돌던 손택과 리프 사이의 목가적 생활에는 이미 금이 가기 시작한 상태였다. 나중에 손택은 전환점이 되었던 어느 사건에 관해 자주 언급했다. 당시 학자들의 만찬회 자리에서는 여전히 남교수와 그의 배우자 간에 엄격한 구분이 존재했다. 후식을 먹고 나면, 남자들은 자리를 옮긴 뒤 시가를 피우며 철학이나 대학 정책을 논했고, 그동안 아내들은 자리를 지키며 자기들끼리 어울렸다. 젊은 손택은 다른 아내들과 무엇에 관해, 어떻게 대화를 나누어야 할지 알지 못했다. 그런 낙담스런 저녁 만찬을 여러 번 겪은 후, 손택은 용기를 내서 교수들 틈에 끼어들었다. 처음에는 술렁임이 좀 있었지만, 교수들은 곧 그를 받아들였다.[30] 이렇게 성평등을 추구했던 수전의 자주성 덕분에 리프와 인습을 따르지 않는 젊은 아내 사이의 균열은 점점 더 커져만 갔다. 나중에 리프도 『에스콰이어』와의 인터뷰에서 이 점을 인정했다. "저는 전통적인 남성이었습니다. 결혼이란 아이를 낳고, 전통적인 가정을 꾸리는 것이라고 생각했죠. 수전이 원했던 종류의 가정생활에 적응할 수 없었습니다. 가정이 있고, 가정에 반하는 것이 있는 것 아니겠습니까. 우리 결혼생활은 후자였다고 생각합니다."[31]

전통적인 가정을 꾸리자는 리프의 요구와 학생 신분의 아내이자 어머니라는 역할에서 점점 더 벗어나고 싶어했던 수전의 욕구가 빚어낸 갈등은 1950년대 미국 가정의 구조를 전형적으로 보여준다. 두 사람은 대화로 가득한 관계 속에서도 이 갈등만큼은 입 밖으로 내지 않았다. 하지만 갈등의 골은 점점 더 깊어져만 갔다. 1951년에 시몬 드 보부아르의 『제2의 성 Le Deuxième Sexe』을 읽었던 손택은 자아실현을 위해 보부아르의 생각을 점점 더 공격적으로 실행에 옮기고 있었다고 회상했다.[32] 논쟁가는 절대 아니었던 필립 리프는 젊은 아내와의 이런 의견 충돌을 인생관의 차이로 빚어진 갈등이라고 기억했

다. 리프의 머릿속엔 대가족이, 손택의 머릿속엔 대도서관이 있었다.[33]

유년기 이후 늘 그래왔듯이, 수전 손택은 집 안에서의 갈등을 해결할 방법을 찾기 위해 일단 문학에 의존했다. 손택의 마지막 소설 『인 아메리카』의 서론에 해당되는 장에서, 그는 열여덟 살이 막 되었을 때 1871년 출간된 조지 엘리엇의 『미들마치Middlemarch』를 읽은 경험을 들려준다. "3분의 1쯤 읽었을 때 눈물이 터져 나왔다. 내가 도러시아라는 사실뿐 아니라 몇 달 전에 캐소본 씨와 결혼했다는 사실을 깨달았기 때문이다."[34]

『인 아메리카』에서 찾아볼 수 있는 손택의 회상은 남편 리프와의 관계를 압축적으로 보여준다. 그 관계의 한편에는 젊고 조숙했지만 삶의 여러 문제에 있어서는 아직 경험이 부족한 여성이 있다. 그도 도러시아처럼 나이 많고 보수적인 남편의 연구활동을 위해 자신의 삶과 자아실현을 희생한다. 다른 한편에는 남편 필립이 있다. 그는 프로이트에 관한 중요한 논문을 쓰면서 손택과 나눈 수없는 대화, 그리고 심지어 손택이 조사하고 작성한 내용을 가져다 썼다. 실제로 당시 비평가와 학계의 동료들이 『프로이트: 도덕주의자의 정신』은 두 사람의 공동 저작이라고 했을 정도였다. 하지만 리프는 학계의 인정을 손택과 나누려 하지 않았다.[35]

손택은 얼마간 어쩌다 발을 들여놓게 된 삶이 점점 더 자신을 옥죄고 있다고 느꼈다. 결혼만이 아니라 그 계약의 일부인 학자들의 사교계도 그랬다. 곧 하버드와 브랜다이스에 얽매인 채 살 수 없다는 게 점점 더 분명해졌고, 손택은 "산소가 전부 빠져나가는 것"처럼 느꼈다.[36]

비슷한 시기에 있었던 또 다른 사건도 손택의 감정 상태를 잘 대변해준다. "언제였더라, 아마 1956년이었던 것 같아요. (…) 하버드 광장에 있는 영화관에 갔어요. 상영 중인 영화는 「록 어라운드 더 클록Rock Around The Clock」(1956)이었어요. 전 스물세 살이었는데, 그곳에 앉아서 생각했죠. 세상에! 굉장해! 정말 환상적이야! 영화가 끝난 뒤 집까지 느릿느릿 걸어갔어요. 그러면서 생각했죠. 필립한테 이 영화를 봤다고 말할까? 복도에서 춤을 추는 애들에 관한 뮤지컬을? 그리고 생각했죠. 안 돼, 말 못 해."[37]

오늘날 미국 대중문화에 익숙한 사람들에게는 문화를 대중문화, 교양문화, 고급문화로 엄격하게 구분한다는 것이 상상하기 어려운 일이겠지만, 1950년대에는 이들 문화 사이에 교차하는 부분이 거의 없었다. 아카데미의 문화는 대중문화와 거의 접점이 없었고, 하버드 대학원생이 로큰롤 영화를 보러 간다는 건 전례 없는 일이었으며, 그걸 보고 흥분한다는

지성의 광란 1949-1957

건 더더욱 있을 수 없는 일이었다.[38] 빌 헤일리 앤드 더 코미츠의 노래 「록 어라운드 더 클록」은 처음으로 대성공을 거둔 로큰롤 음악으로 빌보드 차트 정상을 몇 주 동안이나 지켰다. 헤일리의 공연이 예정된 곳이면 어디든 청소년들이 구름처럼 몰려들어 소란을 피웠다. 이 노래는 1955년 영화 「폭력 교실Blackboard Jungle」의 오프닝 곡으로 사용되면서 판매가 급증했고, 그 뒤로 「록 어라운드 더 클록」 「록 올 나이트Rock All Night」(1957) 「렛츠 록Let's Rock」(1958) 「고, 조니 고!Go, Johnny Go!」(1959)와 같은 일련의 로큰롤 영화가 다년간 극장가를 뒤덮었다.

아마 그때 손택이 보았던 영화는 「폭력 교실」이었을 것이고, 손택은 그 유명한 오프닝 곡의 제목을 기억했을 것이다. 나중에 쓴 에세이에서 손택은 슈프림스, 비틀스, 패티 스미스의 대중음악을 로버트 라우션버그의 그림이나 프리드리히 니체의 철학과 즐겨 비교하곤 했다. 손택은 이 새로운 음악에 육체적인 본능으로 반응했고, 거기엔 거의 에로틱한 울림이 있었다. 손택은 이에 대해 1975년 『롤링스톤』 지와의 인터뷰에서 말했다. "정말로 로큰롤이 제 인생을 바꿔놨어요. (⋯) 빌 헤일리 앤드 더 코미츠가요. (⋯) 그다음엔 조니 레이가 「크라이Cry」를 부르는 걸 들었죠. 주크박스에서 노래가 흘러나오는데, 소름이 돋더군요. (⋯) 1950년대 후반에 저는 철저히 지성의 세계에서 살고 있었습니다. 이런 문화를 공유할 사람을 단 한 명도 알지 못했죠."[39] 손택이 몸담았던 지식인의 세계에는 이런 경험을 나눌 만한 인물이 아무도 없었다.

손택은 남편에게 영화관에 갔던 걸 이야기했을 때 어떤 일이 생길지에 대해 그려보지 않았다. 아내를 비웃었을까? 훈계했을까? 무시하거나 경멸했을까? 어린 손택이 남편이 내릴 판단을 겁낼수록, 결혼생활에서 자신의 공간을 규정하기는 더 힘들어졌다. 어쩌면 필립 리프는 엘비스 프레슬리를 좋아했을지도 모른다. 매력 있고 똑똑한 어린 아내가 하루는 마르쿠제와 지적인 대화를 나누고 그 이튿날에는 대중문화를 접할 줄 아는 사람이라는 걸 매력적이라고, 혹은 대담하다고 생각했을지도 모른다. 아니면 단순히 별난 행동으로 치부했을 수도 있다. 못마땅해도 받아들였을지 모른다. 남편의 견해를 자기 견해보다 우선시함으로써 손택은 거짓된 부부간의 평화라는 미명하에 이 모든 가능성을 배제했다.

필립과 수전의 결혼생활은 이제 관능의 억압과 지성의 개방이라는 두 극단 사이, 그리고 철학에 대한 공유된 열정과 공유될 수 없었던 또 다른 열정에 관한 침묵 사이에서 줄다리기를 하고 있었다.

1957년 손택이 하버드대에서 철학 석사학위를 받은 뒤, 파울 틸리히는 전미대학여성협회AAUW의 장학금 수혜자로 그를 추천하며 옥스퍼드대에 가서 '윤리학의 형이상학적 전제들metaphysical presuppositions of ethics'을 주제로 박사 논문을 써볼 것을 권했다.[40] 같은 시기에 리프는 스탠퍼드대의 초빙을 받았다. 돌아오는 학기에 아들 데이비드는 친할머니 친할아버지와 지내고, 수전과 필립은 떨어져 살기로 했다. 두 사람은 매일 항공우편으로 서로에게 편지를 보내기로 약속했다.[41]

파리,
로맨스

1958
1959

뉴욕 또는 파리. 제 머릿속에 있던 낙원의 두 모습입니다. 저는 운 좋게도 두 곳에서 오랫동안 살아볼 기회를 누렸습니다. 지금은 뉴욕에서 살고 있지만, 파리는 분명 제게 그에 버금가는 도시입니다. 성인이 된 뒤 엄청나게 많은 시간을 보낸 곳이죠. 프랑스와 프랑스 문화 (…) 프랑스 영화가 제 인생의 중심에 있다고 생각하면 늘 즐거웠어요.[1]

수전 손택은 미국인의 4퍼센트만이 여권을 필수로 여기던 시절에 유학길에 올랐다. 1958년 9월 비행기를 타고(대서양을 배를 타고 건너는 것이 더 저렴했던 당시로서는 호사였다) 옥스퍼드 세인트앤칼리지로 향했을 때, 그는 스물다섯 살이었다. 빛나는 학문적 경력이 그의 앞에 놓여 있었다. 하지만 유년기와 청소년기의 꿈이었던 유럽 땅은 숱한 놀라움을 감추고 있는 곳이기도 했다. 그는 처음으로 가정의 요구와 제약, 그리고 좁다란 하버드의 학계로부터 자유로워졌다. 손택은 홀로 있게 되면서 얻은 해방감을 정당화하기 위해 약속 대로 남편에게 매일 편지를 썼다. "그저 연락을 하려고 대서양을 횡단해서 전화를 건다는 것은 당시로서는 생각할 수 없는 일이었다. 우리는 가난했고, 그는 구두쇠였다. 그 없이도 이렇게 살아갈 수 있다는 것을 알게 된 나는 그로부터 멀어지고 있었다. 하지만 매일 저녁 편지를 썼다. 낮 동안에 그에게 보낼 편지를 구상하면서 언제나 그와 머릿속에서 이야기를 나눴다."[2] 손택은 절반은 기쁜 마음으로, 나머지 절반은 결혼이라는 약속에 대한 죄의식을 가지고 결혼생활이라는 관습에서 밀려나오고 있었다. 1986년의 기록에서 보듯 힘든 상황이었다. 손택은 의식적이고도 고의적으로 가정이라는 고국의 구조에서 벗어나는 게 마치 신성모독이라도 되는 것처럼, 수동적으로 그런 상황에 접어들게 됐다는 듯이 묘사한다. 밤마다 의례적으로 편지를 쓰는 행위에 대한 그 자신의 분석이 이런 모순을 드러낸다. 편지를 씀으로써 친밀감을 형성하는 것은 동시에 거리를 유지하는 방편이기도 했다. 이 상황을 손택은 이렇게 설명했다. "당신에게 편지를 쓰면, 당신을 볼 일도, 만질 일도, 혀로 피부를 핥을 일도 없다."[3]

손택은 『인디펜던트』의 조이 헬러에게 유럽 생활이 얼마나 즐거웠는지, 그리고 새로운 자유를 발견한 일이 하버드에서 필립과 함께한 삶에 작별을 고하는 것과 얼마나 밀접히 연관됐는지를 이야기했다. 옥스퍼드대에서, 그리고 훗날 파리에서, 손택은 성장하려는 열망에 차서 스스로 부정해온 모든 욕망과 가능성과 쾌락을 받아들이며, 그때까지 억눌러온 새로운 자신의 성격을 탐구했고, 경험하지 못했던 청소년기를 살았다. 손택은 스스로에게 이제껏 허락해본 적 없는 젊음을 느꼈다고 말했다. "사실상 옥스퍼드에서 보낸 그해는 결혼생활의 끝을 의미했습니다."4 하지만 그는 이 생각을 당분간 마음속에 담아두기로 했는데, 아마도 부끄러움과 두려움에 불확실성까지 더해져서 이 시기가 지나가기를 바랐기 때문일 것이다. "이혼하자고 말할 수 없었다. 편지로 그럴 수는 없었다. 편지들은 다정스러워야 했다. 돌아갈 때까지 기다려야 했다."5

손택의 옥스퍼드 생활에 대해서는 알려진 바가 별로 없다. 나중에 출판물과 잡지에 실은 저자 약력에서 그는 늘 옥스퍼드에서 수학했다는 내용을 언급한다. 하지만 오늘날에도 졸업식을 라틴어로 진행하는 유서 깊은 학교에서, 미국인 철학과 대학원생이었던 당시 손택의 마음이 편치만은 않았을 것임을 추측해볼 수 있다. 미국인으로서뿐만 아니라 여성으로서 느낀 불편함도 있었을 것이다. 영국계 미국인 주디스 그로스먼이 1988년에 내놓은 자전소설 『그만의 방식Her Own Terms』에 의하면, 1950년대 후반 옥스퍼드대에는 미국 엘리트 대학교에 비해 여성의 수가 턱없이 적었고, 남성 동기와 교수는 여성을 깔보기 일쑤였다. 옥스퍼드의 교과과정과 학계의 관례도 손택의 취향에 그다지 맞지 않았을 것이다. 영국에서 철학을 다루던 방식은 논리적이고 분석적이었으며, 손택이 시카고의 슈트라우스, 하버드의 타우베스와 나누었던 폭넓고 훨씬 더 비형식적인 철학 토론과는 공통점이 거의 없었다. 옥스퍼드 학계의 환경은 최고의 지적 성취보다는 오히려 대학 강당과 테니스 코트에서 대화를 트게끔 해주는 엘리트 인맥을 형성하는 것과 더 관련이 깊었다.

손택은 4개월 만에 옥스퍼드를 떠나 파리로 향했다. 유년기 꿈의 도시, 장폴 사르트르와 모리스 메를로퐁티가 신체성 Leiblichkeit 문제—손택은 이 주제로 논문을 쓰려고 했었다—를 놓고 공개 토론회를 열었던 도시, 수많은 미국인이 망명해 자유분방한 보헤미안의 삶을 즐기던 도시로 말이다. 1958년에서 1959년으로 막 넘어갈 무렵, 손택은 생제르맹데프레에 있는 작은 맨사드 지붕의 다락방으로 이사했다.

프랑스 변호사 겸 작가 나탈리 사로트의 사위인 미국인 기자 스탠리 카노는 1950년대 생제르맹데프레를 부유한 전문직 종사자들이 세련된 화랑과 서점, 출판사, 실내디자인 가게, 식당, 술집, 카페로 모여들던 사교계 구역으로 기억한다. 당시 『타임』의 파리 특파원이었던 카노는 파리의 문화에 반해 이곳으로 온 미국인들의 문화적 망명으로 인해 도시에 미국적 분위기가 만연했던 것도 기억한다. 제2차 세계대전이 끝난 뒤 수많은 미국인이 파리로 왔다. 파리라는 이름은 많은 것을 약속했다. "아름다움, 세련됨, 문화, 고급 요리, 섹스, 탈출, 그리고 말로는 표현할 수 없는 분위기."[6] 당시에 파리로 이주한 미국인은 대부분 참전 군인이었으며, 그들은 제대군인 원호법의 지원을 받아 파리에서 수학했다. 그들은 미술, 문학, 발레, 심지어 최고급 요리를 공부했거나 그랬다고 말하고 다녔다. 파리 망명객 중에는 윌리엄 S. 버로스와 앨런 긴즈버그 같은 비트족도 있었다. 노먼 메일러는 전쟁을 주제로 한 『벌거벗은 자와 죽은 자The Naked and the Dead』(1948)를 몽파르나스에서 썼다. 양차 세계대전 사이의 미국 예술가와 지식인 세대—존 도스패서스, 어니스트 헤밍웨이, 거트루드 스타인, F. 스콧 피츠제럴드, T. S. 엘리엇—에게 그랬듯이, 파리는 전후 세대에게도 문화와 생활세계에서 엄청난 영향력을 행사하는 곳이었다.

손택이 파리를 방문한 게 이번이 처음은 아니었다. 열여덟 살 때 필립 리프와 프랑스에서 한 달 동안 지낸 적이 있었다. 옥스퍼드에 머무는 대신 파리의 예술 중심지로 가겠다고 결심한 데는 독서광이었던 10대 시절 품은 유럽 고급문화에 대한 낭만적 환상 못지않게 당시 파리가 젊은 연인에게 남긴 좋은 인상도 한몫했다. 『파리라고 불리는 세계의 장소A Place in the World Called Paris』(1994)라는 앤솔러지에 써준 서문에서, 손택은 안톤 체호프의 『갈매기The Seagull』(1896)에서 마샤가 모스크바를 떠올리며 그랬듯 프랑스의 수도에 대한 열병으로 몸살을 앓았던 일을 묘사한다.

수전 손택이 소르본대에서 강의를 듣고 파리의 도서관에서 논문을 쓰기 위한 조사를 하기로 계획한 건 분명하지만, 사적인 삶에서 가장 중요한 발전이 일어난 건 학문적인 환경에서가 아니었다. 손택은 앞으로 나아갈 방향을 근본적으로 재설정했다. 1958년에서 1967년 사이에 일기에 적은 내용은 손택이 파리에서 난생처음으로 자신의 성적 욕망을 자유롭게 실현할 수 있었음을 암시한다. 이는 그가 젊은 여학생이자 교수의 아내로서 경험한 제도화된 대학, 연구 논문, 학내 정치, 옹졸한 지위 다툼과 반목이라는 울타리를 벗어나 정신적 삶의 대안으로서 새로운 형태의 지적인 삶을 구상하는 일과 밀접히 연관되어 있었다.

손택이 파리에서 발견한 지성의 세계는 카페를 중심으로 돌아갔으며, 그 주인공은 예술가였다. 현대문학과 영화에 대한 열정이 이들에게 동기를 부여했다. 손택은 인격이 형성되는 시기에 파리에 머묾으로써 일평생 파리를 사랑하게 되었고, 센강이 흐르는 이 도시를 오랫동안 드나들었다. 손택은 일련의 새로운 철학 개념뿐 아니라 독립적인 파리 지식인의 이미지도 함께 가지고 미국으로 돌아갔다. 개인적 신념을 형성한다는 것은 대학 안에서 인맥을 쌓는 일을 훌쩍 뛰어넘는 실존의 드라마라는 것을, 손택은 파리에서 배웠다. 그리고 무엇보다, 지식인으로서 입장을 취할 때 우리는 개인의 직관과 기호, 특성에 영향을 받으며, 특히 그것이 학술적 담론의 일부가 아닐 경우에는 더 그렇다는 것을 배웠다.

1957년 12월 29일 일기에서 손택은 그리니치빌리지에서 받은 인상과 파리 보헤미안의 삶을 비교한다. 파리에서는 많은 미국인, 이탈리아인, 영국인, 남미인, 독일인이 "국가적 정체성과 반정체성" 사이의 균열 없이, "유대인이라는 정체성이 함께 공유하는 희극" 없이 살아간다. 가장 큰 차이는 무엇보다 손택이 무척 즐겼던 일상의 카페 순회였다. "사람들은 일을 마친 뒤, 또는 글을 쓰거나 그림을 그리러 카페에 와서는 아는 사람이 있는지 두리번거린다. 가급적이면 누군가와 함께, 아니면 적어도 약속을 잡고 오거나……. 카페를 몇 군데는 들러야 한다. 평균, 하루 저녁에 네 군데."[7]

다른 부분에서 손택은 이 도시가 청소년기에 꿈꾸던 파리—다시 말해 "발레리와 플로베르, 보들레르, 지드로 이루어진 상상 속의 프랑스"[8]—가 아니게 된 지는 오래됐지만, 그럼에도 아웃사이더로서 살아갈 즐거운 기회를 더러 제공했다고 적는다. 로스앤젤레스와 뉴욕을 경험했지만, 인생 대부분을 지방 소도시에서 보낸 그는 이제 자립과 익명성에서 오는 해방감을 만끽하는 중이었다. 그가 파리에서 보낸 일상은 이랬다. "열한 시에 다락방에서 깸. 점심은 저렴한 작은 식당에서. 오후엔 올드 네이비 아니면 생제르맹 거리에 있는 다른 고풍스러운 카페로. 첫 번째(혹은 두 번째, 또는 세 번째) 영화를 보러 시네마테크로 자리를 옮기기 전에 바게트 샌드위치를. 친구와 함께 재즈바나 그야말로 완전히 퇴폐적인 바로. 그다음, 새벽 세 시는 지난 뒤, 작업을 제대로만 했다면, 누군가와 함께, 침대로."9 파리에서 지내는 동안 손택은 보헤미안의 삶을 발견했을 뿐 아니라, 자신이 욕망하는 것이 작가의 삶임을 깨달았다. 다시 말해, 학계라는 모래사막에 묻혀 있던 욕망을 발굴한 것이다.

이 야심이 처음으로 분명하게 그 모습을 드러낸 것은 정반대의 형태인 이런 삶이 낳을 결과에 대한 공포였다. 일례로 손택은 노상 카페만 들락거리는 실패한 작가나 예술가와 같은 낙오자를 보고 느꼈던 두려움과 경악을 언급한다. 그가 작가로서 스스로에게 품은 기대는 분명 그런 게 아니었다. 많은 선배 작가처럼, 손택도 문학을 향한 첫 번째 시도로 일기를 꾸준히 썼다. "게으름 외에는 그 무엇도 내가 작가가 되는 길을 가로막을 수 없다. (⋯) 글쓰기가 왜 중요할까? 그 주된 이유는 이기주의에서 나오는 것 같다. 나는 작가라는 페르소나를 갖고 싶을 뿐, 꼭 써야 할 말이 있는 게 아니다. 하지만 그래서 안 될 건 또 뭔가? 자존감을 약간만 쌓으면―이 일기가 기정사실화하듯―꼭 써야 할 말이 있다는 자신감도 얻을 수 있을 것이다."[10]

손택이 작가로서의 야심을 정식화하는 과정은 자기회의를 통해 확고한 동기를 부여하는 모습을 보여준다. 하지만 놀랍게도 대다수 작가의 자아상을 채우는 영감이나 창의력, 고취에 관한 생각은 찾아볼 수 없다. 손택은 무엇보다 작가의 '역할'에 흥미가 있었고, 이를 통해 자신의 불안정하고 문제적인 자아를 달래려 했다. 글쓰기를 통해, 손택은 시간과 가족과 학문적 삶의 요구에 맞서서 온전히 받아들일 엄두를 내지 못했던 바로 그 자아에 도달하고자 했다. 할 말이 있기 때문에 글을 쓰는 여느 작가들과 달리, 손택은 할 말을 찾아내기 위해서 글을 쓰고자 했다. 이 글에서 인상적인 부분은 손택이 그 의도를 명료하게 말한다는 것, 허영심을 솔직히 인정한다는 것, 그리고 스스로에게 엄청난 부담을 지운다는 것이다. 손택이 일기에 쓴 내용 중 상당 부분은 자학과 야심이라는 양극을 오간다.

수전 손택이 파리에 도착했을 때, 그곳에는 이미 몇몇 지인이 자리를 잡고 있었다. 손택은 버클리 출신의 작가이자 예술가들의 모델로도 활동했던 해리엇 소머스, 시카고 출신 철학자 앨런 블룸, 하버드 출신으로 나중에 영화이론가가 되는 애닛 마이컬슨을 알게 됐다. 모두 미국인 망명자 사회의 일원이었으며, 손택도 파리에 체류하는 동안 그 무리에 속했다. 특히 해리엇과의 우정—손택은 그와 연애를 시작했다—은 이 시기 손택의 삶에서 매우 중요한 의미를 지녔다. 손택의 일기는 문제투성이인 이들의 관계를 고통스러울 정도로 매우 세세하게 묘사한다. 어찌할 바를 모르는 손택은 자기혐오에 빠졌다가 야단맞은 사랑의 맹세를 하기도 한다. 소머스와의 관계가 특별히 손택의 마음을 어지럽힌 순간은 해리엇이 '연애'의 형식과 한계에 관해 자신이 생각하는 요건을 논했을 때였다. 수전처럼 소머스에게도 이성 파트너가 있었다. 그는 생제르맹 거리에 있는 아파트에서 스웨덴 화가와 함께 살았다. 소머스는 파트너와의 애정 관계에서 느끼는 불만을 손택과의 관계에 투사하는 데 그치는 듯했지만, 손택의 갈망과 욕구는 그보다 훨씬 더 컸다.

두 여성은 상류사회의 일원이 되어 영화관과 미술관을 관람하러 다녔고, 카페가 밀집한 파리 거리를 활보했으며, 이탈리아와 스페인과 그리스로 함께 여행을 떠났다. 이들의 관계는 언제나 떠들썩하고 극적인 사건으로 얼룩졌다. 한번은 파티를 열었는데, 해리엇이 수전의 뺨을 올려붙였다. 그 자리에 있던 앨런 긴즈버그가 더 젊고 예쁜 수전이 같이 있어주는데 왜 이런 짓을 하느냐고 물었다. 해리엇은 "그게 이유야!"라고 대답했다.[11]

둘의 파란만장한 관계는 실망스럽게 끝이 났다. 손택은 우연히 해리엇의 일기를 읽었는데, 거기에는 해리엇이 주로 손택의 욕망에 관심이 있을 뿐이며, 그게 아니었다면 손택을 별로 좋아하지 않았을 것이라는 내용이 적혀 있었다. 손택은 이 발견을 일기에서 상당히 이상한 방식으로 묘사했다. 손택은 상처받고 실망하는 대신, 짐짓 그것이 중요하지 않다는 듯이 이야기한다. 분한 마음이 드는 걸 인정하면서도, 이 사건을 자신의 여자 친구가 지닌 성격의 다양한 면면을 분석할 계기로서 받아들일 뿐이다.[12] 손택은 그로부터 이틀이 지난 뒤에야 마음에 상처를 입었고 심지어 트라우마로 남을 수도 있음을 인정했다. 절박한 심정으로 시도해본 지적 통제는 그의 손을 완전히 빠져나갔다. 손택은 해리엇이 자신을 사랑한다는 착각 따위는 하지 않았지만 적어도 자신을 좋아하는 줄 알았다고 적는다.[13] 그럼에도 향후 몇 년 동안 손택의 인식 속에서 해리엇은 "미국 보헤미아 최고의 꽃"[14]이자 전통의 제약으로부터 자유로운 또 다른 생활 방식에 대한 무한히 매혹적인 약속으로 남았다. 그리고 이제 손택은 이를 자기 것으로 만들기 위해 애쓸 것이었다.

1959년 2월, 한 칵테일파티에서 스물여섯 살의 손택은 혼자서 상상해온 지식인의 삶을 상징적으로 보여주는 세 사람을 만났다. 파티는 철학자 장 발의 집에서 열렸는데, 이 사람은 외모에 거의 신경을 쓰지 않는 것 같았다. 바지에 구멍이 세 개나 있었고 그 구멍을 통해 속옷이 들여다보였다. 과학사가 조르조 데 산틸라나, 그리고 장폴 사르트르를 닮은 노인도 있었다. 그는 사르트르보다 더 못생기고 다리를 절었지만, 자신이 정말 사르트르라고 소개했다.[15] 파티에 대한 묘사는 그의 일기 중에서 가장 긴 편에 속하는데, 손택이 어린애처럼 여기에 마음이 홀렸음을 드러내기도 한다. 그는 펠레티에가에 있는 발의 무질서한 아파트를 그야말로 그림을 그리듯 생생하게 묘사한다. 이를테면, 북아프리카산 가구와 수천 권에 달하는 장서, 꽃, 사진, 장난감, 두꺼운 식탁보와 서른 살은 어려 보이는 발의 아름다운 튀니지 출신 아내를 말이다. 발에 대한 손택의 기록에서 볼 수 있듯, 매혹은 때로 신랄하고 불손한

언행으로 뒤바뀌기도 했다.[16]

　손택이 1960년대에 쓴 글은 그가 프랑스 지성인의 삶과 그곳의 스타를 양면적 태도로 대함으로써 많은 이득을 얻고 발전하게 되었음을 보여준다. 특히 중요한 것은 나중에 영화학과 교수이자 학술지 『옥토버October』의 창간인 중 한 명이 되는 애넷 마이컬슨*과의 관계다. 손택의 친구 스티븐 코크는 이 관계를 "손택의 삶에서 중요한 지적 사건"이라고 묘사했다.[17] 전후 예술과 문화의 세계는 하버드 출신 박사과정 학생에게는 다소 낯선 영역이었는데, 마이컬슨은 손택이 그 세계를 탐구하도록 도왔다. 그는 손택에게 흥미로운 작가를 알려주었고, 예술가와 감독에 관한 이야기를 들려주었으며, 파리의 문화계를 소개했다.

　손택이 파리에 도착해 그곳의 문화생활에 몰입했던 때는 유럽과 미국 양쪽에서 1960년대를 예고하는 새로운 움직임이 시작되던 시기였다. 1950년대 후반 파리는 다가오는 1960년대의 문학, 영화, 정치 이론의 가장 중요한 발전이 싹트고 트렌드가 형성되던 핵심적인 장소였다. 1957년 5월 22일 비평가 에밀 앙리오는 『르 몽드Le Monde』에서 '누보로망nouveau roman'

---

* 50년 넘게 『뉴욕 헤럴드 트리뷴』 『아트포럼』 등 다양한 매체에 글을 실었다. 영화 비평에서 20세기 가장 영향력 있는 인물 중 한 사람으로 평가된다.

이라는 신조어로 나탈리 사로트, 알랭 로브그리예, 마르그리트 뒤라스, 미셸 뷔토르가 이끄는 프랑스 문학의 새로운 도약을 지칭했다. 새로운 세대의 소설은 전통 소설의 내러티브 형식에 반기를 드는 엄격한 지성의 원동력을 지니고 있었다. 이 작가들에 따르면, 등장인물의 심리적 발전과 내러티브의 연속성, 전지적 시점을 취하는 화자 등 전통적인 방식은 최근에 끝난 세계대전과 막 시작된 냉전을 기술하기에 적합하지 않았다. 누보로망은 서술 시점과 순서를 실험했다. 이들의 목적은 글에서 작가의 흔적을 최대한 지워버림으로써 문학을 작가의 의도보다는 독자의 해석에 의해 의미가 결정되는 언어적 사건으로 만드는 것이었다. 이들처럼 사뮈엘 베케트와 프란츠 카프카, 그리고 존경하는 스승 케네스 버크의 열성적인 독자였던 손택은 이런 소설 양식에 담긴 지적인 함축들로부터 영감을 얻었다. 후일 손택은 누보로망이 자기 소설에 영향을 미쳤음을 부인했지만, 그가 처음으로 쓴 두 편의 소설 『은인The Benefactor』(1963)과 『살인 도구Death Kit』(1967)는 누보로망의 특징을 두루 보여준다.

파리 생활의 또 따른 측면은 손택의 삶에 해방감을 안겼고, 그만큼 커다란 영향을 미치기도 했다. 케임브리지에서는 대중영화를 남몰래 봐야 한다는 압박감을 느꼈지만 이제는 영화를 보는 즐거움을 마음껏 누릴 수 있었고, 손택은 하루에 몇 편씩이고 영화를 봤다. 미국에서는 영화가 일반적으로 대중문화에 속했고 대부분의 지식인이 이를 낙인찍고 멀리했지만, 파리 사람들은 장 콕토나 자크 타티와 같은 위대한 감독이 만든 영화에 거의 종교적으로 몰두했다. 당시 파리에서 지내던 미국인 영화 비평가 엘리엇 스타인에 따르면, 그는 프랑스의 예술영화계, 특히 매일 영화를 상영하는 전설적인 영화 기록보관소 시네마테크 프랑세즈를 손택에게 소개했다. 또 프랑수아 트뤼포나 장뤼크 고다르와 같은 프랑스 영화감독들에게도 그를 소개했다.[18]

카르티에라탱에 있는 영화관에서는 상영 후 공개 토론회를 여는 것이 관례였고, 문예지는 진지한 영화 평론을 실었다. 독일 점령 기간에 상영이 금지됐던 할리우드 영화도 상세한 비평의 대상이 되었는데, 거의 모든 미국 비평가가 영화를 진지하게 받아들이지 않던 시절 이 영화들엔 "복고풍 초현실주의" 따위의 젠체하는 꼬리표가 붙곤 했다. 평생 영화에 열광한 손택은 미국으로 돌아갈 때 영화에 대한 열정도 함께 가지고 갔으며, 영화에 대한 논의를 늘 진지한 지적 작업으로 여겼다.

현대 프랑스의 정치적 논의 역시 수전 손택의 삶에 결정적인 영향을 미쳤다. 이것은 1950년대의 미국, 특히 학계에서는 상상할 수도 없는 격렬하고 급진적인 것이었다. 미국에서 공산주의는 주적이었고, 소련에 동조하는 기색을 조금만 내비쳐도 무자비한 공격을 받았다. 이와 달리 프랑스 카페에서는 동구권 국가들이 제시하는 대안적 사회를 놓고 치열한 토론이 벌어졌다. 심지어 공개적으로 지지하는 이들도 있었다. 겨우 3년 전인 매카시의 시대에, 미국인은 그런 견해를 갖고 있으면 감옥에 갇혀야 했다.

심지어 니키타 흐루쇼프가 1956년 2월 연설에서 이오시프 스탈린의 죄악을 폭로한 뒤에도 이 주제에 관한 열기는 좀처럼 사그라들지 않았다. 대신 바르샤바, 동베를린, 부다페스트, 프라하에서 반체제 인사를 탄압하고 박해한 일이 서구 좌파 진영에서 도덕적 딜레마로 논쟁거리가 됐다. 그 결과 수십 년 동안 이어진 기이한 이중 전략이 탄생했다. 하나는 공산주의의 죄악―동독, 헝가리, 체코슬로바키아는 저항하는 노동자를 탄압했다―을 비난하기를 주저하는 것이었고, 다른 하나는 공산주의의 목표와 그 철학적·윤리적 토대에 동조하기를 주저하는 것이었다.[19] 손택 자신도 1970년대가 끝날 때까지 이 전략을 따랐다. 1960년대에 손택이 미국으로 가지고 온 것은 첫째, 미국에서 논의조차 되기 어려웠던 전례 없는 좌파 급진주의―손택은 이것이 야기하는 논란에 신경 쓰지 않았다―였고, 둘째, 당파성이 서구 민주주의의 실존적 의무라는 보편적 신념이었다.

손택은 작가, 저항하는 지식인으로서의 존재를 무조건적으로 선택했으며, 이는 그가 학자의 길에서 점차 벗어나고 필립 리프와의 결혼생활을 즉각적으로 끝내게 된 것과도 필연적인 관련이 있었다. 1975년에 왜 리프와 이혼했냐는 질문을 받았을 때, 손택은 "여러 삶을 살고" 싶었는데, 남편과의 공생관계에서는 그게 불가능해 보였다고 말했다. 손택은 "삶과 프로젝트―즉, 수전 손택 프로젝트[20]―사이에서" 결단을 내려야 했다. 손택은 이 결정의 결과를 놀라울 만큼 일관되게 받아들였다. 훗날 그는 리프와의 결별이 참으로 슬픈 일이었다고 말했다. 손택은 자신의 삶을 송두리째 뒤집어놓은 결정을 극적으로 묘사하면서도 남편으로 인해 직면한 딜레마에는 거의 감정이입을 하지 않았다. 손택의 기억에 따르면, 비행기를 타고 파리에서 보스턴으로 돌아왔을 때, 아무것도 모르는 리프는 기쁨에 찬 얼굴로 공항 대합실에서 튀어나와 그를 따뜻이 안아줬다. 짐을 찾은 뒤 리프가 차에 시동을 걸기도 전에, 손택은 이혼하자고 말했다. 며칠 뒤, 손택은 리프의 부모님 댁에 있던 아들 데이비드를 데리고 뉴욕으로 향했다.[21]

뉴욕과의
연계

원하는 삶을 살 수 없으리라고 생각한 적은 단 한 번도 없습니다. (…) 제 생각은 아주 단순했어요. '이상이나 포부를 갖고 시작한 사람들이 젊은 시절에 꿈꾼 일을 하지 않는 이유는 중간에 그만두기 때문이야.' 그리고 생각했죠. '그래, 난 그만두지 않을 거야.'[1]

리처드 하워드는 미국인 시인으로 퓰리처상을 받았으며, 미셸 푸코와 롤랑 바르트, 미셸 레리의 책을 영역했다.* 손택의 평생 친구인 하워드는 손택이 극적인 이혼에 관해 얼마나 자주 언급했는지, 그리고 이혼이 손택에게 얼마나 중요한 사건이었는지를 기억했다. 하워드에 따르면, 손택은 이별을 원하는 이유를 남편에게 솔직히 털어놓았다.[2]

    1959년 3월, 손택과 아들 데이비드는 뉴욕으로 이사했다. 이 일에 관해 인터뷰할 때, 손택은 늘 그렇듯이 자신을 극적으로 포장하는 솜씨를 발휘해 이 국제도시에 도착했을 때 수

---

*   손택의 글을 함께 읽고 문체와 오류를 바로잡아주기도 했다.

중에 달랑 여행 가방 두 개와 30달러밖에 없었다고 말했다. 나중에는 70달러라고 했는데,[3] 지금 가치로 환산하면 450달 러쯤 되니까 좀더 현실적인 액수다. 당시 뉴욕은 집세가 낮았 으므로 그 정도면 첫걸음을 내딛기에 충분했을 것이다.

손택이 말한 대로, 이 이야기는 일종의 아메리칸드림처럼 들린다. 의지할 곳 없는 스물여섯 살의 싱글맘이 가진 것 하 나 없이 야박한 거대 도시로 이주해 작가, 영화감독, 지식인 으로 살고자 한다. 그리고 혼자 힘으로 모든 역경을 극복하고 꿈을 이룬다. 손택이 보헤미안의 삶이라는 공상을 현실로 바 꿔놓기에 뉴욕보다 마침맞은 곳은 없었을 것이다. 야심 찬 젊 은 여성의 눈에 이 도시는 모든 것이 가능한 곳처럼 보였다. 그 시절 뉴욕은 미국 아닌 다른 어떤 곳에서도 상상할 수 없 는 하위문화를 창조한 예술가들을 끌어들였다. 특히 젊은 작 가들에게 그곳의 신화, 소재, 재능의 조합은 저항할 수 없는 것이었다. 국제도시 뉴욕은 당시 경제적으로 유례가 없는 호 황을 누리고 있었다. 맨해튼 중심가와 월가에 고층 건물이 속 속 들어섰고, 동시에 어퍼웨스트사이드에 있는 낡은 건물에서 는 보헤미안 사회가 형성되고 있었다. 대중매체 산업이 호황 을 맞은 건 단지 텔레비전이 빠르게 발전했기 때문만은 아니 었다. 뉴욕은 미국에서 출판사, 잡지사, 신문사가 가장 밀집한 곳이자, 세계의 어떤 도시와도 견줄 수 없을 만큼 문학, 미술, 음악에 재능 있는 사람들이 모여드는 장소였다. 미국의 예술계는 이제 막 유럽에 연결되어 있던 탯줄을 끊어내고 독립을 부르짖기 시작했다. 노먼 메일러, 고어 비달, 필립 로스가 문단을 규정했다. 존 케이지, 네드 로렘, 필립 글래스가 현대음악에 혁명을 일으킬 작품을 작곡하고 있었다.

데이비드 리프의 말에 따르면, 이 단출한 가족은 초기에 비교적 가난하게 살았다고 한다.[4] 자존심과―손택이 인터뷰에서 여러 번 말한 것처럼―초기 페미니스트적 의식 때문에, 손택은 남편으로부터 위자료를 받기를 거부했다. 또 무직 상태였음에도 데이비드를 위해 양육비를 청구하자는 변호사의 제안을 단호히 거절했다.[5] 이혼 합의서에는 손택이 리프와 함께 심혈을 기울여 작업한 책『프로이트: 도덕주의자의 정신』을 리프의 단독 저작물로 한다는 조항도 있었다.

여전히 박사학위 논문을 쓰는 중이었고 학자로서의 앞날을 확실할 수 없었던 손택은, 아마도 야코프 타우베스의 도움을 받아 명망 높고도 완고한 학술지『코멘터리』의 기간제 편집자 자리를 얻었다. 그러나 이 일은 작가로서의 경력을 시작하는 기점이 되기는커녕, 판에 박힌 듯 단조로운 편집 작업으로 손택의 진을 빼놓았다. 애넷 마이컬슨은 수전이 편집자의 따분한 삶과 반복적인 사무에 대해 얼마나 자주 불평했는지를 기억했다.[6] 하지만 6개월 동안 전임으로 일한 덕에 손택은 자신과 데이비드의 생계를 책임질 수 있었다. 어머니와 아들은 어퍼웨스트사이드 74번가와 75번가 사이의 웨스트엔드가에 있는 작고 저렴한 방 두 칸짜리 아파트로 이사했다.

1959년 가을, 손택은 『코멘터리』를 그만두고 뉴욕시립대와 세라로런스대에서 강의를 하나씩 맡으면서 개인 작업에 몰두할 시간적 여유를 더 얻게 됐다. 1960년 야코프 타우베스는 컬럼비아대 종교학과 교수가 되면서 손택에게 종교철학 전임 강사 자리를 제안했다. 타우베스의 목적은 손택이 논문을 마칠 수 있도록 해주는 것이었다. 손택은 종교사회학과 같은 주제로 세미나를 진행했고, 학생 신문인 『컬럼비아 데일리 스펙테이터』에 서평을 쓰기 시작했다.[7]

하지만 대학 강사 자리에는 대가가 따랐다. "데이비드에게 요리를 해주지 않았습니다……. 데워줬죠."[8] 손택은 농담 삼아 이렇게 말한 적이 있다. 데이비드는 매일같이 냉동식품으로 저녁을 해결해야 했지만, 흥미진진한 예술적·정치적 분위기에서 성장할 수 있었다. 손택은 『뉴요커』의 조앤 아코셀라에게 "데이비드는 코트 위에서 자랐어요"라고 말하기도 했다. 데이비드를 데리고 간 수많은 파티 장소의 침대 위에 있던 코트

를 두고 한 말이었다.9

뉴욕에 도착하고 2주 뒤, 손택은 예술계를 활보했다. 금세 몇몇 주요 인물과도 친분을 쌓을 수 있었는데, 그중에는 스웨덴 출신 미국 조각가 클라스 올든버그도 있었다. 또한 해프닝, 오프오프브로드웨이 연극*, 요나스 메카스의 실험영화를 보고, 난생처음으로 춤을 췄다.10 "어머니는 정말 에너지가 끝이 없는 분이었습니다." 아들 데이비드는 기억했다. "어머니의 가장 큰 특징이었죠. 저는 어머니가 하루 24시간치를 첫 번째 한 시간에 산다는 농담을 하곤 했어요. 어머니는 모든 걸 다 경험하고 싶어했습니다. 모든 영화, 모든 무용 공연, 모든 클럽을요."11

사실 갖가지 생업과 적극적인 문화생활, 수많은 연애, 양육, 작가로서 경력 쌓기를 마치 곡예하듯 해낼 수 있도록 해준 이런 끝없는 에너지야말로 손택의 가장 놀라운 면모다. 뉴욕 생활 초기에 쓴 일기는 우울한 분위기가 거의 없고, 대신 분주함에 대한 인상적인 기록으로 가득하다. 가령 어느 토요일에 손택은 아침에 박물관을 방문했다가 급히 택시를 타고 가서 친구와 점심을 먹은 뒤, 오후에는 영화관에 가서 에른스트 루

---

* 오프브로드웨이에 대한 반발로 1960년대 중반부터 활발해진 연극.

비치의 1932년 고전영화 「천국의 말썽Trouble In Paradise」을 본다. 초저녁에는 책을 읽고 아이를 돌본 다음, 다시 영화관에 가서 케네스 앵거의 영화를 관람한 뒤, 파티로 향한다. 마지막으로, 심야에 상영하는 브리지트 바르도의 영화를 본다.[12] 리처드 하워드는 손택이 재정적으로 넉넉하지 않았음에도 버스나 지하철은 절대 타지 않은 것으로 기억한다. 정확한 시간에 맞춰 원하는 장소에 데려다주는 택시를 이용하지 않는다는 건, 그에게 어리석은 일로 보였을 것이다.[13]

손택은 인맥을 급속히 확장했다. 그 안에는 각양각색의 사람이 있었는데, 대부분 파리에서 사귄 연인 해리엇 소머스를 통해 만난 사람들이었다. 소머스도 뉴욕으로 거처를 옮긴 상태였고, 두 사람은 헤어진 뒤에도 친구로 지냈다. 소머스는 쿠바계 미국인 예술가 마리아 아이린 포네스와 동성애자였던 작가 앨프리드 체스터에게 손택을 소개했다. 나중에 저명한 페미니스트 극작가가 되는 아름다운 포네스는 당시까지만 해도 주로 화가로 활동하면서 자기가 속한 신에 몰두했고, 체스터는 문학비평가로 뉴욕 지성계와 잡지 편집자들 사이에서 막 명성을 얻기 시작한 야심 있는 작가였다. 네 친구는 서로 죽고 못 사는 4인방이 되어 파티와 행사에 몰려다녔다. 체스터와 소머스의 절친한 친구인 작가 에드워드 필드는 바워리가에 있는 술집에서 열린 시 낭독회에서 세 여성을 동시에 처음 접한 순간을 기억했다. 부스스한 부분 가발을 쓴 작고 볼품없는 앨프리드 체스터(그는 어린 시절 질병을 앓아 체모가 몽땅 빠져버렸고 평생 그로 인한 오명에 시달렸다)를, 그들은 마치 "빛나는 젊은 여신 3인방 (…) 또는 수호 여전사의 방진方陣"처럼 둘러싸고 있었다고 한다.[14]

네 사람이 단결하게 된 데는 프랑스를 좋아하고(마리아 아이린 포네스와 앨프리드 체스터도 파리에 산 적이 있었다), 문학적 야심이 있었으며, 보헤미안 문화에 끌린다는 점 외에 성적 실험을 매우 즐겼다는 점도 계기로 작용했다. 이들은 뉴욕, 로스앤젤레스를 비롯한 미국 대도시에서 시작돼 미국 전역으로 서서히 퍼져나간 섹스 혁명의 선발대에 속해 있었다. 손택은 소머스, 포네스와 관계를 가졌을 뿐만 아니라, 동성애자였던 앨프리드 체스터와도 관계를 가졌다. 심지어 체스터는 손택과 결혼하기를 원했다. 3년 뒤, 그는 심각한 정신질환을 앓게 되어 세 친구와 연을 끊고, 에드워드 필드와 폴 볼스에게 편지를 보내 손택은 혐오스런 문학계 경쟁자라고 맹비난하고는 탕헤르로 떠나버렸다. 그로부터 얼마 지나지 않아, 점점 심각해지는 피해망상으로 완전히 고립된 그는 이스라엘에서 자살로 생을 마감했다.[15]

앨프리드 체스터는 손택의 작가생활 초반에 상당한 영향을 미쳤다. 스티븐 코크에 의하면, 손택에게 학계를 벗어나 프리랜서 작가로 가는 길을 처음 보여준 이는 체스터였다. 그는 손택이 소녀 시절부터 숭배해온 잡지 『파르티잔 리뷰』의 편집자들에게 유독 인기가 많았다. 뉴욕 지식인들 사이에서 벌어지는 개인적인 힘겨루기나 모의에 밝았던 그는 손택에게 주요 자리를 꿰찬 사람들을 소개해주었을 뿐만 아니라 그들의 배후에서 어떤 일이 일어나는지를 읽을 수 있는 감각을 전수해주었다.

하지만 소머스, 포네스, 손택의 얽히고설킨 삼각관계는 좀처럼 타협의 길이 보이지 않았다. 엘리엇 스타인은 말한다. "정신 나간 레즈비언 관계였죠. 서로 머리에 맥주병을 던지며, 너는 나를 더는 사랑하지 않는다고 비난을 퍼부었으니까요."[16] 필드와 스타인의 기억은 (당시의 시대정신에 맞추어져 있어) 지극히 주관적인 것으로 보이긴 하지만, 그럼에도 불구하고 많은 부분이 진실의 핵심을 보여준다. 오랫동안 억눌렸던 손택의 정서적 에너지는 비로소 자유롭게 분출됐다. 손택은 새롭게 얻은 자유를 한껏 즐기는 듯 보였는데, 이는 무엇보다 뉴욕의 문화적 분위기가 처음으로 그것을 근본적으로 가능하게 해준 덕분이었다. 손택은 이 시기에 이성을 잃음과 동시에 이

성을 꽉 붙들어 맸다고 회상한다. 손택은 보헤미안 사회가 제공해야 하는 것을 탐구할 만반의 준비를 하고서 그곳을 "시찰한다고" 생각했지만, 동시에 "스스로 진정한 자기 삶이라고 믿는 것으로 돌아갈 생각"이었음을 언제나 분명히 했다.[17]

한참 뒤, 손택과 포네스는 진지한 연애를 시작했고, 소머스는 두 사람을 절대 용서하지 않았다.[18] 리처드 하워드의 말에 의하면, 소머스와의 관계에서와 달리 손택은 말년까지도 포네스를 몹시 사랑했다고 한다. 상대가 누가 되었든 손택의 연애는 굉장히 복잡했다. 연애가 끝나면 열정적인 감정은 보통 불같은 증오로 바뀌었고, 손택은 이를 숨기는 법이 없었다. 깊은 실망감에 휩싸인 채로 친구들 앞에서 헤어진 연인을, 남자든 여자든 가리지 않고, 냉철하고 신랄하게 평가했다. 하지만 포네스는 예외였다. 수전은 포네스에 대해서만큼은 부정적인 말을 거의 하지 않았고, 그가 새 연극작품을 초연할 때 늘 참석했으며, 오랫동안 적당한 거리에서 느슨한 관계를 이어갔다.[19]

마리아 아이린 포네스는 곧 손택과 데이비드가 사는 웨스트엔드가 아파트로 이사했다. 그렇게 2년간의 연애가 시작됐고, 이때가 손택의 인생에서 가장 행복했던 한 시기였다. 쿠바 출신인 포네스는 투손에서 쿠바 이민자들과 함께 성장한 수전의 유년기를 떠올리게 하는 남미 문화를 많이 접하게 해주었고, 그 덕에 손택은 보헤미안과 학문에 대한 경험의 폭을 라틴 문화권으로까지 넓힐 수 있었다. 손택은 스페인어를 배우기 시작했으며, 쿠바라는 나라와 그곳에서 2년 전에 권력을 잡은 피델 카스트로에게 매료됐다. 손택의 쿠바 사랑은 이후로 오랫동안 지속됐다. 손택, 데이비드, 포네스는 결국 1960년 여름을 쿠바에서 보냈다.[20]

편집돼서 출판된 손택의 일기는 손택과 포네스의 관계가 얼마나 밀접하고 충만했는지를 고스란히 보여준다. 너무나 연약했던 손택은 자신의 옹졸한 질투와 실망, 그리고 자신이 연인에게 종종 무리한 것을 요구하는 장면을 일기에 그린다. 몇 년 뒤, 이들의 관계는 이런 요구 때문에 좌초된다. 하지만 이 관계를 통해 알아낸 가장 중요한 발견은 손택이 자신의 성욕에 여성과의 성관계가 포함된다는 사실을 완전히 받아들인 것이었다. 손택은 파리에서 애닛 마이컬슨에게 자신은 레즈비언이 아니며, 해리엇 소머스는 그저 일시적인 '일탈'을 의미할 뿐이라고 밝힌 바 있었다. 그러다 1959년 말에는 남성뿐만 아니라 여성도 욕망한다는 걸 스스로 인정했다. 포네스와 함께하는 동안, 손택은 전에는 몰랐던 성적 만족을 경험했고, 이것을 글쓰기의 재개와 연관시키며 말했다. "나는 글쓰기를 욕망한다."[21]

실제로 이 관계는 두 여성 모두에게 대단히 생산적인 결과를 낳았다. 포네스는 후일 인터뷰에서 두 사람이 글쓰기에 불을 지핀 최초의 불꽃으로 생각하는 사건에 대해 자주 언급했다. "그리니치빌리지에 있는 카페에서 친구나 우리를 파티에 초대해줄 만한 사람을 마주치길 바랐습니다. (…) 그런데 갑자기 수전이 기분이 별로 좋지 않다고 하는 거예요. 글을 쓰고는 싶은데 언제 어떻게 시작해야 할지 모르겠다는 게 이유였죠. 저는 (…) 말했습니다. '지금 당장 시작하는 건 어때?' 수전은 '그래, 내가 계속 미루고 있다는 건 나도 알아'라고 했죠. 그래서 말했어요. '쓰라고. 지금 당장 시작해. 나도 쓸 테니까!'"[22]

두 사람은 이 사건을 계기로 작가라는 존재로 탄생했다. 포네스는 극작가로서 경력을 시작했고, 손택은 자신의 첫 번째 소설, 어렵지만 완성도 높은 문체로 쓰인 하이모더니즘 소설 『은인』을 쓰기 시작했다. 손택은 감사의 표시로 이 소설을 포네스에게 헌정했지만, 정작 작품이 출간됐을 때는 그들의 관계가 끝난 뒤였다.

포네스 역시 이 시기를 뒤돌아볼 때면 감상에 젖었다. 포네스는 자신이 희곡을 쓰기 시작한 건 오로지 초보 작가인 손택을 돕기 위해서였다고 농담처럼 말하곤 했다. 몇 주 동안, 두 사람은 아파트의 큰 탁자에 각자 타자기 한 대씩을 놓고

마주 앉아, 집필 중인 작품에서 몇 구절을 골라 서로 읽어줄 때를 제외하곤 글쓰기를 멈추지 않았다.[23]

이와 더불어, 포네스와 손택은 여성들의 글쓰기 모임을 조직했다. 여기에는 손택이 하버드에서 사귄 야코프 타우베스의 젊은 아내 수전 타우베스 등 두 사람의 친구들이 주로 가입했는데, 모임은 겨우 1년밖에 지속되지 못했다. 앨프리드 체스터는 심술궂게도 이 모임에 '레즈비언 유한회사La Société Anonyme des Lesbiennes'라는 별명을 붙였다. 그와 손택 사이에서 막 시작된 경쟁의식을 나타내는 동시에 손택의 아픈 곳을 건드리는 별명이었다. 실제로 손택에게 글쓰기가 성적 욕구와 밀접히 연관된다는 사실은 점점 더 분명해지고 있었다. 특히 소머스와의 관계는 복잡했고 손택으로 하여금 엄청난 죄책감을 느끼게 했다. 손택은 작가로서의 정체성이 필요한 이유를 일기에 적었다. "글을 쓰고자 하는 나의 욕망은 내 동성애와 연관이 있다. 내게는 무기가 될 만한 정체성이 필요하다. 사회가 나를 향해 겨누고 있는 무기에 대항하기 위한 정체성. 이것으로 내 동성애를 정당화할 수는 없다. 다만―내 느낌이지만―일종의 면허를 발급받는 거다."[24]

전남편 필립 리프는 펜실베이니아대에 교수로 초빙되었는데 이혼한 아내의 새로운 삶의 방식에 관해 듣고―아마도 아들 데이비드가 방문했을 때 알게 됐을 것이다—불같이 화를 냈다. 그의 책 『프로이트: 도덕주의자의 정신』 초판에는 "아내, 수전 리프"—사실 이 표현 자체가 남편의 성을 따른 적 없는 수전에게 가부장적인 전통을 강요하는 모욕이었다—에게 남긴 감사의 말이 있었지만, 재판에서는 이것이 삭제됐다. 이혼한 부부 사이의 갈등은, 필립이 레즈비언인 손택은 어머니로 적합하지 않다는 이유를 들어 데이비드의 양육권을 가져가겠다고 주장하면서 극으로 치달았다. 자신도 아버지 없이 자랐기에, 늘 데이비드는 아버지와 관계가 좋다고 역설하며 아들로 하여금 캘리포니아와 펜실베이니아에 있는 필립을 되도록 자주 보러 가게 했던 손택에게 이 사건은 충격이었다.[25]

결국 양육권 분쟁이 이어졌고, 이는 몇몇 뉴욕 일간지 가십난의 먹잇감이 됐다. 『뉴욕 데일리 뉴스』는 「레즈비언 종교학 교수 양육권을 얻다」라는 제목으로 두 사람의 법정 다툼을 다룬 논평을 실었다. 이런 유의 이야깃거리를 직감적으로 알았던 앨프리드 체스터는 손택과 포네스가 근사한 드레스에 하이힐을 신고 화장을 한 "눈부시게 아름다운" 모습으로 법정에 나타났다고 말했다. 판사는 매력 넘치는 2인조에 홀딱 반해서 그들이 레즈비언이라는 것을 믿기 어려워했다.[26]

승소해서 데이비드를 양육할 권리를 되찾았음에도, 손택은 재판에서 충격을 받았다. 당시 법원이 어머니가 아닌 아버지에게 양육권을 줄 가능성은 희박했지만, 스톤월항쟁과 동성애자 민권운동의 탄생은 아직 먼 미래의 일이었다. 여성들이 비밀리에 맺은 관계로 기소되는 일은 거의 없었지만, 동성애는 뉴욕에서 여전히 법으로 처벌받는 범죄였다. 리처드 하워드에 따르면, 손택은 언론의 인신공격에 깊은 상처를 받았다고 한다. 하워드는 손택이 동성 연인과 만나는 사실을 절대 공개적으로 인정하지 않은 이유 가운데 하나가 이 일이었다고 생각했다. 훗날 필립 리프는 "이혼이 아들에게 미친 영향 때문에" 손택에게 양육권 소송을 제기했던 일을 후회했다.[27]

이혼에 뒤따른 일들을 처리하는 와중에도 손택은 쉬지 않고 소설을 썼다. 특히 컬럼비아에서 강의하지 않아도 되는 1962~1963년엔 주말과 여름 몇 달을 소설을 쓰는 데 집중했다. 손택은 말 그대로 데이비드를 무릎 위에 앉혀둔 채 『은인』을 썼다고 말했다. 데이비드가 아침에 눈을 떠보면 어머니가 타자기 앞에서 잠들어 있을 때도 있었다.[28] 싱글맘으로 살아가는 일은 말할 수 없이 고단했지만, 소설 작업은 "거의 힘들이지 않고" 얻는 황홀경과 같았다.[29]

소설의 주인공인 60세 프랑스인 은둔자 이폴리트는 뉴욕에서 살아가는 스물아홉의 작가 자신과 크게 분리되지 않았다.

손택은 이폴리트로 하여금 두 차례의 세계대전 사이 어느 살롱에서 그의 기이한 삶을 일인칭 시점으로 서술하게 했다. 소설의 주요 장치는 현실과 꿈의 세계 사이의 일반적인 위계질서를 뒤바꾸는 것이었다. 이폴리트는 대체로 기이한 꿈을 따라서 현실을 철저히 변형시킨다. 그의 삶은 이기적이고, 성적이며, 무의식적인 상상의 그림자가 된다.

이폴리트를 '영웅'으로 볼 수는 없고, 소설에는 '플롯'이라고 할 만한 것이 없다. 그 대신, 여러 경험이 보통은 연관성 없는 일련의 사건으로 짜임새 없이 서술된다. 이폴리트는 자신을 후원하는 여성 프라우 안데르스와 관계를 갖고, 여러 영화에서 단역을 맡으며, 실험적인 종교에 도전해보고, 친구인 문란한 동성애자 사기꾼 장 자크와 어울리다가, 마지막엔 프라우 안데르스와 함께 아랍 국가로 여행을 떠난 뒤 거기서 그를 노예로 팔아버린다. 꿈 장면은 점차 현대의 미학적 논의에 대한 기괴한 희화화로 그 자신을 드러내는데, 이로써 소설은 상상에 관한 체계적 탐구를 한층 높은 관점에서—철학적·종교적 이론을 잔뜩 덧붙여서—기술한 메타적 에세이가 된다.

이처럼 손택 스스로 삶의 구상을 일관되게 실현하기 시작한 시기에, 그는 이런 일관성의 위험에 관한 소설을 쓴다. 이폴리트는 몹시 부도덕하고 정치에 관심 없는 비양심적인 인물이라는 것이 점차 드러난다. 손택은 이 소설 안에서 자신의 미학적 목표를 실현하는 동안, 그것의 도덕적 한계도 다룬다. 데카르트의 『성찰』, 볼테르의 『캉디드』, 그리스 히폴리토스 신화에 대한 수많은 풍자적인 언급을 포착하려면, 『은인』은 기본으로 한 번 이상 읽어야 하는 철저한 모더니즘 소설이다. 그러나 전통적 내러티브와 심리학적 범주를 사용해서 평가하는 것이 거의 불가능한 작품임에도, 이 소설은 많은 부분을 독자의 상상에 맡기는 간소함 안에서 문학적 표현에 대한 확실한 감각을 보여준다. 플롯은 어디로도 이어지지 않는데, 이런 불가해한 무목적성은 의도적으로 소설 형식의 한계를 탐색한다. 프랑스 모더니즘과 '누보로망'이 사건을 현실적으로 서술하지 않는 이 소설의 독특한 형식에 영향을 미친 것은 분명하지만, 손택은 여러 인터뷰에서 이를 강력히 부인했다.[30] 손택 자신은 열여섯 살 때 선물로 받은 스승 케네스 버크의 소설 『더 나은 삶을 향해』를 무의식적으로 본보기로 삼았다고 말했다. 인위적인 짧은 글을 모아놓았고, 과격한 이기주의를 다루며, 전통적 서술 구조를 따르지 않는다는 점에서 버크의 소설도 '누보로망'과 일맥상통하므로 손택이 그의 소설을 본보기로 삼았다는 말은 쉽게 납득이 간다.

미국이든 유럽이든 독창적이고 야심 찬 문체에 난해한 내용을 담은 소설이 오늘날의 대중매체 환경에서 성공을 거둔다는 건 상상하기 어렵다. 하지만 새로운 예술적·사회적 움직임을 포착하는 감각이 탁월했던 손택은 틈새를 찾아내 명중시켰다. 미국 문학계에선 프랑스에 이미 5년 동안 존재해온 사조를 받아들일 분위기가 무르익고 있었다. 손택은 소설을 80쪽까지 쓴 뒤 출판사를 찾아 나섰는데, 원고를 사겠다는 곳을 찾기까지는 그리 오랜 시간이 걸리지 않았다.

패러, 스트로스 앤드 지루FSG의 편집장 로버트 지루는 원고를 든 젊은 손택이 자기 사무실에 등장했던 모습을 생생히 기억했다. 손택은 영향력 있는 랜덤하우스의 편집자 제이슨 엡스타인이 자신의 책—가제는 『매력적인 남자: 이폴리트의 꿈 The Striking Man: Dreams of Hipplyte』이었다—을 거절했지만, FSG의 지루야말로 뉴욕에서 이 소설을 이해할 수 있는 유일한 편집자일 것이라는 뜻을 내비쳤다고 한다.[31] 지루는 잘 안 팔릴 것 같지만 작품성이 뛰어난 신작이 있으면, 위험을 감수하고서라도 기꺼이 출간하는 것으로 유명했다.

손택 자신은 이 만남을 지루와는 다르게 좀더 낭만적으로 기억했다. FSG는 유니언스퀘어에 있었으며 낡아빠졌기로 악명 높은 사무실 바닥에는 오래된 리놀륨이 깔려 있었다. 그때만 해도 그 동네는 출판보다 마약상, 노숙인, 소매치기로 더 유명했는데, 이들은 매일 아침 발행인 로저 스트로스의 빛나는 벤츠에 길을 터주었다. 손택은 FSG를 언제나 1순위로 생각했다고 말했다. 무엇보다 자신의 영웅인 1930년대 그리니치빌리지의 모더니즘 책을 출판했기 때문이다. 당시만 해도 "한없이 순진했던" 그는 출판 에이전트가 무엇인지도 몰랐고, 출판사마다 소설 담당 편집자가 한 명씩만 있을 것이라고 생각했다. 그래서 원고를 상자에 넣고 "소설 담당 편집자 앞"이라고 적은 다음 비서에게 전달을 부탁했다.[32]

FSG는 당시에도 이미 미국에서 가장 흥미로운 출판사 중 하나였다. 편집장 지루는 높은 문학적 기준을 고수했고, 여기에 뉴욕 사교계의 일원인 로저 스트로스가 뉴욕 지식인 특유의 화려함을 더했다. 스트로스는 상류층 사교계 귀부인인 후원자 글래디스 구겐하임의 아들이자, 라인골드 맥주의 지분을 물려받은 도로시아 리브먼의 남편이었다. 1946년에 창립한 이래 FSG는 T. S. 엘리엇, 체스와프 미워시, 네이딘 고디머, 조지프 브로드스키, 셰이머스 히니를 비롯한 노벨상 수상자 20명과 전미도서상 수상자 17명, 퓰리처상 수상자 7명의 책을 출판했다. 1960년대 초, 스트로스의 전속작가 리스트에는 문학의 권위와 동의어인 필립 로스, 마르그리트 유르스나르, 아이작 바셰비스 싱어와 같은 이름이 있었다.

1961년 5월, 원고를 보낸 지 2주도 채 지나지 않아 손택은 FSG와 계약했다. 선인세는 고작 500달러였다. 하지만 로저 스트로스는 지치지 않고 글을 쓰도록 저자들을 독려하고 작품을 끊임없이 홍보하며, 초반에 판매가 부진해도 장기간 책을 펴내기로 유명했다. 또 다른 나라에 번역 출판되게 했고, 확실한 인맥이 있는 잡지와 신문에 서평이 실리게 했다.[33] 손택은 이보다 더 나은 출판사를 찾을 수 없었을 것이다.

작가로서, 지식인으로서 손택의 경력과 밀접히 연관되었던 출판인과의 평생에 걸친 깊은 우정은 이렇게 시작됐다. 손택의 책을 독일어로 출판한 미하엘 크뤼거는 이들의 우정을 "사람들이 상상할 수 있는 것처럼, 순수하고 아름답고 진지한 부녀 관계"라고 말한다.[34] FSG의 현 편집장 조너선 갤러시도 그들 관계의 이런 측면을 강조한다. "반은 아버지, 반은 동료였습니다. (…) 말다툼을 자주 했지만, 그래도 서로 늘 전화를 했죠. 로저와 수전의 관계에는 가부장적인 면이 있었는데, 수전은 그걸 즐기면서도 질색했어요. (…) 수전은 진정한 아버지와의 관계를 경험해보지 못했던 터라 그와의 관계에서 큰 위안을 받았던 것 같습니다. 로저는 수전의 보호자였습니다."[35]

뉴욕공립도서관의 FSG 기록보관소에 있는 기록은 스트로스가 처음 같이 작업하는 작가를 언제나 세심하게 배려했음을 보여주는데, 그와 손택의 관계는 유독 특별했다. 그는 손택을 사모했으며, 점심 식사 자리에서 그를 만날 때마다 잔뜩 긴장이 됐다고 자주 말했다. 나중에야 알게 되었지만 손택도 마찬가지로 잔뜩 긴장했다. 손택은 이런 사업상의 점심 식사에서 칵테일을 마시는 게 관례라고 생각했다. 안타깝게도, 손택은 체질적으로 술에 약해서 이런 자리를 가지고 나면 언제나 남은 하루를 침대에서 보내야 했다.[36]

스트로스는 손택의 원고에 열광했다. 그는 손택에게 보낸 편지에 『은인』이 "놀랍도록 창의적"이며 "독창적이고, 강렬하며, 눈을 뗄 수 없군요"라고 썼다.[37] 스트로스는 새로운 세대를 이끌 매우 중요한 작가이자 지식인을 발굴했다고 생각했다. 그는 손택의 소설을 1963년 가을 출간 목록의 가장 상단에 올려놓았고, 최종 원고를 받은 지 불과 몇 달 만에 영국, 프랑스, 이탈리아의 출판사에 판권을 수출했다.[38]

손택은 어퍼이스트사이드에 있는 스트로스의 타운하우스에서 열리는, 뉴욕에서 가장 중요한 사교 파티에도 초대됐다. 스트로스는 여기에서 뉴욕을 대표하는 출판인과 기자를 모아놓고 작가를 소개했다. 그곳은 스트로스의 푸들에게 카나페를 주는 당대 최고의 문예비평가 에드먼드 윌슨과 『파르티잔 리뷰』의 편집장 필립 라브, 얼마 지나지 않아 『뉴욕 리뷰 오브 북스』를 공동으로 창립하는 로버트 실버스를 만날 수 있는 곳이었다. 아담 자가예프스키에 따르면, 스트로스는 자신이 관리하는 유명한 작가들에 관해 말하기를 즐겼다고 한다. "마치 명망 있는 감독이 자기 운동선수의 강점과 약점에 대해 논하듯이—애정이 있는 선배로서 (…) 다정하면서도 다소 귀족적인 말투로 논쟁을 펼쳤죠. 자신의 작가들을 흠모하지만 자기 손가락에는 잉크를 묻히지 않는다는 사실을 음미하는 왕자 같았습니다."[39]

스티븐 코크는 손택이 이런 화려한 파티를 대단히 즐겼다고 말한다. "스트로스의 타운하우스에 가보면, 사방이 노벨상 수상자 천지였습니다." 그곳에 가면, 앨 허슈펠드의 캐리커처 속으로 발을 들이기라도 한 것처럼, 미하일 바리시니코프, 게오르게 발란친, 리처드 애버던을 만날 수 있었다.[40]

라처드 하워드의 기억에 의하면, 손택은 새로운 사람과 안면을 트고 영향력 있는 사람들과 관계를 맺는 능력을 타고났다. "뭔가 얻을 게 있는 사람에게는 아주, 아주 친절하게 대할 줄—심지어 유혹할 줄도—알았습니다. 하지만 멍청한 사람들과는 말을 섞는 법을 몰랐죠."[41]

이와 같이 손택은 스트로스와 긴밀한 관계에 있던 새로운 집단으로 재빨리 발을 들였다. 랜덤하우스의 발행인 제이슨 엡스타인과 그의 아내 바버라, 그리고 예술계의 전설적인 후원자이자 연기 코치인 스텔라 애들러와도 알게 되었다. 애들러는 말런 브랜도, 프랭크 시나트라와 같은 인기 있는 배우와 가수뿐만 아니라 존 케이지, 머스 커닝햄, 마사 그레이엄과 같은 고급문화계 인사들과 어울렸다.

손택은 이런 집단 속에서 어떻게 행동해야 하는지를 본능적으로 알았다. 미국 작곡가 네드 로럼은 이 기간에 손택을 파티에서 만났는데, 그가 방으로 들어서는 순간 비범한 인상을 받았던 것을 기억한다.[42] 스티븐 코크는 말했다. "손택은 스타 기질이 다분했습니다. 그가 파티장에 나타나면, 사람들은 그를 보기 위해 몸을 돌렸죠. 손택은 자연스레 사람들의 시선을 끄는, 눈부시게 아름다운 존재였습니다."[43]

이 배타적인 사회에 들어가기가 얼마나 어려운지를 생각하면, 손택이 그들을 자연스럽고 당당하게 대했다는 사실이 더욱 놀랍게 여겨진다. 작가, 예술가, 지식인이 모인 뉴욕 사교계는 가입 기준이 엄격한 그들만의 세계였다. 네드 로럼은 스텔라 애들러의 집에서 파티가 열리고 있을 때, 앤디 워홀이 현관에 나타났던 일을 이야기했다. 로럼은 워홀과 비교적 친한 사이였지만, 그가 경솔한 행동을 해서 안 좋은 인상을 남길 것을 염려해 돌려보내야 했다.[44] 거부할 수 없는 지성과 세련

됨, 성적 매력, 아름다움의 혼합물을 발산하는 것처럼 보였던 손택은, 그 자신이 언젠가 말한 것처럼, 재스퍼 존스와 바비 케네디, 워런 비티를 전부 자기 발밑에 두었다.[45]

1962년 봄, 로저 스트로스의 파티에서 손택은 윌리엄 필립스를 만났다. 수전이 열네 살 무렵 깊은 밤 자기 방에서 읽으며 발췌하곤 했던 바로 그 잡지, 그가 미국 최고의 잡지로 생각했던 『파르티잔 리뷰』의 편집장이었다. 필립스는 손택에게 에세이 하나를 발표해보자고 제안했다.[46] 손택이 『파르티잔 리뷰』를 위해 쓴 첫 번째 글, 아이작 바셰비스 싱어의 소설 『노예The Slave』에 관한 서평은 1962년 봄 호에 실렸다. 손택은—아직 미완성인 자신의 소설처럼—전통적 내러티브 형식과 차별화된 현대적이고 반심리주의적이며 반사실주의적인 소설의 가능성을 탐구했다. 새로운 미학적 발전을 분석하고 그것을 이해하기 쉬운 방식으로 설명하기 위해 학문적 수단을 활용할 수 있게 해주는 명료함은 이때부터 두드러진다. 더불어 누보로망 계열의 프랑스 작가 나탈리 사로트에 관한 에세이에서는 소설 형식의 새로운 가능성에 대한 생각을 더욱 정교화해서 제시한다. 문학의 교훈적 기능을 고찰하는 이 글은 거의 당시 손택 자신의 문학작품에 대한 실용주의적 논증처럼 읽힌다. 누보로망을 비판했음에도, 손택은 문학을 19세기의 부르주아 가치관으로부터 구해내, 20세기의 미술과 음악, 영화, 건축의 근본적으로 현대적이고 새로운 움직임에 발맞추는 수준까지 끌어올리는 데 앞장섰다.

손택은 『파르티잔 리뷰』와 『무비고어The Moviegoer』 『북 위크 Book Week』 『네이션The Nation』 『에버그린 리뷰Evergreen Review』와 같은 소규모 잡지에 연달아 글을 발표했다. 뉴욕 예술계에서 혁신을 일으키고 있던 해프닝, 이탈리아 모더니스트 체사레 파베세의 소설, 알랭 레네의 영화처럼 다양한 주제에 관해 글을 썼다. 그는 자신의 글쓰기를 주로 현대의 문학과 미술, 영화계를 뒤흔들고 있는 아방가르드적 전환을 기록하는 작업으로 여긴 것 같다. 새롭고 알려지지 않은, 심지어 이해하기 힘든 모든 것이 그의 흥미를 불러일으켰다. 손택은 아주 예리하게 기존 지식인들이 간과하는 현상을 분석하고 그것의 중대한 사회적 의미가 무엇인지를 알아내려 애썼다.

1962년 12월, 『뉴욕 타임스』가 거래하던 인쇄소가 파업했다. 파업은 거의 두 달간 계속됐는데, 이 기간에 로버트 실버스, 엘리자베스 하드윅, 로버트 로웰, 제이슨과 바버라 엡스타인이 만나 영향력 있는 일간지의 일요판 문학 섹션인 『뉴욕 타임스 북 리뷰』를 대체할 수 있는 방법을 논의했다. 그들은 『뉴욕 타임스 북 리뷰』의 서평 수준이 이미 형편없게 떨어진 상태라고 생각했다. 『뉴욕 타임스 북 리뷰』는 상업적인 대중서를 선호하는 것처럼 보였고, 어려운 책은 비평이랄 것도 없이 대충 깔아뭉개기 일쑤였다. 이번 파업은 진지한 문학 저널리즘의 발판이 되어줄 독립 비평지를 창간할 절호의 기회로 보였다. 제이슨 엡스타인은 파업 때문에 다가오는 봄에 출간할 책을 『뉴욕 타임스』에 홍보할 수 없게 된 출판사들과 접촉했다. 실버스, 하드윅, 로월은 인맥을 총동원해 후원인과 작가들을 모으고 사업에 착수할 자금을 확보했다. 1963년 2월 『뉴욕 리뷰 오브 북스』 창간호가 발간됐다. 그 이후 10년 동안, 이 잡지는 양질의 기사와 중요한 정치적 문제를 찾아내는 감각으로 미국 지성계의 중추 역할을 했고, 그 위상은 오늘날에도 여전하다.

창간호에 기사를 쓴 사람으로는 노먼 메일러, 고어 비달, W. H. 오든, 메리 매카시, 엘리자베스 하드윅, 그리고 젊은 수전 손택이 있었다. 하드윅에 따르면, 그들이 잡지에 기고할 사람을 놓고 심사숙고할 때, 손택은 "선뜻 포함됐다."[47] 손택은 친구 수전 타우베스가 연구하고 있던 시몬 배유의 에세이집을 논평했다. 손택의 연구 분야는 종교철학이었지만, 배유의 에세이에 담긴 종교철학적 함축은 부차적으로만 다루고, 스스로 매력과 혐오감을 동시에 느꼈던 주제인 이 프랑스 철학자의 영지주의, 고행으로의 운명적 끌림, 지적 고뇌와 자신이 맺고 있는 양면적 관계를 기술한다.

배유에 대한 글에서 시작된 손택의 『뉴욕 리뷰 오브 북스』에 대한 의리는 평생─원만하기만 했던 것은 아니지만─계속됐다. 손택은 생을 마칠 때까지 이 잡지에 글을 썼으며, 그의 유명한 에세이 중 상당수가 이 잡지의 지면을 통해 처음 공개됐다. 손택은 엄청나게 진지하면서도 시류에 밝았고, 기존 뉴욕 지성계의 감성을 이해했으며, 하위문화의 현대적 발전과 경향에 굉장히 관심이 많았는데, 이런 조합은 당시의 시대정신과 정확히 맞아떨어졌다.

기자 데이비드 덴비와 역사학자 아서 마웍이 말한 것처럼, 1960년대 초반은 미국 문화가 진정한 의미에서 '진지함'을 겸비했던 마지막 순간이었다. 이 시기 미국 문화의 풍경은 세계적인 문화 교류─특히 유럽과의 교류─가 시작되고, 뉴욕 등지에서 하위문화가 출현하면서 근본적으로 변화하고 있었다. 문화 변동의 조짐은 미술계의 혁명적 발전에서부터 실험적인 연극 집단과 건축계의 싱크탱크, 시민권 운동과 페미니스트 운동의 시작까지 포괄한다. 정보의 유통은 급속히 빨라졌고, 그에 따라 새롭고 자극적인 것에 대한 대중매체의 요구도 그만큼 높아지고 있었지만, 그때까지만 해도 대중문화는 독점적인 영향력을 갖지 못했고, 텔레비전도 미국 가정의 일상을 지배하지는 못한 상태였으며, 사회는 베트남전쟁의 여파에 집단적으로 사로잡히기 전이었다. 대규모 엔터테인먼트 산업은 아직 대중문화를 장악하지 못했다. 아이러니는 단순히 이미지의 홍수 속 잡음이 아니라, 여전히 아는 척하는 사람들을 사회의 나머지 부분에서 분리하는 공격의 한 방식이었다.[48]

1963년 가을 『은인』이 출간됐을 때, 저자는 이미 뉴욕에서 이름을 떨치고 있었다. 게다가 로저 스트로스는 영향력 있는 뉴욕의 비평가와 작가로부터 책 표지에 실을 찬사를 받아냈다. 예를 들어, 한나 아렌트는 손택을 대단한 작가라고 칭찬하며 특히 꿈과 생각으로부터 현실적인 이야기를 조직하는 능력이 탁월하다고 했다. 케네스 버크는 『은인』을 지적이면서 깊이를 갖춘 보기 드물게 탁월한 판타지라고 칭찬했다. 『코멘터리』에서 손택의 상사였던 로버트 플린트는 유럽 모더니즘에서 파생된 주제에 매료됐으며, 플롯을 구성하기를 거부하는 상상 가능한 모든 근원적 이유에 대한 냉철하고 창의적인 탐구를 인정했다.[49] 로저 스트로스는 심지어 당시 존 F. 케네디의 특별보좌관이었던 친구 아서 M. 슐레진저에게 책을 한 부 보내면서 지난 50년 동안 나온 최고의 책 중 하나라고 추천했다.

이렇게 홍보를 했음에도 뉴욕 밖의 지성계에서 손택의 첫 소설에 대한 반응은 미지근할 뿐이었고, 판매 또한 지지부진했다. 뉴욕공립도서관의 FSG 기록보관소에서 판매 기록을 찾아볼 수는 없지만, 손택이 인세에 대해 언급한 내용을 보면 폭삭 망한 것까진 아니더라도 성공적이었다고 볼 수는 없었던 것 같다. 『파르티잔 리뷰』와 『뉴욕 리뷰 오브 북스』라는 세계 바깥에서 이 소설이 받은 전형적인 반응은 『뉴욕 타임스 북 리뷰』의 기사가 말해준다. 이 기사는 손택의 소설을 '반소설'로 낙인찍었고, "신실존주의 철학과 까다로운 현대적 기법을 유행에 따라 차용"하고 "등장인물들은 살아가는 게 아니라, 몸짓을 한다"라고 말하며 부당하게 비판했다.[50]

손택의 출판인은 처음부터 저자의 매혹적인 아우라에 기대를 건 게 분명하다. 손택의 소설은 애초의 계획에서 방향을 틀어 버크와 아렌트의 미사여구 대신 뒤표지 전면에 스물아홉이었던 저자의 사진을 실어 출간됐다. 해리 헤스가 찍은 흑백사진은 기막히게 호화로운 아름다움을 지닌 젊은 여성을 보여준다. 멋스럽게 자른 새카만 단발머리를 하고 현대적인 유명 디자이너의 옷을 입은 모습은 화려한 패션 잡지의 모델이라고 해도 될 것처럼 보인다. 표정은 꽤나 진지하다. 지적인 주체와 대상화된 아름다운 여성 이미지의 공생은 여기에서 처음 전형적으로 표현됐다. 이렇게 『은인』의 출간은, 대성공을 거두지는 못했을지언정 현재까지도 유효한 손택 특유의 이미지를 확립했을 뿐 아니라 앞으로 그가 쌓아갈 작가로서의 경력에도 본질적인 초석을 놓아주었다. 손택은—다수의 친구가 증언한 대로— 순진무구함과 계산적인 면모를 스스로 혼합함으로써 건조하고 남성적인 지식인 세계에 화려함과 낭만을 불어넣으며, 자신의 이미지를 유희하듯 수월하게 발전시킬 수 있었다. 다른 대중매체가 난해한 아방가르드 작가인 손택에게 흥미를 보이게 해준 것도 바로 이 이미지였다. 1963년 겨울, 손택은 『은인』으로 미디어 기업 콩데나스트가 발행하는 잡지 『마드모아젤』이 주는 메리트상을 받았다. 『마드모아젤』은 화장법, 별점, 패션에 대한 조언, 연예 기사처럼 상투적인 내용에 진지한 단편소설을 추가하는 방식으로 알려진 잡지였다. 공동 수상자는 바브라 스트라이샌드와 러시아 우주비행사 발렌티나 테레시코바였다. 『마드모아젤』의 편집장 리오 러먼은 나중에 손택의 친구가 됐다. 이 잡지는 손택을 "올해 가장 흥미로운 젊은 작가"로 칭송했고, 소설 뒤표지에 있는 해리 헤스의 사진을 옮겨 실었다. 평론가 캐럴린 하일브런은 『뉴욕 타임스』에 쓴 글에서 화려함과 지성 사이를 넘나드는 새로운 인물의 정곡을 찔렀다. "바브라 스트라이샌드가 노래하는 배우를 대표하지 않고 발렌티나 테레시코바가 우주비행사를 대표하지 않듯이, 수전 손택도 작가를 대표하지 않는다."[51]

손택의 경력에서 지속적인 역할을 했던, 이미지에 대한 우상화는 이렇게 시작됐다. 여기에 가장 책임이 있는 사람은 20세기 미국의 가장 탁월한 예술가들 중 한 사람이었으며 몇 안 되는 미국인 초현실주의 대가 중 한 명인 조지프 코넬이다. 유명한 콜라주 상자 「엘립션The Ellipsian」에서, 그는 마치 시간의 흐름을 나타내려는 듯, 모서리가 찢긴 해리 헤스의 사진을 사용했다. 미술평론가 데버라 솔로몬은 이 효과를 다음과 같이 기술했다. "코넬의 콜라주에서, 손택의 사진—시간의 흐름을 나타내기 위해 가장자리를 찢은—은 상자 면의 오른쪽 위를 차지한다. 그는 높은 곳에서 냉정하게 공간을 응시한다. 태양계 도면 조각과 연필로 그린 원들은 그에게 다른 세계의 차원을 부여한다."[52]

캠프   <u>1964</u>

도어스와 도스토옙스키 중 한쪽을 선택해야 한다면, 그렇다면―당연히―도스토옙스키를 선택할 것이다. 하지만 굳이 그럴 필요가 있을까?[1]

1964년은 미국에서 일반적으로 '1960년대'의 시작으로 여겨진다―실제 연대가 아니라 저항과 사회 격변을 상징하는 가공의 시대로서. 1964년은 1950년대 후반과 1960년대 초반을 잇는 다양한 가닥―사회 비판, 하위문화, 대중문화, 정치적 자유주의―이 엮여서 정치와 언론, 미술, 연극이라는 경기장에서, 특히 삶의 양식이라는 전형적인 미국식 경기장에서 각축전을 벌인 다양한 급진적 운동을 낳은 시점이었다. 1964년은 마틴 루서 킹 주니어가 노벨상을 받고, 미 의회가 인종차별주의 종식을 위해 큰 걸음을 뗀 공민권법을 통과시킨 해였다. 평화운동과 신좌파가 생겨나고, 리버풀의 록밴드 비틀스가 대서양을 건너 미국에서 열풍을 일으킨 해였으며, 저항 행위와 기분 전환용 마약, 동양의 신비주의, 성적 해방이 보헤미아 거주 지역 밖으로 퍼져나간 해였다. 심지어 중산층 아이들까지 갑자기 앨런 긴즈버그를 읽고, 선종을 공부하고, 마리화나를 피우기 시작했다. 앤디 워홀의 뮤즈 에디 세즈윅이 뉴욕으로 이주하고, 워홀 자신은 맨해튼의 중심인 47번가에 있는 새 작업실로 이사해서 내부를 전부 알루미늄포일로 씌운 전설적인 실버팩토리를 만든 해였다. 그리고 이 해는, 수전 손택이 유명해진 해이기도 했다.[2]

손택은 계속해서 시간에 쫓기면서도 이런저런 일을 곡예하듯이 해냈다. 아들 데이비드를 돌보고, 뉴욕 아방가르드 집단의 언더그라운드 영화와 실험연극을 보고, 대학교수 직을 유지하고, 마지막으로 문학가와 비평가로서 활동했다. 하지만 이렇게 바쁘게 살다 보니 어쩔 수 없이 인생의 결단을 내려야 했다. 마리아 아이린 포네스는 때때로 까다롭게 구는 파트너 손택과 점점 멀어졌고, 결국 두 사람은 완전히 결별했다.[3] 『은인』을 출간한 뒤, 학자의 길과 문학을 향한 야심 사이의 모순은 더욱 심각해졌다. 박사학위 논문을 끝내지 못한 상태에서 문학계에 점점 더 깊숙이 관여하고 있다는 사실은 컬럼비아 대학교와의 관계에서 문제가 되었다. 록펠러와 메릴 재단이 주는 장학금에 손택을 추천했던 로저 스트로스는 메릴 재단에 있는 친구 해리 포드에게 조심스럽게 재촉했다. "자네도 알겠지만, 손택은 컬럼비아의 철학과 교원 중 한 명이네. 그런데 이곳 선임자들은 그의 글이 전혀 철학적이지 않다고 생각해. 이런 어리석은 사고방식 때문에, 손택은 지금 재정적 지원이 필요한 처지라네."[4]

학문적 스승이자 후원자인 야코프 타우베스는 당시 독일로 돌아가 베를린자유대학교에서 자리를 맡는 것을 협상하고 있었기에, 손택은 더는 그의 도움을 기대할 수 없었다. 그가 떠나버리면 가는 순간 손택의 자리도 위태로워질 터였다. 하지만 결국 출판사와 스트로스가 애를 쓴 것이 결실을 맺었다. 소설과 비평을 근거로, 록펠러재단은 손택이 1964-1965학년도에 럿거스대에서 작가로 재직할 수 있게 해줬고, 메릴재단도 1965년도에 장학금을 수여했다. 손택은 이런 지원 덕에 애물단지 같은 컬럼비아대 철학과 강사 직을 내려놓을 수 있었다.

손택의 친구였던 애닛 마이컬슨은 이런 방향 전환에 몹시 놀랐던 걸로 보인다. 미술사가인 그는 당시까지도 거의 알려지지 않은 학문 분야인 영화학으로 학문적 경력을 쌓고 있었는데, 손택이 왜 생각 없이 대학에서의 경력을 버리고 프리랜서 작가라는 극도로 불안정한 길을 뒤도 안 돌아보고 선택했는지 이해할 수 없었다.[5] 하지만 학계를 떠나는 일이 그렇게 간단하지만은 않았다. 3년 뒤, 손택은 논문을 마치지 못한 걸 자못 후회했고, 심지어는 논문—아마도 현대 프랑스철학을 주제로 한 논문—을 완성해 하버드에서 박사학위를 받으려는 계획까지 세웠다.[6] 하지만 손택은 이 계획을 전혀 실행에 옮기지 않았다. 나중에 제안받은 수많은 강사 직, 명예 박사학위, 교수 직도 대부분 거절하면서, 명예 박사학위를 받기에는 진짜 박사학위를 너무나도 존중한다는 심드렁한 이유를 대곤했다. 손택은 문학과 영화학, 문화사 같은 분야의 논문에 정통했지만, 그의 에세이적인 글쓰기는 학술적 글쓰기와 기본적으로 상반되는 것이었다. 손택은 작가의 삶과 학자의 삶이 서로 배타적이라는 점을 반복해서 강조했다. 그는 "학문적 삶이 우리 세대 최고의 작가들을 파괴하는 것"을 목도했던 것이다.[7] 이 발언 뒤에 상처받은 허영심이 자리하고 있다는 건 어렵지 않게 짐작할 수 있다. 동시대 최고의 작가 중 한 사람이었던 손택이 학계에서 실패를 맛본 것은 반학문적인 삶에 대한 바람 때문만이 아니라, 스스로 여전히 엄청나게 가부장적인 대학 세계에 속한 여성이었기 때문이다.[8]

1964년 봄 학기를 마친 뒤, 손택은 컬럼비아에서의 강사 생활을 청산하고 프리랜서 작가이자 에세이 저자로서의 삶을 시작했다. 초기에는 생활비를 벌기도 힘들었지만 점차 글로

먹고사는 일이 가능해졌다.

그해에 쓴 일기의 몇몇 구절을 보면, 손택의 개인적 문제는 때로 자기혐오로 바뀌어 있다. 그는 아주 명료하게 스스로를 공격하면서, "나 자신의 악덕을 위해 타인을 검열하고, 우정을 연애로 만들고, 사랑이 모든 걸 포괄하기를(그리고 배제하기를) 요구하는" 성향을 비판한다.9 새로운 악평의 희생양이 된 건 그의 문학작품이었다. 1962년에 『은인』을 마무리한 뒤, 손택은 거의 에세이만을 썼다. 이미 집필에 착수했던 두 번째 소설은 숨 가쁘게 『하퍼스 바자』 1963년 9월 호에 「인형The Dummy」이라는 제목의 단편으로 발표됐다. 그 외에는 1965년 가을까지 주로 신문과 잡지에 글을 기고하고 에세이를 썼는데, 거기엔 그럴 만한 이유가 있었다. 첫째, 손택처럼 뉴욕에서 열정적으로 살아가려면 돈이 많이 들고, 장편 또는 단편 소설보다는 에세이나 비평, 칼럼이 훨씬 더 돈이 됐기 때문이다. 가령 『애틀랜틱 먼슬리』는 3000단어에서 5000단어 분량의 칼럼에 500달러를 지급했는데, 이는 그가 소설 한 편을 탈고했을 때 FSG에서 받는 고료와 맞먹는 액수였다. 둘째, 동료와 친구 들이 소설보다는 그의 비범한 논평을 더 높이―그리고 더 즉각적으로―평가했기 때문이다.

하지만 일기에서 볼 수 있듯이, 당시 손택에게 글쓰기란 진정한 도전, 심지어 고문이었다. 손택은 말한다. "막 타자기로 친 원고는, 완성되는 즉시, 악취를 풍기기 시작한다. 이것은―반드시 묻어버려야 하는―방부 처리된, 인쇄된 시체다."[10] 본인이 털어놓은 바에 의하면, 손택은 글을 쓰기 위해 스스로를 압박해야 했다. 그의 작품은 매우 집중적인 단계에 접어들어 완성됐다. "저는 압박감이 쌓여서 글을 써야 할 때, 그리고 제 머릿속에서 뭔가가 숙성돼서 그걸 써 내려갈 수 있겠다는 자신감이 충분히 느껴질 때, 글을 씁니다."[11] 게다가 손택은 초고를 거의 열 번은 고치고 또 고치는 성향이 있었다.[12] 이사크 디네센의 전기를 쓴 『뉴요커』의 필자이자 손택의 친구 주디스 서먼은 손택이 글쓰기의 어려움에 정면으로 맞서는 방식이 얼마나 눈물겨웠는지를 기억한다. 손택은 극도로 흥분한 상태에서 서먼에게 글쓰기가 "불가능, 불가능해, 바보 같아"라고 되풀이했다.[13] 또 다른 친구는 손택이 글쓰기의 모든 장애물을 얼마나 극적으로 극복했는지 들려준다. 그는 살이 쏙 빠질 때까지 먹지도 자지도 않은 채로 밤새 글을 썼고, 완전히 탈진하고 나서야 책상 옆 바닥에 누워 두 시간 정도 잠을 청했다고 한다.[14]

게다가, 손택 자신이 "두서없다"라고 표현한 이런 글쓰기 방식은 소설을 꾸준히 쓰기 어렵게 했을 뿐만 아니라 언론사의

캠프 1964

요구를 맞추기 힘들게도 했다. 손택은 마감 시간을 지키는 것과 쓸 내용을 미리 정확히 기술하는 것을 끔찍이 싫어했다. 한번은 『파르티잔 리뷰』의 윌리엄 필립스가 그전까지 (당시 뉴욕에서 가장 유명한 지식인이었던) 메리 매카시가 맡아온 명망 있는 연극비평 자리를 제안한 일이 있었다. 손택은 연극비평을 하고 싶지 않았음에도 그 제안을 받아들였다. 그는 이 사건을 자조적으로 회상했다. "2회까지 연재한 뒤 필립스에게 더는 못 하겠다고 말했죠."[15] 두 편의 비평(1966년 비평집 『해석에 반대한다』에 재수록)은 전형적인 당시 손택의 글―즉 지적이고, 세련되고, 독창적인 글―로 보이지만, 그는 연극작품에 관해 글을 써야 하는 본연의 임무에서 계속 벗어난다. 대신 비평의 대상인 연극과 직접적으로 관련이 없는 영화를 끌어들여 상세히 논한다. 당시에 쓴 다른 에세이들은 손택의 확고한 열정을 바탕으로 씌었지만, 뉴욕의 극단에서 성행하던 고루한 자연주의 연극에는 그의 열정을 불러일으키는 게 없었다. 이런 연극은 그의 사고와 글에 불을 붙이고 문화의 모든 양상을 탐구하는 근본적인 미학적 감수성을 거의 또는 전혀 제공하지 못했다. 손택은 감탄을 안겨준 예술작품과 비교적 덜 알려진 작가, 미술가, 영화를 직접 골라서 자기 글의 주제로 삼고 싶어했다. 그는 자신의 에세이를 '문화적인 작업cultural work '이라고 생각했다. 손택은, 나중에 강조했듯이, 무엇보다 "쓰일 필요가 있었던 것"16이라는 관점에서, 이것들의 타당성을 고려한 에세이를 썼다.

손택은 1964년 7월 24일의 일기에 이렇게 적었다. "예술은 자신의 광기와 접촉하는 한 방식이다."17 그리고 손택은 사회적 차별의 대상이며 그에 대항하기 위해 글쓰기를 '무기'로 동원해야 한다고 느끼게 한 성격의 일부, 다시 말해 자신의 '어두운 면'과 조우하게 만든 예술의 영역을 포함하는 논란 속으로 자신을 밀어넣었다. 이를테면 그는 미국의 엄격한 검열에 도전하고 때로는 검열을 받아야 하는 현대 언더그라운드 영화에 관한 글쓰기가 불법적으로 이런 감정에 숨통을 틔워줄 기회를 제공한고 생각했다. 리처드 하워드의 말에 의하면, 손택은 어느 날 흥분에 휩싸여 전화를 걸어서는 프랑스 감옥에서 게이가 자위행위를 하는 장면이 노골적으로 나오는 충격적인—미국에서는 금지된—예술영화, 장 주네의 1950년 작 「사랑의 찬가Un chant d'amour」를 뉴욕 어딘가에서 상영할 것이라는 소문을 들었다고 했다. 하워드와 손택은 즉시 요나스 메카스의 그래머시 예술극장부터 대니얼 탤벗이 소유하고 운영하는 재상영관인 뉴요커 극장까지 언더그라운드 영화관을 들쑤시고 다니다가 마침내 이 영화를 상영하는 곳을 찾아냈다.18

손택은 훗날 스스로를 '영화광'으로 일컬었다. 그는 프랑스에서 광적으로 빠져들었던 영화를 향한 열정을 마음껏 충족했다. 빡빡한 일정에 여유가 생길 때마다 여전히 하루에 몇 번씩 영화를 보러 갔다. 그리고 자기가 본 영화에 대해 에세이와 평론을 썼고, 아방가르드 영화에 관한 학술대회에 참가했다.[19]

1964년 3월 3일, 뉴욕 경찰은 언더그라운드 영화의 중심지 중 하나였던 다이앤 디 프리마가 운영하는 뉴바우어리 극장에서 헤테로섹슈얼, 게이, 레즈비언, 드래그퀸이 난교하는 장면을 포함하는 잭 스미스의 다소 포르노그래피적인 영화 「황홀한 피조물들Flaming Creatures」(1963)을 상영하는 현장을 급습했다. 이 일은 단순히 검열법 집행의 문제가 아니었다. 차라리 노골적인 숙청이었다. 그해 여름 뉴욕에선 거대한 국제적 소비자 행사인 만국박람회가 개최될 예정이었다. 경찰은 주최자뿐만 아니라 관객도 체포했고, 해당 영화와 앤디 워홀의 초창기 다큐멘터리 「잭 스미스가 『보편적인 사랑』을 촬영하다Jack Smith Filming "Normal Love"」(이것은 이대로 영영 사라졌다)의 필름까지 압수했으며, 법원으로부터 극장 문을 닫으라는 명령을 받아냈다. 경찰의 이런 조치는 검열에 반대하는 항의와 시위의 물결을 불러일으켰다. 손택도 여기에 참여했다.[20] 이 영화에 대한 손택의 영렬한 옹호는 1964년 4월 13일 『네이션』에 「열린 눈을 위한 향연A Feast for Open Eyes」이라는 제목으로 실렸고, 『해석에 반대한다』에도 재수록됐다. 그는 잭 스미스를 루이스 부뉴엘과 세르게이 예이젠시테인과 비교하고, 그를 추상표현주의와 팝아트의 전통에 속하는 인물로 보았다. 손택은 한 달 뒤 대대적으로 보도되며 재판으로까지 이어진 포르노 논란에 대해 이 영화를 격렬히 변호한다. 『네이션』의 기사를 근거로 손택은 감정인으로서 법정에서 진술할 것을 요청받았지만, 그럼에도 감독은 재판에서 패소했다.

손택은 법정 증언에서뿐만 아니라 에세이에서도 일탈적인 성적 이미지 안에는 비감과 순수함이 있다는 주장으로 포르노라는 비난에 맞섰다. 그는 이런 이미지를 음란한 성욕이 아니라 핸드헬드 카메라와 과다 노출된 필름을 일부러 서투르게 사용해서 만들어낸 시각 효과로 해석했다. 손택은 허버트 마르쿠제의 이론인 억압적 관용을 연상시키는 단호한 선언으로 에세이를 마무리한다. 「황홀한 피조물들」은 "세계를 심미적으로 바라본 성공적인 사례"이며, 비평가들이 전통적으로 예술을 "도덕적 관념의 영역"에 위치시켜온 "이 나라가 아직 이해하지 못하는" 종류의 예술을 표상한다고 말이다.[21]

이 에세이에서 주목할 만한 점은 추잡한 것으로 여겨지는 주제를 떠맡아 문화정치학과 비평의 근본적 질문을 다루는 정확한 지적 어휘를 소유한 개인의 목소리를 개발했다는 것이다. 이 조합으로, 손택은 당시의 분열적인 분위기를 정확히 파악했고, 동시에 자신이 문학보다 에세이를 통해 현대사회의 논의에 훨씬 더 큰 영향력을 행사할 수 있다는 사실을 이해했다. 손택은 에세이를 통해 강경한 어조로 새 시대의 복음과 새로운 세대의 도래를 선포한다.

손택은 기자 엘런 홉킨스에게 말했다. "당시는 소설에 좋은 시대가 아니었습니다. 사람들은 생각에 관해 말하는 데 더 흥미가 있었어요."[22] 심지어 뉴욕 지성계를 떠받치는 인물 중 한 사람인 드와이트 맥도널드도 젊은 동료에게 문학비평가로 경력을 쌓을 것을 권고했다.[23] 손택은 로저 스트로스를 통해 그를 처음 만났는데, 1963년 가을에 열린 현대문학 비평에 관한 학술대회에서 맥도널드가 자신의 세대를 이해하지 못한다고 비난한 적이 있었다. "소설에는 아무도 관심이 없어요, 수전. 아무도. 에세이를 써요!"[24] 손택의 출판인 로저 스트로스와 편집자 로버트 지루도 똑같이 생각했다. 두 사람 모두 손택의 다음 책이 논픽션이었으면 좋겠다는 뜻을 내비쳤다.[25]

수전 손택은 뉴욕의 작가와 기자 들 사이에서 "재색을 겸비한 여자intellectual It-Girl"라는 평판을 얻었다. 손택은 이런 칭호를 얻으려 했으면서도 한편으로는 하찮게 여긴 것으로 보이는

데, 특히 『뉴욕 타임스』가 여러 차례 이 표현을 사용해서 그를 지칭한 후에 그랬다.[26] 당시 사람들의 말에 의하면, 『파르티잔 리뷰』 또는 『뉴욕 리뷰 오브 북스』에 손택의 새 에세이가 발표되는 건 언제나 대단한 사건이었다. 문체는 너무나 독특하고 참신했고, 다루는 주제는 너무나 뜻밖이고 흥미진진했다.[27] 로저 스트로스의 눈에 손택의 에세이집은 작가에게 명성을 안겨주고, 수전 손택이라는 이름을 자신의 출판사와 밀접히 연관된 브랜드로 만들어줄 필연적인 다음 단계로 보였다.

1964년 4월 초, 스트로스의 요청에 의해, 손택은 이미 발표한 에세이 목록과 아직 계획 단계에 있던 글의 개요를 작성했다. 여기에는 알베르 카뮈, 클로드 레비스트로스, 미켈란젤로 안토니오니, 체사레 파베세, 장뤼크 고다르에 관한 에세이와 해석, 캠프, 스타일, 새로운 감수성, SF영화에 관한 글을 위한 아이디어, 그리고 침묵의 미학과 포르노그래피 문학에 관한 에세이의 초안이 담겨 있었다. 이 글들은 "그의 다음 한두 작품의 근간"을 이루게 된다.[28] 그 책들이 바로 유명한 에세이집 『해석에 반대한다』(1966)와 『급진적 의지의 스타일』(1969)이다.

두 권의 책은 출간 전부터 치밀한 마케팅 전략이 선행됐다. 스트로스는 잡지와 학술지를 상대로 손택의 에이전트 역할을 자처하며 그의 글이 반드시 평판 좋은 출판물에 실리도록 손을 썼다. FSG의 직원 라일라 카프는 출판사의 영국, 프랑스, 네덜란드 판매처에 서신을 보내 "손택에게 이 에세이와 비평 중 몇 편을 청탁할 때 로저가 대부분 중요한 역할을 맡았다"고 알렸다. 또 이들 국가에서 "비슷한 홍보"를 해서 "비슷한 결과"를 낳기를 바란다는 뜻을 전했다. 카프는 계속해서 적었다. "이런 종류의 노력은 별로 돈이 되지 않는다"는 것을 이해하지만, 그보다 "길게 볼 때에만 성과를 얻을 수 있는 문학적인 일과"라고 본다고.[29]

하지만 스트로스가 정말로 천재적이었던 점은 이미 손택의 글을 게재한 바 있는 식자층 학술지뿐만 아니라 『보그』 『마드모아젤』 『하퍼스 바자』 『타임』과 같은 잡지에도 그의 글을 제공한 것이다. 이런 출판물은 고급문화와 거의 관련이 없었지만 판매 부수가 엄청났고, 더 많은 고료를 지급했다. 진지한 작가가 이런 곳에 글을 싣는다는 건 분명 전례 없는 일이었다. 1966년 『뉴욕 타임스』에 기고한 「컬트에 관한 단상: 또는 기득권 지식인층에 어떻게 들어갈 수 있는가Notes on Cult; or, How to Join the Intellectual Establishment」라는 재기 넘치는 글에서, 빅터 S. 내버스키는 『뉴욕 리뷰』 『코멘터리』 『파르티잔 리뷰』 외에 가끔은 『뉴요커』에 글을 게재할 수도 있겠지만, 그 아래로는 뉴욕 식자층에게 신성모독과 마찬가지라고 썼다.[30]

손택은 잭 스미스의 「황홀한 피조물들」에 관한 에세이 말미에서 영화를 "대중문화를 즐기는 하나의 방식"으로 기술하는 과정에서 캠프Camp라는 개념을 도입한다.[31] 당시 '캠프'는 주로 뉴욕과 런던의 게이 하위문화에서 사용되던 은어였다. 이 단어는 키치 영화, 소설, 대량 생산된 장식품에서 세련되고 지적인 즐거움을 끌어내는 모순적인 태도를 지칭했다. (유럽 대륙에서는 문화적 담론을 전혀 형성하지 못하고 항상 앵글로색슨에 한정된 현상으로만 머무렀던 개념인) 캠프라는 사고방식은 상류 부르주아 문화의 전통적 양식에 걸맞지 않은 문화상품을 즐기도록 허용하는 수용 방식의 전형이었다. 사람들은 캠프 대상을 즐기는 동시에 그것을 일부러 무시할 수 있었고, 그렇게 하찮은 것의 미학에서 즐거움을 얻었다. 캠프라는 개념은 반체제 취향의 개념, 즉 고급문화를 받아들이면서 동시에 그것의 기반을 약화시키는 감수성이었다.

손택은 캠프 개념에 관한 글을 오랫동안 계획했는데, 그가 꼭 이런 감수성(그는 이것에 매력과 혐오감을 동시에 느낀다고 썼다)을 공유해서가 아니라, 앨프리드 체스터, 리처드 하워드, 엘리엇 스타인, 그리고 화가 폴 세크와 같은 게이 친구들이 캠프적 사고방식을 받아들인 뒤 그것을 탁월함의 증거로 전환하는 모습에 매료됐기 때문이었다.

손택은 이 주제에 관한 에세이가 논란을 불러일으키리라는 것을 알았다. 그는 이 에세이를 『파르티잔 리뷰』에 건넸는데, 편집실에서는 이 글을 두고 격렬한 논쟁이 벌어졌다. 손택의 지지자인 윌리엄 필립스는 부편집장 필립 라브가 손택의 색다른 스타일을 강력히 반대하는 바람에 가까스로 원고를 채택할 수 있었다.[32] 이는 먼저 동성애라는 주제가 금기시되는 것이기 때문이었다. 또한―손택이 활동하는 지식인 층은 게이와 레즈비언이 적어도 용인되는 곳이었기에 좀더 비중 있게 여겨졌으나―대중문화와 관련되는 것은 무조건 멸시받았기 때문이었다. 리처드 하워드는 말한다. "손택은 자기가 캠프에 관한 글을 거의 대중을 위해 쓰고 있다는 것을 알았습니다."[33]

1964년 에세이 「'캠프'에 관한 단상Notes on 'Camp'」―대부분 그해 여름 파리를 방문했을 때 쓰였으며 『파르티잔 리뷰』 가을 호에 실렸다―은 획기적인 성취를 거두었으며, 지금까지도, 특히 미국에서, 그를 대표하는 에세이로 여겨진다. 손택은 친구 엘리엇 스타인에게서 캠프 감수성에 대한 영감을 받았다. 그는 베르뇌유 호텔에 방을 하나 빌렸는데, 손택은 그곳을 자주 방문했다. 그 방은 제임스 볼드윈의 1956년 소설 『조반니의 방』의 모델이기도 했다. 스타인의 방은 캠프 취향의 일람표 같았다. 금박을 입힌 회반죽 벽에 키치 스타일 등이 달려 있고, 장폴 사르트르의 사진이 게이 매춘 남성의 사진 옆에 명예롭게 자리하고 있었다.[34] 손택의 에세이는 내용뿐만 아니라 형식에 있어서도 이런 무작위적인 키치 작품의 병치를 활용한다. 글을 전통적인 방식으로 구성하는 대신, 에세이를 쉰여덟 단락으로 나눠 번호를 붙인 뒤, 철학적 금언의 특징을 띠는 각각의 단락이 캠프 현상의 한 가지 측면을 기술하게 한다. 에세이에 산재한 재치 있는 오스카 와일드 인용문은 금언의 특징을 더욱 강조한다. 손택은 와일드의 댄디즘을 캠프 감수성의 원조로 보았다.

하지만 손택의 결정적인 한 수는 캠프를 하위문화의 지위에서 끌어올려, 캠프가 진지한 고급문화이며 느낌과 의식이라는 아방가르드의 양극단과 동등한, 심미성을 경험하는 제3의 길임을 선포한 것이다. 그런 까닭에, 그는 다다이즘이나 르네상스 같은 고유명사처럼 에세이 전반에서 '캠프Camp'의 첫 글자를 대문자로 적음으로써 체제전복적인 감수성을 공식적으로 스타일의 지위로 고양시킨다. "그리고 위대한 창조적 감수성 가운데 세 번째가 캠프다. 캠프는 실패한 진지함, 극적으로 과장된 경험의 감수성이다. 캠프는 전통적 진지함의 조화도, 극단적 감정 상태와 완전히 동화되는 위험성도 거부한다."[35]

손택은 이런 스타일, 즉 '창조적 감수성creative sensibility'의 목록을 작성하고, 진정한 캠프 작품의 목록을 티파니 램프에서부터 빈첸초 벨리니의 오페라, 「장미의 기사Der Rosenkavalier」, 지나 롤로브리지다, 그레타 가르보에서부터 로널드 퍼뱅크의 소설들, 「백조의 호수」, 마를레네 디트리히가 나오는 요제프 폰 슈테른베르크의 영화까지 아우르며 기록한다. 그 결과는 "고급문화의 신: 진리, 아름다움, 진지함"[36]을 아이러니한 비감, 과장된 양식화, "이중적인 해석을 허용하는 대담한 매너리즘"[37]에 대한 애호로 위협하는, 충격적이면서도 그만큼 진지한 에세이다. 소비문화와 오락물로 포화 상태인 미국 문화에서 캠프는 손택에게 스타일의 생존을 상징한다. 겉보기엔 대중문화를 수용하는 것 같지만, 손택에게 캠프 취향은 엔터테인먼트 산업을 긍정하는 것이 아니다. 캠프는 오히려 이런 문화에서 살아가는 것을 가능하게 해주는 미학적 여과 장치 역할을 한다. 당시의 생활방식에 대한 사용설명서가 있다고 한다면, 그것은 수전 손택의 「'캠프'에 관한 단상」일 것이다.

이 에세이에 대한 반응은 천차만별이었다. 한편에선 손택이 수없이 많은 영화를 보며 캠프 취향을 연구했던, 대니얼 탤벗의 뉴요커 극장 열혈 고객에게 이 글이 무료로 배포됐다.[38] 다른 한편에선 동성애라는 주제와 대중문화를 진지하게 취급했다는 데 화가 난 『파르티잔 리뷰』 독자들의 편지가 쇄도

했다.[39] 하지만 그 후로 몇 년 동안 '캠프' 개념이 획득한 명성은 그런 불평을 무색하게 했다. 돌연 손택의 캠프 개념은 점점 더 새로운 문화 현상을 가리키는 표지로 사용됐다. 그는 20년이 지난 후까지도 "그것이 알을 깨고 나와 돌연 자기만의 삶을 영위해나가기 시작한" 것을 두고 역정을 냈다. 사람들은 캠프를 '통속적pop'이거나 '아이러니한ironic' 것으로 오용하기 일쑤였다. 시각예술 분야에서 오랫동안 널리 유통된 이런 오해의 변주는 캠프를 실험영화, 실크스크린 인쇄, 앤디 워홀의 브릴로 상자 조각 또는 로이 리히텐슈타인, 로버트 라우션버그, 클라스 올든버그의 팝아트 그림과 동일시하는 것이었다. 당시 뉴욕에서 시작돼 세계를 정복한 팝아트 운동은 손택의 캠프 개념과 거의 무관했지만, 이 역시 전통적인 미학의 범주에 같은 방식으로 저항했다. 캠프와 팝아트 모두 대중문화를 노골적으로 언급했고, 일반적으로 받아들여지는 예술과 오락의 범주를 비틀었다. 하지만 캠프 취향은 대중문화에 넘쳐나는 키치 작품을 과거로 거슬러 올라가 활용한 반면, 팝아트는 새롭고 익명성이 훨씬 더 큰 미디어 시대의 도래를 선포했다. 따라서 손택은 본의 아니게 명백히 지적인 품격을, 이를테면 20센트짜리 캠벨수프 캔에 사인을 해서 어퍼이스트사이드에 있는 자신의 미술관에서 6달러에 되판 앤디 워홀의 행위처럼 극단적으로 유행을 따르는 현상에 빌려준 셈이 됐다.

1965년 1월 『뉴욕 타임스』 기사에서 토머스 미핸이 손택에게 '캠프계의 아이작 뉴턴 경'이나 '미스 캠프' 같은 별명을 붙인 데서 볼 수 있듯, 에세이가 발표된 지 몇 달 만에 캠프 개념은 모든 사람의 입에 오르내리는 유행어가 됐다. 잠시 동안, 어떤 것이 캠프인지 아닌지가 무엇이 '안에' 있고 무엇이 '바깥에' 있는가에 대한 질문을 대체했다. 알 만한 사람들은 캠프에 대해 어떤 것이 '진짜'인지 '가짜'인지, '의도적'인지 '의도하지 않은' 건지, '고급'인지 '저급'인지를 추측하는 게임을 만들었다.[40]

비평 에세이 한 편으로 31세 여성이 지성계의 스타 반열에 올랐다는 사실이 오늘날에는 이상하게 들리겠지만, 1964년 미국의 동부 해안 지역에서는 가능한 일이었다. 1964년 12월 10일 『타임』지에 그의 에세이에 관한 기사가 실리면서, 손택의 명성은 더욱더 높이 치솟았다.[41] 발행 부수가 『파르티잔 리뷰』의 스무 배에 달하는, 당시 미국 중산층에게 가장 중요한 잡지였던 『타임』이 손택을 "맨해튼에서 가장 재능 있는 젊은 지식인 가운데 한 사람"이라고 칭한 것이다. 다른 신문과 잡지도 그 뒤를 이었다. 『뉴욕 타임스』의 비평가 엘리엇 프리몬트 스미스가 이 현상을 요약했다. "갑자기 수전 손택이 거기에 존재했다. 그는 알려진 게 아니라 선포됐다." 프리몬트스미스는 말했다. "그는 겸손을 떨며 머뭇머뭇 지성계로 들어선 게 아니었다. 그보다는, 색종이가 흩날리는 퍼레이드에 둘러싸인 채 어디선가 불쑥 나타났다."[42]

당시 손택이 떨친 명성을 확인시켜주는 시각적 증거가 있는데, 앨런 긴즈버그부터 데니스 호퍼, 밥 딜런까지 1960년대 뉴욕 아방가르드 인사의 모습을 담은 인명 사전인 앤디 워홀의 3분짜리 16밀리미터 인물영화 「스크린테스트Screen Tests」가 그것이다. 손택 또한 워홀의 화려함과 대중문화에 대한 독특한 감각을 구현했다. 손택의 에세이에 크게 영감을 받은(워홀 전문가인 캘리 에인절은 아마도 에세이가 언론으로부터 받은 주목에 훨씬 더 영감을 받았을 것이라고 말한다) 워홀은 1년 뒤 「황홀한 피조물들」의 감독인 잭 스미스까지 등장하는 「캠프Camp」라는 영화를 찍었다.[43] 워홀은 손택이 자신을 그다지 높게 평가하지 않는다는 걸 알았지만, 그의 카리스마에 깊이 매료되어 「스크린테스트」를 일곱 번이나 찍었는데, 이것은 워홀의 뉴욕 작업실 실버팩토리의 구성원인 에디 세즈윅, 루 리드, 니코, 베이비 제인 홀저와 같은 인사들만이 누릴 수 있는 영예였다.[44] 현재 뉴욕현대미술관에 소장된 손택의 「스크린테스트」에서, 우리는 진지하고 때로는 오만한 분위기를 풍기면서 한편으로 강한 불안감을 감추고 있는 매력적인 젊은 여성을 볼 수 있다. 그는 미소를 짓다가도 지루해하고, 입을 삐쭉 내밀고, 담배를 피우고, 얼굴에 어울리지 않게 활짝 웃다가, 1960년대식 검은 선글라스 뒤로 숨어든다. 워홀은 두 편의 스크린테스트 모음집 「13인의 가장 아름다운 여성13 Most Beautiful Women」과 「50인의 환상적인 사람들과 50개의 개성들50 Fantastics and 50 Personalities」에도 손택을 포함시킬 계획이었지만, 이 계획을 끝마치지 못했다.

아방가르드
스타일

1965
1967

정신의 실상은 언제나 '이미 알려진 것'의 한계에 있습니다. (…) 가장 흥미로운 발상은 이단인 법이죠.[1]

캠프 에세이가 성공을 거둔 뒤, 손택은 새로운 문화적 감수성을 갖춘 비평가로서 명성을 확고히 다졌다. 많은 동시대인이 당대 저널리즘 풍경에서 그의 에세이가 단연 돋보였던 것을 기억한다. 손택의 글은 신선한 목소리를 담고 있으면서 동시에 거침이 없었다.[2] 실험소설 작가이자 젊은 지식인으로서 성취한 엄청난 지위 덕분에, 출판인 로저 스트로스의 추천을 받은 메릴 재단은 그에게 1965년 한 해 연구비를 지원했다. 1966년 3월엔 문화비평으로 명망 있는 미국의 언론상인 조지폴크상을 수상하고 구겐하임 연구비를 받았다. 손택은 학회와 낭독회 등의 행사에 점점 더 많이 초대됐는데, 이는 여행을 열렬히 사랑했던 그에게 어린 시절 꿈꿨던 곳을 방문할 기회를 제공했다. 이 시기에, 손택은 파리에서 여름을 보냈는가 하면, 체코슬로바키아, 유고슬라비아, 독일, 모로코, 이탈리아, 쿠바, 베트남, 라오스, 스웨덴, 영국을 여행했으며, 여행지의 목록은 시간이 갈수록 더 늘어났다. 이런 초대에는 명예뿐만 아니라 의무도 따랐다. 손택은 1967년 베니스 국제영화제에서 심사위원을 맡았고, 세계적인 작가 협회인 펜 인터내셔널의 세미나에 참석했으며, 자신의 책을 출판한 유럽 출판사를 순회하며 낭독회를 열었고, 에세이를 연구했다. 손택은 이 여행 덕에 문학과 영화, 미술의 국제적인 최신 동향을 파악할 수 있었다. 연구비를 지원받음으로써 마침내 글쓰기에 온전히 집중할 수 있게 된 손택은 지금까지도 여러 논의에 영향력을 행사하고 학술적인 논쟁을 불러일으키는 첫 번째 에세이집 『해석에 반대한다』를 이 시기에 완성했다.

특히, 표제작은 그 후 몇 년 동안 문학과 미술, 영화 평론에 어떤 구호를 제공했다. 1964년 말 『에버그린 리뷰』에 처음 발표된 「해석에 반대한다」는 손택이 글을 기고했던 대부분의 식자층 잡지에서 오랫동안 규범으로 여겨졌던 진부한 예술비평의 종말을 예고했다. 손택은 예술이 자연의 모방이라는 플라톤과 아리스토텔레스의 이론부터 가장 영향력 있는 마르크스주의와 프로이트주의 해석 이론까지 이어져온 논의에 종지부를 찍는다. 그는 실제 텍스트 아래 깔린 숨겨진 '진정한' 의미를 찾아낸다는 현대의 해석적 관행을 재치 있고 통렬하게 비판한다.

손택에 따르면, 이 같은 관점에서 해석은 단지 반동 행위이며, 예술이 그 자체로 서는 것을 거부하는 속물성을 드러내는 것이다. 예술작품을 '의미'로 환원시킬 때, 비평은 그것을 길들이며, 말 잘 듣고 통제 가능한 상품으로 만들며, 그것에서 마음을 뒤흔드는 능력을 빼앗아가는 것이다. 이렇게 보면, 해석은 개인의 정서적 경험을 더럽히는 것에 지나지 않는다. "오늘날은 그런 시대, 대부분의 해석 작업이 반동적이고 사람들의 숨통을 막아버리는 시대다. 도시의 공기를 더럽히는 자동차와 중공업 공장이 내뿜는 매연처럼, 예술 해석의 분출도 우리의 감수성을 해친다."[3]

손택이 공언한 목표는 상상 속 순수의 시대, 즉 어떤 예술 이론도 출연하지 않았던 시대와 같은 상태로 회귀하는 것이 아니었다. 오히려 그것은, 현대의 해석이란 그야말로— 손택이 자신의 통찰력을 고스란히 드러내는 어구로써 표현했듯이— "지식인이 예술에 가하는 복수"이므로, 비평가의 공격으로부터 예술을 보호하는 것이다.[4] 그는 영화를 예로 들어 적절한 비평의 기초를 전개한다. 그에게 영화는 이미지가 지닌, "언어로 옮길 수 없는 순수한 감각적 직접성"에 초점을 맞추는 심미적 지각의 한 형식이다.[5] 비평가의 임무는 이러한 "감각적 표면"[6]을 기술하고 그것의 양식을 분석하는 것이지, 그 의미에 집중하는 것이 아니다. 39년 뒤 텔레비전 인터뷰에서, 수전 손택은 1960년대에 문학과 연극이 왜 현대영화와 그 신들인 위대한 영화감독—고다르, 레네, 안토니오니, 잉마르 베리만—처럼 현대적일 수 없는지 이해가 안 간다고 말했다.[7] 영화 비평가 엘리엇 스타인에 의하면, 미국 지식인 손택이 (여전히 의심스러운 대중문화의 형식인) 영화를 전통적인 고급문화인 문학과 미술 위에 놓았다는 사실은 대부분의 동시대인에게는 괘씸한 일이었지만, 새로운 세대의 예술가와 지식인에게는 해방이었다.[8] 그와 동시에, 젊은 세대를 위한 해방은 문화의 혁명에 대한 손택의 공개적 요구였다. "과잉과 초과생산에 기초한" 문화에서, 결과적으로 우리는 "감각 경험의 예리함을 점차 잃어가며"[9] 여기서 비평가는 무엇보다 중대한 정치적 역할을 담당한다. 손택은 나중에 자신의 글에서 가장 많이 인용되는 문장이 되는, 선동적이고 수수께끼 같은 선전포고로 에세이를 끝맺는다. "우리에게 필요한 것은 해석학이 아니라 예술의 성애학erotics이다."[10]

　　에세이집『해석에 반대한다』가 돌풍을 일으킨 이유는—문

학비평가 엘리엇 와인버거의 말을 빌리자면―"익숙하고 온건한 비평 담론이라는 외양 아래, 마침내 다다이즘과 미래주의와 초현실주의를, 조이스와 엘리엇이 현대적이고 신비평가와 프로이트주의자, 마르크스주의 해석가가 무리를 지어 돌아다니는 구역인 리버사이드드라이브로 가지고 왔기" 때문이다.[11] 손택이 말해야 했던 것이 꼭 새로운 것만은 아니었다. 오히려 어차피 몇 년에 한 번씩은 반복되어야 하는 분명한 요청, 졸음에 빠진 뉴욕 지성계를 흔들어 깨우는 요청이었다.

『해석에 반대한다』의 마지막 장은 문화의 혁명에 관한 또 한 편의 빼어난 에세이가 장식했는데, 이 글은 훨씬 더 큰 결과를 낳을 시도였으며, 1960년대의 유토피아적 감수성을 훨씬 더 적절히 기술했다. 「하나의 문화와 새로운 감수성One Culture and the New Sensibility」(손택은 스트로스의 권유로 1965년에 이 글의 더 짧은 버전을 『마드모아젤』에 발표했다)은 고급문화와 대중문화 사이의 구분을 겨냥해 비판했으며, 대중문화 비평의 토대가 되었다. 논란에 불을 지필 줄 아는 특유의 재능을 바탕으로, 손택은 더는 문학적 모델에 일차적인 기반을 두지 않고 오히려 감각적 경험의 양상 아래서 예술의 전 영역을 포괄하는 문화에 관한 새로운 해석을 공포했다.

고급문화와 대중문화의 차이가 정확히 기술되어 있을 뿐

아니라, 그것이 지식인과 학자가 스스로를 규정하는 토대가 됐던 시대에 이 견해가 얼마나 급진적이고 충격적인 것이었는지를 오늘날 상상하기란 어렵다. 손택의 격렬한 비판과 대중문화로의 계획적인 전향은 많은 지식인에게 그야말로 배반과도 같았다. 신성모독을 추문으로 바꾼 것은 손택이 문화에 대한 이런 새로운 해석의 선지자로 앙토냉 아르토, 존 케이지, 프랑스 이론가 클로드 레비스트로스와 롤랑 바르트뿐 아니라 프리드리히 니체와 루트비히 비트겐슈타인 같은 철학자들까지 언급했다는 사실이었다. 손택의 에세이는 동료들의 무지에 맞서 전쟁을 선포하는 것이었다. 그는 "라우션버그의 그림이 발산하는 감정(혹은 감각)은 슈프림스의 노래가 발산하는 감정과 비슷한 것일 수도 있다"라고 단언한다.[12] 재스퍼 존스의 그림이나 장뤼크 고다르의 영화도 비틀스의 음악처럼 이해하기 쉬울 수 있으며, 우월감 없이 복잡하고 감각적인 심미적 경험으로 즐길 수 있다. 이런 '새로운 감수성'을 반영하는 그림과 영화, 음악의 현대 아방가르드 경향은 손택에게 "세계, 세계에 존재하는 것들을 바라보는 새롭고도 개방적인 방식"을 의미한다.[13] 이것은 아름다움, 스타일, 취향에 관한 새로운 기준을 제시하는 것이었다.

「'캠프'에 관한 단상」과 마찬가지로 「하나의 문화와 새로운 감수성」도 대중문화를 진지하게 받아들이고 지적으로 샅샅이 분석함으로써 금기를 깼다. 손택을 유명하게 만든 것은 다른 어떤 것보다도 이렇게 금기를 위반하는 행위였다. 1966년 1월 『해석에 반대한다』가 출간되자 비평가들은 찬사를 보냈다. 벤저민 데모트는 『뉴욕 타임스 북 리뷰』에 이렇게 썼다. "현시점의 생활사 일부를 생생히 보여준다. 1960년대 말이면 아마도 이 시대에 관한 귀중한 문화연대기의 지위를 차지할 것이다."[14] 대중문화에 대한 손택의 애착이 다소 의심스럽다는 사실은 (데모트가 「현장의 여인Lady on the Scene」이라는 아이러니한 제목에서 암시한 것처럼) 오히려 책의 성공에 기여했다. 손택의 친구인 로버트 마즈코가 『뉴욕 리뷰 오브 북스』에 쓴 글처럼, 그의 스타일은 "재기가 넘치고, 효과적이고, 거침없으며, 특유의 현대적 방식으로 약간 삐딱하다."[15]

『해석에 반대한다』는 1960년대 문화를 포괄하는 개론서 이상의 것이었다. 손택은 급진적인 아방가르드 미학에 대한 관심, 그리고 그와 동일하게 급진적인 정치적 변화에 대한 관심을 어떻게 결합해야 할지 알았다. 그리고 이를 위해 가장 먼저 도덕에 관한 전통적 개념을 버렸다. 지식인의 역할에 관한 그의 개념은 진정한 사회 진보를 향한 노력을 포함했다. 『해석에 반대한다』는 새로운 형태의 비평을 요구했는데, 이는 단지 아방가르드 미학을 좀더 이해하기 쉽게 만들기 위해서만이 아니라, 미학의 도움을 받아 사회 전체를 예민하게 만들고, 그들을 경험의 새로운 가능성에 노출시키기 위해서였다. 여기에서 눈에 띄는 것은 예술의 힘과 비판적 지식의 우월함에 대한 청년 특유의 확고한 믿음이다. 개인이 새롭고 더 나은 인간이 되는 일이 가능해지려면, 당대 문화는 바뀌어야 했다.[16]

『해석에 반대한다』에 대한 비평에서 특히 눈에 띄는 점은 손택을 글 속에서 스스로를 재연하는 듯 보이는 공적 페르소나로서 언급하지 않은 비평이 없었다는 점이다. 예를 들어, 『코멘터리』의 발행인 노먼 포도리츠는 뉴욕 지식인들이 손택을 새로운 "미국 문단의 다크 레이디"로 정하기로 의견을 모았다고 냉소적으로 말했다. 이것은 그전까지 메리 매카시에게 배정된 역할이었는데, 손택이 문단에 등장한 이후 매카시는 결과적으로 귀부인으로 승격됐다.[17] 이런 발언들은 당시에 우월한 지성을 소유한 여성이 여전히 예외적인 존재로 취급됐다는 사실, 특히 남성 동료에게 도전하기를 겁내지 않았던 손택은 더욱 그런 존재였다는 사실을 명백히 보여준다. 뉴욕 지성계와 연관된 여성들—그중에서도 엘리자베스 하드윅, 다이애나 트릴링, 한나 아렌트—은 편지와 일기에서 남성 동료들 사이에 만연해 있던 여성혐오를 신랄하게 비판하곤 했다.[18] 하지만 이런 잠재적인 여성혐오가 특별히 손택이라는 인물을 겨냥한 까닭은 그가 막 얻기 시작한 명성이 남성 지식인의 좁다란 세계에서 여성이 일반적으로 얻는 성취를 훌쩍 뛰어넘는 수준이었기 때문이다. 포도리츠와 같은 남성의 마초 감수성은 그 틈새에 끼고 싶어하지 않는 여성에게는 받아들여질 수 없는 것이었다. 작가(적어도 진지한 작가)를 "문학계의 핀업걸"이나, "지성계의 말채찍" 따위로 부르며 성행위를 주도하는 여자로 취급한다는 건 오늘날에는 상상도 할 수 없는 일이다.[19] 이런 야비한 행태는 여성, 특히 매력적인 여성은 지적일 수 없다는 뜻을 공공연히 내포했다.

손택은 『코멘터리』에서의 편집 작업과 『파르티잔 리뷰』 및 『뉴욕 리뷰 오브 북스』에 발표한 에세이로 이미 뉴욕에서 자리를 잡은 상태였지만, 『해석에 반대한다』를 출판한 뒤로는 수많은 기존 뉴욕 지식인 사이에서 눈엣가시 같은 존재가 됐다. 그는 문학적 게임에 있어 기존의 규칙을 더는 준수하지 않는 새로운 세대를 대표했다. 문화에 관한 혁명적 선언은 드와이트 맥도널드, 에드먼드 윌슨, 어빙 하우, 로버트 로웰과 같은 남자들의 심기를 대단히 불편하게 했다. 이들은 전부 1930년대와 1940년대에 투철한 마르크스주의자였지만, 스탈린주의를 거부한 뒤 1950년대에는 혁명적 발상의 여지가 없는 자유주의 부르주아적 입장으로 합의를 본 상태였다.[20] 그들은 대량으로 발행되는 잡지들을 통해 손택이 누리는 인기 또한 거슬려했다. 뉴욕의 파티와 야회에서 손택은 유명 인사였다. 그는 어퍼이스트사이드에 있는 다목적 문화시설인 나인티세컨드스트리트Y92nd Street Y에서 열린 나탈리 사로트와 블라디미르 나보코프의 낭독회에서 사회를 봤다. 그는 뉴욕 지식인에게 삶의 일부였던 학술토론회의 스타였고, 자기가 보기에 엉뚱한 비평을 하는 선배가 있으면 각을 세우고 대립하기를 즐겼다.

손택은 넓게는 '비평가'를, 좁게는 '문학적 감수성'을 집중적으로 공격했지만, 그것으로 유명해진 건 아니었다. 그는 미국 비평의 편협함이라고 여겨지는 것을 의도적으로 그리고 대부분의 경우 과장되게 도발해서 자기 글을 꾸미기를 즐겼다. 또 종종 지나치다는 것을 알면서도 논쟁적인 자신의 주장을 시작하기 위해 이런 편협함을 싸잡아 비난했다.[21] 한편으로, 이것은 뉴욕 지성계에서 받아들여지는 관행이었다. 빅터 S. 내버스키는 자신의 에세이에서 당시의 기득권층에 관해 언급한다. "뉴욕의 지식인 기득권층에 들어가기 원한다면 (⋯) 당신이 해야 할 일은 그저 적절한 사람을 친구로 사귄 다음 그를 공격하는 것이다."[22] 다른 한편으로, 손택은 언제나 공격을 과하게 했다. 더 나아가자면 손택의 프랑스를 좋아하는 기질도 사람들을 도발했다. 대부분의 미국인 동료는 『해석에 반대한다』의 전면에 가득한 프랑스 작가와 영화인에 대한 관심을 유행을 좇는 겉치레라며 묵살했다. 하지만 그들이 느낀 모욕감은 이보다 더 깊었다. 대부분의 미국 작가와 비평가는 유럽의 작가와 문화 모델에 대단히 호의적이었다. 하지만 프랑스를 좋아하는 정도가 얼마나 편파적인가라는 측면에서는 차이가 있었다. 손택의 친구 스티븐 코크의 말에 의하면, 손택은 "미국보다는 유럽이야말로 문화가 사람들을 더 나은 사람들로 만든 장소"라고 굳게 믿었다. "손택은 자기 자신, 개개인이 처한 환경, 그리고 모든 미국인 안에 있는 편협함과 싸우는 것이 몹시 중요하다고 확신했죠."[23] 유럽 문화에 대한 손택의 열성은 자신이 속한 사회에 대한 전면적인 비판과 대응관계에 있었다.

예를 들어, 『파르티잔 리뷰』의 편집자 필립 라브는 친프랑스 노선을 취하는 손택을 대놓고 경멸했다.[24] 일기에서 밝혔듯이 당대 뉴욕 지성계를 비공식적으로 대표했던 에드먼드 윌슨도 그와 마찬가지로 손택을 경시했다.[25] 여러 인터뷰에서 노골적으로 말해서 익히 알려진 바대로, 메리 매카시 또한 손택이라면 질색했다.* 그의 반감은 너무 커서 억누를 수 없을 정도였다. 그는 여러 공식 행사에서 손택을 공격했고, 한번은 버럭화를 내며 손택에게 "내 모조품"이라고 말하기도 했다.[26] 『디센트』의 공동 창간인이자 『코멘터리』 『파르티잔 리뷰』 『뉴욕 리뷰 오브 북스』의 필진이었던 어빙 하우는 손택을 부당하고도 충격적인 방식으로 평가했다. 그는 손택을 "오래전부터 알려진 폐기된 미학 개념을 교묘하게 재구성"해서, "지식을 버리거나 습득하지 못한" 자들 앞에서 "고도로 교양 있는 대변인"처럼 구는 PR 여성이라고 불렀다.[27]

손택에게는 로저 스트로스와 엘리자베스 하드윅이라는 영향력 있는 옹호자이자 후원자가 있었다―하드윅은 오늘날까지도 사람들이 부정적인 반응을 보일 때면 언제나 반격에 나선다. "저런, 메리―메리는 어떤 사람도 못 봐주죠!"[28] 손택의 명성이 점점 커지고, 대중문화를 특별히 선호하는 급진주의자이자 친프랑스파, 세계적인 탐미주의자로서의 이미지가 점차 굳어짐에 따라, 대부분의 동료가 그의 입장을 지나치게 극단적인 것으로 여긴다는 사실이 점점 분명해졌다. 창간 이래로 손택이 글을 기고해온 『뉴욕 리뷰 오브 북스』조차 『해석에

* 두 사람의 관계에 대해서는 다른 견해도 존재한다. 영문학자 데버라 넬슨은 당시 뉴욕 지성계의 남성들이 출처 없는 이야기로 둘의 대결 구도를 조성하고, 손택과 매카시의 활동을 여자들의 치졸한 싸움으로 유통했다고 주장한다. 손택도 인터뷰에서 이런 이야기의 출처가 없다는 점을 언급한 바 있다. 데버라 넬슨, 『터프 이너프』, 김선형 옮김, 책세상, 2019, 240-241 참조.

반대한다』가 출간된 뒤 그해 필진에서 손택을 뺐다. 손택은 이에 대해『파르티잔 리뷰』의 편집장 윌리엄 필립스뿐만 아니라 친구인 리처드 하워드와 로저 스트로스에게도 씁쓸한 심경을 전했다.[29]

손택이 로저 스트로스에게 보낸 편지는『뉴욕 리뷰 오브 북스』를 제외하면 그가 이런 반감을 전부 당연한 일로 받아들였음을 보여준다. 그는 반감을 무시하거나, '고결한' 상대방을 살짝 비꼬는 투로 그에게 경의를 표했다. 스트로스는 뉴욕 사교계의 거의 모든 주요 인물과 밀접한 관계를 맺고 있었는데, 이는 주로 그가 이들의 발행인이었던 데다, 때로는 자신이 주최하는 유명한 파티를 통해 인맥을 쌓았기 때문이기도 했다. 이런 면에서 볼 때, 손택이 경쟁자를 비판한 일은 처세적 수완이 없는 행동이었을 것이다. 하지만 리처드 하워드와 스티븐 코크를 비롯한 친구들의 말에 따르면, 손택은 자신이 공격받는다고 느낄 때마다 참지 못하고 오만한 태도로 즉석에서 날카로운 반격에 나섰다.[30]

하지만 더 넓은 무대였던 대중매체에서는 상황이 달랐다. 1960년대의 정치적·문화적 운동은 더 이상 대도시와 대학에 국한되지 않고, 그 경계를 넘어서 사회 전체를 관통하는 시대의 흐름이 됐다. 새로 일어난 운동은 이론가를 필요로 했고,

그에 반대하는 사람들은 비난의 화살을 겨눌 간판 인물을 필요로 했다. 수전 손택은 이 두 가지 역할을 맡기에 이상적인 인물로 보였다. 그의 에세이는 논증을 제시할 뿐만 아니라, 동시대의 다른 글에서 찾아보기 힘들었던 새로운 발전을 반영한 정서, 논조, 분위기를 담아냈기 때문이다. 손택은 동시대 정세에 대한 권위자의 이미지를 보여주었고, 미국 전역의 언론과 학생들에게 무엇이 새로운 것인지 알리고 주류가 하위문화를 이해할 수 있도록 해주는 트렌드 스카우트로 인정받았다. 동시에 그의 개성은 그 자체로 새로운 감수성의 모델이 됐다. 손택이 이 모든 역할에 특별히 적합해 보였던 것은 자신의 스타성을 대중매체의 무대에서도 발휘할 수 있었기 때문이다. 이 시기에 가진 손택의 첫 잡지 인터뷰도 그의 글과 마찬가지로 논란을 낳았으며, 여기에는 맨발에 청바지를 입은 젊고 중성적인 여성이—때로는 생각에 잠긴 우아한 자세를 취하고—수수께끼 같은 미소를 지으며 문설주에 기대 선 사진이 함께 실렸다. 라디오의 인물 탐구 프로그램에서도 종종 손택을 다루었고—그중 하나는 비영리 라디오 채널 WNYC의 시리즈 「사람과 생각People and Ideas」이었다—텔레비전에서도 조명했는데, 이를테면 1964년 11월 조너선 밀러가 인터뷰를 진행한 BBC 프로그램 「모니터Monitor」가 있다.[31] 「모니터」와의 인

아방가르드 스타일 1965-1967

터뷰는 영국 언론에서 몇 달 동안 거론되고 패러디됐으며, 시청자들은 밀러나 손택이나 모두 허세를 부리는 사이비 지식인이라는 편지를 수천 통이나 보냈다.[32]

손택의 자의식 강한 지성주의는 영국의 이상인 절제와 자기비하를 위반하는 것이었지만, 자기홍보의 필요성을 언제나 인정해온 미국에서는 부족한 겸손함 따위는 문제가 되지 않았다. 손택의 홍보가 다른 지식인들과 구별되는 점은 그가 지식인 문화와 중산층 문화 사이의 간극을 메울 수 있었다는 것이다. 유럽과 달리, 미국에서는 대중잡지와 일간지가 지식인에게 사회문제에 관한 의견을 구하는 것이 일반적이지 않았다. 손택은 어중간한 매체로부터 존경을 받는 데 성공했지만, 그의 다른 동료들은 이런 출판물과 연관되는 것을 피했다. 손택의 사진은—종종 아들 데이비드와 함께 찍기도 했다—곧 『보그』와 『마드모아젤』의 지면을 장식했다. 페미니즘이 진정한 운동이기 훨씬 이전부터 손택은 많은 젊은 여성의 롤모델이자 본보기가 됐다. 나중에 손택의 연인이 된 스탠퍼드 교수 테리 캐슬이 기억하는 것처럼, 레즈비언들은 동성애에 대한 암시가 거의 암호화된 상태로 자주 나타나는 손택의 글에서 스스로를 발견했다.[33] 『스리 페니 리뷰』의 편집장 웬디 레서에 따르면, 비트족 이후의 전 세대가 손택의 글을 읽었다. 적어도

『해석에 반대한다』가 출간된 이후에는, 스스로 문화적 소양이 있다고 생각하는 모든 사람이 수전 손택의 에세이를 읽었다.[34]

손택의 많은 친구와 동료가 이 시기에 손택이 마법에 걸린 듯이 명성에 빠져들었다고 말한다. 명성은 경제적 이득, 여행의 기회, 흥미롭고 즐거운 사람들을 만날 기회를 제공했고 손택은 이를 한껏 만끽했다. 스티븐 코크, 리처드 하워드, 애넷 마이컬슨처럼 손택과 아주 가까운 친구들은 이처럼 유혹에 쉽게 넘어가는 기질―때로는 즐거운 미소와 함께, 때로는 어떤 저의를 갖고, 때로는 자화자찬에 빠져―이 생긴 건 무엇보다 캘리포니아에서 어린 시절을 보냈기 때문이라고 생각한다. 미국 동부 해안 출신 사람들은 손택의 사교 방식이 캘리포니아식이라는 것을 즉시 알아차렸다. 그는 맨해튼 빌딩 숲의 자의식 강하고 목소리 크고 이국적인 구릿빛 피조물이었으며, 헨리 폰다와 워런 비티, 브리지트 바르도 같은 당대 스타들에게 매료되었던 만큼 고다르와 레네, 베리만의 예술영화에도 열광하고, 비틀스와 디온 워윅, 슈프림스와 같은 팝 스타에 관해 아는 만큼 니체와 헤겔, 마르쿠제에 관해서도 해박한 인물이었다.[35]

다소 건조한 동부 해안의 지적 스타일에 손택이 강렬하게 각인시킨 게 있다면, 그것은 작가와 사상가도 스타가 될 수 있

아방가르드 스타일 1965-1967

다는 통찰력이었다. 손택은 일기에 그레타 가르보의 영화를 본 감상을 적으면서 거의 에로틱하다고 할 만한 명성과의 관계를 기록한다. "난 가르보가 되고 싶었다(난 그를 연구했다. 그를 완전히 이해하고, 그의 몸짓을 배우고, 그처럼 느끼고 싶었다)."[36] 유고슬라비아 블레드에서 열린 펜 인터내셔널의 학회에 참가하는 동안, 손택은 당시 미국 문학계의 앙팡 테리블이었던 노먼 메일러를 "순수해지는 방법과 스타가 되는 방법"을 보여주는 사례로 꼽으며 간결한 감탄을 적는다.[37] 로저 스트로스에게 보낸 편지에서 그는 사르트르와 보부아르, 카뮈, 메를로퐁티를 "문학계의 스타"라고 표현한다.[38] 손택에게 명성과 지적인 작업은 서로 배타적인 것이 아니라 밀접히 연관된 것이었다. 손택이 보기에 특별한 유형의 명성을 얻을 운명을 타고난 사람은 다름 아닌 지성을 갖춘 작가였다. 명성이야말로, 문화 공동체를 비판하고 인도하고 앞으로 나아가게 하는 글을 쓰고자 했던 손택의 공공연한 욕망과 관련된 것이었다.

이런 시도의 모델은 두말할 것 없이 파리의 지식인들이었다. 작가와 사상가로서의 재능과 타고난 홍보 솜씨를 앞세운 그는 고국에서 이런 종류의 글쓰기를 위한 틈새시장을 창조했다. 심지어 프랑스 텔레비전 방송국 TF1과의 인터뷰에서 장루이 세르방슈레베르에게 "지식인이라는 개념은 프랑스에서 창조됐다고 해도 과언이 아닙니다"라고 말하기까지 했다. 그에게 볼테르는 "예술가, 창조자, 작가, 그리고 도덕적·정치적 질문에 관여하는 양심 있는 개인으로서의 소명의식을 두루" 갖춘 최초의 지식인을 표상했다.[39] 당연히, 손택은 자기 자신의 작품에 관해서도 이런 묘사를 할 권리를 주장했다. 그리고 실제로 그는 미국 대중매체 속에서 이를 확립하고 스스로 전형적인 지식인의 역할을 창조하는 데 성공했다. 그의 원고를 담당했던 편집장 윌리엄 필립스는 손택을 "덜 무르익은 전설premature legend"이라고 불렀다.[40] 대중매체는 스타 지식인으로서 그의 독특한 아우라를 그대로 받아들였다. 비교 기준으로 삼을 사르트르도, 보부아르도 없었던 캐럴린 하일브런은 1967년 8월, 아마도 두운이 맞는 데서 착안해 손택을 마릴린 먼로와 비교하는 기이한 인물기사를 『뉴욕 타임스』에 실었는데, 이런 식의 기사가 이후에도 몇 년간 나오곤 했다.[41]

로저 스트로스는 『해석에 반대한다』가 비평에서 거둔 성취에 한껏 고무됐고, 손택은 판매고를 일기에 자랑스레 기록했다. 초판 8000부가 금세 다 팔렸는데, 교양 있는 이들을 대상으로 한 인문서로서는 상당한 판매고였다.[42] 손택이 해외에서도 비슷한 명성을 얻을 수 있다는 것을 즉시 깨달은 스트로스와 라일라 카프는 미국에서처럼 해외에서도 손택의 책을

팔기 위해 노력했다. 이들은 손택을 국제적인 브랜드로 만들기로 계획했다. 두 사람은 복사비, 우편 요금도 안 나오는 터무니없는 적은 보수만 받고 저작권 에이전트의 도움을 받거나 개인적으로 시간을 들여 손택의 에세이를 독일의 『악첸테Akzente』와 『차이트Die Zeit』, 스위스의 『모나트Der Monat』, 스웨덴의 『본니에르스 리테레라 마가신Bonniers Litterära Magasin』과 『오르드 오크 빌드Ord och Bild』, 스페인의 『레비스타 데 옥시덴테Revista de Occidente』, 이탈리아의 『피에라 레테라리아La Fiera Letteraria』『에포카Epoca』『레스프레소L'Espresso』, 영국의 『아트 앤드 아티스트Art and Artists』, 헝가리의 『너지빌라그Nagyvilág』, 덴마크의 『빈도르센Vindorsen』, 일본의 『파이데아パイデア』와 같은 출판물에 실리도록 힘썼다.

출판사의 주목적은 후속작에서 이익을 산출할 손택의 국제적인 이미지에 장기적인 투자를 하는 것이었다. 라일라 카프는 「하나의 문화와 새로운 감수성」이 번역돼 실린 스웨덴 잡지 『본니에르스 리테레라 마가신』을 받은 뒤, 이 전략의 성공을 기뻐하며 명성이 전 세계로 뻗어 나가고 있다는 편지를 손택에게 보냈다.[43] 손택은 특히 독일, 이탈리아, 프랑스, 스웨덴에서 국제적인 독자층을 확보하면서, 미국에서보다 이들 나라에서 훨씬 더 진지한 사상가로 여겨졌다. 심지어 『해석에 반대한다』가 이 나라들─손택은 직접 각 나라에 어울리는 에세이들로 각각의 선집을 구성했으며, 때로는 서문을 새로 쓰기도 했다─에서 출판되기도 전부터, 이미 그는 가장 중요한 미국 작가 중 한 사람이 돼 있었다. 손택은 유럽에서 시대를 대변하는 목소리로 추앙받았다. 그래서 심지어 35년이 지난 뒤에도, 1968년을 배경으로 해 향수를 불러일으키는 키치 영화 「몽상가들」(2003)에서 베르나르도 베르톨루치는 손택의 책으로 채워진 주인공들의 책꽂이를 근접 촬영으로 담는다.

하지만 명성을 얻었다고 해서 손택의 기본적인 생활방식이 크게 바뀐 것은 아니었다. 손택은 자신의 진짜 일이 무엇인지를 결코 잊지 않았다. 리처드 하워드에 의하면, 그는 여전히 "한 주에 스무 편의 일본 영화를 보고, 프랑스 소설 다섯 편을 읽었다."[44] 그로 하여금 '미스 캠프', 대중문화의 수호자, '아방가르드의 내털리 우드'와 같은 대중매체가 부여한 역할을 거부하게 해준 것은 바로 지적 기준에 대한 고집이었다. 『해석에 반대한다』가 출간된 뒤 이런 이미지가 굳어지면서, 손택은 사람들이 자신을 얼마간 오해하고 있으며, 자기가 동의하지도 않는 미학적 의제를 위해 이용당하고 있다고 말했다. 그는 특히 자신을 따라다니는 '미스 캠프'라는 수식어에 불쾌감을 드러냈다. 1966년의 몇몇 공공 행사에서 그는 캠프에 관한 말은 들을 만큼 들어서 더는 관심이 없으니 그 개념을 다루지 않겠다고 못 박았다.[45] 그가 로저 스트로스에게 보낸 편지들은 종종 이미지를 만들고 대중에 홍보하는 문제에 관해 언급한다. 예컨대, 그는 드와이트 맥도널드가 쓰던 『에스콰이어』의 영화 칼럼을 이어 써달라는 스트로스의 제안을 거절했다. 손택은 이 잡지가 "멀리해야 하는 종류의 유명세"를 대변한다는 사실을 근거로 그런 결정을 내렸다.[46] 그보다 며칠 앞서 스트로스에게 보낸 다른 편지에서 말하길, 손택은 자기 글 중 하나에 로버트 라우션버그의 그림을 곁들인 한정판 책을 만들어보자는 미술책 편집자 매리언 재비츠의 꽤 수익성 높은 제안을 거절했다. 당시 손택은 런던에 있었고, 다음 소설인 『살인 도구』의 마감일 때문에 압박감을 느끼고 있었다. 그는 제안을 거절하면서 이렇게 덧붙였다. "정말 멋진 기회가 아닐 수 없군요—저와 라우션버그라니—분명히 『라이프』와 『타임』에서 다뤄지겠죠. + '유행을 아는with it' 여자, 새로운 메리 매카시, 매클루어니즘 + 캠프의 여왕이라는 제 이미지를 더욱 확고히 해줄 테고요. 이런 기회를 제가 차버리는 건가요?"[47]

하지만 손택과 그의 명성과의 관계는 스트로스에게 보낸 편지에서 털어놓은 것만큼 단순하지 않았다. 사실 그는 인기를 좇는 일, 그리고 동시에 인기를 거부하는 일에 점점 더 복잡하게 얽혀들고 있었다. 할리우드의 화려함을 언더그라운드 사회와 결합시킨 사교계보다 이 갈등을 분명히 보여주는 곳은 없다. 이를테면, 그는 워런 비티와 오랫동안 띄엄띄엄 관계를 맺었는데, 비티는 1967년에 「우리에게 내일은 없다」가 개봉하면서 배우 경력의 정점을 찍고 있던 터였다.[48] 두 사람이 타블로이드 지의 가십난에 등장하고, 뉴욕 거리를 걷다가 빨간불 앞에서 멈춰 서면 사람들이 자신들 주위로 몰려드는 것을 손택은 무심한 척하며 즐겼다.[49] 손택의 관계가 대체로 그렇듯이, 비티와의 관계도 원만하지 않았다. 손택은, 전통적인 성역할과 정반대로, 비티가 욕실에서 외출할 준비를 하는 동안 자신은 시간을 죽이느라 잡지를 훑어보며 40분씩 기다려야 했던 상황을 자주 꺼냈다.[50]

손택은—당시 또 한 명의 중요한 연인이었던—재스퍼 존스의 주변 사람들과 많은 시간을 보냈다. 안무가 머스 커닝햄과 작곡가 겸 행위예술가 존 케이지도 거기에 속했다. 사진가 피터 후자와 그의 파트너 폴 세크처럼 이 시기에 그와 친하게 지낸 다른 예술가들과 마찬가지로, 존스도 게이, 레즈비언, 양성애자라는 것이 거의 귀족의 명예훈장 같은 역할을 하는 뉴욕 예술계의 일원이었다. 이는 인습에 얽매이지 않는 것이 미국 주류문화에 대한 의도적 모욕이라는 아방가르드적 자기개

넘의 일부로 받아들여졌다. 존스와 마찬가지로 손택도 이런 성정체성 게임의 일원이었다. 그의 일기에는 존스를 찬양하는 표현이 수두룩하게 나온다. 1965년 11월 24일의 일기에서, 손택은 자신의 지적 발전에 가장 큰 영향을 준 인물로 존 케이지, 시카고대학교의 은사들, 『파르티잔 리뷰』, 프랑스 철학자 앙토냉 아르토, 롤랑 바르트, 에밀 시오랑, 장폴 사르트르와 함께 그를 꼽는다.[51]

존스는 당시 손택을 매료시킨 두 가지 개성, 즉 명성과 광기를 이상적으로 겸비하고 있었다. 게다가 손택이 일종의 '권위와 우아함'이라고 묘사한 것도 갖고 있었다. "그는 절대 허둥대지도, 미안해하지도, 죄책감을 느끼지도, 부끄러워하지도 않는다. 완벽한 확신."[52] "재스퍼는 나와 잘 맞는다. (하지만 잠시뿐이겠지.) 그는 미치는 것 (…) 모든 것을 의심하는 것을 자연스럽고 + 기분 좋고 + 올바른 것으로 느끼게 한다."[53] 결국 존스는 리버사이드드라이브 340번가 27층에 있는 햇볕이 잘 드는 자신의 펜트하우스를 그에게 내주었다. 이곳은 손택이 가장 좋아하는 아파트 중 하나였다.

스티븐 코크는 말한다. "당시 우리 모두가 그랬듯이, 수전도 이상한 사람들에게 치명적인 매력을 느꼈습니다." 예를 들어, 손택과 절친했던 화가 폴 세크는 매력적이고, 재능 있고, 잘생

겼지만, 점점 더 미쳐갔다. 그는 손택에게 하루에 열 번씩 전화를 걸고, 80쪽짜리 편지를 썼다. 손택은 "그에게 니체의 철학을 가르쳐주는" 척했고, 세크는 "그가 하는 말을 알아듣는" 척했다고, 코크는 즐겁게 회상한다.[54]

폴 세크는 앤디 워홀을 비롯해 친구가 많았다. 손택의 첫 번째 에세이집 제목도 그의 입에서 나왔다. 세크의 친구 네드 로럼에 의하면, 그는 미술에 관해 이야기할 때 오만하고 비음 섞인 기묘하기 짝이 없는 말투로 "오, 난 해석에 반대해, 난 해석에 반대한다고"라고 말하며 논의를 끝내곤 했다.[55] 손택은 감사의 표시로 초판을 그에게 헌정했다.

수전 손택은 미술가 조지프 코넬에게도 집착의 대상이 됐다. 디바를 엉뚱하고도 숨 막히는 방식으로 찬양하는 것은 코넬이 예술을 실현하는 한 방법이었다. 그는 PBS에서 방송한 미국 공교육에 관한 토론에서 손택을 본 뒤 편지를 보냈다. 이미 그의 초현실주의 작품을 좋아했던 손택은 답장을 보냈다. 2년 동안 코넬은 그의 우상을 종종 방문해서 콜라주를 몇 작품 선물했지만, 나중에 이것들을 돌려달라고 했다. 그는 손택에 관한 환상적이고 기묘한 이야기를 꾸며내기도 했는데, 요컨대 손택이 19세기 독일 소프라노 헨리에테 존타크의 친척이자 프랑스 배우 장폴 벨몽도의 고조할머니이며, 영원한 젊음

을 누리기 때문에 다양한 모습으로 정체를 숨기며 뉴욕에서 수 세기 동안 살아왔다는 내용이었다.[56]

이 시기에 시작된 또 하나의 중요한 우정은 젊은 로버트 윌슨과의 관계였다. 그는 프랫대학교를 졸업한 뒤 실험극단의 세계로 막 첫발을 내딛는 중이었다. 윌슨은 손택에게 완전히 빠진 나머지 월도프 아스토리아 호텔에서 열린 손택의 미국대학여성협회 강연에 몰래 들어가기까지 했다. 오직 여성만 들어갈 수 있는 강의였지만, 그는 발코니에서 강연을 훔쳐봤다. 그의 중성적이면서 화려한 매력, 무겁게 울리는 음성, 거리를 둔 채 자기 글을 읽는 방식, 이 모든 것이 윌슨으로 하여금 독일 배우 마를레네 디트리히를 떠올리게 했다.[57] 얼마 지나지 않아, 윌슨은 두 사람을 모두 아는 친구의 집에서 그를 만났고, 그들은 수전 손택이 세상을 떠나는 날까지 헌신적인 벗으로 지냈다.

연극광이었던 손택은 부분적으로 마리아 아이린 포네스의 연출을 통해 아방가르드 연극계와 긴밀하게 지냈다. 전설적인 극단 리빙시어터의 창단인 조지프 체이킨은 가까운 친구였다. 이런 인맥을 통해서 그는 1966년 여름 런던에서 연출가 피터 브룩과 예지 그로토프스키도 만났는데, 손택은 이 만남을 늘 그렇듯이 세속적인 존중과 열렬한 수다를 섞어서 일기에 기술했다. 그는 20세기 연극계 거장이었던 두 사람의 작품에 관해서는 아무런 말도 하지 않았다. 대신 브룩이 검은 터틀넥 스웨터 차림에, 얼굴은 통통하고, 눈동자는 창백하고 파랬으며, 대단히 열정적이었다고만 적었다. 그로토프스키에 관해서는 특히 그의 성생활에 관한 루머가 없다는 점에 관심을 가졌다. 그럼에도 불구하고 이 만남의 효과는 오래갔다. 손택은 1965년부터 작업해온 두 번째 소설 『살인 도구』를 두 예술가의 외모에 영감을 받아 계속 써 내려갔고, 이 작품이 작가로서 돌파구가 되기를 바랐다. "소설을 끝냈다. (…) 아마도! 브룩 + 그로토프스키 덕에 마지막 조각들이 제자리를 찾았다."[58]

래디컬
시크

<u>1967</u>
1969

1960년대는 정말 멋진 시대였습니다. 제 인생에서 가장 중요한 시기였죠. 아마도 결국 우리가 즐기느라 너무 바빴고, 실제로 드러난 것보다 상황을 좀더 단순하게 생각한 것 같지만, 그렇다고 해서 그것이 우리가 배운 것들 대부분이 별 가치 없다는 의미는 아니죠.[1]

이후 몇 년 동안, 수전 손택의 관습에 얽매이지 않는 사생활과 아방가르드 미학은 그의 정치적 견해와 평행선을 달린다. 여기서도 그는 점점 더 급진적인 태도를 보였다. 당대의 여느 작가와 예술가, 학생 들처럼 손택도 제한적이고 고립된 도시에서 정치의 영역으로 끌려 나오게 됐는데, 그 주된 계기는 비공산주의 남베트남이 미국의 지원을 받아 공산주의 북베트남과 싸운 베트남전쟁이었다. 자기 삶을 신화화하는 성향이 있었던 손택은 35년 뒤 평화운동의 창시자 중 한 사람임을 자처했고, 전쟁이 시작된 직후이자 진정한 평화운동이 시작되기 한참 전인 1963년에 이미 정치운동에 참여하고 있었다고 주장했다.[2] 하지만 동시대인의 증언[3]과 당시 손택의 인터뷰를 비교해보면, 다른 그림이 나타난다. 손택은 1964년 말에 이미 이른바 '토론회Teach-In'라는 것들에 참가하기 시작했지만,[4] 해리슨 솔즈베리가 『뉴욕 타임스』에 존슨 행정부가 오직 군사적 표적만 공격했다는 것은 거짓말이라는 사실을 폭로한 1966년 초까지는 사실 정치에 적극적으로 참여하지 않았다. 1968년 『하노이 여행Trip to Hanoi』에선 전쟁에 반대하는 탄원서에 서명을 하긴 했지만 여전히 자신은 정치운동가가 아니라고 부인한다. 따라서 많은 정치운동가의 관점에서 볼 때, 손택은 정치적으로 평화운동에 상대적으로 늦게 참여했다.

게다가 손택이 반전운동을 선도한 사람 중 한 사람은 분명히 아니었다. 선도적인 인물은 대략 마틴 루서 킹 주니어, 존 케리와 같은 성직자와 정치인, 그리고 밥 딜런, 존 레논, 제인 폰다 등의 연예인이었다. 지식인 중에는 놈 촘스키가 전쟁에 특별히 강경하게 반대했다. 촘스키는 1967년 2월 『뉴욕 리뷰 오브 북스』에 베트남전쟁에 대한 지식인의 책임을 논하는 글을 실은 뒤, 평화운동과 신좌파 이론가로서 선도적인 위치에 서게 된다. 이와 비교하면 손택의 영향력은 미미한 것이었다. 그는 에세이 쓰기, 새로운 소설 작업, 여행 등 지나치게 많은 다른 관심사에 시간을 쏟고 있었다. 하지만 특유의 열정을 바탕으로 손택은 부르주아 자유주의 지성계에 '운동movement'

이라는 급진적 웅변술을 소개했고, 『파르티잔 리뷰』라는 다소 고리타분한 세계를 편향적인 견해로 흔들어놓았다.

손택은 정치에 참여하면서 매우 다양한 대중적 활동을 했다. 엘리자베스 하드윅, 제임스 볼드윈, 노먼 메일러 등과 함께 좌파 반대성명의 초안들을 작성해 서명했으며, 그중 한 건은 블랙팬서당원을 경찰이 학대한 일을 규탄하기 위해 『뉴욕 타임스』에 보낸 것이었다.5 손택은 그 밖에도 많은 시위에 참여했고, 1966년 봄에는 할리우드로 가서 베트남전쟁에 항의하기 위해 마크 디 수베로 등이 디자인한 6층 높이의 설치미술 「예술가들의 항의 탑Artists' Tower of Protest」 낙성식에서 연설을 했다. 또한 그는 반전 연설을 해달라는 초대를 받아들여 수많은 대학 캠퍼스를 방문했다. 1966년 2월에는 요즘 사람들 눈에는 예스럽게 보이는 1960년대 행동주의 형식의 하나를 공동으로 조직했다. 이것은 뉴욕 시청에서 열린 동남아시아 평화를 위한 '독서 행사Read-In'였는데, 아서 밀러와 윌리엄 스타이런을 비롯한 스물아홉 명의 작가가 그와 함께했다. 그리고 1967년 12월, 손택은 징병제 반대시위를 하던 중 비트족 시인 앨런 긴즈버그와 도시계획 연구가 제인 제이컵스를 비롯한 264명의 다른 시위자와 함께 언론의 주목을 받으며 체포됐다. 시위대는 로어맨해튼에 있는 신병 모집소의 입구를 막고 있었다.

　손택이 체포됐다는 소식이 독일에 닿았을 때, 로볼트의 발행인 프리츠 J. 라다츠는 패러, 스트로스 앤드 지루의 동료들에게 우려를 표하는 전보를 보내 손택의 안부를 물었다. 라일라 카프의 답신에 따르면, 손택은 두 시간쯤 잡혀 있다가 풀려났으며, 나중에 짧게 법정에 서야 했지만, 이 모든 일로 "엄청난 언론의 관심"을 끌었고, "그것이 바로 의도했던 바"였다.[6] 스티븐 코크 역시 프레드 W. 맥다라가 찍은 유명한 사진이 포착한, 세심하게 기획된 체포 사건을 생생히 기억한다.[7] 손택은 이름이 없거나 잘 알려지지 않은 행사에 참여할 인물이 아니었다. 하지만 어떤 의미에서 보면, 유명세야말로 그가 이 운동에 투자해야 하는 자산이었다.

　손택의 급진적 정치 성향을 보여주는 첫 번째 글은 『파르티잔 리뷰』 연례 논총의 일부로 실린 유명한 에세이 「미국에서 일어나고 있는 일What's Happening in America」(1966)이다. 그리고 이것은 엘리자베스 하드윅이 지칭한 대로, 손택이 '래디컬 시크radical chic의 엠블럼'이 되는 데 중요한 역할을 한 요인 가운데 하나였다.[8] 톰 울프는 1970년에 펴낸 책 『래디컬 시크와 고충처리반 학대하기Radical Chic & Mau-Mauing the Flak Catchers』에서 뉴욕 상류층이 블랙팬서당과 같은 급진적 정치 단체에 개입해 하류층의 거칠고 힘찬 생활방식이라는 자신들의 환상을 실현하려 드는 불합리한 행태를 꼬집었다.9* 손택은 그런 집단에 속하지 않았지만, 하드윅이 말한 것처럼 "그는 급진적이었고, 시크했으며" 그의 사고는 "본능적으로 좌파"였다.10 급진적 사고는 당시 한창 각광을 받았고, 손택은 특유의 매력을 바탕으로 이를 잘 활용했다.

『파르티잔 리뷰』의 연례 논총은 사람들이 항상 고대하는 행사였다. 편집자들은 당대의 주요 문제에 관한 질문을 작성해서 일군의 필자에게 보낸 뒤 그들의 답변을 여러 호에 걸쳐 잡지에 게재했다. 손택은 1967년 초에 진행된 설문에 대한 답변으로 엄청난 논란을 불러일으켰는데, 여기에는 린든 존슨의 외교 정책, 인종차별에 대항한 시민권 투쟁, 인플레이션, 지식인의 역할, 그리고 "오늘날 청년들의 활동"에 관한 답변이 포함됐다.11 그의 에세이에는 「미국에서 일어나고 있는 일」이라는 제목이 붙었다.12

이 에세이는 신좌파에 관한 기초적인 기록이자, 손택의 저

---

* 톰 울프는 블랙팬서당의 기금 모금을 한다고 나선 당시 사교계의 상류층을 비롯해 체제 비판적인 발언과 문화적 저항으로 명성을 누리는 좌파 유명인들을 두고 래디컬 시크라는 표현을 처음 사용했다.

작에서 가장 많이 인용되는 작품 중 하나가 됐다. 그 어떤 글도 미국 젊은 좌파 세대의 분위기를 이보다 더 잘 요약해내지 못했다. 손택은 섹스, 마약, 로큰롤을 언급한 유일한 응답자였다. 그는 텍사스 출신의 린든 존슨을 "백악관의 (…) 존 웨인"이라고 불렀다.[13] 손택 이전에는 미국이 이런 급진적인 비평의 대상이 된 적이 거의 없었다. 그는 미국을 "킹콩의 손으로 인류의 역사적 미래뿐만 아니라 생물학적 미래까지 움켜쥐고 있는, 지구상의 초강대국"이라고 묘사했다. 원주민 학살 위에 세워진 미국은 모든 거주민의 정신을 잔인하게 만들었고, 대부분의 거주민을 "음울한 신경증 환자"로, 가장 뛰어난 사람들을 "비뚤어진 영혼의 운동선수"로 바꿔놓았다.[14] 이곳의 주도적 정치인은 "인간을 닮은 진짜 괴물genuine yahoos"이고,[15] 이곳의 문화는 "풍족한 삶이라는 천박한 환상"이었다.[16] 손택은 미국의 지식인층에게는 기대하는 바가 거의 없지만, 대중음악과 성적인 관습의 혁명을 통해 새로운 형태의 저항을 발전해나가는 학생운동에서 희망을 본다고 말을 이어갔다. 손택의 절대적이고 냉혹한 분노는 흔히 인용되는 서양문화 전반을 향한 비판에서 절정을 맞는다. "진실은 모차르트, 파스칼, 불 대수, 셰익스피어, 의회정치, 바로크양식 교회, 뉴턴, 여성해방, 칸트, 마르크스, 발란친의 발레가 이 특정 문명이 세계에 초래한 것을 속죄해주지 않는다는 것이다. 백인들은 인류 역사의 암이다."[17]

또한 「미국에서 일어나고 있는 일」는 수전 손택의 다음 에세이집에 실릴 정치적인 장의 논조를 확립해주었다. 처음에 생각한 제목은 「문화적 혁명의 정의에 관한 논고Notes on a Definition of Cultural Revolution」였는데, 이것은 손택의 '래디컬 시크'적 입장을 강조하려는 의도였다.[18] 원래 이 에세이집(가제 『미국산Made in U. S. A.』은 나중에 『급진적 의지의 스타일Styles of Radical Will』로 바뀐다)에는 문학비평에 관한 에세이 세 편뿐만 아니라 테오도어 아도르노, 앙토넹 아르토, 거트루드 스타인에 관한 글도 실릴 예정이었다.[19] 하지만 정작 1969년에 출판된 책에선 이 에세이들이 모두 빠졌다. 그 대신 「침묵의 미학The Aesthetics of Silence」과 같은 훌륭한 작품이 실렸다. 이 작품은 재스퍼 존스와 존 케이지에 초점을 맞춘 1960년대 예술운동의 이면에 존재한 철학적 의식을 이해하기 쉽고 명료한 언어로 고찰하는데, 손택은 이들에게 있어 자신들의 진지함을 적절히 표현할 유일한 방법은 완전히 침묵하는 것이었다고 말한다. 다른 에세이는 장뤼크 고다르와 잉마르 베리만의 영화, 그리고 포르노그래피적 상상력과 마르키 드 사드에서부터 조르주 바타유에 이르는 문학에 등장하는 죽음이라는 주제와의 연관성을 다룬다.

이 에세이들은 끊임없이 그 자신을 향상시키고 환경에 적절히 대응할 방법을 찾으려 노력함으로써 급진적인 변화 과정에 있는 손택의 의식을 보여준다. 이 목적을 달성하기 위해 손택은 어려운 예술, 그리고 까다로운 영화와 전투를 벌이고, 포르노와 같은 난해한 주제에서 자본주의 소비에 대한 대안적 감수성을 찾는다. 오늘날 그의 작품 중에서 가장 인기가 없는 축에 드는 이 에세이들은 스스로를 끊임없는 교육과 배움의 대상으로 여기는 한 개인으로서 손택의 이미지를 구축한다.

『급진적 의지의 스타일』을 읽는 사람들은 이 책에서 『해석에 반대한다』의 특징인 위풍당당함을 찾으려 하지만 그건 헛수고다. 손택은 아방가르드 미학이 예술적·정치적 진보를 촉진하리라는 것을 더는 굳게 믿지 않는 것으로 보인다. 이제 손택의 관심은 문화를 혁명하는 것이 아니라 자신의 의식을 탈바꿈시키는 것이다. 손택은 더는 아방가르드의 선봉에 서지 않으며, 대신 모더니즘의 영속적인 정신적 혁명에 질문을 던지고, 그것이 예술과 삶에 있어서 어떤 도덕적 함축을 갖는지 묻는다―이 탐구는 루마니아 출신 프랑스 철학자 에밀 시오랑에 관한 에세이에서 가장 명료하게 표현된다. 손택은 시오랑을 폐허가 된 현대의 풍경과 사회의 몰락을 파헤치는 고고학자로 본다. 손택이 보기에 시오랑의 철학은 영속적인 파멸의 시대에 정신은 어떻게 살아남을 수 있는가라는 긴급한 질문에 대한 해답을 담고 있었다.[20]

하지만 이 책의 정점은 1968년 여름 『뉴욕 타임스』 기자 앤드루 콥킨드와 수학 교수이자 반전운동가인 로버트 그린블랫과 함께 떠난 공산주의 북베트남 여행에 관한 에세이다. 「하노이 여행」이 책의 대미를 장식한다는 점은 시사하는 바가 있는데, 이 긴 글이 미국의 문화와 정치 영역 안에서 손택이 지성인으로서 어떤 역할을 하는지 그리고 그의 자아상은 어떤 것인지에 관한 기초적인 사실들을 매우 개인적인 방식으로 자세히 보여주기 때문이다. 손택 이전에도 메리 매카시와 제인 폰다를 비롯한 40명의 다른 유명한 평화운동가가 하노이를 향한 험난한 여정에 올랐었지만, 앤드루 콥킨드가 후일 말했듯이, 손택이 방문했을 때처럼 기습 폭격이 여전히 계속되던 시기에 교전 지역을 여행한다는 건 안전을 절대 장담할 수 없는 일이었다.[21] 파리와 프놈펜을 경유하는 복잡한 여행 일정만도 열흘이 걸렸고, 이들은 최대한 좋게 말해도 위태로운 상황에서 여행을 했다. 북베트남 정부에서 일종의 홍보를 담당하던 부처가 그들을 초청했고, 방문자는 베트남을 이미 방문한 적이 있거나 평화운동의 대변자 격인 다른 미국인들의 추천을 받아 선택됐다.

손택은 에세이 서두에서 자신은 기자도 아시아 전문가도 아니기 때문에, 이 여행 동안 자신이 맡은 역할이 특별하다고 말한다. 물론, 이 진술은 절반의 진실이다. FSG 기록보관소의 자료에 의하면, 이 에세이는 사실 여행 전부터 『에스콰이어』 1968년 12월 호에 게재하기로 계획돼 있었으므로, 손택은 사실상 기자로서 여행을 했던 것이다.[22] 게다가 이 글은 1969년 1월에 FSG의 계열사 눈데이가 단행본으로 펴내고, 최종적으로는 그해 3월에 에세이집 『급진적 의지의 스타일』에 함께 수록하기로 돼 있었다. 라일라 카프에 의하면, 손택과 스트로스는 「하노이 여행」이 손택의 가장 중요한 에세이 중 하나가 되리라고, 다시 말해 전 세계적으로 점점 늘어가는 정치 참여자에게 교훈을 주는 에세이가 되리라고 확신했기에 출판사는 이례적으로 홍보에 주력했다. 그와 동시에, 1월과 2월에는 주요 외국어로 번역해서 대량 판매가 가능한 보급판 단행본으로 출판하기로 돼 있었다.[23]

「하노이 여행」은 손택에게 유별나게 중요한 에세이였다. 손택은 로저 스트로스에게 원고를 마감하는 데 시간이 오래 걸려서 미안하다는 편지를 보냈다. 이 편지에서 그는 전보다 훨씬 더 솔직하고 개인적인 글이고, 자신에게는 새로운 종류의

글쓰기였기에 끝마치기가 대단히 힘들었다고 말했다.[24]

「하노이 여행」이 출간된 이후 수십 년 동안 손택은 미국 신보수주의자의 표적이 되었다. 이 글은 헌터 톰프슨과 노먼 메일러, 조앤 디디온의 뉴저널리즘 방법론, 즉 기자가 직접 개입하는 방법론을 어느 정도 사용한다. 하지만 매우 사적이고 거의 직접적인 관점에서 쓰였음에도, 뉴저널리즘의 특징인 자기과시적 '나'를 공유하지는 않는다. 그럼에도 손택은 처음으로 에세이에 자신을 집어넣고, 이전에 사용하던 '우리' 또는 '사람들' 같은 관점을 버린다.[25]

다른 무엇보다 중요한 점은, 이 글이 "미국인, 어디에도 소속되지 않은 급진적 미국인, 미국인 작가라는 정체성의 딜레마"를 다룬다는 것이다.[26] 손택은 몇 년 뒤에도 이 여행을 "아시아에 처음 가는 사람이 느끼는 문화 충격"으로 표현했다.[27] 게다가 스스로 강조했듯이, 손택은 베트남에서 처음으로 진정한 고통을 목격했고,[28] 이는 의식의 심미적 교화에 관한 그 자신의 가정에 의문을 제기했다. 이 에세이는 경험에 관한 이야기와 일지, 베트남 역사에 관한 개요로 균등하게 구성된다.

손택은 여행을 조직한 사람들에게조차 비판의 날을 세우지 않는 법이 없었다. 그는 이것이 전쟁이라는 상황에 입각해, "그들이 그들의 배역을 연기하는 동안, 우리(나)는 우리(나)의 배역을 연기해야 하는 정치적인 연극"은 아닌지 의심한다. 그는 여행자들이 "베트남의 투쟁을 지지하는 미국인 친구들"[29]이라는 배역으로 뽑힌 데 분개하며, 자신이 마주치는 모든 베트남인이 말하는 것처럼 보이는 정형화된 공산주의 관청어를 분석한다. 손택은 최근에 마르크스와 신마르크스주의 용어를 사용하는 것에 다시 익숙해진 상태였음에도 불구하고, 작가로서 북베트남의 단조롭고 규범적인 언어에 혐오감을 느낀다.

그런가 하면, 손택은 때로 북베트남의 선전에 넘어가서 당시의 정치적 사고와 별반 다르지 않은 실수도 저지른다. 그는 베트남인을 미국인, 서유럽인과 대조를 이루는 '온전한 인간'이라고 표현한다. 그들의 성적 절제력에, 미국인 전쟁포로에게 음식을 넉넉히 대접하는 너그러움에 감탄한다. 미국 병사의 무덤을 돌보고, 죄의식이라는 서양문화에 거의 영향을 받지 않았으며, 모든 물질적 어려움을 극복해내는 모습에 감명을 받는다. 손택에 따르면, 정의와 존엄에 관심이 있는 베트남 사람들은 서양에서는 오직 반어적으로만 사용될 수 있는 영웅적 행위라는 개념에 새로운 힘을 불어넣는다. 요컨대, 손택에게 북베트남은 "여러 측면에서 이상화될 자격이 있는 장소"로 보인다.[30] 손택은 이 에세이를 미국이 아닌 베트남이 전쟁에서 이길 것이라는 선견지명이 있는 주장으로 마무리한다.

이 주장은 그 시점에선 거의 아무도 믿을 수 없는 예언이었지만, 7년 뒤 사실로 증명된다.

북베트남에 대한 손택의 이상화는 그가 뉴욕으로 돌아와서도 계속됐다. 그는 북베트남에서 환영 선물로 받은 두 개의 반지 중 하나를 스티븐 코크에게 주었다. 그 반지는 격추된 미국 전투기의 알루미늄으로 만든 것으로, 전투기의 일련번호가 찍혀 있었다. 코크의 말에 의하면, 두 사람은 평화운동에 참여했다는 징표이자 북베트남이 끔찍한 전쟁에서 이기길 기원하는 마음으로 이 전쟁 상징물을 오랫동안 끼고 다녔다. 손택과 마찬가지로 베트남을 여행한 뒤 그에 관한 에세이를 쓴 메리 매카시는 그 반지를 받았을 때 받은 충격에 관해 말한다. 그가 보기에 이것은 전쟁을 추구하는 미국인의 비인간성을 상징한다기보다, 이 반지 때문에 희생된 사람의 목숨과 직접 접촉하는 것이었기 때문이다.[31] 완벽한 래디컬 시크답게 손택과 코크는 이런 함의를 고려하지 않았다.

베트남전쟁에 반대하는 손택의 행동주의는 그의 문학작품에도 반영되었다. 1967년 3월, 손택은 두 번째 소설 『살인 도구』를 완성했다.[32] 그는 이 작품을 통해 독서계가 자신을 비평가로뿐만 아니라 소설가로도 진지하게 받아들이길 바랐다. 스

트로스도 그의 낙관적 생각에 동조했고, 이 "중요하고 독창적인 소설"이 "성공"할 것으로 자신했다.[33]

자살 충동을 느끼는 소설의 반영웅이자 반서술자 디디는 터널에서 철도원을 살해한 펜실베이니아주 출신 광고 카피라이터로, 소설이 끝날 때까지 자신이 정말 살인을 했는지 아니면 단지 그렇게 상상한 건지를 물으며 괴로워한다. 디디의 이름은 그 자체로 '그가 그랬나Did he?'라는 상징적 의문을 제기한다. 열차에서 만난 시각장애인 헤스터도 그의 의심을 공유한다. 그는 자기는 귀로 볼 수 있는데, 자기가 알기로 디디는 열차를 절대로 떠난 적이 없다고 주장한다.

소설은 시간의 흐름에 따라 서술됨에도, 서사의 논리가 아닌 철학의 논리를 따르는 무작위한 일련의 상상 속 사건이라는 인상을 준다. 『살인 도구』의 주제는 적극적인 개입이 없다면, 모든 사회적·자연적 체계가 혼란에 빠진다는 생각이다. 이와 비슷한 엔트로피는 토머스 핀천의 『브이v』(1963)나 존 호크스의 『라임나무 가지The Lime Twig』(1961)와 같은 1960년대의 많은 미국 소설에서 찾아볼 수 있다. 손택 자신은 나중에 『살인 도구』를 "베트남전쟁의 그늘 아래서 쓰인―애통함"의 산물이라고 표현했다.[34] 전쟁은 명시적으로 언급되는 않지만, 특히 디디가 계속 시청하는 텔레비전을 통해 소설 속에서 종종 묘사되는데, 때때로 이는 디디로 하여금 그가 한 사람을 살해한 일이 현실사회라는 거대한 관점에서 보면 어처구니없을 정도로 사소한 일이라고 믿게끔 한다.

1967년 가을 『살인 도구』가 출판됐을 때, 이 책에 대한 비평은 재앙에 가까웠다. 심지어 오직 몇몇 식자층 잡지만이 이 소설을 진지하게 문학으로 취급하려는 시도를 보였을 뿐이었다. 나머지 언론은 손택의 지적 성과를 언급하면서도, 이 소설은 거의 읽을 가치가 없다고 판단했다. 『뉴욕 타임스』의 비평가 엘리엇 프리몬트스미스는 그저 "어떻게 손택처럼 감수성이 세련된 비평가가 소설 작법에 대한 몰이해를 명백히 드러내는 지루해빠진 소설을 쓸 수 있는지" 의아해했다.[35] 다른 이들의 평가는 더 가혹해서 이 책을 "실존주의적 키치"라고 표현했다.[36] 첫 번째 소설에서처럼, 이 작품에서도 프랑스 문학과 철학으로부터 받은 영향이 뚜렷이 보인다. 손택은 『은인』에서 했던 모든 실수를 반복했을 뿐 아니라, 심지어 더 많이 범한 것으로 보인다.

소설의 처음과 끝에, 312쪽에 달하는 내용 전체가 혼수상태 환자가 죽기 직전에 경험한 환각이라는 암시가 몇 군데 나타난다. 하지만 손택이 인터뷰에서 몇 차례 주장했듯이 이는 이 책에 대한 여러 가능한 해석 중 하나일 뿐이며, 그는 "몇

가지 해석의 여지를 열어"두기 위해 "체계적으로 애매한 모종의 요소들"을 넣어놓았다.[37]

　당대의 가장 유명한 미국인 비평가 중 한 명인 앨프리드 케이진은 손택의 스타일을 영감이나 설득력 있는 서술과 같은 전통적 문학 원리를 건너뛰는 "손택의 개인적 의지를 전적으로 표명하는 것"이라고 적절히 표현했다. "우리는 소설을 경험하는 게 아니다. 수전 손택이 다음에 무슨 생각을 할 수 있는지, 그 채비를 경험하는 것이다."[38] 사실, 1960년대에 손택은 문학이라는 매체의 전통적 요구를 폄하했지만, 그것을 근본적으로 개선할 실질적인 수단을 찾는 데는 실패했다. 이 시기 손택의 문학작품―소설 두 편과 이따금씩 쓴 「인형」(1963)과 같은 단편들―은 그가 그저 자기 생각을 표현할 새로운 형식을 찾기 위해 소설을 이용하고 있다는 인상을 주는데, 이런 작업을 손택은 에세이를 통해서 훨씬 더 효율적으로 해낸다. 훗날 인터뷰에서 『살인 도구』를 자찬하고, 독일어판 후기에서는 자신의 "가장 사적인 소설"이라고 적기도 했지만,[39] 손택은 자신이 소설가로서 명백히 실패했다고 생각했다. 그는 자신의 초기작에 관해 이야기하기를 꺼렸다. 그런 어머니를 두고 데이비드 리프가 말했듯이, 손택은 향수에 빠지거나 과거를 돌아보는 여성이 아니었다.[40] 열망해 마지않던 소설가로서의 삶은 그에게 "고통스러운 주제" "특별한 문제" 심지어 "그를 거의 침몰 시킨 암초"였다고, 스티븐 코크는 말한다.[41] 도저히 포기할 수 없어서 수없이 시도했음에도, 수전 손택은 그 후 25년 동안 다른 소설을 쓰지 않았다.

카메라
뒤에서

1972

영화(…)에 대한 이 새로운 형식주의자의 전형적인 공식은 냉정함과 파토스를 혼합하는 것이다. 냉정함으로 어마어마한 파토스를 에워싸고 억누르는 것이다.[1]

여러모로 「하노이 여행」은 1970년대 후반까지 손택의 이미지와 계속 연결되는 급진적 사고를 전파했지만, 이 글에는 신좌파를 향한 양면적인 감정 또한 새겨져 있다. 이 감정은 이후 몇 년 동안 점점 더 커졌다. 손택의 도발적인 정치적 글은 대체로 반지성적인 반전운동의 사상 아래 포함시킬 수 없는 것이었고, 그래서 종종 그 균형을 되찾으려 애쓴다는 인상을 준다. 손택은 정치적 글에서 한편으로 시사 문제를 다루고, 좌파의 동시대적 담론을 분석하며, 자신이 보편적으로 타당하다고 생각하는 입장을 끌어낸다. 하지만 다른 한편으로, 이따금 이런 담론을 향한 일종의 회의주의를 떨칠 수 없다는 인상을 보여주기도 한다. 1970년대 말, 손택은 『롤링스톤』, 프랑스 문예지 『텔 켈Tel Quel』, 프랑스 방송사 TF1와의 인터뷰를 통해 자신은 이미 「미국에서 일어나고 있는 일」, 그리고 「하노이 여행」과 거리를 두고 있음을 밝혔다.[2] 이때부터 생을 마감할 때까지, 그는 이런 에세이에서 옹호했던 정치적 입장에 더는 연루되지 않기를 바랐다. 그에게 이 글들은 전 세대의 작가와 사상가, 비평가가 근본적인 사고방식을 공유했던, 급진적으로 편향되었던 특별한 시대―향수와 회의가 뒤섞인 마음으로 돌아보는 시대에 관한 기록이었다.[3]

1990년대 초반, 『로스앤젤레스 타임스』와의 인터뷰에서 심지어 손택은 베트남전쟁과 그 여파로 인해 거의 10년 동안 방향성을 잃었다고 말했다.[4] 실제로 이후 몇 년은 만성적인 우울증, 작가로서 극심한 슬럼프, 심각한 재정적 불안, 그럼에도 불구하고 계속된 인기에 대한 근본적인 애증으로 점철됐다. 에세이 작가이자 소설가로서 계속 경력을 쌓아가는 대신, 시나리오를 쓰고 영화를 감독하기로 결정한 손택은 이후 몇 년간 대부분의 시간을 스웨덴과 파리에서 보냈다.

미국의 영화학자와 비평가는 손택이 영화에 관여했다고 해서 영화라는 매체에 대해 갖는 그의 의미가 과대평가될 수는 없다는 데 의견을 모은다. 영화에 대한 열정은 그가 저술한 영향력 있는 에세이집 두 권에서 분명히 드러나며, 그것은 단지 많은 에세이가 유럽 아방가르드 영화와 미국 언더그라운드 영화에 관한 것이기 때문만이 아니라, 그가 영화를 위해 개발한 비평 원리를 문학과 연극에까지 적용하는 방식 때문이기도 하다. 손택은 영화가 다른 예술들을 대표하는 미학적 모델이라고 확신했다. 그는 미국에서 영화가 그저 대중문화로만 간주되던 시기에 영화라는 매체를 진지하게 받아들인 몇 안 되는 사상가 중 한 사람이었다. 유럽과 일본 영화에 대한 지식을 자유자재로 활용해서 영화에 예술 형식의 지위를 부여할 수 있는 사람은 그 외에 달리 없었다. 영화를 현대예술로 진지하게 받아들이는 비평은 이미 1960년대에 발달했지만, 폴린 케일이나 매니 파버, 드와이트 맥도널드, 제임스 에이지와 같은 유명한 미국 영화비평가들 가운데 이 매체에 대한 손택의 포괄적인 지식을 공유하는 이는 거의 없었다.[5]

수전 손택은 엄밀한 철학적 방법론을 장뤼크 고다르의 작품과 1950년대 미국 SF영화처럼 이질적인 영화 현상에 지속적으로 적용함으로써 준학문적인 요소를 영화비평에 도입했다. 파리의 영화문화를 접하며 편향된, 영화를 향한 열렬한 애정의 증거는 모더니즘 문학에 대한 그의 생각과 기본적으로 비슷한 에세이 형식의 개론을 만들어낸다. 손택은 알랭 레네의 「지난해 마리앙바드에서」L'Année dernière à Marienbad (1961)

와 미켈란젤로 안토니오니의 「정사L'Avventura」(1960)처럼 전통적인 내러티브 구조의 토대를 허물고 영화 팬의 시각적 경험을 최우선으로 여기는 영화의 감각적 직접성에 감탄했다. 또한 로베르 브레송의 냉정한 실험영화를 높이 평가했는데, 냉정함으로 관객의 감정세계 전체를 재편할 수 있다고 생각했기 때문이다. 손택은 고다르의 초기 영화에서 즉흥성이 만들어내는 서정적인 장난기와 우연적인 일관성을 즐겼고, 잉마르 베리만의 영화에 깃든 알 수 없는 진지함, 자기지시성, 분위기 있는 무게감에 ― 특히 「페르소나Persona」(1966)에서처럼 영화가 전통적인 내러티브 양식을 저버릴 때 ― 탄복했다.[6] 손택은 현실을 독특하게 지각한다는 점에서 영화가 굉장한 교육적 역할을 할 수 있다고 굳게 믿었다. 단지 미학적 교육만이 아니라 ― 감수성을 넓혀주므로 ― 정서적인 교육에 있어서도 그것을 해낼 수 있다고 믿었다.[7] 손택이 1961년에서 1969년 사이에 쓴 에세이에서 정리한 것은 많은 영화 팬에게 예술영화의 황금기로 통하는 ― 주로 유럽의 ― 모더니즘 실험영화들의 편람이었다.

『뉴욕 타임스』의 비평가 멜 거소에게 말했듯이, 손택은 영화라는 매체를 이론적으로 논하는 동안 항상 자기 영화를 만들 수 있기를 바랐다.[8] 손택에게는 그것이 경력을 확장하는 합리적인 방법으로 보였다. 마르그리트 뒤라스, 피에르 파올로 파솔리니, 알랭 로브그리예처럼 그가 특별히 존경한 유럽 작가들은 결국 문학에서 영화로 나아가서 작가로서뿐만 아니라 영화감독으로서도 이름을 날렸다.[9] 특유의 자신감을 바탕으로 손택은 일찌감치 소망을 현실로 바꿔놓기 시작했다. 시카고대학교 시절부터 친분이 있었던 마이크 니컬스가 「누가 버지니아 울프를 두려워하랴Who's Afraid of Virginia Woolf?」(1966)와 「졸업The Graduate」(1967)으로 명성을 얻고 있을 때, 그는 촬영장과 편집실에서 그를 관찰했다. 손택은 직접 시나리오 몇 편을 개발했고, 안면이 있는 유럽 감독과 배우 들로부터 제작자에 관한 조언을 구하기 시작했다.

손택은 특히 프랑스와 이탈리아에서 이런 노력을 기울였다. 그는 1967년 베니스 국제영화제 심사위원으로 이탈리아에 초청된 터였다. 한편 그곳에서 점점 더 많은 시간을 보내게 된 데에는 사적인 이유도 있었다. 공작부인 카를로타 델 페초와 사귀고 있었기 때문이다. 손택은 1971년 개봉한 영화의 스틸 사진을 수록해서 FSG가 1974년에 출판한 두 번째 시나리오집 「형제 칼Brother Carl」을 그에게 바쳤다.[10] 손택이 유럽 영화계에 집중한 두 번째 이유는 그가 미국의 영화제작사와 교류가 거의 없었기 때문이다. 이색적인 뉴욕 언더그라운드 영화계를 제외한다면, 영화산업은 로스앤젤레스에 집중되어 있었으며, 아직 독립영화가 전성기를 맞이하기 전이었던 당시에 영화란 거대 할리우드 영화사를 의미했다. 게다가 그때까지만 해도 프랑스, 이탈리아, 스웨덴의 영화제작사는 덜 산업화되어 있었기 때문에 외부인이 발판을 마련하기가 상대적으로 수월해 보였다. 할리우드와 비교하면, 유럽은 제작비가 훨씬 덜 들고, 제작진도 적었으며, 제작자는 거대 영화사로부터 독립적이었다. 덕분에 유럽에서는 마르그리트 뒤라스와 같은 작가가 영화감독에서 자동적으로 배제되는 일이 없었다. 손택은 1972년에 당시 상황에 대해 이렇게 말했다. "여성 감독은 이 나라에서 여전히 별종으로 취급되죠".[11]

손택은 제안을 오래 기다릴 필요가 없었다. 스웨덴 영화사 산드레브 필름 오크 테아테르의 제작자 예란 린드그렌이 18만 달러라는 쥐꼬리만 한 예산을 그의 재량에 맡기며 완전한 예술적 자유를 보장한 것이다. 『해석에 반대한다』 스웨덴판이 출간되고 후속 에세이들이 문화 잡지 『본니에르스 리테레라 마가신』에 발표된 뒤 손택이 스웨덴에서 상당한 명성을 누리고 있었기에, 린드그렌은 이 투자에 상당한 기대를 걸었음이 틀림없다. 손택은 영화를 어디에서 찍을지에 대해선 신경 쓰지 않았다. 그는 훗날 "어떤 제안이든 받아들였을 겁니

다. 제가 할 수 있다는 것을 보여주기 위해서요. (…) 아프가니
스탄이라도 갔을걸"라고 말했다.[12]

1968년 8월 베트남에서 돌아온 지 겨우 몇 주 만에, 그는
스웨덴에서 첫 번째 영화 「식인종을 위한 이중주Duet for Canni-
bals」를 위한 작업에 돌입해 린드그렌과 함께 촬영 일정을 계
획했다. 3주 만에 시나리오를 완성한 뒤 촬영을 위해 스톡홀
름을 찾았고, 1968년 10월과 11월, 그리고 재차 1969년 2월
과 3월을 그곳에서 보냈다. 손택에게 영화 작업은 쉬운 일이
아니었다. 스웨덴 배우와 영화 제작진은 일주일에 7일을 일했
으며, 일반적인 근무 시간은 오전 여섯 시부터 자정이었고, 손
택은 그들의 언어를 이해하지 못했다.[13]

안토닌 드보르자크, 구스타프 말러, 리하르트 바그너의 음
악이 흐르는 「식인종을 위한 이중주」는 심리적이고 성적인 유
희에 관한 기괴한 실내악이다. 이 영화에서 과거에 파시스트
였던 것으로 짐작되는 이해할 수 없고 병적으로 자기중심적인
독일인 혁명가 아르투어 바우어(라스 에크보리)와 그의 말 없
는 아내 프란체스카(아드리아나 아스티)는 젊은 조수(예스타 에
크만)와 그의 아내(앙네타 에크만네르)를 얽어맨다. 더 젊은 부
부의 시각에서 서술되는 보이스오버*를 통해 손택은 초현실적
인 흑백 시나리오를 전개하는데, 이 시나리오는 등장인물의

알 수 없는 감정적 공허를 표현하기 위해 심리를 발전시켜가는 전통적 방식을 포기하고, 사건을 일관성 없는 정신적 혼란, 정교한 권력 남용, 성적 환상으로 대체한다.

「식인종을 위한 이중주」는 시나리오 작가, 감독, 편집자의 역할을 동시에 해낸 초보 영화인의 작품으로서 놀라운 전문성을 갖춘 동시에, 스타일에 있어서도 강점을 보인다. 유행을 따르는 현대적인 주제를 이야기하고 있음에도, 비슷한 주제를 다루는 마이크 쿠처와 요나스 메카스의 뉴욕 언더그라운드 영화에서 전형적으로 나타나는 불안정한 카메라 워크도, 미숙한 연기와 엉성한 편집도 보이지 않는다. 영화의 분위기는 잉마르 베리만을 연상시킨다. 그러나 이것이 바로 「식인종을 위한 이중주」의 문제일 것이다. 오늘날의 관점에서 보면, 이 영화는 1960년대 유럽 예술영화의 클리셰를 모아놓은 답답한 작품이다. 사실 그 정도가 너무 심해서 의도치 않게 웃음을 주기도 하는데, 주인공들이 말없이 카메라를 골똘히 응시할 때나 철학처럼 들리는 것으로 가득한 불가해한 대화에 빠져들 때가 그 예다.

「식인종을 위한 이중주」가 1969년 5월 칸 영화제 비경쟁부

---

* 화면에 모습을 보이지 않으면서 상황을 해설하는 화자의 목소리.

문, 같은 해 9월 뉴욕 영화제, 그리고 마지막으로 카네기홀에서 일주일 동안 상영되었을 때, 관객과 비평가의 평가는 대체로 부정적이었다. 『하버드 크림슨Harvard Crimson』의 비평가는 손택이 영화를 너무 많이 보고 그것에 대해 너무 오래 생각했기 때문에 무의식적으로 브레송과 고다르, 베리만의 영화에서 자신이 감탄한 촬영 기법과 분위기, 내러티브 요소로 온통 뒤죽박죽인 영화를 낳았다고 추측했다. 「식인종을 위한 이중주」는 모방작, 다시 말해 "특정한 영화를 만드는 것보다는 영화 만들기 자체에 더 관심이 있는" 사람의 결과물처럼 보였다.[14] 그럼에도 촬영이 끝났을 때 예란 린드그렌은 손택에게 이듬해에 영화를 또 한 편 찍을 수 있도록 자금을 대주겠다고 했다.

이 시기에 손택은 아주 잠깐씩만 미국에 머물렀다. 그가 없는 동안, 로저 스트로스가 FSG 경리부의 도움을 받아 그의 일상사를 처리했고, 뉴욕에 있는 자기 사무실에서 그의 강의 일정을 잡았다. 손택은 하버드를 비롯한 미국 대학교에서 자신의 영화에 관해 이야기했고, 번역본 출간을 앞두고는 암스테르담과 로마, 파리에 있는 유럽 출판사들을 방문했다. 스트로스는 미국과 유럽 잡지에 짧은 기사를 발표하도록 줄을 대주었고, 이제 열일곱이 된 데이비드 리프를 봐주었으며, 심지어 리버사이드가에 있는 그의 아파트 관리비와 전화 요금, 세

금 등을 납부하는 출판사 계좌를 개설해주기까지 했다.[15]

손택은 고된 첫 번째 영화 작업을 마침내 끝낸 뒤에도 유럽 여행과 출판사 행사, 대학교 강의, 정치 모임 등의 일정을 줄이지 않았다. 언제나 끈끈한 관계를 유지했고 손택이 "최고의 친구"라고 부르기도 했던 데이비드도 모친의 생활방식을 모방하기 시작했다. 그는 혼자서 유럽과 남미, 아프가니스탄, 아프리카를 여행했고, 동선을 고려해 어머니와 되도록 자주 만났다. 보통은 로저 스트로스가 모자의 만남을 주선하고 서로의 소재를 계속 전해주었다.[16]

손택은 대체로 자신이 정치적으로 지지하는 국가를 여행했다. 특별히, 쿠바에 매료되고(1960년에 이곳에서 석 달을 보냈다) 쿠바의 혁명 영웅 체 게바라와 피델 카스트로(미국 정부는 카스트로를 적으로 공표한 상태였다)에게 열광했던 손택은 마침내 1969년 1월 그곳을 두 번째로 여행했다. 손택이 쿠바 여행에 관해 쓴 두 편의 글은 그가 쿠바의 사회주의 모델에 존재한다고 여긴 사회적·경제적 정의에 대한 감탄을 증언한다. 더불어, 손택은 쿠바에 이제까지 상상하지 못한 엄청난 개인적·성적 에너지가 잠재해 있다고 믿었다. 『아트포럼Artforum』에 처음 발표되고 나중에 쿠바 포스터 모음집의 서문으로 재발표된 쿠바혁명 선전 포스터에 관한 글에서, 손택은 소련과는 근본적으로 다른 한 국가의 '활력과 개방성'을 언급한다. 소련의 진부하고 체제 순응적인 선전 포스터와는 성격을 완전히 달리하는, 예술적으로 세련된 쿠바의 포스터가 이런 차이를 드러냈다.[17]

하지만 『램파츠Ramparts』에 기고한 에세이 「(우리가) 쿠바혁명을 사랑하기 위한 올바른 방법에 관한 몇 가지 생각Some Thoughts on the Right Way (for Us) to Love the Cuban Revolution」에서 어떤 회의주의가 싹트기 시작한다. 샌프란시스코에서 발행됐던 컬러 사진이 실린 급진 좌파 기관지 『램파츠』는 1960년대에 흔히 그랬듯 짧은 기간 간행되었던 잡지로, 베트남전쟁이 한창이던 전성기에 구독자가 30만 명에 달했으니, 손택이 정치적 글을 게재하기에 이상적인 지면이었다. 손택은 쿠바에서 편집장 로버트 시어를 만났을 때, 이 잡지에 카리브해 섬에 관한 경험을 글로 써주기로 약속했다.[18] 쿠바 포스터에 관한 에세이는 선동적인 문장 "비바 피델Viva Fidel!"로 마무리됐음에도, 『램파츠』의 기사는 그가 미국 좌파와 급진적인 운동에 점차 환멸을 느끼고 있음을 암시한다. 손택의 어조는 "개인의 자유"에 대한 신좌파의 "미국적 집착"을 이야기할 때 특히 비판적이다. 손택에 따르면, 신좌파는 정의를 강조하는 일을 등한시하고, 스스로 "미국사회의 근본적인 약속 중 하나인 개개인이 참여

하지 않고, 이탈하고, 이기적으로 행동할 권리를 보호하겠다는 약속"에 대한 소유권을 주장한다.[19]

그 뒤로 몇 년 동안, 미국 자본주의뿐만 아니라 소련과 동유럽 사회주의에 대한 대안이기를 기대했던 쿠바 모델을 향한 손택의 열광은 시들해졌다. 1971년 5월, 장폴 사르트르, 훌리오 코르타사르, 시몬 드 보부아르, 마리오 바르가스요사를 비롯한 유럽 및 북미, 남미 출신 지식인 예순 명과 함께 그는 쿠바 작가 에베르토 파디야의 투옥에 항의하는 서한에 서명했는데, 이 서안은 『르 몽드』와 『뉴욕 타임스』의 표제지에 실렸다. 파디야는 쿠바 경찰에게 고문을 당했으며, 스스로 쿠바의 적임을 인정하고 미 중앙정보국CIA을 위해 일하는 지식인들과 접촉했음을 시인하는 자술서에 서명할 것을 강요받았다.[20]

손택은 만년에 이 서한을 자신이 공산주의 정권에 반대한 증거로 여러 차례 언급했지만, 편지에 서명을 했다는 사실에도 불구하고 그의 태도는 여전히 양면적이었다. 『빌리지 보이스』에 따르면, 1971년 11월 사회주의 노동자당 모임에서 손택은 참석자들에게 쿠바혁명에 대한 지지를 재확인할 것을 권했다. 손택은 자신이 파디야 서한에 서명한 이유는 그저 그것이 피델 카스트로에게 개인적으로 전달되고 공개적으로는 발표되지 않으리라고 생각했기 때문이라고 말했다. 그리고 과거를 돌이켜보며, 그 결정을 후회하는 이유는 현재 그 서한이 쿠바의 적들을 위한 선전 도구로 사용되기 때문이라고 덧붙였다.[21]

하지만 손택이 급진적인 정치운동을 점점 더 불편하게 여기게 된 까닭은 그들의 유별난 반지성주의 때문이었다.[22] 1970년대 초 미국을 지배한 리처드 닉슨과 그의 "침묵하는 다수"는 미국을 베트남전쟁 속으로 점점 더 깊이 밀어 넣었고, 전쟁은 이길 가망이 없는 상태로 매달 수천 명의 목숨을 앗아갔다. 한편, 신좌파는 점점 더 이해하기 어렵고 자기만족적인 표현 형식을 발달시켰고, 이는 결과적으로 히피와 여피, 반전단체, 흑인권력운동Black Power movement 사이의 연합을 흔들어놓았다. 문화적 측면에서, 신좌파의 대변자들은 영화와 미술, 문학이 이념을 교육하는 역할을 하지 않고 의식이나 세계를 바꾸려는 의도를 표현하지 않을 경우, 그것을 속물적이고 억압적인 것으로 몰아 공격을 퍼붓기 시작했다. 어떤 의미에서, 신좌파의 이념은 서양의 문화적 성취를 식민주의, 제국주의와 불가분의 관계에 있는 것으로 보았던 가장 급진적인 시기 손택 자신의 정치적 신념과 일맥상통했다. 대중문화와 정치적 급진주의, 언더그라운드 예술에 매료되어 있었음에도 불구하고 손택은 더 이상 이런 입장을 고수할 수 없었다. 이런 반지성주의는 특히 수십 년 동안 스스로를 '좌파'로 규정해온 뉴욕 지성인들의 이미지를 변화시켰다. 이 변화는 구좌파와 손택이 속한 급진적 자유주의 파벌로 인해 자기들이 피해를 봤다고 생각하는 신보수주의 진영을 구분해주었다.

손택의 발전은 그나마 지적인 측면에서의 180도 방향 전환으로 이해해볼 수 있다. 그의 정치적 입장 변화는 미학적 담론이 점진적으로 급진화되는 현상에 대한, 수년에 걸쳐 진행된 반응으로 보인다. 손택의 전향이 명백히 반대 입장이라는 것 자체는 분명했지만, 그는 이후 3년 동안 새로운 정치적 입장에 대해 어떠한 언급도 하지 않았다. 『샐머건디Salmagundi』와의 인터뷰에서 손택은 '혁명적' 내지 '진보적'과 같은 개념은 자기가 보기에 "언제나 이념적 순응을 지지하고 편협함을 부추긴다"라고 말했다. "세상과 급진적 관계를 충분히 맺지 않았다"는 이유로 예술가를 비난하는 것은 그가 보기에 "예술 그 자체에 대한 불평"이었다.[23] 그는 다른 인터뷰에서 확신에 차서 말하곤 했다. "제 생각에 저항은 그 자체로 가치가 있는 것 같지는 않습니다. 이를테면, 진리가 그런 것처럼요."[24]

손택의 지적 발전을 생각할 때 껄끄러운 점은 마음을 바꾸었다는 사실을 명시적으로 인정하지 않는 그의 성향이다. 분명히 사실이 아닌데도 불구하고, 오히려 손택은 같은 인터뷰에서 자기가 언제나 그런 견해를 가지고 있었다고 주장했다. 이런 전환기마다 거듭해서 그는 소위 생각의 오류나 변화를 인정하지 않으려 했고, 오히려 자기 자신의 지성사를 다시 쓰려고 했다. 나중에서야 그는 의견을 수정할 권리가 있다고 주장하며, 이것을 지적인 존재의 근본적 조건으로 보고 옹호했다. 1960년대 미학과 정치운동의 상징과도 같은 인물이었던 손택으로서는, 미국 대중으로부터 그런 권리를 거의 부여받지 못했다.

같은 시기, 손택의 사적인 삶에도 소요가 일고 있었다. 그는 첫 번째 시나리오 「식인종을 위한 이중주」를 수전 타우베스에게 헌정했다. 하버드에서 함께한 이후 손택의 가장 친한 친구 중 한 사람이었던 타우베스는 손택과 포네스가 처음 결성했던 글쓰기 모임의 일원이었고, 컬럼비아대학교에서 함께 수학한 동료이기도 했다. 타우베스는 한동안 심각한 우울증으로 고통받았다. 손택은 뉴욕에 있을 때면 언제나 친구를 뒷받침하려 했고, 야코프 타우베스가 그와 이혼하고 독일로 돌아간 뒤로는 함께 사는 10대 아이 둘도 보살피려 애썼다. 수전 타우베스는 이미 몇 차례 자살을 시도할 조짐을 보인 적이 있었다. 결혼생활과 힘겨웠던 이혼을 상세히 기술한 처음이자 마지막 소설 『이혼Divorcing』(1969)을 출간한 직후, 그는 뜻밖에도 그 불길한 조짐을 실행에 옮겼다.

타우베스가 스스로 목숨을 끊기 엿새 전, 『뉴욕 타임스』는 그의 소설을 맹비난했다. 비평가는 타우베스를 통해 손택에게 복수를 가하기로 작심한 것 같았다. 그는 첫 문장에서부터 뜬금없이 손택의 문체를 혹독하게 비판하더니 타우베스의 소설에서도 그런 문체가 보인다고 주장했다. 그에게 타우베스는, 손택과 마찬가지로 "대중문화나 실어 나르는 (…) 여류 작가"였다.[25]

1969년 11월 8일 수전 타우베스는 롱아일랜드 바다에 투신했다.[26] 손택은 이스트햄프턴으로 차를 몰고 가서 그의 시신을 확인해야 했다. 함께 갔던 스티븐 코크는 손택이 충격으로 온몸을 벌벌 떨던 것을 기억한다. 경찰은 타우베스가 자살한 곳에서 절반을 비운 약병을 발견했다. 충격에 빠진 손택은 경찰서를 나서며 같은 말을 되풀이했다. "결국엔 그 짓을 하고야 말았구나, 이 어리석은 여자야."[27]

손택이 타우베스를 얼마나 가깝게 여겼는지는 그가 죽을 때까지 친구의 두 자녀와 연락을 이어가며 힘 닿는 데까지 그들을 도우려 했다는 사실에서만 엿볼 수 있는 게 아니다. 친구의 자살로부터 벗어나려는 손택의 몸부림은 그의 예술작품에도 흔적을 남겼다. 역시 스톡홀름에서 스웨덴 제작사 산드레브스와 촬영한 손택의 두 번째 영화 「형제 칼」에는 이 사고를 연상시키는 요소가 뚜렷이 담겨 있다. 예란 린드그렌은 전보다 많은 돈을 그의 재량에 맡겼기 때문에 촬영 일정을 길게 잡고 편집 작업에 많은 시간을 들일 수 있었다.

손택은 1969년 9월에 「형제 칼」의 작업을 시작했고, 1970년 1월에 스웨덴에서 시나리오를 완성했다. 촬영과 편집은 1970년 7월과 12월 사이에 했다. 첫 번째 영화 작업도 대단히 고되었는데, 「형제 칼」을 제작하는 일은 그보다 훨씬 더했다. 손택은 멘토 로저 스트로스에게 보낸 편지에서 완전한 우울을 묘사한다. 출판된 시나리오의 서문에서 손택은 1월의 스톡홀름은 대낮에도 어두워서 영화를 찍는 내내 빛을 찾아다녔다고 적었다. 편지에서는 힘겨운 나날을 보내느라 점차 맥이 풀려서 꼼짝할 수 없을 지경이라고 말한다.[28] 점점 더 견딜 수 없어져서 때로는 심지어 "스톡홀름에 강한 반감"을 느끼고 "뉴욕을 갈망하기"에 이르렀는데, 그 정도는 "유럽 어느 곳에서도" 느껴본 적 없는 수준이었다.[29]

두 번째 영화에서 손택은 영화를 표현하는 자신만의 목소리를 찾아내는 데 훨씬 더 근접했는데, 아마도 이 영화가 대화 상대에게 효과적으로 다가갈 언어를 찾는 문제를 다루고 있기 때문일 것이다. 영화 속의 모든 등장인물은 의사소통의 어려움으로 고통받으며, 이 상황은 배우들이 영어를 하면서 실제로 겪은 어려움과 스웨덴식 악센트로 인해 더 고조된다. 손택은 이 영화를 위해 의도적으로 영어를 선택했다.

대부분의 장면은 거의 숨이 막힐 듯 그림 같은 스칸디나비아의 풍경 속에서 펼쳐지며, 두 집단이 서로 소통하는 데 반복적으로 실패하는 모습을 묘사한다. 변호사 피터(토르스텐 발룬드)와 그의 아내 캐런(예네비에베 파게)은 자신들의 부르주아적 생활방식으로 고통스러워하며, 그들에게는 말 못하는 딸이 한 명 있다. 여기에 연극연출가 레나(군넬 린드블롬)와 그의 전 남편인 안무가 마틴(세베 옐름), 그의 말 못하는 친구 칼(라우렌트 테르시에프)이 등장한다. 「형제 칼」은 레나가 캐런의 도움을 받아 마틴과의 관계를 다시 시작하려고 애쓰면서 시작된 자멸을 중심으로 돌아간다. 마틴은 자기 입장에서, 이런 시도에 전형적인 가학적 방식으로 반응한다. 영화는 레나가 마틴의 질투심을 유발하기 위해 칼과 관계를 가진 뒤 자살하는 것으로 끝난다.

자살의 여파는 어마어마했다. 물 위에 떠 있는 그의 시신을 발견한 칼은 비애로 가득한 장면에서 자신의 신념을 잃고 캐런의 말 못하는 딸을 치료해주기로 한다. 한편 친구의 자멸로 인한 충격으로 캐런의 눈은 멍하게 풀려 있다. 손택 자신의 경험에서처럼, 레나의 자살에 대한 캐런의 반응도 나약해진 상태에서 어리석게 저질러진 행동이 안긴 격한 충격으로 나타난다. 캐런은 결국 남편에게 돌아간다. 마틴의 여름 별장에서 일어난 사건은 그의 제한된 감정세계를 열어젖히는 기폭제가 되었던 것이다.

관객들을 그 마력 안으로 끌어당기는 힘이 있는 세심하고도 거의 고전적이라 할 만한 구조 안에서, 「형제 칼」은 엄격한 잔혹성의 논리를 따른다. 그럼에도 이 영화는 1971년과 1972년에 칸, 샌프란시스코, 시카고, 런던의 영화제에서 상영됐을 때 성공을 거두지 못했다. 관객은 물론 비평가들도 영화에서 등장인물들이 맥락 없는 철학적 경구를 남발한다고 입을 모았다. 영화 전반에 깔려 있는 신비한 분위기는 대체로 무의미하고 불필요하게 보이며, 때로는 의도적으로 어긋나 있는 것처럼 보이기까지 한다. 손택 자신도 이를 인정했다. 「형제 칼」은, "일상적 심리의 의미에서도 어느 정도 현실적이라 할 수 있지만, 어느 정도는 제가 마찬가지로 참이라고 믿는 환상적 심리입니다─하지만 일상적 타당성의 층위에서는 참이 아니죠."[30] 『빌리지 보이스』에 실린 비평의 제목이 「어린이는 대학 졸업자를 동반해야 입장 가능Child Admitted Only with College

Graduate」[31]이었다는 사실은 이 영화가 얼마나 난해했는지를 보여준다. 손택의 친구 대니얼 탤벗은 「형제 칼」의 미국 판권을 사서 자신의 뉴요커 극장에서 상영했지만, 관객이 들지 않아서 고작 일주일 만에 막을 내렸다.

반_半유배
상태로

1972
—
1975

우리는 써먹을 수 있는 것보다 더 많은 것을 안다. 내 머릿속에 있는 이 모든 것을 보라. 로켓과 베네치아 성당, 데이비드 보위와 디드로, 느억 맘과 빅맥, 선글라스와 오르가슴…… 우리는 충분히 알지 못한다.[1]

손택이 만든 스웨덴 영화 두 편은 1960년대의 '새로운 감수성'에 많은 빚을 졌다. 물론 그사이 이 감수성은 빠르게 진부한 것이 되어가고 있었다. 1970년대가 시작되자 기대했던 미학적 혁명은 일어나지 않았고 과거의 아방가르드도 동력을 잃었음이 명백해졌다. 남은 것이라곤 더는 시대에 맞지 않아 보이는 미학에 자기지시적으로 의지하는 것뿐이었다. 추상표현주의 그림과 누벨바그 영화, 누보로망이 회화와 영화, 문학에서 뒤늦게 꽃을 피우며 과거를 지배한 하이모더니즘 역시 이제 과거의 유물로 보였다. 더욱더 급진적인 미학적 담론이라는 한쪽과 보수적인 다수의 견해라는 다른 한쪽 사이에서 진퇴양난에 빠진 모더니즘은 사실적인 묘사와 전통적인 예술

관행을 향해 전환하는 과정에 있었다. 손택은 좀더 보수적인 이런 예술관에 대해 자신의 창작 작업을 좌초시킬 만큼 "지독히 실망스러운 천박한 것"이라는 꼬리표를 붙이는 것으로 응수했다.[2]

영화에 대한 반응은 실망스러웠지만, 그래도 손택은 이제 스스로를 영화감독으로 규정하며 지식인과 작가로서 야망을 좇을 때와 같은 열정을 자신의 새로운 직업에 쏟아부었다. 반박할 수 없게 만드는 특유의 권위적인 선언조로, 손택은 『뉴욕 타임스』에 말했다. "더 이상 에세이를 쓰지 않습니다. 뭔가 과거의 일처럼 느껴지거든요. 지난 2년간 영화에만 매진해 왔어요. 그러니 저를 볼 때 에세이스트를 가장 먼저 떠올리는 시선은 부담이 되죠." 이렇게 지적인 작업에서 돌아선 일은 미학에 대한 초기의 생각에서 돌아선 것과 밀접히 연관되는데, 그에게 이런 변화는 정치적 입장을 바꾸는 것보다 더 쉬운 일이었다. 당시 그는 자신이 쓴 에세이들을 두고 이렇게 말했다. "제 관심을 전혀 끌지 못합니다. 전 제 작품을 사랑하지 않아요, 좋아하죠. 하지만 이제와서 제 지난 작품과 일관돼야 할 책임감을 느낀다는 의미에서 애착을 가지는 건 아닙니다."[3]

이런 면에서 「식인종을 위한 이중주」와 「형제 칼」은 1970년

반半유배 상태로 1972-1975

대 초에 손택이 당면한 미학적·지적 위기의 산물로 볼 수 있다. 이 위기를 보여주는 또 다른 신호는 스웨덴에서 촬영을 끝내고 가장 중요한 미학적 영감과 지적 경험을 신세 진 주요 터전이었던 파리로 향한 일이다. 1972년부터 1975년까지, 손택은 뉴욕에 몇 달에 한 번씩만 돌아갔을 따름이었다.

손택의 친구 리처드 하워드는 그의 결정을 유명세와 그에 수반되는 대중적 감시로부터의 도피로 해석했다.[4] 실제로 손택이 에세이 쓰기를 그만두고 파리로 이주하다시피 한 것은 명성과의 뿌리 깊은 갈등을 반영했다. 한편으로, 그는 공인의 역할을 엄청난 확신을 가지고 수행했다. 명성에 따르는 사회적 인정을 사랑했고, 온갖 종류의 문화·정치 프로젝트를 뒷받침하기 위해 자신의 인기를 이용했다. 손택은 저널리스트 헬렌 베네딕트를 만나 자신은 "공익사업을 하는 중"이라고 굳게 믿는다고 말했다.[5] 손택은 사람들이 그의 글을 읽고, 그의 영화를 보고, 그의 견해가 공공 영역에 있는 중요한 사람으로부터 나온 것이라고 여기게 하려면, 대중매체의 관심을 불러일으킬 필요가 있다는 것을 알았지만, 사람들이 자신을 급진주의 지식인으로 생각하는 것을 점차 불편하게 느꼈다. 하지만 1960년대에 이런 이미지가 워낙 단단히 자리 잡았기 때문에 손택이 이것을 바꾸는 데도 한계가 있었다. 꽤 오래전부터 손택은 더 이상 이런 이미지에서 자신을 찾지 않았다. 이미지에 대한 불편한 감정은 NBC에서 가진 에드윈 뉴먼과의 인터뷰에서 가장 분명하게 드러난다. "어떤 예술가에게든, 언론의 관심은 일반적으로 굉장히 파괴적인 것이라고 생각합니다. (…) 언제나 골칫거리죠. 그게 긍정적인 것이라고 할지라도, 그 모든 관심의 정도라는 걸 추가적으로 고려해야 하니까요. 자기 작업을 외부인의 시선에 비추어 생각하기 시작하죠─다른 사람들이 자기를 어떻게 생각하는지 (…) 인식하기 시작하는 겁니다. 그리고 남의 시선을 의식하게 되죠. (…) 그러면 자기 일에 집중하지 못하게 됩니다."[6]

손택은 평생 이런 갈등을 해결할 수 없었다. 이 때문에 1971년에 로버트 브루스타인은 그에게 "문화적 조현병 왕국의 요정 공주"라는 별명을 붙였다. 그는 손택이 한편으로 자신의 유명세로부터 거리를 두려고 하는 동시에, 다른 한편으로는 자신의 프로젝트와 의견을 알리기 위해 미디어의 관심을 끄는 행태를 비판했다.[7] 손택은 대중이 자신의 지적·예술적 작업을 진지하게 받아들이길 원했고, 동시에 자신을 발전 과정의 특정 단계에 있는 개인으로 받아들여주길 바랐다. 그는 자기 이미지를 어느 정도 통제하기를 원했지만, 끊임없이 확장하는 대중매체 환경에서 그건 불가능한 일이었다. 이 갈등의 시기에 가장 많은 피해를 입은 것은 손택의 작가로서의 작업으로 보인다.

손택이 파리로 돌아간 또 다른 이유는 새로운 사적 관계였다. 니콜 스테판은 1950대 이래로 유럽 영화계라는 작은 세계에서 입지를 다진 배우였다. 그는 프랑스 영화에서 보기 힘든 중성적인 매력을 발산했다. 대표작 「무서운 아이들Les Enfants Terribles」(1950)은 장 콕토의 소설을 각색해서 장피에르 멜빌이 감독한 영화였다. 이 영화는 남매간의 근친상간에 가까운 사랑을 묘사했으며, 그는 최면을 거는 듯한 연기로 영화 팬 사이에서 컬트적 지위를 얻었다. 하지만 심각한 자동차 사고를 당해 거의 죽다 살아난 뒤로는 연기를 그만두고 제작자로 일하기 시작했다. 그는 로스차일드 가문의 후손이었으므로 그 유명한 금융 부호 가문으로부터 평생 재정적 후원을 받았다. 처음으로 제작한 영화인 프레데릭 로시프 감독의 스페인 내전을 다룬 다큐멘터리 「마드리드에서 죽는다는 것To Die in Madrid」은 1966년 오스카상 후보에 올랐다.[8] 손택은 「형제 칼」을 제작하기 전부터 프랑스에서 스테판과 함께 자신의 다음 영화를 제작할 계획을 세웠었다.[9]

얼마간 스테판의 도움을 받은 덕에 수전 손택은 외부인을 철저하게 배척하기로 유명한 파리 지식인 집단 내에서 인맥을 쌓을 수 있었다. 그는 심지어 생제르맹데프레의 보나파르트가에 있는, 예전에 사르트르가 살던 아파트에서 잠시 살기도 했다. 로저 스트로스에게 보낸 편지에서 그는 이것이 그저 우연인 것처럼 말하지만, 역설적이게도 집주인인 치과의사가 그곳에 있던 사르트르, 보부아르, 카뮈, 메를로퐁티, 그리고 모든 문학계 스타의 유령을 완전히 쫓아냈다는 말을 전하며 흥분을 감추지 못한다.[10] 손택은 스스로 국제적으로 유명세를 떨친 뒤에도, 여전히 자신의 롤모델에 대해 지나칠 정도로 존경을 표했다. 어떤 의미에서, 그는 자신의 문화적 영웅을 숭배하는 캘리포니아 출신 소녀의 스타를 향한 열성을 전혀 잃지 않았다고 할 수 있다. 일례로 영화 상영회에서 뉴웨이브 감독 로베르 브레송을 만났을 때, 그는 "선생님Cher maître!"이라고 말하며 호들갑스럽게 그를 반겼다.[11]

리처드 하워드는 손택을 친구였던 롤랑 바르트에게 소개했는데, 하워드는 그의 작품을 나중에 영어로 번역했다. 손택은 이 전설적인 문학비평가 겸 기호학자를 대단히 존경했기 때문에 자신의 매력을 한껏 발휘해서 그의 환심을 사려고 했지만, 태연하기만 한 바르트의 태도는 종종 무관심으로 그를 비꼬는 것처럼 보일 정도였다.[12] 손택은 바르트가 언제나 가소롭다는 듯이 "아, 수전, 언제나 충실한 친구"라는 말로 그를 맞았다고 말하곤 했는데, 이 말을 그의 자기중심적 태도를 나타내는 것으로 받아들였다고 한다.[13] 하지만 이 같은 사실도 존경하는 작가와 교제하기 위해 공을 들이고, 나중에는 마침내—FSG와의 연줄과 그의 영향력 있는 두 편의 에세이 「바르트를 추억하며Remembering Barthes」(1980)와 「글을 쓴다는 것 그 자체: 롤랑 바르트에 대하여Writing Itself: On Roland Barthes」(1982)를 통해—바르트를 어퍼웨스트사이드뿐 아니라 미국 전역의 대학에 알리는 데는 전혀 걸림돌이 되지 않았다.

바르트 등과 고무적인 만남을 가졌음에도 파리행은 오히려 손택의 위기를 악화시킨 것으로 보인다. 로저 스트로스에게 보낸 편지는 자신의 암흑기와 생산성 부족, 작가로서의 슬럼프에 관해 한탄하는 내용을 담고 있다. 여러 인터뷰에서 그는 이 시기를 인생의 "엄청난 위기",[14] "끔찍한 비탄"의 시기, "극심한 우울"[15]과 같은 말로 표현했다. 이런 상황을 초래한 한 가지 확실한 이유는 손택의 재정 상태였다. 두 편의 영화를 만드는 동안 그는 사실상 수입이 전혀 없었다. 네 권의 책에서 나오는 인세에 주로 의지했는데, 이 책들은 꾸준히 팔리기는 했지만 큰돈이 되지는 않았다. 손택은 두 편의 영화에 대한 제작비를 회수하지 못했을 뿐만 아니라, 로저 스트로스가 FSG

의 계열사 눈데이에서 출판해준 시나리오집 두 종도 거의 팔리지 않았다. 손택의 영국 출판사는 시나리오를 영국에서도 출판하는 게 어떻겠냐는 스트로스의 제안에 노골적으로 심기가 불편한 티를 냈다. 작가의 유명세를 고려해도 이 발상은 경제적으로 말이 안 되는 것이었다.[16] 그런 와중에 손택의 사치스러운 생활방식에는 대가가 따랐다. 그의 여행 가운데 출판사, 대학교, 영화제 측에서 비용을 부담한 건은 극히 일부였으며, 뉴욕과 파리에 있는 아파트를 유지하는 데도 돈이 들었다. 손택은 재정 상태를 개선하기 위한 노력으로 지인인 헨리 카터 카네기와 시나리오를 계약을 맺었다. 하지만 그는 마감일을 몇 차례 어긴 뒤 결국 시나리오를 절대 쓰지 않겠다고 선언했다. 카네기는 소송을 하겠다고 위협했고, 결국 로저 스트로스가 나서서 손택의 FSG 계좌에서 할부로 부채를 상환해야 했다.[17]

이런 상황에서도 손택이 보수가 좋은 강의 요청을 번번이 거절한 까닭은 강의하는 걸 정말로 싫어했기 때문이다. 강의 요청을 받아들이면, 미국 내륙으로 들어가야 했을 뿐만 아니라 자신이 과거에 거부한 세계를 대표하는 교수들과도 접촉해야 했다. 많은 기자, 교수, 친구의 말에 의하면, 그는 대학에서 강의할 때면 심기가 불편해 보였고 쉽게 짜증을 냈다고 한다.

특히 강연이 끝나고 청중의 질문에 답변해야 할 때면, 완전히 바보들에게 둘러싸여 있다는 인상을 내비쳤다.[18] 손택은 열렬한 대도시 예찬론자였다. 그에게 대학교 강의를 한다는 것은 타블로이드 신문이나 스스로 "서양문명의 죽음"이라고 표현한 대중매체인 텔레비전 인터뷰를 수락하는 것과 같은 타협을 의미했다.[19] 이 시기에 손택은 "베케트는 그러지 않았을 겁니다"라는 말을 자주 하곤 했다.[20] 스트로스에게 보낸 편지에서는 훨씬 더 노골적이었다. 스트로스가 앤아버에 있는 미시간대학교에서 이례적으로 두둑한 강의료와 함께 제안한 자리를 받아들이라고 설득하자, 그는 "앤아버로 날아가서 1500달러에 날 팔아치울" 수 있도록 9월 10일에 미국에 있겠다고 약속하는 답장을 보냈다.[21] 손택은 결국 재정 문제가 심각해져서 라 프장드리 거리에 있는 니콜 스테판의 타운하우스로 이사해야 했으며, 그곳에서 처음에는 정원에 있는 정자에 거주하다 나중에는 거주 공간과 작업 공간이 분리된 3층에서 살았다.[22]

손택은 프랑스에서의 삶과 영화계 활동 사이에서 길을 잃었던 것 같다. 사실 그의 꿈은 작가로 성공하는 것이었다. 나중에 그는 자신의 상황을 이렇게 표현했다. "여기는 어디죠, 저는 무엇을 하고 있는 건가요, 저는 무엇을 해온 걸까요? 저는 이주민인 것 같지만, 이주민이 되기를 의도하지는 않았습니다.

저는 더는 작가가 아닌 것 같지만, 무엇보다도 작가가 되기를 원했습니다."[23] 출판사 입장에서 손택이 글을 쓰지 않는 것은 당연히 골칫거리였다. 스트로스는 오래전에 약속한 집필 계획을 상기시키는 편지를 수없이 보냈다.[24] (손택이 '래디컬 시크'를 대표하는 지식인이던 시절, 그를 필진에서 빼버렸던)『뉴욕 리뷰 오브 북스』의 로버트 실버스와 바버라 엡스타인도 그를 돌아오게 하기 위해 온갖 노력을 기울였다. 손택은 그중에서 페미니즘과 미국의 달 착륙에 관한 글을 쓰기로 했지만, 모두 쓰지 않았다.[25] 결국 로버스 실버스는 1972년 여름에 유럽으로 가서 파리에 있는 손택을 만났다. 실버스는 손택이 원하는 주제로 글을 쓴다는 조건이 명시된 계약서를 내밀며 화해를 촉구했다.[26]

그리고 실제로, 오랜 침묵 끝에, 수전 손택은 출판인과 편집자의 간청에 답했다―비록 손택은 반대쪽 극단으로 치달음으로써 그렇게 했지만, 돌이켜보면 이 반응은 그저 단조로움 대신 맹목적이고 과도한 행동주의를 강조한 것으로 보인다. 1972년 7월 5일, 그는 파리에서 스트로스에게 편지를 보내 자신은 이제 마음이 평온하고 전보다 더 생산적으로 일하고 있음을 알렸다. 힘든 시간은 지나갔고, 자기 세대에서 가장 중요한 작가 "따위와 같은 것들"을 위한 경주에 전력을 다하기 위해 돌아왔다는 것이다.[27] 이듬해, 그는 몇 편의 글만을 완성했을 뿐이지만, 책을 쓰기 위한 엄청나게 많은 아이디어를 잇달아 쏟아냈다. 심지어 그중 일부는 계약을 하기도 했으나, 그 양이 너무 방대해서 현실적으로 책으로 써낼 수 있는 것은 그 절반도 안 될 것으로 보였다. 그는 마침내 1967년부터 스트로스에게 약속해왔던 아르토의 선집을 위한 서문을 편집하고 쓰기로 계획했다. 프랑스의 ORTF 방송사와 인도에 가서 인디라 간디에 관한 프로그램을 제작하고 돌아온 뒤에는, 1972년에 압도적 표 차로 재선하고 파키스탄과의 전쟁에서 승리함으로써 세계적으로 유명해진 이 인도 수상에 관한 전기를 편집하기로 결정했다. 또한 『리카르도 토레스의 유혹The Temptation of Ricardo Torres』이라는 가제를 붙인 소설을 집필하기로 하고 1만5000달러의 선인세를 받았다. 또 아도르노와 중국에 관한 책을 각각 한 권씩 쓰기로 계획했다. 새로운 에세이 모음집과 단편집도 개요를 잡았다. 1973년 5월 21일, 손택은 "친애하는 로저"에게 편지를 보내 앞으로 2년 안에 네 권의 책이 나온다는 것을 알고 있느냐고 물었다. "최소한이에요. 이건 복귀가 아니라, 기습 공격입니다!"[28]

하지만 이 책 중 어느 것도 2년 안에 나올 운명은 아니었으니, 이는 로저 스트로스에게 몹시 짜증스런 일이었다. 그러나 이처럼 방향 감각을 잃고 글이 막히는 시기가 새로운 발상과 목소리, 문체를 위한 기폭제 역할을 할 때도 있다. 수전 손택이 바로 그런 경우였다. 우울증을 한바탕 앓는 동안 그는 1970년대 말에 출간돼서 자신의 최고작이 되는 세 권의 책을 위한 기초를 세운다. 이 책들 안에서 손택은 좀더 개인적이고 자전적인 주제로 방향을 전환하려는 시도를 계속하는데, 「하노이 여행」에서 이미 보여준 바 있는 시도였다. 글쓰기를 자신 바깥에 있는 무언가에 의해 좌우되는 것으로 보는 대신─1960년대 자신의 작업 방식을 묘사한 것처럼─손택은 이제 자기 자신의 목소리를 찾아 나서기 시작했다. 그 첫 번째 결실은 1972년에 『뉴욕 리뷰 오브 북스』에 기사로 발표되고 나중에 그의 다음 에세이집 『우울한 열정Under the Sign of Saturn』 (1980)에 첫 번째로 실린 에세이였다. 「폴 굿맨에 대하여On Paul Goodman」는 동성애를 공개적으로 밝히고 뉴욕 지식인층에 동화되기를 거부한 것으로 유명한 작가이자 사상가이며, 게슈탈트 요법의 공동 창시자였던 폴 굿맨을 기리는 추도문이었다.*
그는 『바보 어른으로 성장하기Growing Up Absurd』(1960)의 대성공으로 1960년대 급진적 청년운동의 대명사가 된 인물이었다.

---

* 이 글은 역사학자 케이시 넬슨 블레이크의 서문과 함께 뉴욕 리뷰 오브 북스에서 2011년 펴낸 『바보 어른으로 성장하기』에도 실렸다.

손택은 파리에 있는 자신의 작은 서재를 묘사하면서 에세이를 시작한다. 그곳에는 몇몇 원고와 공책, 그리고 굿맨의 것을 하나 포함하는 책 두 권 말고는 인쇄물이랄 게 없는데, 그는 이렇게 해서 "나 자신의 목소리에 더 귀 기울이고 내가 진정으로 생각하고 진정으로 느끼는 것을 알아내려고" 노력하는 중이다.[29] 매일 아침, 그는 글을 쓰고『뉴욕 해럴드 트리뷴』을 받아 본다. 거기에서 손택은 북베트남에서 폭격이 계속되고 있다는 기사와 우디 앨런이 급부상하고 있다는 기사를 눈으로 좇다가 폴 굿맨이 사망했다는 기사를 발견한다. 굿맨은 "미국의 사르트르, 미국의 콕토"였다고 손택은 말한다.[30]

이 추도문의 서브텍스트는 손택이 여러모로 굿맨과 그의 삶을 거울 삼아 자신과 자신의 글을 성찰하는, 눈에 확 띄지는 않지만 새롭고도 내밀한 입장을 취한다는 것이다. 손택은 굿맨도 자신처럼 베트남전쟁 반대 시위와 토론회의 터줏대감이었다고 쓴다. 또한 그는 "게이 해방운동으로 인해 클로짓이던 사람들이 커밍아웃을 하기 전"에도 자신의 동성애에 관해 공개적으로 글을 썼다. 손택도 그렇게 하고 싶었지만, 경력과 사적인 삶을 고려하다 결국엔 하지 못했다.

손택은 이 에세이를 자신과 자신의 글쓰기를 위한 돌파구로 여겼다.[31] 그리고 실제로 굿맨에 관한 글에서 은밀하게 스스로를 성찰하는 전략은 나중에 발터 벤야민, 엘리아스 카네티, 앙 토냉 아르토에 관해 쓴 일련의 에세이를 위한 모델이 된다.

손택은 곧바로 또 다른 문학 형식인 단편소설을 실험하기 시작했다. 첫 작품은 그의 단편소설 중 최고로 손꼽히는 「중 국 여행 프로젝트」다. 이 작품은 1978년에 출간된 단편집 『나, 그리고 그 밖의 것들I, etcetera』에 발표됐다. 이야기는 1972년 12월에 베트남을 두 번째로 방문한 뒤 1973년 1월에 착수한 중국 여행 계획으로부터 시작된다. 이 여행으로 그날들의 '악 의 축'과도 같았던 쿠바, 베트남, 중국 순방이 마무리됐다.

하지만 「중국 여행 프로젝트」는 극동으로 실제 여행을 떠나 기 전에 상상으로 떠올린 내면의 여행에 관한 기록이며, 손택 이 어린 시절 그토록 좋아했던 핼리버턴의 여행책이라는 모델 에 기초한 것이다. 소설 속에서 손택은 중국에서 세상을 떠난 아버지에 관한 기억을 더듬어본다. 여기에서 인상적인 부분 은 자서전 형식의 측면이 아니라 극동지역에 대한 환상을 묘 사하는 그의 자신 있고도 감동적인 목소리다. 그의 환상은 인 용문과 표제어, 지리적 좌표, 의도적으로 정형화한 중국인의 삶에 관한 생각이 뒤섞인 작품을 낳는다. 손택은 이 이야기를 통해 자신의 글쓰기에서 완전히 새로운 요소라고 할 수 있는 형식적 자유를 손에 넣는다. 이 목소리가 여러모로 손택의 내러티브 기질을 탁월하게 반영하는 까닭은 소설 기법이 에세이 작가의 도구와 조화를 이루었기 때문이다. 그 결과는 서양과 중국을 잇는 환상과 상상의 작은 문화사뿐 아니라 자전적인 경험에 대한 증명이다.[32]

출판사와 잡지사가 공동으로 그의 여행비를 부담했음에도, 손택은 FSG와 합의했던 '진정한' 르포르타주를 포기하고 잡지 『미즈』에 글을 쓰기로 약속했다. 손택은 당시에도 여전히 혁명의 정신을 간직하고 있었지만, 중국의 체제가 얼마나 전체주의적인지, 그리고 그것이 소련의 국가 기구 및 이념과 얼마나 닮았는지를 확인하고 받은 충격을 거의 극복할 수 없었다. 중국을 여행하고 난 뒤 그는 확신했다. "진지한 공산주의 사회의 도덕주의는 미학적 자율성을 말살할 뿐 아니라, (현대적 의미에서의) 예술을 만들어내는 것을 전적으로 불가능하게 한다. 미학적 자율성은 지성을 위한 필수적인 양식으로서 보호받고 소중히 여겨져야 한다."[33]

손택은 이와 비슷한 연상적인associative 문체로 자전적인 단편소설을 세 편—「베이비Baby」(1973), 「오랜 불만을 다시 생각함Old Complaints Revisited」(1974), 「사후 보고Debriefing」(1974)—더 쓰면서, 선형적인 서사를 강렬한 정서적·지적 분위기의 환기로 대체했다. 손택은 로저 스트로스에게 편지를 보내 이 이야기들에 완전히 빠져 있기 때문에 이듬해까지 장편소설 쓰는 것을 미루고 당분간 단편소설을 계속 쓸 계획이라고 말했다. 그러면서 타자 치는 속도보다 이야기가 더 빨리 떠오를 정도라서 밤낮으로 타자기에 매달려 있다고 덧붙였다.[34]

「베이비」에서 손택은 자신의 어린 시절과 아들의 어린 시절에 일어난 사건을 재구성하고, 허구의 치료 모임에 참석한 젊은 부모들의 정신적 혼란을 묘사한다. 「오랜 불만을 다시 생각함」은 손택이 1973년 10월에 이스라엘을 방문한 것과 자신의 유대인 정체성을 받아들이는 법을 배운 데서 영감을 얻은, 비슷한 식의 회고적 자기성찰을 보여준다. 「사후 보고」에서는 친구 수전 타우베스의 자살을 다시 논한다. 작중 화자는 친구 줄리아의 자살에 금욕과 애도, 몰이해로 반응한 것을 반성하며, 살아가야 할 일련의 이유―이를테면, 더 배우고 더 경험하고 더 알아야 할 필요성―를 열거한다. "그날 수요일 늦은 오후, 나는 줄리아에게 만약에 네가 자살을 한다면 그건 정말 멍청한 짓일 거라고 말했다. 줄리아는 동의했다. 난 줄리아를 설득했다고 생각했다. 이틀 뒤 줄리아는 다시 아파트를 빠져나가 스스로 목숨을 끊음으로써, 자기가 멍청한 짓을 하기를 마다하지 않는다는 걸 내게 보여줬다."[35]

이제 수전 손택의 영화 경력도 이와 비슷한 식으로 창조의 동력을 발달시켜간다. 2년 동안 그는 영화를 위한 다양한 발상을 쏟아냈는데, 그중에는 베트남에 대한 정치적 다큐멘터리도 있었다. 니콜 스테판이 제작자로 참여한 덕에 손택은 시몬 드 보부아르의 첫 번째 소설 『초대받은 여자L'Invitée』(1943)의 영화 판권을 취득했다. 이 소설에서 보부아르는 사르트르와 자신, 그리고 또 다른 여성과의 삼각관계를 소설화한다. 그는 손택에게 영화 판권을 무료로 제공했다.[36] 손택은 SF영화와 서부영화를 위한 계획도 세웠다.[37]

1973년 이스라엘과 시리아·이집트 동맹 사이에서 제4차 중동전쟁이 발발했을 때, 손택은 유대계 지식인으로서 자신의 역할과 비종교적인 유대인 양육의 결과물을 탐구하는 영화를 찍기로 결심한다. 니콜 스테판이 제작비를 대주겠다고 제안하며 아이디어를 밀어붙이라고 독려했다. 손택은 며칠 만에 제작진을 꾸렸고―아들 데이비드를 조감독으로 뽑았다― 여전히 교전이 진행 중이던 이스라엘로 향했다. 그 결과로 나온 작품이 다큐멘터리 「약속의 땅Promised Lands」(1974)이었는데, 이 영화는 시카고 국제영화제에 출품됐을 때 적어도 비평가들 사이에서는 대단한 성공을 거두었다. 많은 이가 「약속의 땅」을 손택의 영화 중 최고로 꼽는다. 이 영화는 이스라엘에 사는 유대인의 역사와 제4차 중동전쟁 동안 그들이 처한 상황 사이의 관계를 파헤친다. 순전히 연상적으로 이어지는 일련의 장면을 통해, 손택은 이스라엘의 편에서 죽어가는 사람들의 이미지를 보여준다. 객관적인 관점에서 아랍과 이스라엘의 분쟁을 고찰하는 대신, 주로 절망에 빠진 이스라엘 사람들이 전쟁에 관해 이야기하는 모습을 담는다. 그 결과는 이스라엘 유대인들의 좌절, 모순, 절망을 보여주는 지극히 개인적인 관점의 영화, 다시 말해 이스라엘이 옳다는 것을 인정하지는 않더라도 완전히 편파적인 에세이였다. 뉴욕의 잡지 『타임 아웃』은 "반드시 봐야 하는 작품"이라는 표제를 냈다. 『파이낸셜 타임스』는 손택이 어느 편이 옳고 그른지에 관여하지 않는다는 점, 영화의 이미지가 관객의 기억에 깊이 새겨진다는 점이 감명 깊다고 전했다. 좌파 신문 『주이시 크로니클』은 「약속의 땅」을 "선동적인 주제에 관한 객관적인 영화로서 희귀하고 경이로운 작품"이라고 평가했다.[38]

어떤 의미에서 손택은 자신의 깊은 수렁 바깥에서, 자신만의 방식으로 일하고 있었다. 1973년과 1975년 사이에 그는 프랑스 시인이자 영화이론가 앙토냉 아르토에 관한 훌륭한 에세이와 페미니즘에 관한 글 몇 편을 『파르티잔 리뷰』 『보그』 『코즈모폴리턴』과 같은 잡지에 게재했다. 마지막으로 특히 중요한 사실은, 그가 『뉴욕 리뷰 오브 북스』에 사진을 주제로 일련의 에세이를 쓰기 시작했다는 것이다.

엄청난 생산성을 발휘한 이 시기에 얻은 한 가지는 재정 상황이 일시적으로 안정된 것이었다. 1970년대는 어떤 의미에서 미국 잡지의 황금기였다. 『보그』나 『코즈모폴리턴』과 같은 고급 잡지는 손택처럼 진지한 작가가 쓴 긴 기사를 실었고, 작가들에게 고료를 대단히 후하게 지급했다. 심지어 손택이 단편소설을 발표한 『뉴욕 리뷰 오브 북스』와 『아메리칸 리뷰』 『애틀랜틱 먼슬리』 같은 문예지들도 그의 작품에 수익성 높은 판로를 제공했다. FSG의 문서에 있는 정산서를 보면 『뉴요커』는 아르토에 관한 에세이에 고료로는 기록적인 액수라 할 수 있는 7500달러를 지급했다.[39]

손택은 급전이 필요했고, 스트로스는 그의 글이 최고가를 찍는 상황에서 글을 출판하는 대가로 큰 액수를 부르지 않을 이유가 없었다. 그는 손택의 단편 「베이비」의 저작권을 『플레이보이』에 2500달러에 팔았다. 손택은 파리에서 잡지를 받아보고 다소 언짢아하긴 했지만, 이 결정을 결코 섭섭하게 여기진 않았다. 어쨌든 경제적으로 궁핍했기 때문이다.[40] 또한 스트로스는 펜인터내셔널 미국 지부를 통해 구겐하임뿐만 아니라 록펠러 연구비까지 용케 얻어냈다. 이렇게 해서 손택은 1974년과 1975년에 안정적인 수입을 확보하게 됐다.

1970년대 초반의 공공 토론은 페미니즘이 지배했다. 미국 페미니즘의 창립 세대—베티 프리던과 케이트 밀릿, 글로리아 스타이넘, 저메인 그리어 등—는 여성해방을 급진적인 해방 운동으로 규정하는 기초적인 문헌을 저술했다. 손택이 이 집단의 일부가 아니었다는 점은 흥미롭게 보인다. 어떤 의미에서 손택이야말로 이 세대를 위한 모델 중 한 사람, 즉 남성이 지배하는 세계에서 싱글맘이자 여성 학자로 출세함으로써 이미 혼자 힘으로 해방의 약속을 실현한 여성이었기 때문이다. 그가 페미니스트의 입장을 강력히 지지하고, 자신만의 경력을 쌓아가려는 젊은 여성이 직면하게 되는 장벽이 무언지를 잘 알고 있었다는 점에는 의심의 여지가 없다. 수전 손택은 누군가 자신을 여성이라는 이유로 가르치려 든다는 느낌이 들 때마다 가차없는 공격을 퍼부었다. 스티븐 코크는 "신이시여, 감히 그런 짓을 한 자를 도우소서!"라고 말한다.[41] 1974년에 『파르티잔 리뷰』에 기고한 에세이 「여성의 제3세계The Third World of Women」와 여러 인터뷰에서는 여성에 대한 차별을 분명히 꼬집으며 페미니스트 운동을 노예제 폐지와 비교한다. 손택은 남성이 지배하는 전문직 세계의 일부로 존재하는 소수 여성 집단에 속해 있는 자신을 "백인으로 가득한 방 안의 검둥이" 한 명이라고 불렀다.[42]

하지만 손택의 일대기는 여성해방운동을 지배한 사회변동의 담론에 포섭될 수 없다. 그가 열과 성을 다해 이를 지지했다고 말할 수는 있을지라도 말이다. 그 주된 이유는 1960년대에 정치에 참여한 이후, 사회를 바꾸자는 과거의 야심 찬 견해에서 훨씬 더 개인적인 방향으로 입장을 바꿨기 때문이다. 이러한 새로운 관점은 사회적 세력인 페미니즘과 양립할 수 없었다. 페미니즘에 관한 손택의 논평을 보면, 그는 사회 전체가 아니라 여성들이 그들 자신 안에서 여성의 역할을 재고할 실마리를 찾길 바랐음이 분명하다.『소호 위클리 뉴스』와의 인터뷰에서 손택은 "이것은 우리 몸, 우리 행동 방식 안에 내재합니다. 두려움, 낮은 자존감, 불안, 그리고 성공을 위한 에너지를 온전히 그러모을 수 없다는 느낌 (…) 얼마나 깨어 있는지와 무관하게, 모든 여성이 이런 문제에 부딪힙니다"라고 말했다.[43] 손택은 다른 인터뷰에서 이런 비판적 사고를 더 밀어붙여서, 남성의 분노는 정상적이고 적극적인 행위로 간주되는 반면에, 여성은 자신의 분노를 분명히 표현하기를 지나치게 두려워한다고 말했다.[44]

사적인 대화에서는 때때로 좀더 솔직하게 심지어 다소 콧대높게 페미니스트 운동에 대한 자기 생각을 표현할 수 있었다. 이런 논평을 한 이유는 종종 특출한 여성이라는 그 자신의 지위 때문인 것으로 보였다. 손택에 의하면, 페미니즘은 의심의 여지 없이 우리 시대에서 가장 중요한 발전 가운데 하나이지만, 속을 들여다보면 그것은 평범성과 관련되어 있었다. 지적으로 이류 또는 심지어 삼류인 남성조차 권력의 중심에서 자리를 차지할 수 있는 반면, 여성은 재능을 웬만큼 타고나도 그런 지위를 얻을 수 없다. 스티븐 코크는 자신의 친구가 페미니즘을 자기도 권력을 얻을 자격이 있다고 주장하는, 지적으로 평균적인 여성들의 권리운동이라고 여겼다고 말한다. 그러면서 그는 훌륭한 교육을 받은 서유럽과 미국의 여성들―조지 엘리엇, 시몬 드 보부아르, 한나 아렌트, 마리 퀴리, 그리고 당연히 수전 손택까지―이 150년 넘게 과학과 예술, 언론, 경제 분야에서 중요한 지위를 차지해왔다는 사실을 잊어서는 안 된다고도 했다.[45]

여기에 덧붙여, 손택이 이런 여성들을 남성을 평가할 때와 동일한 기준으로 평가했다는 사실도 반드시 짚고 넘어가야 한다. 이런 평가 기준은 그의 가장 뛰어난 에세이 중 한 편에 암암리에 깔려 있는 중심 논거다. 1970년대 중반, 독일의 영화감독 겸 사진작가 레니 리펜슈탈은 미국에서 제2의 전성기를 구가하고 있었다. 그가 찍은 선전영화인 1934년의 국가사회당 대회를 기록한 「의지의 승리Triumph des Willens」(1935)와 1936년의 베를린 올림픽을 기록한 「올림피아Olympia」(1938)가 여러 영화제에서 상영됐다. 페미니스트 예술가 니키 드 생팔이 만든 1973년 뉴욕 영화제 포스터는 '레니'가 참석한다는 사실을 황홀하게 알렸다. 레니 리펜슈탈은 1974년 콜로라도주 텔루라이드 영화제의 주빈이었고, 같은 해에 시카고 여성영화제에도 참석했다. 영화 자체의 아름다움, 고전적인 구성, 기술적 완벽함에 비해, 리펜슈탈이 선전영화를 통해 엄청나게 효과적으로 전달한 나치의 이념이란 단지 제3제국 시대정신의 산물에 불과한 부차적인 문제라는 것이 당시 이 영화에 대한 중론이었다. 손택 자신도 1965년 에세이 「스타일에 대해On Style」에서 그렇게 주장했다. 물론 당시에도 그는 리펜슈탈의 영화를 나치의 선전영화로 봐야 한다는 점을 분명히 했다. 하지만 손택은 그 안에서 프로파간다를 배경으로 밀어버리고 파시즘에 관한 내용을 철저히 형식적인 역할에 국한시키는 뭔가 다른 것을 발견한다. 손택에 따르면, 리펜슈탈의 영화는 걸작이었는데, "왜냐하면 그의 영화는 지성과 우아함과 심미성의 복잡한 움직임을 투사"하고 "프로파간다 혹은 심지어 르포르타주의 범주까지 초월하기 때문"이었다.[46]

손택이 리펜슈탈에 관해 쓴 1974년 에세이 「매혹적인 파시즘Fascinating Fascism」은 이 논지를 다듬고 개정해서 상세한 주석을 단 것으로 볼 수 있다. 여기에서 손택이 초점을 맞추는 것은 리펜슈탈이 스타일 면에서 인상적인 성취를 거둔 것이 아니라, 그의 영화가 어째서 이런 영향력을 우리에게 행사하는가이다. 손택의 답은 리펜슈탈의 스타일 자체가 파시스트 이념으로 가득하고, 매 순간 그 이념을 반영하며, 매력적이고 아름다운 이미지를 통해 무의식적으로 권력과 우월함이라는 사도마조히즘적 이념으로 관객을 감싼다는 것이다. 이 에세이가 1975년 2월 『뉴욕 리뷰 오브 북스』에 처음 발표됐을 때, 해당 호는 이 잡지 역사상 전에도 없었고 앞으로도 없을 최고의 판매 부수를 기록했다. 인쇄에 들어가기 직전까지도 로버트 실버스와 바버라 엡스타인은 손택과 통화하며 교정에 관해 논의하고 교정쇄를 주고받았다. 이들은 이 에세이가 손택이 이제껏 쓴 글 가운데 최고의 글 중 한 편임을 확신했다.[47]

　1973년, 리펜슈탈은 누바족이라고 불리는 순다족의 사진을 담은 커다란 컬러 사진집을 대대적인 광고와 함께 출판했다. 『누바족: 다른 별에서 온 듯한 사람들Die Nuba, Menschen wie von einem anderen Stern』을 기점으로, 손택은 이 천재적 독일 영화감독의 말도 많고 탈도 많은 복권을 표현한다. 그는 이런 발전을 받아들이는 사회적 충동을 아름다움에 대한 새롭고 열렬한 컬트로 간주한다. 리펜슈탈의 사진에 관한 그의 비평과

『누바족』에 써준 서문은 리펜슈탈의 사진이 육체적 힘, 동족에 대한 충성심, 집단적이고 열정적인 복종을 서슴없이 과시하는 측면을 겨냥한다. 손택은 이것들이야말로 리펜슈탈이 기념비적인 선전 다큐멘터리에서 사용한 바로 그 스타일의 요소라고 주장한다. 그러면서 이 책을 비판적으로 평가할 때는 이러한 파시스트 이념의 요소들을 그럴듯한 말로 치장하지 말아야 한다고 역설한다. 그는 리펜슈탈의 작업이란 전부 이런 요소들을 갈망, 매력, 그리고 모든 관찰자가 직관적으로 이해하는 육체적 완벽함이라는 낭만적인 이상으로 바꾸는 것이라고 말한다. 이런 이상은 이제 다른 형태의 겉모습을 하고서 대중문화에 재등장하는데, 나치 제복에 대한 컬트를 갖가지 사도마조히즘적 형태로 되살리는 포르노 잡지가 그 예다.[48]

지엽적이지만, 「매혹적인 파시즘」은 리펜슈탈이 페미니즘 집단에서 아마도 즐기고 있었던 걸로 보이는 찬사를 다룬다. 시인 에이드리엔 리치는 여기게 발끈해 반응했다. 『뉴욕 리뷰 오브 북스』로 보낸 편지에서 리치는 페미니스트 운동 전체가 그 견해를 공유하는 건 아니라고 밝히며 오해를 바로잡았다. 급진적 페미니스트들은 오히려 리펜슈탈을 "자신을 남성과 동일시하는 '성공한' 여성"의 사례로 비판했다. 게다가 리치는 페미니스트 운동에 관한 자기 입장을 명백히 표명함으로써 손택에게 정면으로 이의를 제기했다.[49] 에이드리엔 리치가 내민 도전장에, 손택은 날 세운 답신으로 응수했다. 편지엔 사실상 모든 문장에 피도 눈물도 없는 분노가 묻어났고, 특히 스스로를 남성과 동일시하는 여자들에 관해 이야기할 때는 더욱 그랬다. 손택은 리치를 선동적인 수사를 사용하는 "1960년대의 유치한 좌파"라고 비난했다. 거기서 더 나아가, 페미니즘 운동의 매끈한 이념과 지적인 평범함은 그 자체로 "파시즘의 뿌리"로 보인다고 반박했다.[50]

손택의 대응은 리펜슈탈에 관한 에세이 자체만큼이나 엄청난 논란을 불러일으켰다. 리처드 하워드는 두 여성 사이의 논쟁을 이렇게 요약했다. "수전은 에이드리엔과 결투를 벌이던 링 위를 싹 쓸어버렸습니다."[51] 네이딘 고디머는 작가들 사이에서 진행 중인 페미니즘 담론에서 친구이자 동료인 손택이 보인 비판적인 태도가 대단히 중요한 역할을 했다고 기억한다.[52]

1975년의 인터뷰에서 손택은 가부장적인 고정관념에 맞서 싸울 준비가 된 여성 부대가 있으면 좋겠다고 선언하면서도, 이렇게 말한다. "페미니스트는 계층, 이론, 지성에 관한 이러한 교양 없는 정의를 영속화하는 경향이 있습니다. 1960년대에 부르주아적, 억압적, 엘리트주의적이라고 맹렬히 비난받은 것들은 또한 남성우월주의적인 것으로 밝혀지기도 했습니다. 이런 철 지난 호전성은 (…) 예술과 사상에 관한 설익은 개념에 굴복하는 것이며, 진정으로 억압적인 도덕주의를 오히려 권장하는 것을 의미합니다."[53]

스티브 와서먼은 "아침에 신문을 펼치며 분노하는 능력을 결코 잃지 않았던" 손택을 두고 가슴속으론 평생 급진주의자의자였다고 말한다.[54] 하지만 리펜슈탈과 연루된 일을 끝으로 손택은 1960년대와 1970년대 급진주의 운동과 맺었던 관계를 청산한다. 그는 결코 어떤 당의 정책을 따르지도, 특정 이념을 지지하지도 않았다. 손택은 1975년에야 비로소 1960년대의 마침표를 찍었고, 이로써 그가 자신을 지식인으로 재창조하는 것도 가능해졌다.

환자의
왕국

$\dfrac{1975}{1979}$

모든 사람은 건강한 자의 왕국과 환자의 왕국, 이 두 왕국의 시민권을 갖고 태어난다.[1]

손택의 지성계로의 귀환은 1972년부터 『뉴욕 리뷰 오브 북스』에 연재한 사진에 관한 일련의 에세이를 통해 계속됐다. 사진이라는 매체를 다루도록 손택을 자극한 것은 뉴욕현대미술관에서 열린 다이앤 아버스의 사진 전시회였다. 어마어마한 인기를 끈 이 전시회는 뉴욕현대미술관 역사상 가장 많은 관람객을 끌어들였고, 사진집은 엄청난 베스트셀러가 됐다. 1923년에 태어난 아버스는 사회의 주변부에 있는 괴짜와 아웃사이더의 모습을 정면으로 담은 숨 막히게 강렬한 사진으로 유명했으며, 1971년에 스스로 목숨을 끊은 후 신화적인 인물이 됐다. 하지만 손택이 보기에 아버스는 주변부를 보는 안목이 있는 어퍼웨스트사이드 출신 관음증 환자에 지나지 않았다. 게다가 그의 사진은 윤리적으로 문제가 있는 것 같았다. 손택은 아버스 사진의 인기를 서구사회에서 사진이라는 매체가 새로운 지위를 획득했음을 암시하는 관음증적 반사작용으로 해석했으며, 이런 지위에 찬성하지 않았다.

발터 벤야민의 「사진의 작은 역사Kleine Geschichte der Fotografie」(1931)와 롤랑 바르트의 기호학 에세이 「사진의 메시지Le Message photographique」(1961)와 같은 몇몇 예외가 있기는 하지만, 당시 사진이라는 매체의 역사에 관한 책은 전무하다고 해도 과언이 아니었다. 손택은 사진을 수집해 서재 바닥에 분류해놓은 뒤 에세이 시리즈를 작업하는 동안 계속해서 사진들을 들여다보았다. 손택의 작업에 대단히 열광한 로버트 실버스와 바버라 엡스타인은 이 에세이들을 뉴욕 리뷰 오브 북스의 임프린트를 통해 책으로 출간하자고 손택에게 제안했다. 하지만 손택은 로저 스트로스와의 관계를 언급하며 제안을 거절했다.[2] 한편 스트로스는 그가 몇 년 동안 약속해온 많은 책 중 하나라도 건지기를 고대하던 터라, 손택에게 원고를 빨리 끝내라고 재촉하고 있었다. 하지만 손택은 이 작업을 하는 데 많은 애를 먹었다. 에세이를 한 편 쓸 때마다 초안을 열 개에서 열다섯 개씩 작성했고, 그 과정에서 글이 막혀 한참 동안 글쓰기를 중단해야 할 때도 많았다.[3] 글쓰기에 어려움을 겪었다는 데는 의심의 여지가 없지만, 여기서도 그는 과장하는 경향이 있었다. 인터뷰에서, 손택은 초안을 스무 개 혹은 마흔 개나 작성하고, 30쪽짜리 에세이를 위해서 수천 쪽을 쓴다고 주장했다.[4] 손택이 『사진에 관하여On photography』(1977)를 구성하는 여섯 편의 에세이를 완성하는 데는 5년이란 시간이 걸렸다.

그런데 『사진에 관하여』 집필에 집중하는 동안 정기검진에서 상당히 진행된 유방암이 발견됐다. 마흔두 살 손택은 이 일로 큰 충격을 받았으며, 여기에 "공황 상태 (…) 동물적인 공포"로 반응했다.[5] 『뉴욕 타임스』에 말한 것처럼, 그는 스스로 매우 건강하다고 생각했고—그때까지 심하게 아픈 적이 단 한 번도 없었다—정기검진은 말 그대로 정기검진일 뿐이었다. 진단을 받은 뒤, 그는 "처음 몇 달 동안 불을 켠 채로 자는 것과 같은 아주 원초적인" 욕구를 느꼈다. 어둠에 대한 그의 공포는 "블랙홀을 실제로 들여다보는 것처럼 느껴지는" 상황에서의 개인적 경험을 반영한다.[6] 이 블랙홀과 함께 손택은 질병과의 싸움, 약 30년 뒤 결국 패배하게 되는 투쟁을 시작한다. 데이비드 리프와 스티븐 코크, 그리고 몇 명의 친구가 정확한 진단을 위한 수술을 받으러 뉴욕에 있는 메모리얼 슬론케터링 암센터로 향하는 그와 동행했다. 한 시간 동안 병실에 코크와 단둘이 남겨졌을 때, 그는 자신이 죽을지도 모른다는 사실에 관해 터놓고 이야기했다. 코크는 말한다. "수전은 언제나 자기 머릿속에서 무엇이 돌아다니고 있는지를 이야기했습니다. 그리고 그날 저녁의 주제는 죽음이었죠." 불교문화에서 수 세기 동안 전통으로 내려온 임종 의식에 관해 이야기하던 중, 손택은 갑자기 자세를 똑바로 고쳐 앉더니 아직 해야 할 일이 있다고 말했다. 피터 후자의 사진집 『삶과 죽음의 초상화Portraits in Life and Death』(1976)에 서문을 써주기로 약속했던 것이다. 이 사진집은 손택 자신을 비롯해 로버트 윌슨, 폴 세크, 윌리엄 S. 버로스, 존 워터스 등 후자의 뉴욕 친구들 사진을 담고 있었다. 이미 마감일을 넘긴 시점이었지만, 이번엔 한 시간도 채 안 되는 시간에 사진과 죽음 사이의 밀접한 연결성을 다루는 글을 손으로 써 내려갔다. 자신의 소멸 가능성에 직면한 그는 후자의 사진을 '메멘토 모리memento mori'로 표현했다.[7]

검사 결과 그의 가슴에 있는 것은 두세 군데로 전이된 진행 암이었다. 예후는 그가 반년 정도밖에 살지 못한다는 것이었다. 2년 동안 생존할 확률은 10퍼센트였다. 한편으로, 손택은 빈정거림에 가까운 낙관주의로 반응했다. "누군가는 그 10퍼센트 안에 들어야죠."[8] 그와 동시에, 그는 자신의 상황을 있는 그대로 객관적으로 바라보려 노력했다. 손택의 아들 데이비드 리프는 의사들이 말하는 방식을 두고 어머니가 격노했던 일을 기억한다. 거들먹거리며 정보를 제대로 알려주지 않는 의사들의 태도에, 그는 자신의 독립성을 박탈당했다고 느꼈다. 손택은 이에 굴하지 않고 유방암에 관한 모든 자료를 찾아내 읽기 시작했다. 의학서와 기사를 비롯해 미국과 유럽의 의학 학술지에서 유방암과 관련된 논문까지 샅샅이 찾아내 모조리 읽었다. 종양학자도 닥치는 대로 만나서 자신의 상황을 논의했다.[9] 결국 손택은 유방을 완전히 절제하고 다섯 번의 후속 수술을 받았다. 니콜 스테판은 당시 최고의 종양학자인 뤼시앵 이스라엘에게 진료를 받아보라고 했다. 그는 고용량 항암요법으로 성공적인 결과를 얻고 있었다.[10] 하지만 미국 의사들은 이에 반대했다. 이 요법은 고통이 극심하고 환자를 녹초로 만들어 미국에서 아직 허가가 나지 않았다는 이유에서였다. 손택은 그들의 조언을 무시했고, 결국 슬론케터링의 의사들은 그가 파리에서 이미 시작한 항암요법을 끝마치는 데 마지못해 동의했다. 고통스러운 치료는 2년 반 동안 계속됐다.

대부분의 미국 프리랜서 작가처럼 손택도 건강보험이 없었다. 해외에서 오랫동안 살았기 때문이기도 했거니와, 그는 건강보험을 저축이나 생명보험과 싸잡아 부르주아의 헛짓거리로 여겨 한 번도 필요하리라고 생각해본 적이 없었다.[11] 그런데 이제 무려 15만 달러라는 거액의 치료비를 자비로 지불해야 했다. 생활비는 물론 데이비드의 대학 등록금도 간신히 마련하던 그에게 치료비가 엄청난 부담이 되었던 건 당연지사였다. 특히 항암치료를 받은 첫해에는 일을 할 수도 없었다. 그래서 로버트 실버스와 바버라 엡스타인은 아서 밀러, 로저 스트로스, 다이애나 트릴링, 윌리엄 필립스, 조지프 체이킨 등과 함께 손택의 치료비를 내기 위한 기금을 조성해 모금운동을 벌였다. 많은 친구, 지인, 팬이 모은 기금으로 그는 의료비 대부분을 해결할 수 있었다.[12]

손택은 나중에 임사체험을 묘사했다. "어느 순간 배 안에 있다가, 다음 순간 물속에 있습니다. 하지만 죽게 되리라는 생각을 받아들일 수 있다면, 그 안에는 엄청난 공포와 함께 극도의 행복감이 있죠. 무엇보다 강렬한 이 경험 외에는 다른 어떤 것도 진짜가 아니기 때문에 그 친밀함에 손을 뻗게 됩니다. 이 경험은 심지어 잘리고 추해지고 고통스럽고 쇠약해져버린, 손상된 몸으로 시들어가는 동안에도 더 고양될 수 있습니다. 그럼에도 격정적이고 사납고 강렬하죠."[13] 다른 곳에서, 그는 처음으로 암 치료를 받은 시기에 관해 이렇게 말했다.

환자의 왕국 1975-1979

"엄청난 모험이죠. 그건 아픔의, 그리고 아마도 죽어감의 모험이었습니다"라고 표현했다.[14]

시그리드 누네즈에 따르면, 모든 것을 가능한 한 강렬하게 경험하고자 했던 손택의 욕구는 이 시기에 훨씬 더 확고해졌다. 당시 데이비드 리프의 여자 친구였던 누네즈는 모자와 함께 리버사이드에 있는 펜트하우스에서 살았다. 항암치료를 받던 기간, 손택은 거동이 가능한 날이면 매일 밤 외출해서 오페라를 관람하거나, 두루 사귀었던 친구들과 저녁 식사를 하고, 영화나 연극을 즐겼다.[15] 스티브 와서먼은 손택, 데이비드 리프와 함께 로어이스트사이드에 있는 펑크 클럽 CBGB에 가서 신나는 밤을 보낸 일을 기억한다.[16] 한스위르겐 지버베르크의 일곱 시간짜리 영화 「히틀러Hitler, ein Film aus Deutschland」가 1977년 뉴욕 영화관에 걸렸을 때, 손택이 그걸 몇 번이고 보러 가면서 친구들한테 같이 가자고 조르는 바람에 리처드 하워드는 그 영화를 아예 '그의 히틀러Her Hitler'*로 라고 불렀다.[17] 하워드는 "손택은 가장 심오한 의미에서, 항상 행위의 중심에 있기를 원했습니다"라고 말한다.[18] 게이 하위문화가 어두운 방, 술집, 섹스 클럽으로 한창 센세이션을 불러일으키던 시

---

* 이 영화는 미국에서 「우리의 히틀러Our Hitler: A Film From Germany」로 번역되었다.

기, 손택은 호기심이 엄청나게 발동해서 여성은 들어갈 수 없는 토일럿Toilet이라는 게이 바에 남장을 하고 들어갔다.[19]

격렬하게 살던 이 기간은 그녀의 생산성이 새로운 국면에 접어든 시기이기도 했다. 손택은 자신이 질병을 경험한 일에 관해 글을 쓰기로 했다. 그는 일주일에 세 번 화학요법 주사를 맞기 위해 병원에 가서 다른 환자들이 죽어가는 모습을 지켜봤다. 지금처럼 당시에도 그 병에는 수많은 미신과 금기가 따라다녔다. 미국에서는 아직도 암을 '빅 C'로 불렀다. 이런 상황으로 인해 환자들은 자신의 무지를 받아들이고 적극적으로 더 나은 치료법을 찾는 대신, 대개 의사들의 지시를 그대로 따르곤 했다. 손택은 여기에서 『은유로서의 질병』에 관한 아이디어를 얻는다. 하지만 이 책의 집필에 들어가기 전, 투병 때문에 중단했던 『사진에 관하여』에 들어갈 마지막 에세이 두 편을 탈고한다.

1977년 가을 마침내 『사진에 관하여』가 출판됐을 때, 손택은 '래디컬 시크' 시절 이후 또 다른 명성의 물결을 맞이했는데, 이런 유명세는 손택 스스로도 예상치 못한 일이었다. 손택이 다면적이고 치밀한 이 여섯 편의 에세이를 통해 착수한 지적 여정을 요약하기란 불가능에 가깝다. 그는 스티글리츠에서 아버스에 이르는 사진과 외젠 들라크루아에서 잭슨 폴록에 이르는 회화, 장 콕토에서 미켈란젤로 안토니오니에 이르는 영화, 루트비히 포이어바흐에서 발터 벤야민에 이르는 철학, 마르셀 프루스트에서 블라디미르 나보코프에 이르는 문학의 역사들을 교차하는 참조점을 소상히 기술한다. 손택은 휴가 때 찍은 스냅사진, 전쟁 사진, 과장된 미학을 담고 있는 상업 사진만큼이나 보안 카메라에 찍힌 사진도 면밀히 검토하는 작업을 통해 상상할 수 있는 모든 각도에서 사진이라는 매체를 분석하는 데 성공한다.

그 유명한 첫 장에서 손택이 말했듯이, 인류는 아직 '플라톤의 동굴'에 살고 있으며, 실재보다 사진을 더 선호한다. 플라톤은 예술적 이미지를 논박했으며, 이를 실제 대상이 아닌 동굴 벽에 비치는 그림자에 비유한다. 손택은 그가 이미지의 힘에 밀려났으며, 사진에 그 책임이 있다고 간결하게 말한다. 사진은 "새로운 시각 규칙"으로 사회를 길들였고, 일상의 필수요소로서 "시각의 (…) 문법"을 발달시켰으며, 우리로 하여금 "이미지 선집"으로 세계를 손아귀에 쥘 수 있다고 느끼게 했다.[20]

『사진에 관하여』의 전반을 관통하는 공통된 맥락이 있다면, 그것은 사진이란 일차적으로 소비문화가 현실과 과거를 소비재로 만드는 수단이라는 손택의 관점이다. 즉 사진은 현실과 과거를 이미지로 대체한다. 사진의 힘이 미치는 범위는

"사실상 현실에 대한 우리의 이해에서 플라톤주의를 없애버리는" 지점에까지 이른다. 심지어 이미지와 현실의 구별조차도 점점 더 어려워진다. 이미지는 "사람들이 생각할 수 있는 것보다 더 현실적이다". 이미지는 "형세를 역전시킴으로써 현실을 이기고" 현실을 "그림자로" 만들어버린다. 손택은 "현실뿐만 아니라 이미지까지 포함하는 생태학"을 호소하며 책을 논리적으로 마무리한다.[21]

손택은 이 상황의 모순을 전혀 보지 못했다. 젊은 작가 시절에 매력적인 인물사진을 일부 활용해 자신을 광고한 그가 이제는 그 매체를 비판적으로 분석하고 있었던 것이다. 하지만 사람들이 사진과 상호작용하는 현상을 그렇게 면밀히 관찰할 수 있었던 까닭은, 손택이 스스로 받아들였던 자기개념과 무관한 이미지—부분적으로 사진이 만들어낸 이미지—를 개인적으로 경험했다는 바로 그 사실 때문인지도 모른다. 니콜 스테판에게 헌정한 이 책은 거의 모든 미국 잡지와 신문으로부터 호평 혹은 열렬한 찬사를 받았다. 심지어 1960년대에 손택을 혹평하던 『뉴욕 타임스 북 리뷰』조차 이 신간을 "훌륭하다"고 평하며, 손택의 "명료함, 회의주의, 격정적인 우려"를 높이 샀다. 또한 "모든 페이지에서 (…) 해당 주제에 관해 중요하고도 흥미진진한 문제를 가장 효과적인 방식으로 제기한다. 세부 사항과 세련미를 희생하지 않으면서도, 사유는 감탄이 나올 정도로 예리하고, 표현은 단순명쾌하다"라고 평가했다.[22] 『사진에 관하여』는 『뉴욕 타임스 북 리뷰』가 선정한 '올해의 책' 20종에 꼽혔으며, 전미도서비평가협회상과 명망 있는 미국문학예술아카데미가 주관하는 문학예술상도 받았다.

반대하는 목소리를 낸 건 당연히 전문 사진작가들과 사진을 예술의 한 형식으로 간주하는 사람들이었는데, 손택은 사진이라는 매체에 예술의 지위를 부여하기를 거부했다. 『뉴욕 타임스』에 실린 비평에서 영감을 받은 만담이 예술가들 사이에서 회자되었는데, 그것은 이 책이 실은 『사진에 반대한다 Against Photography』로 불렸어야 한다는 것이었다. 어빙 펜과 같은 많은 예술 사진작가는 손택의 논의에 격하게 반발했다.[23] 피터 후자를 비롯한 다른 이들은 더 극단적인 조치를 취해서 손택과 연을 끊었다.[24] 이런 반발에도 불구하고, 『사진에 관하여』는 여전히 사진의 역사와 이론에 획기적인 기여를 한 작업으로 평가되며, 예술과 문화, 사진에 관한 학문적 비평의 교과서가 되었다. 25년 뒤, 손택은 전쟁 사진에 관한 에세이 『타인의 고통 Regarding the Pain of Others』(2003)에서 이 주제를 다시 다룬다.

『사진에 관하여』를 출간할 무렵, 수전 손택은 유방암 치료에서 가장 어려운 단계를 끝낸 터였다. 2년 동안 생존하는 10퍼센트 안에 속했을 뿐만 아니라, 병마 자체도 성공적으로 억제해서 건강을 회복할 가능성이 커졌다. 하지만 손택은 모든 암은 재발 가능성이 있으므로 완전한 치료란 불가능하다는 사실도 알았다. 그런 까닭에 그는 남은 평생 자신의 몸이 보내는 신호에 극도로 민감하게 반응했으며, 정기적으로 병원에 방문했고 새로운 진단을 받으면 예비 수술을 받기도 했다.

　손택은 암 환자들이 느끼는 수치심을 직접 관찰할 수 있었다. 그들 가운데 손택이 대안 요법을 찾으려고 몰두했던 의학 잡지를 읽는 사람은 거의 없었다. 대신, 많은 환자가 그럴 필요가 없는 경우에도 암 진단을 사형선고로 받아들였다. 당시까지만 해도 진단의 세부 내용과 예상 생존율은 환자를 배제한 일부 가족에게만 알려주는 것이 관례였다. 미국에서도 최고로 손꼽히는 뉴욕의 선도적인 암 병원 메모리얼 슬론케터링 암센터는 청구서를 발송할 때 봉투에 발신인 주소를 적지 않았는데, 이웃이나 친인척이 우연히 암 진단을 알게 되는 상황을 막기 위해서였다. 수전 손택은 관련자 모두가 이 질병에 관한 뿌리 깊은 오명의 영속화에 가담하는 상황에 저항했다. 언젠가 스스로 지칭했던 것처럼, 손택은 "환자들을 위한 운동

가"가 되었다.[25] 그가 보기에 사람을 죽이는 것은 단지 질병만
이 아니라, 무엇보다 그 질병과 연관된 금기였으며, 특히 결국
에는 죽을 것이라는 믿음 때문에 환자가 치료를 포기할 때 그
랬다.

암이라는 낙인에 저항하는 손택의 첫 번째 운동은 정보
를 제공하는 세 편의 에세이―「은유로서의 질병」「질병의 이
미지Images of Illness」「정치적 은유로서의 질병Disease as Political
Metaphor」―로 구성된다. 손택은 이 글들을 세 달 동안 써서
1978년 1월과 2월에 『뉴욕 리뷰 오브 북스』에 발표했다. 그리
고 퇴고를 거쳐 그해 가을 『은유로서의 질병』이라는 제목의
책으로 출간했다. 이 에세이들은 당시 유행하던 암 환자의 회
고록과 완전히 결을 달리했다. 그런 회고록들은 손택의 입장
과 근본적으로 상반됐을 것이다. 그는 환자로서 경험한 내용
을 주관적으로 전하는 글을 쓰는 데는 관심이 없었다. 오히려
이 주제에 관한 자기 생각을 다른 암 환자, 그리고 그들의 친
구, 배우자, 친인척을 돕고 격려할 수 있는 방식으로 나눌 수
있기를 원했다.[26]

『은유로서의 질병』은 암이라는 질병의 문화사를 관통하
는 지적인 롤러코스터였을 뿐 아니라 암을 있는 그대로 다루
어달라는 절박한 탄원이기도 했다. 손택은 고대 그리스의 질

병이론, 중세 의학용어, 정신분석학의 문헌, 현대의 의학 연구, 그리고 상상할 수 있는 모든 언어와 시대의 문학, 철학, 과학, 음악의 사례―레프 톨스토이에서 보리스 파스테르나크, 노발리스에서 니체, 카프카에서 만, 존 키츠에서 바이런, 로베르트 코흐에서 루돌프 피르호, 조반니 보카치오에서 필리포 토마소 마리네티, 프레데리크 쇼팽에서 자코모 푸치니, 빅토르 위고에서 샤를 보들레르까지―를 근거로 제시하면서, 이 질병과 연관된 은유의 관점들을 분석한다. 한편 자신의 개인사와 고통스러운 연관성을 갖는 또 다른 질병인 결핵을 암과 비교한다. 결핵은 그의 아버지를 죽인 병이었고, 1930년대까지도 치명적인 낙인이 따라다니던 질병으로, 그 정도가 너무 심해서 밀드러드 손택이 다섯 살 먹은 딸 수전에게 아버지의 사인을 숨겼을 정도였다. 토마스 만은 『마의 산』에서 그와 관련한 신화를 포괄적으로 다뤘다.

하지만 손택이 보기에 암을 신화화하는 일은 이와는 종류가 달랐다. 손택은 암이 우울한 성격과 관련된다거나 종양이 처리되지 않은 심적 에너지에서 발생할 수 있다는 널리 퍼진 믿음을 특히 날카롭게 논박한다. 몇몇 인터뷰에서 밝힌 바에 따르면, 그는 처음 진단을 받은 뒤, 인생을 잘못 살아왔는지, 또 유방암이 얼마간 파리에서 겪은 우울증의 결과인지를 깊이 고민했다.[27] 그런 과정을 거쳐, 『은유로서의 질병』에서 암이라는 질병을 "근본적이거나 절대적인 악"과 동일시하는 행태를 통렬히 비판한다. 암을 논할 때 사람들은 경제적 재앙의 이미지―제멋대로이고, 비정상적이며, 일관성 없는 성장이 사회 대부분에 치명타를 날리는 이미지―를 떠올리곤 한다. 이들은 식민주의 군사 용어를 사용해서 '침투' '식민지화' '공격' '역습'에 관해 말하곤 한다. 심지어 과학소설의 용어를 차용해서 세포 '돌연변이'를 운운한다. 이와 정반대로, 암 환자는 복잡한 정세를 단순화하기 위한 은유로 암이 사용되는 상황에 매일같이 놓이는데, 여기에서 손택은 「미국에서 일어나고 있는 일」에 썼던 자신의 유명한 문장, "백인종은 인류 역사의 암이다"를 인용한다. 손택은 암을 정복할 수 없는 악으로 묘사하는 행태는 환자가 이 질병에 대항해 적극적으로 투쟁하는 데 거의 도움이 안 된다고 역설한다.[28]

재정적·조직적 지원에 대한 감사의 표시로 로버트 실버스에게 헌정한 『은유로서의 질병』은 출간 당시 『사진에 관하여』에 버금가는 성공을 거두었다. 손택은 암 환자들로부터 수백 통의 편지를 받았는데, 많은 환자가 책을 읽은 뒤 담당의를 바꾸거나 특정한 치료를 받기로 했다는 이야기를 전해왔다.[29] 『은유로서의 질병』은 전 세계 환자와 의사에게 어떤 기준이 되는 필독서로 자리매김한다. 그는 책을 통해 대중적인 논의를 제시하는 차원을 넘어, 사적으로 환자들을 돕기 위한 활동에도 적극적으로 참여했다. 루신다 차일즈는 손택이 암 진단을 받은 지인들, 그리고 친분이 없는 환자들과 날마다 대화를 나누었다고 말한다. 자신의 경험을 공유하길 원하거나 조언을 필요로 하는 사람이라면, 누구나 손택에게 연락만 하면 되었고 손택은 언제든지 그들에게 귀를 기울였다. 리처드 하워드에 따르면, 손택은 때로 도가 지나치게 개입하기도 했는데, 실제로 자기 생각을 강요해서 환자들이 가능한 모든 치료법을 샅샅이 검토하게 만들기도 했다. 레너드 번스타인의 아내 펠리시아 몬테알레그레가 암에 걸렸을 때는 그가 죽는 날까지 거의 매일 대화를 나누었다.[30]

손택은 회복 기간을 강렬하고 쓰린 경험이라고 표현했다. 죽을지도 모른다는 사실을 받아들이는 법을 배운 뒤로 계속 살아갈 수 있다는 것도 알게 된 그는 타인과 좀더 친밀한 관계를 맺고자 하는 욕구를 느꼈다.[31] 그래서 새로운 친구를 많이 사귀었고, 특히 젊은 작가들과 친하게 지냈다. 에세이 작가 겸 소설가 대럴 핑크니는 말했다. "뉴욕에서 가장 신나는 일 중 하나는 그분과 밤늦게까지 돌아다니는 것이었죠." 손택은 기운이 넘쳤다. 두 사람은 며칠 동안 영화관에 몇 시간씩 앉아서 알프레트 되블린의 소설 『베를린 알렉산더 광장Berlin Alexanderplatz』(1929)을 라이너 베르너 파스빈더가 13시간짜리로 영화화한 동명의 작품을 관람했다.[32] 손택은 젊은 작가들에게 더없이 훌륭한 멘토였다. 시그리드 누네즈는 "그분과 시간을 보내면, 대학에 다닐 때보다 더 많은 걸 배울 수 있었어요"라고 말한다.[33]

하지만 누네즈는 손택이 사람을 전보다 더 많이 사귀고 싶다는 욕구를 작업과 조화시키기 어려워했다고도 말한다. "만족하는 법이 없어서, 가만히 있지를 못하고 끊임없이 기분을 전환할 오락거리를 찾았습니다. 혼자 있을 수가 없는 분이었죠."[34] 손택은 언제나 작업을 두서없이 해왔는데, 이제는 글을 쓸 때마다 최후의 순간까지 작업을 미뤘다. 『뉴욕 리뷰 오브 북스』와 『뉴요커』 마감일을 맞추기 위해, 그는 앞서 장폴 사르트르를 비롯한 수많은 작가가 그랬듯 암페타민(의료용이지만 여전히 불법으로 쓰인 각성제 벤제드린)에 의존했다. 손택은 친구 빅터 보크리스에게 말했다. "그걸 먹으면, 먹거나 자거나 싸고픈 욕구, 또는 타인과 이야기하고 싶은 욕구가 사라져요. 그리고 정말로 외로움이나 피로, 지루함을 느끼지 않고 방 안에서 20시간씩 앉아 있을 수 있죠. 엄청난 집중력이 생긴답니다."[35] 하지만 평생 암페타민을 복용해 수천 쪽이나 되는 하찮은 산

문이라는 부정적인 결과를 낳은 사르트르를 생각해 늘 조심하려 노력한다고도 덧붙였다.[36]

암은 수전 손택의 외모에도 눈에 띄는 흔적을 남겼다. 항암치료를 받는 동안 빠졌던 머리카락이, 다시 자라면서 백발이 된 것이다. 손택은 머리카락을 검게 염색하기로 했다. 미용사는 더 자연스럽게 보이도록 일부는 백발로 남겨두는 게 어떻겠냐고 했다. 손택은 그 제안에 동의했고, 이후 20년 동안 칠흑 같은 흑발과 대비를 이루며 이마 위로 내려온 윗머리의 백발은 미국인이라면 누구나 알아보는 그의 트레이드마크가 되어 빈번히 희화화됐다. 신문과 잡지에 새로운 사진과 인터뷰, 소개 글이 엄청나게 많이 실리고 딕 카벳의 전설적인 토크쇼를 비롯해 TV에도 몇 번 출연한 뒤, 수전 손택 가발은 심야 코미디쇼 「새터데이 나이트 라이브SNL」의 단골 소재가 됐다. 또한 지나 블루멘펠드의 「어둠 속에서In Dark Places」(1978), 우디 앨런의 「젤리그Zelig」(1983), 네스토르 알멘드로스의 「상스러운 행동Mauvaise Conduite」(1984), 에드가르도 코사린스키의 「세라 Sarah」(1988)와 같은 영화에 카메오로 출연하면서 손택은 더더욱 매력 넘치는 지식인으로 우상화됐다.

작업 습관이 두서없었음에도, 손택은 이 시기에 엄청난 생산성을 과시했다. 1978년과 1979년에 그는 다음 에세이집 『우

환자의 왕국 1975-1979

울한 열정Under the Sign of Saturn』(1980)을 위한 기초 작업에 들어갔고, 거의 7년 동안 작업해온 단편소설집 『나, 그리고 그밖의 것들』을 완성했다. 실존적 희극으로 특징지을 수 있는 그의 소설 스타일이 뚜렷이 엿보이는 1960년대 형식적 실험소설 「미국의 영혼들American Spirits」과 「인형」을 제외하면, 이 단편집의 소설들은 자전적인 디테일과 에세이적인 구절을 결합한 새로운 문학적 표현 양식을 제시한다. 이 책을 위해 그가 마지막으로 쓴 이야기는 「안내 없는 여행Unguided Tour」이었다. 유럽 여행에 관한 미국인들의 상투적인 생각을 무심히 활용한 유별나고, 감동적이며, 재치 있는 이 이야기는 1978년 10월 『뉴요커』에 발표됐다. 소설은 아름다운 것들이 파괴되며 옛 유럽 도시들이 거침없이 변해가고 쇠퇴하는 현실과, 이것들이 얼마 후면 더는 그곳에 존재하지 않을지 모른다는 감각을 다룬다. 「안내 없는 여행」은 구세계의 역사에 대한 진혼곡이지만, 다른 한편으로 연애에 대한 진혼곡이기도 하다. 소설에 숨어 있는 의미는 낭만적 열망이 말라버려 해체되는 관계의 종언이다.

수전 손택이 여기에서 니콜 스테판과의 관계가 끝나가는 상황을 받아들이고 있음을 시사하는 강력한 증거가 있다. 손택이 활동의 근거지를 다시 뉴욕으로 옮겼다는 사실은 관계에 부담으로 작용했다. 손택과 스테판의 관심사도 점점 더 갈렸다. 다시 작가 일에만 집중하던 손택은 스테판이 새로운 영화 프로젝트를 제안하자 신경질적으로 반응했다.[37] 두 사람을 모두 알고 지낸 친구들은 두 연인 사이에 긴장감, 심지어 때로는 씁쓸함이 감돌았으며, 손택이 종종 스테판에게 가차없는 언어폭력을 가했다고 말한다. 스티븐 코크에 의하면, 스테판에게 매몰차게 군 쪽은 주로 손택이었으며, 한번은 멍청한 소리를 한다고 사람들 앞에서 그에게 면박을 준 적도 있었다. 이별의 과정은 험난했다고, 코크는 말한다. 그것은 "그들이 서로를 진심으로 사랑했기" 때문이었다.[38]

1978년 가을에 『나, 그리고 그 밖의 것들』이 출간됐을 때, 문학계와 비평계는 대체로 놀라는 분위기였다. 대부분의 비평가가 단편집에 수록된 이야기의 질이 고르지 않다는 점을 지적했지만, 「사후 보고」 「중국 여행 프로젝트」 「안내 없는 여행」은 손택이 쓴 소설 중 가장 성공적이고도 중요한 작품으로 호평을 받았다. 애너톨 브로야드는 「안내 없는 여행」이 손택의 "소설가로서의 정수"를 보여준다고 말했다. "내가 읽은 가장 현대적인 단편 중 하나―아마도 최고의 작품 중 하나다. 처음으로, 수전 손택은 (…) 소설 속에서 완전히 편안해 보인다."[39] 손택은 이전의 두 소설에서와 달리, 문학적 현대성으로부터 자신이 받은 은혜를 자기 지성의 힘, 그리고 절박하면서도 때로는 시적이고, 무엇보다 이해하기 쉬운 목소리와 결합해 새로운 소설 형식을 발견해냈다. 그의 소설 중 일부는 여전히 이 장르의 주요 작품으로 평가된다. 일평생 작가로서의 성공을 꿈꿔온 그가 마침내 그 목표에 도달한 것이다.

이 시기에 손택은 독일에서도 결정적인 돌파구를 마련했다. 그는 1960년대 로볼트 출판사 프리츠 J. 라다츠 휘하의 편집부를 거쳐 독일에 처음 소개됐다. 그러나 이곳에서 손택에게 보인 관심은 평균적인 수준을 넘지 못했다. 그도 그럴 것이, 비평 에세이를 사실상 거의 출간하지 않았던 로볼트에서 손택의 저서는 다른 출간작들에 가려 빛을 보지 못했다. 작가이자 한저 출판사의 대표로 오랜 시간 손택의 벗이기도 했던 미하엘 크뤼거는 한저가 아주 작은 출판사였을 때부터 손택을 저자로 데려오고 싶다는 뜻을 밝혀온 터였다. 손택의 질병에 관한 에세이들을 『뉴욕 리뷰 오브 북스』에서 읽었을 때, 출판사 주간 크리스토프 슐로테러와 편집장 프리츠 아르놀트는 결단력을 발휘했다. 그들은 수전에게 이 글들을 엮어 책으로 펴낼 생각이 없는지 물었다.[40] 먼저 미국판이 책이라는 형태로 출간되기를 기다려야 하기는 했지만, 이를 계기로 한저 출판사는 일생에 걸쳐 손택과 긴밀한 관계를 맺게 되었고, 이 관계는 미국에서 FSG가 그와 맺었던 것과 같은 견고한 제휴관계였다. 미하엘 크뤼거는 손택과 계약을 유지하기가 그리 어렵지 않았다고 기억했다. 편집장 "아르놀트가 과거 유럽에서나 볼 수 있던, 참으로 근사한 댄디였고", 손택이 한저에서도 펴낸 엘리아스 카네티나 롤랑 바르트, 에밀 시오랑에 관심을 보였기 때문이다. 여기에 크뤼거와 슐로테러, 아르놀트는 로저 스트로스와도 친분이 두터웠기에 FSG 전속 작가였던 필립 로스와 아이작 싱어의 작품도 독일에서 출간할 수 있었다. 당시로서는 출간작이 많지 않았던 한저는 "잇달아 출간되었던 손택의 저서를 대표작의 위치에 둘" 수 있었다. 출판사는 1978년부터 차례로 『은유로서의 질병』『사진에 관하여』을 비롯해 단편집과 두 번째 소설 『은인』을 출간했다. 또 기존에 로볼트에서 출간되었던 『해석에 반대한다』도 한저의 새로운 판본으로 소개했다. 손택은 작가 막스 프리슈의 아내 마리아네 프리슈 같은 탁월한 번역가들에게 독일어 번역을 맡겼다.

손택은 유럽, 특히 독일에서 자기 작품이 어떤 운명을 맞을지에 대해 지대한 관심을 보였다. 미하엘 크뤼거는 "더 많은 것을 해달라고 (…) 재촉하는 편지가 손택에게서 점점 더 많이 왔다"고 말했다. 독일, 특히 뮌헨과 베를린을 몇 차례 방문한 뒤, 그리고 독일 잡지와 영향력 있는 주간지 『차이트』에 그의 에세이가 게재된 직후, 한저는 "서서히 (…) 더 성공적으로 손택을 홍보"할 수 있었다.[41] 마침내 1979년 11월 마인츠과학문학학회는 독일의 수많은 권위 있는 상 중 최고라고 할 수 있는 빌헬름하인제메달을 수전 손택의 에세이에 수여했고, 이는 2003년 독일출판협회 평화상 수상으로까지 이어졌다.

최후의
지식인

저는 교수도 저널리스트도 되고 싶지 않습니다. 저는 지식인을 겸하는 작가이기를 원합니다.[1]

1970년대 후반, 미국의 예술계와 문단은 엄청난 변화를 경험하고 있었다. 대중문화가 모든 것을 아우르는 현상이 되어갔던 반면에, 문학과 미술, 영화에 관한 진지한 논의는 점점 학술지로 물러났다. 급격히 변화하는 대중매체 풍경 속에서 과거에 그야말로 중요한 지위를 누렸던 뉴욕 지성계는 무가치한 집단으로 전락했다. 1930년대에서 1960년대까지―물론 구성원을 교체해가며―군림했던 한결같고 안정적인 지성계는 더이상 존재하지 않았다. 대부분의 지식인이 이제 밥벌이를 하려면 대학교에서 자리를 구하거나, 미국기업연구소, 새로운 미국의 세기를 위한 프로젝트, 유대인국가안보연구소와 같은 신보수주의 싱크탱크의 후원을 받아야 했다. 작가들 역시 점차 대학교 강사직을 받아들여야 한다는 압박감을 느꼈다. 계속 프리랜서 작가로 활동할 수 있는 사람은 소수였다.『파르티잔 리뷰』와 같은 출판물도 구독자를 꾸준히 잃었을 뿐만 아니라, 이들이 대표하던 지적인 스타일 또한 유행에 뒤떨어진 것이 됐다. 신보주의를 소리 높여 외친 인물 중 한 사람인 노먼 포 도리츠가 편집장으로 있던『코멘터리』는 막 시작된 레이건 혁 명을 지지하는 조직이 됐다.[2]

　베트남전쟁 기간에,『뉴욕 리뷰 오브 북스』는 정치적·비판 적 논의를 뉴욕이라는 경계 너머로 울려 퍼지게 하는 유일한 토론의 장이 됐다. 이 잡지는 정치적인 주제에 더 집중하고, 전 국에 흩어져 있는 학계 인사들의 이익을 대변함으로써 언론계 에서 우위를 지킬 수 있었다.『뉴욕 리뷰 오브 북스』는 여전히 뉴욕에 국한되어 있던 초창기에 대학교수와 야심 있는 대학원 생의 필독서가 됐고, 그 지위를 오늘날까지 유지하고 있다.

　게다가, 신좌파의 연대가 와해됐다. 이 운동을 하나로 묶어 주는 원대한 문제가 더는 없었기 때문이다. 지난 20년 동안 좌파 사상가를 위한 토대가 되어준 반대와 저항의 정신은 그 매력을 거의 잃었다. 대부분의 좌파가 자신들의 급진적 전통 을 저버리거나 향수에 젖었다. 그들 중 상당수, 특히 신좌파의 급진주의에 대해 의심의 눈초리를 거두지 못하던 구좌파 출신 부르주아 자유주의 사상가들은 점차 보수적인 태도를 취하기 시작했다. 영향력 있는 신보수주의 운동은 앞서 언급한 싱크탱크와 로비 단체의 부상에 힘입어 정치적 영향력을 행사했다. 신보수주의 운동은 1980년 11월 전직 배우이자 캘리포니아 주지사 로널드 레이건의 미국 대통령 당선으로 압도적인 첫 번째 승리를 기념했다.

이런 소위 네오콘운동을 통일된 운동으로 볼 수는 없지만, 이들의 다양한 분파는 1960년대 정치적 급진주의와 그들의 유토피아적 미래상에 대한 깊은 반감으로 똘똘 뭉쳐 있었다. 힐튼 크레이머, 노먼 포도리츠, 어빙 크리스톨과 같은 신보수주의 작가는 뉴욕 지성계의 진정한 계승자를 자처하며 중산층을 위한 길을 앞장서 이끌었다.[3]

유럽도 전개되는 양상이 비슷했다. 연로한 롤랑 바르트는 전통적인 지식인과 작가는 멸종하고 대부분이 대학교에 자리를 잡은 새로운 종이 그들을 대체하고 있다며 입버릇처럼 불평하곤 했다. 손택도 이런 묘사에 전적으로 동의했다. 손택은 1980년 인터뷰에서 시대에 역행해 작가이자 지식인으로서 보편적인 역할을 지키는 것이 자신의 목적이라고 공표했다.[4] 이것은 결코 쉬운 일이 아니었다. 손택의 독자층은 변했다. 이들은 손택의 영웅들에 뒤이어 나타났으나 그다지 손택의 흥미를 끝지 못했던, 다음 세대 유럽 작가들의 책을 읽고 있었다. 여기에는 독일계 미국인의 신마르크스주의 집단인 프랑크푸르트학파, 라캉주의 정신분석, 마르크스, 페미니즘 영화이론, 언어를 통해 표현된 사회 안의 권력관계를 연구한 미셸 푸코의 담론 분석이 포함됐다. 또한 자크 데리다를 위시해 부상하던 쥘리아 크리스테바, 질 들뢰즈, 미셸 드 세르토의 해체주의도 포함됐다.5 『옥토버』『아트 포럼』『카메라 오브스쿠라Camera Obscura』『뉴 저먼 크리티크New German Critique』과 같은 전문 학술지는 이런 작가들을 위한 토론의 장이었다. 정체성과 가족, 국가, 저작이라는 '위대한 내러티브Great Narratives'의 붕괴를 포스트모더니즘의 긍정적 측면으로 찬양하는 이른바 '이론적 혁명'이 미국의 인문학부와 연구소에서 이미 진행되고 있었다. 이런 전조 아래서, 페미니즘과 같은 정치적 안건이 젠더 연구와 같은 이름으로 학문 분과로 자리매김했다. 이전 세대에게 그토록 절박한 과제였던, 학문을 통해 변화를 불러일으키자는 목표는 더 이상 우선순위에 놓이지 못했다.

손택은 이론의 새 시대에 지식인으로서 대중적 지위를 유지할 수 있었던 몇 안 되는 인물 중 한 사람이었다. 그 한 가지 이유는, 에세이를 통해 늘 보여주었던 것처럼, 그가 미술과 문학, 영화, 정치학을 한데 묶어서 이들의 상호관계를 독자에게 보편적이고도 선도적으로 전달하는 것이 자신의 임무라고 확신했기 때문이다. 그리고 손택은 이 임무를 완수했다. 바르트가 사라지는 것을 애석해한, 프랑스식 모델인 지식인 겸 작가로서의 정체성과 지적이면서도 동시에 시류에 밝다는 거부할 수 없는 매력은 변화하는 대중의 취향과 양립할 수 있었다. 미술비평가 할 포스터는 손택을 "과도기적 인물"이라는 독특한 표현으로 묘사한다.[6] 구세대와 신세대 모두가 그의 생각과 글에서 공통분모를 발견했다. 그는 소멸 직전의 '구식' 뉴욕 지성계와 문화 연구·기호학·해체주의를 유포하는 학자들 사이에 다리를 놓을 수 있었다. 과도기적 인물로서 손택은, 향수의 대상이자 새로운 충동의 창조자였으며, 지나간 시대의 유물이자 지성을 갖춘 새 시대의 미디어 스타였다.

이러한 전개를 분명히 보여주는 교육기관 중 하나가 뉴욕대학교의 뉴욕인문학연구소다. 사회학자 리처드 세넷이 1976년 이 연구소를 창설한 까닭은 작가와 학자를 한곳에 모음으로써, 학계가 전문화하는 경향을 되받아치기 위해서였다. 세넷은 연구소의 초창기를 사상가와 작가가 격식을 차리지 않고 삼삼오오 모여 서로 토론하고 자유롭게 세미나를 여는 풍경으로 묘사한다. 친구 수전 손택은 그가 가장 먼저 초빙한 인물 중 한 사람이었으며, 연구소의 성공에 필수적인 기여를 했다. 그는 롤랑 바르트와 한스 위르겐 지버베르크를 비롯한 유럽 작가 및 영화감독과의 교류를 용이하게 했을 뿐 아니라, 뉴욕의 지식인들을 연구소에 집결시킬 수 있도록 몸소 도왔다. 무엇보다, 나중에 노벨상을 받는 조지프 브로드스키나 데릭 월컷과 같은 FSG의 동료 작가를 데려왔다. 연구소의 다른 구성원으로는 로버트 실버스와 『뉴욕 리뷰 오브 북스』의 작가 몇몇, 뉴욕대학교와 컬럼비아대학교의 교수들, 그리고 연구소를 실용적으로 조직하는 법과 재정적인 지원을 구할 만한 곳을 알려준 로저 스트로스가 있었다. 스트로스는 손택의 아들 데이비드가 1978년에 대학을 졸업하자 그를 FSG의 편집자로 고용했다. 데이비드는 어머니와 조지프 브로드스키, 필립 로스, 마리오 바르가스요사, 엘리아스 카네티의 책을 주로 편집했다. 그 역시 연구소의 임시 임원이 됐다.

뉴욕인문학연구소는 곧 뉴욕에서 가장 중요한 지식인들의 회합 장소가 됐다. 뉴욕대 캠퍼스 근처에 있는 세넷의 집에서 열리는 전설적인 비공식 파티가 이와 긴밀히 연관이 있었는데, 참석자들은 세미나가 끝난 뒤 이곳을 찾아 주최자가 취미 삼아 요리한 고급 음식을 즐기며 토론을 이어갔다.

세넷이 이 연구소를 통해 달성하려던 주요 목표는 문학적·지적 편협성으로부터 뉴욕을 구하는 것이었다. 그에 따르면,

뉴욕의 연극과 춤, 미술은 당시에도 이미 대단히 국제적이었지만, "유럽과 남미 출신 작가는 거의 무시당하고 있었다."[7] 소련에서 망명한 시인 조지프 브로드스키가 관여한 덕에, 연구소의 가장 중요한 사업 중 하나는 모국에서 서구로 피란한 동유럽과 소련 반체제 인사를 지원하는 것이었다. 세넷의 말에 의하면, 1981년 폴란드에서 계엄령이 선포된 뒤로 '공산주의 제국' 출신 작가가 미국 시민이 되도록 돕는 것이 연구소 집단의 최우선 과제가 되었다. 연구소의 구성원은 탄원서에 서명하고, 연락을 취했으며, 반체제 인사가 미국의 대학교에서 교직을 얻을 수 있도록 도왔다. 이런 도움을 받은 많은 작가 중에는 에바 콜리크와 아담 자가예프스키도 있었다. 1983년 연구소 집단은 상원의원 에드워드 케네디와 협력해서 쿠바인 에베르토 파디야를 미국으로 데려왔다. 손택은 이미 1972년에 그를 투옥한 데 항의한 바 있었다.[8]

연구소가 공산주의 조국에서 박해받은 작가를 돕는 일에 개입한 것은 손택에게 쿠바나 베트남과 같은 국가에 대한 동조에 완전히 마침표를 찍는 것을 의미했다. 이들과 단절하려는 경향은 1970년대 중반에 이미 시작되어 1980년의 폴란드 여행과 알렉산드르 솔제니친―FSG는 그의 책 『수용소군도 Gulag Archipelago』(1973)를 출판했다―을 포함하는 망명자에 관한 보도에 의해 더욱 강해졌다. 이런 방향 전환으로 인해 손택은 힘겨운 투쟁, 그와 친구들의 모순된 진술에서 명백히 드러나는 다툼을 대가로 치러야 했다. 세닛과 에드먼드 화이트의 기억에 의하면, 손택은 연구소에서 '방문The Visit'이라는 주제로 세미나를 진행했다. 손택은 여기서 보통 타인을 대상으로 하는 열정적이고 때로는 통렬한 비판을 자신에게도 동일하게 적용했다.[9]

이 세미나는 공산주의 국가들이 서구의 방문자를 위해 준비한 여행을 다뤘다. 여행은 방문할 수 있는 곳이 제한되어 있었고, 선전은 적절하게 조절되어 제시됐으며, 여행자들은 집으로 돌아갈 때 선물과 책을 잔뜩 받았다. 손택의 마음을 특별히 사로잡은 것은 이런 방문의 결과로 생겨난 문학 장르, 이를테면 1960년대와 1970년대에 프랑스에서 발간된 중국에 관한 일련의 책이었다. 이런 여행기는 책을 쓴 프랑스 지식인들이 전부 같은 여행을 협찬받았다는 단순한 이유 때문에 정말 놀랄 만큼 서로 비슷했다. 돌이켜보면, 정보 제공을 목적으로 한 손택 자신의 중국과 쿠바, 폴란드, 베트남 여행은 그에게 "혁명의 디즈니랜드"를 방문한 것처럼 보였을 것이다.[10]

이 세미나에 이어, 손택은 앙드레 지드가 1936년에 소련을 여행한 뒤 환상에서 깨어난 경험을 담은 회고록을 본보기로 해서 이런 현상을 탐구하는 책을 쓰기로 되어 있었다. 오랫동안 계획했음에도 손택이 계속 완성을 미룬 이유는 이 주제에 관해 상반된 감정을 느꼈기 때문이다. 결국 그는, 1984년에 『타임스 리터러리 서플먼트』에 「모범적인 목적지Model Destinations」라는 짤막한 글만을 게재했다. 손택은 또 서구권으로 떠나 온 동유럽 작가들에 관한 소설을 집필할 계획도 세웠다. 그는 1970년대에 이 작업을 시작했으며, 『서양의 반을 향하여Toward the Western Half』가 소설로 복귀하는 신호탄이 되기를 염원했다. 그러나 10년이 넘는 작업에도 불구하고, 결코 이 프로젝트를 마무리 짓지는 못했다.

당시 손택과 절친했던 에드먼드 화이트는 그가 공산주의에 대해 심경의 변화를 일으킨 것은 조지프 브로드스키와 프랑스 지식인들의 영향을 받았기 때문이라고 말한다.[11] 프랑스 사상가들은 1970년대 중반 이후 동유럽의 전제주의 정권을 공개적으로 비난해왔지만, 대부분의 미국 좌파는, 특별히 미국에서 점차 확장하는 보수주의 운동과 점점 견고해지는 소비자본주의에 비추어, 여전히 대안적인 사회주의에 희망을 걸고 있었다.

브로드스키의 정치적 보수주의는 소비에트 당국과 마찰을 빚어 '내부 유배자'로 귀양살이를 하다가 1972년에 결국 소련에서 추방당한 결과였다. 리처드 세넷은 그가 공산주의 보다 차라리 "훌륭한 군주제의 지지자가 되었을 것"이라고 말한다.[12] 손택은 브로드스키의 기질이 자신의 그것과 빼닮았다고 말했다. 이들의 만남은 걷잡을 수 없는 "정신적 가속"이라고 할 만한 사건이었다.[13] 두 사람은 초기에 연애를 한 뒤(리처드 하워드에 의하면, 브로드스키는 손택에게 푹 빠져서 청혼까지 했다), 나중에는 가까운 친구로 지내며 1970년대 중반까지 자주 만났다.[14] 손택과 친구들이 종종 말한 바에 의하면, 손택의 심경이 변하게 된 상징적인 일화는 브로드스키가 솔제니친의 『수용소군도』의 진실성에 관한 그의 의심을 "정치적인 수준에서는 당신 마음대로 생각해, 하지만 그가 목격한 것, 그가 기술한 것은 사실이야"라는 말로 불식시켜버린 사건이었다.[15]

브로드스키의 영향을 확인할 수 있는 또 다른 예는 손택이 러시아의 고전문학과 동유럽 문학 전반에 새삼스럽게 열중했다는 것이다. 손택은 미국 문학에서 점점 더 희귀한 것이 되어가는 문학성에 관한 이상을 그곳에서 확인했다. 그가 보기에 미국 작가들은 지나치게 상업성을 염두에 두었고, 그 결과 "동시대 작가 중에서 일류 작품을 쓰려고" 노력하는 "사람은 거의 없고 (…) 국제적 수준"의 작가에 속하는 사람도 거의 없었다.[16] 그는 작가에게 예언자의 권위가 있다는 브로드스키의 견해를 공유했다. 손택은 문학적·윤리적 기준의 근원을 찾으려면 과거를 되돌아보아야만 한다고 생각했는데, 과거에는 작가가 "동시대인이 아닌 선배들을 만족시키기" 위해 글을 쓰도록 해주는, "현대보다 더 높은 기준"이 있었다.[17]

이처럼 다소 기고만장한 권위적 이상은 1980년에 출간해서 러시아인 친구에게 헌정한 손택의 에세이집 『우울한 열정』에서 찾아볼 수 있다. 이 책은 폴 굿맨을 기리는 추도문에 이어서 쓴 에세이들을 엮은 것으로 친구이자 동료를 위한 또 다른 추도문 「바르트를 추억하며」로 끝난다.* 리펜슈탈과 지버베르크의 히틀러 영화에 관한 에세이를 제외하면, 모든 작품이 그가 존경하고 깊이 공감하는 작가와 지식인—굿맨과 바르트 외에 앙토냉 아르토, 발터 벤야민, 엘리아스 카네티—에 관한 초상이었다. 이 에세이들은 (폴 굿맨을 제외하면) 유럽 지식인을 대표하는 위대한 인물을 예스럽게 찬양하는 낭만적이고 다소 구시대적인 작품이다. 글은 때로 손택이 자신의 삶을 받아들이기 위해서 이 작가들에 관한 논의를 이용한다는 인상을 받을 정도로 자문자답하는 어조가 지나치게 뚜렷하다. 데이비드 리프는 종종 어머니가 스스로 생각하는 것보다 에

---

* 원서에는 2장에 실려 있던 「아르토에 다가가기Approaching Artaud」가 마지막 장으로 옮겨지면서, 한국어판은 이 글로 끝을 맺게 되었다.

세이에서 자기 자신을 더 많이 드러낸다고 농담을 했다. 손택은 이런 농담에 웃음을 터뜨렸고, 데이비드로선 어머니도 그렇게 생각하는지에 대해 알 길이 없었다.[18] 하지만 수전 손택이 다른 인터뷰에서 한 말들은 그도 그렇게 생각했음을 보여준다. 어느 정도 거리끼는 기색이 있기는 했지만. 일례로, 『뉴욕 타임스』는 벤야민에 관한 에세이를 우려하는 그의 말을 옮겼다. "제 자신을 묘사하고 있다는 느낌이 들었습니다. (…) 스스로를 떠올리게 하는 몇몇 사람에게 끌린다는 것은 저도 압니다."[19] 『우울한 열정』이 유럽에서 가장 성공한 손택의 책 중 하나가 된 것은 이 책이 다루는 주제가 유럽이었기 때문이다. 하지만 1980년에 초판이 발간됐을 때 미국에서의 반응은 대체로 미지근했는데, 대부분의 미국 독자에게 이 책의 도발적인 소재가 너무 이국적이었고 수준도 높았기 때문이다. 『뉴욕 타임스』에 존 레너드가 쓴 비평이 그런 시각을 대변한다. 그는 풍자가 재미있고 말투가 부드럽다는 점을 언급하지만, 노골적인 절충주의와 함께 과장하고 절대화하는 손택의 경향을 비판한다. 그는 이런 풍자를 덧붙인다. "그는 또 갑자기 도덕주의자가 되어 있다. 좋은 점 하나는, 그가 외과의사나 치과의사보다는 훨씬 더 재미있다는 것이다."[20]

하지만 이 책의 의미는 인기가 없었다는 점이 아니라 지식인과 학자의 담론에 오랫동안 영향을 미쳤다는 점에서 찾을 수 있다. 손택의 초상 덕에 소재가 된 인물 대부분이 미국에서 처음으로 알려지게 됐다. 『우울한 열정』이 출간된 후 몇 년 동안, 바르트와 벤야민, 아르토는 미국의 문학계에서 열리는 세미나에서 꾸준히 인기를 얻었다.

손택의 에세이 「열정의 정신Mind as Passion」이, (당시까지 미국에서 무명에 가까웠던) 불가리아계 독일 작가 엘리아스 카네티가 그해에 노벨문학상을 받는 데 중요한 촉매 역할을 했다고 생각하는 사람이 많다. 이 에세이의 제목은 손택 자신의 지적·작가적 프로젝트를 압축한 표현으로 볼 수 있다. 게다가, 카네티의 작품에 관한 손택의 논의는 자신에게도 동일하게 적용되는 관찰, 예컨대 다른 작가를 찬미하는 그의 열정에 의해 강조된다. 손택은 엘리아스 카네티가 파우스트처럼 "젊음을 되찾기"를 은밀히 기대해서라기보다 지성을 되도록 오래 존속시키길 원했기 때문에, 완전한 장수라는 그의 생각, 말 그대로 자기 몸을 계속 살아가게 하는 것을 얼마나 끈질기게 추구했는지를 묘사한다.[21] 이것은 질병에 관한 경험에 입각한, 훨씬 더 개인적인 관찰에서 비롯된 것이었다.

가끔 순수한 자아성찰로 빠지는 이런 선별적인 접근 방식은 「바르트를 추억하며」에서 훨씬 더 두드러진다. 예를 들어,

여기에서 그는 바르트의 자서전『롤랑 바르트가 쓴 롤랑 바르트Roland Barthes par Roland Barthes』(1977)와 그의 에세이집『사랑의 단상Fragments d'un discours amoureux』(1977)을 논하면서, 이 작품들이 자신의 최근 소설들과 마찬가지로 "모더니즘 소설의 승리이며 (…) 소설과 에세이적인 고찰, 자서전을 이종 교배한다"라고 평가한다.22 또한 바르트가 유명세를 진심으로 향유하면서도 동시에 사적인 영역을 철저하게 지켰기에, 신문을 펼치면 거기에 적힌 자기 이름을 보는 걸 이상하게 여겼다는 점도 언급한다.

손택은 '정신의 삶the life of the mind'이라는 표현을 매우 자주 사용하는데, 이 말은 지적인 삶과 특정한 생활방식을 모두 아우른다. 발터 벤야민에 관한 이 책의 표제작「토성의 영향 아래Under the Sign of Saturn」는 이와 관련해서 특히 흥미로운 점을 드러낸다. 그는 수집에 대한 벤야민의 열정을 상당히 에로틱한 방식으로 묘사하며 이것을 자신의 장서 수집과 매우 비슷한 "쾌락의 지리학"23에 몰두하는 것으로 해석할 뿐만 아니라, 벤야민이 일평생 "'지나치게 지적'이라는 기만적인 비난"에 시달린 점과 관련해 테오도어 아도르노를 인용한다.24 벤야민이 손택의 마음을 특별히 사로잡은 점은 그의 "음울한 기질"25 ― 손택이 강렬하게 동질감을 느낀 우울함 ― 이었다. 손택에 따르면, 이 우울함은 스스로를 가차없이 대했던 태도, 화해할 수 없는 자의식과의 관계로 인해 자기 자신을 텍스트처럼 해독하며 서로 모순되는 여러 입장을 대변해야 하는 운명을 그에게 지웠다. 손택은 프리랜서 지식인이라는 하나의 종이 멸종하고 있는 현실을 벤야민이 얼마나 두려워했는지 묘사하면서 이 글을 끝맺는다. 역설적이게도, 손택은 벤야민이 최후의 심판 앞에 선 '최후의 지식인'으로서 정신의 삶을 마지막 순간까지 수호하는 모습을 그린다.[26] 손택이 자기 경험에 비추어 '최후의 지식인'이라는 개념에 얼마나 매료됐는지는 이 에세이가 『뉴욕 리뷰 오브 북스』에 처음 발표됐을 때 「최후의 지식인The Last Intellectual」이라는 제목으로 실렸다는 사실에서도 분명히 드러난다.

손택은 『우울한 열정』의 전반에서 지성의 삶을 낭만적으로 찬양하지만, 한편으로 우유부단함을 보이기도 한다. 아웃사이더 예술가에 대한 찬양과 지식인의 의무는 불안감과 결부되는 것 같다. 손택이 바르트나 카네티를 다룬 글에서 지식인과 작가의 일에 관한 이상을 마지막으로 완강히 옹호하는 이유는, 자기 자신의 글이 변화한 상황에서 이 이상을 지켜낼 수 없음을 예견했기 때문이었을 것이다. 이후 몇 년 동안, 그는 소설을 쓸 시간을 더 벌기 위해 에세이를 그만 쓰고 싶다는 말을 종종 했다.『우울한 열정』이 발간되기까지 손택이 어떤 문제를 겪었는지는 그가 이 글들을 쓰는 동안 도움을 받았다는 사실로 미루어 알 수 있는데, 손택의 아들이 편집을 담당했고, 오랫동안 가까운 동료로 지낸 작가 샤론 델러노가 교정을 도왔다.

손택은 자신을 유명하게 해준 에세이 형식을 시대에 뒤떨어진 것으로 보았다.『우울한 열정』에 있는 초상을 작업하는 동안, 그는 생각했다. "'이걸 왜 이렇게 간접적으로 하고 있지?' 저는 이 모든 감정을 느낍니다—항상 감정의 폭풍 속에 있죠—그리고 그걸 표현하는 대신 감정과 함께 사람들에 관한 글을 쓰고 있습니다."[27] 손택은 오랫동안 소설 쓰기에 집중하려고 노력했지만, 시도에 그치고 말았다. "에세이 쓰기는 제가 끊으려고 노력하는 중독 중 하나예요. 마지막 에세이는 마지막 담배와도 같죠."[28] 그는 이후 20년간 에세이 쓰기와 담배 피우기(암 진단을 받은 뒤로 여러 차례 끊으려고 노력했다)를 가까이했다 멀리하기를 반복했다. 하지만 다시는 초기 에세이의 세련된 스타일과 복잡한 내용을 재현하지 못했다.『우울한 열정』을 발간한 뒤 손택은 말했다. "바꿔 말하면, 에세이 형식의 도움을 받아서 할 수 있는 게 한계에 다다른 셈이죠."[29]

이 깨달음의 결과로 손택은 자기 위치를 지적인 공인으로

최후의 지식인 1980-1983

재설정하고 이미지를 완전히 재정립했다. 손택은 언제나 입장을 충동적으로 바꾸고, 격한 언어를 사용하고, 논쟁에 참여함으로써 논란을 불러일으키는 경향이 있었다. 하지만 베트남전쟁이나 페미니즘과 관련해 선동가로 나선 경험이 있었던 손택도, 1982년 2월 6일 뉴욕 시청에서의 논쟁적인 연설이 불러일으킨 스캔들에는 대비돼 있지 않았다. 그날 시청에는 작가와 지식인, 활동가 들이 폴란드 자유노조 솔리다르노시치의 운동을 지지하기 위해 모여 있었다. 동구권 최초의 독립 노동조합인 자유노조는 1980년 9월에 창설된 뒤 빠르게 폴란드 사회 전체의 저항운동으로 발전했다. 1981년 12월 보이치에흐 야루젤스키 장군은 바르샤바에서 총리로 선출된 뒤 계엄령을 선포했다. 자유노조의 지도자들은 하룻밤 사이에 체포됐다. 대중매체와 대학교, 학교는 숙청을 당했다. 폴란드 정부는 고용인의 태도를 조사했고 2000명이 넘는 노동자가 직업을 잃었다. 군사법원은 자유노조 운동에 가담한 이들에게 장기간의 징역형을 선고했다. 탄광은 군의 감시하에 놓였고, 주 6일 노동제와 포괄적인 검열이 재도입됐다.

손택은 뉴욕인문학연구소의 폴란드 출신 반체제 인사를 통해 이런 전개를 훤히 알고 있었다. 한편 로널드 레이건은 고작 한 달 전에 취임한 상태였고, 시청 토론회는 자유노조에 대한 지지와 엘살바도르에 군사적 개입을 한 레이건 행정부에 대한 반대를 조화시키느라 곤란한 상황이었다. 손택과 함께 초대된 연사로는 앨런 긴즈버그와 커트 보니것, E. L. 닥터로, 고어 비달 등이 있었으며, 이들 모두는 정치 연설은 하지 않고 자유노조에 대한 몇 마디 지지 선언과 함께 레이건을 조롱했다.[30] 하지만 손택은 연설에서 태평한 신좌파의 입장을 신랄하게 공격했다. 그는 1950년대 이후로 자신과 대부분의 동료가 공산주의 정권을 오판한 이유는 무엇보다 매카시 시대의 프로파간다에 대한 나쁜 기억 때문이라는 논지로 서두를 열었다. 아르헨티나나 칠레의 군사독재와 비교했을 때, 좌파 지식인들이 동유럽 정권의 억압에 대해 충분히 비판적이지 않다고 손택은 말했다. "우리는 적이 파시즘이라는 것을 확인했습니다. (…) 공산주의의 천사 같은 언어를 믿거나, 적어도 거기에 이중 잣대를 적용했습니다. (…) 최근에 폴란드에서 일어난 사건은 파시스트 통치가 공산주의 사회라는 틀 안에서 가능하다는 것 이상을 보여줍니다. (…) 이 사건이 보여주는 것은 우리가 아주 오래전에 이해했어야 하는 진실, 즉 공산주의가 파시즘이라는—성공적인 파시즘, 말하자면 (…) '인간의 얼굴을 한 파시즘'이라는 진실입니다."[31]

손택은 이 연설로 시청 토론회와 뉴욕 정치 토론의 대다수를 하나로 묶어주는 무언의 합의를 분열시켰다. 게다가 그는 전우들을 향해 그들이 수십 년 동안 키워온 공산주의와 사회주의가 자본주의의 대안이라는 희망은 헛된 것이며, 동유럽에서 들려오는 불안한 소식을 합리화하기 위해 이따금씩 가져다 썼을 따름이라고 선언하는 신성모독을 범했다. 도발적인 연설은 거센 야유를 받았고, 손택은 간신히 연설문을 끝까지 읽을 수 있었다.

분노의 폭풍은 조금도 누그러들지 않고 그다음 주까지 이어져서 다양한 대중매체가 손택을 비판했다. 가장 격렬한 항의는 『소호 위클리 뉴스』와 『네이션』에 실렸는데, 두 곳 모두 연설을 그대로 수록하고 저명한 작가와 교수, 기자 들의 반응을 게재했다. 정치적 입장이 각자 달랐음에도 이들은 한결같이 손택의 논쟁적인 용어와 오류를 비판했다. 크리스토퍼 히친스 같은 가장 우호적인 작가들조차 손택이 의도적으로 과장한 것이 오로지 청중을 일깨우려는 의도였기를 바란다고 논평했다.[32] 신보수주의 논객들은 반색하며 손택이 마침내 이성을 찾아서 다이애나 트릴링의 말처럼, "반공주의자로서 새로운 고생길에 접어든 것"[33]을 환영한다고 했지만, 심지어 그들조차도 한때 좌파 반파시즘이 공산주의의 존재를 정당화했다는 손택의 신념에는 이의를 제기했다. 토론회에 참석한 대부분의 사람과 뒤이어 논평을 한 사람들의 눈에는, 손택―쿠바와 베트남을 지지하던 시절 이후로 래디컬 시크의 전형이 된 인물―이 정당하다고 볼 수 있는 '내 잘못'을 주제넘게 '우리 잘못'으로 바꾸려 하는 것처럼 보였다. 게다가 『파르티잔 리뷰』의 옛 동료들처럼 그도 신보수주의 편으로 전향한 것 같았다. 『네이션』의 한 편집자는 손택이 "인간의 얼굴을 한 노먼 포도리츠"가 되는 위험을 감수하고 있다고 신랄하게 지적했다.[34]

빈번히 그래왔듯이, 이전에도 손택은 이 논쟁적인 연설에 관해 모순적인 진술을 했다. 손택은 헬렌 베네딕트에게 사실 자신이 시청 토론회에 간 유일한 이유는 같이 "소동을 일으키기"로 작당한 브로드스키를 위해서였고, 그 이후에는 "무대 뒤에 앉아서 한 시간 동안 킬킬거리며" 굉장히 즐거운 시간을 보냈다고 말했다.[35] 반면에, 『뉴욕 타임스』의 찰스 루아스에게는 이 "터무니없는 공격"을 설명할 유일한 방법은 그것을 자신의 유명세에 대한 반응으로 보는 것뿐이라고 말했다.[36] 그렇지만 손택은 이제껏 그처럼 만장일치로 비난받은 적이 한 번도 없었다. 이런 공격에 의도적으로 반항하는 그의 발언은 그러한 적대감에 깊이 상처받았다는 사실을 부정하는 것처럼 읽힌다. 에드먼드 화이트에 의하면, 손택은 연설을 끝낸 뒤 자리로 돌아와서 자기가 방금 아주 위험한 짓을 저질렀다고 말했다.[37] 손택은 그날의 청중이 누구인지 알았으며, 또한 시청 연설로 자신을 지지하는 좌파 대부분을 잃었다는 것도 알았다.

하지만 길게 보면 이 논란은 그의 이미지에 별다른 손상을 입히지 않았다. 당시 미국은 대중매체 업계의 법칙이 확고히 자리 잡은 상태였기에, 부정적인 평판조차도 긍정적인 효과를 낳을 수 있었다. 이 소동은 손택이 여전히 인용할 만한 사나운 경구를 내놓을 수 있음을 미국 대중에게 일깨워주었을 뿐이었다. 세간의 이목을 끄는 손택의 능력은 오히려 한층 향상되고 있었다. 일례로, 1983년 10월―50세에도 여전히 놀랄만큼 아름다운 여성이었던― 손택은 『배니티 페어』의 표지로 쓰일 사진을 유명 사진작가 어빙 펜에게 찍어달라고 했다. 알렉산더 콕번은 손택이 다음에는 에어로빅 책을 내주기를 기대한다며 비아냥댔다.[38]

하지만 손택은 여론과 불장난을 할 때 언제나 일정한 선을 지켰다. 그는 유명세를 즐겼고 분명히 그것을 추구했지만, 그것을 얻으려고 연극을 하지는 않았을 것이다. 1988년에 FSG에서 손택의 편집자가 된 조너선 갤러시는 말한다. "손택은 자신이 한 말의 결과를 확실히 알고 있었습니다. 그런 의미에서 분명히 계산적이기도 했죠. 하지만 그 점과 관련해서 대단한 잘못을 저질렀다고는 전혀 생각하지 않습니다. (…) 그분은 개인적으로 명성을 에로틱한 것으로 여긴다는 점을 당당히 드러내면서도, 자신의 행동으로 유명해지기를 원했습니다. 절대 자기 기준을 낮추지 않았어요. 손택은 진지함으로 유명해지고 싶어했습니다."[39]

1982년 가을 『수전 손택 선집A Susan Sontag Reader』― 손택이 지난 20년 동안 쓴 최고의 에세이와 소설을 모은 선집―이 발간되었을 무렵, '최후의 지식인'으로서 그의 명성은 이미 탄탄하게 확립돼 있었다. 한 비평가는 그가 이름을 날릴 수 있었던 것은 "미국에 지식인이 없었기" 때문이라고 말했다.[40] 하지만 그와 동시에 손택은 점차 이런 이미지에서 자신을 떼어놓으려 노력하고 있었다.

손택은 강의나 학회, 낭독회에서 지식인으로 소개될 때, 자신은 작가라고 퉁명스럽게 반박하곤 했다. 때때로 손택이 그렇게 반응한 이유는 그런 꼬리표를 전반적으로 질색했기 때문이었다. 손택은 또, '지식인'이라는 단어가 미국에서 나쁜 인상을 주고, 심지어 경우에 따라서는 경멸적으로 사용되기 때문에 여기에 반박하곤 한다고 말하기도 했다.

소규모
정치 활동

작가가 명성과 명망을 얻고 대선배의 위치에 오르면, 공인이 된다. (…) 이때가 바로 봉사 정신이 강해지는 성향을 보이고, 또 동료애도 깊어진다고 생각되는 시기다.[1]

손택의 직업적·개인적 위기는 그의 우정에도 눈에 띄는 영향을 미쳤다. 손택은 개인적 관계에서조차 언제나 어느 정도의 나르시시즘을 피력했고 자기 주장을 엄청나게 내세웠다. 차별 대우를 받거나 부당하게 공격받는다는 느낌이 들 때면 언제라도 자신의 이익을 지키기 위해 입씨름을 벌일 준비가 돼 있었다. 스티븐 코크와 리처드 하워드처럼 그의 가장 친한 친구들조차도 이 시기 손택의 자기중심적 사고는 '난감'하거나 심지어 '참아줄 수 없는' 수준이었다고 말한다.[2] 당시 에드먼드 화이트는 실화를 바탕으로 한 분노의 소설 『활보Caracole』 (1985)를 쓰는 중이었는데, 그는 여기에서 손택과 리프, 그리고 그들의 뉴욕 세계를 묘사한다. 이 소설은 지금은 잘 알려진 그와 옛 친구들 사이의 반목으로 시작한다. 그는 손택이 "점점 더 왕족처럼 대접받기를 원했고", 때로 정당한 존중을 받지 못한다는 느낌이 들면 파티나 저녁 식사의 흥을 산산이 깨버리기도 했다고 적는다.[3] 많은 친구가 이 시기에 떨어져 나갔지만, 다른 사람들은 견뎌냈고 곁에 남았다. 친구들 대부분이 그가 어떤 사람인지 알았고, 그의 폭발에 대처하는 법을 배웠다. 대럴 핑크니는 애증 섞인 마음으로 회상한다. "때때로 손택은 괴물 같은 요구를 할 때가 있었습니다. 하지만 『뉴욕 리뷰 오브 북스』 지면에선, 그가 우리의 괴물이라고 느꼈죠."[4] 이 시기에 종종 손택과 같이 일했던 미국 펜인터내셔널의 사무국장 캐런 케널리는 상황을 이렇게 표현한다. "수전은 영국 날씨 같았습니다. 언제든 먹구름이 닥칠 수 있죠. 그러면 비가 그칠 때까지 그냥 그를 피하는 수밖에 없어요. 그런 사람이었습니다."[5]

1980년대에 손택의 관심사는 점점 더 전문적인 주제로, 때로는 난해하다고 할 수 있는 주제로 향했다. 그는 일련의 짧은 글들을 발표했고, 연극작품을 감독했으며, 유명세를 가져다준 특유의 지적 강렬함을 찾아보기 힘든 텔레비전 논평을 썼다.[6] 그리고 자기가 이런 자잘한 작업을 주로 밥벌이 수단으로 생각한다는 것을 드러내곤 했다. 뉴욕에서 생활하는 방식을 고려하면 소득이 시원찮았기 때문에, 손택은 늘 심각한 재정적 압박에 시달렸다.[7] 하지만 「환상을 위한 공간A Place for Fantasy」—1983년에 『하우스 앤드 가든House and Garden』에 발표한, 정원의 건축 요소로 쓰이는 작은 동굴인 그라토grotto에 관한 매혹을 탐구한 글—처럼 지극히 소수를 대상으로 하는 글은 예외로 남아 있다. 리처드 하워드는 손택이 무엇보다 문화 풍경을 종합적으로 개관하는 작업을 지속하는 데 깊은 관심을 보였다고 말한다. "영화, 문학, 오페라, 춤, 연극—그의 작품 목록은 모든 사람을 위한 것입니다."[8]

손택 자신은 모든 예술 형식에 엄청나게 관심이 많은 이유가 뭔가를 놓치는 것이 두려워서가 아니라(하워드는 즐거워하며 그게 맞다고 회상했다), 주로 자신의 강박적인 성격 그리고 강렬함과 기분 전환에 대한 욕구 때문이라고 해명했다. 손택의 집에는 텔레비전이 없었다. 책과 영화, 연극, 오페라가 그의 텔레비전이었다.[9] 하워드에 따르면, 손택은 흥미를 유발하는 새로운 뭔가를 발견할 때마다 그 주제에 말 그대로 빠져들곤 했다. 새로운 영화와 연극을 가능한 한 자주 감상했다. 책에 관한 글을 쓸 때는 언제나 관련된 책을 먼저 여러 번 읽었다. 하지만 일단 작품을 발표하고 나면, 곧 흥미를 잃었다. 전

세계가 그것에 관해 이야기하면 손택은 그것이 더 이상 아방가르드에 속하지 않는다고 생각했다.[10]

이런 '문화 중독Kultursucht'의 결실은 보통 『배니티 페어』에 기사로 발표됐다. 1980년대에 이 잡지에 새로운 활력을 불어넣은 편집장이자 손택의 친구인 티나 브라운은 『배니티 페어』를 할리우드 스타의 사진과 라이너 베르너 파스빈더의 1980년 영화 『베를린 알렉산더 광장』에 관한 손택의 긴 기사가 나란히 실리는, 문화와 유행을 선도하는 잡지로 만들었다.

1982년 가을, 이탈리아 텔레비전 방송국 RAI는 손택에게 베니스에 관한 영화를 만들어서 마르그리트 뒤라스가 로마를 주제로 만들고 있는 영화와 함께 상영하자고 제안했다. 손택은 베니스를 사랑했고, 그곳에서 카를로타 델 페초와 함께한 추억이 있었다.[11] 손택은 자신의 단편 「안내 없는 여행」을 영화로 만들기로 하고, 누구를 주연으로 해야 할지 로버트 윌슨에게 물었다. 그는 미국에서 가장 유명한 무용가이자 안무가인 루신다 차일즈를 추천했다. 윌슨은 1976년 오페라 「해변의 아인슈타인Einstein on the Beach」을 제작할 때 차일즈와 함께 일한 적이 있었으며, 안무가 차일즈는 손택이 이 작품을 굉장히 여러 번 봤다고 과장한 일을 웃으며 회상했다―손택은 언제는 40번, 언제는 또 100번을 봤다고 주장했다.

영화 「안내 없는 여행Unguided Tour」(1983)에서 차일즈는 우수에 잠긴 표정으로 베니스를 정처 없이 방황한다. 차일즈는 손택이 영화에 엄청나게 실망했다고 말한다. 심지어 손택은 이 영화가 마음에 들지 않아서 절친한 친구인 텔루라이드영화제 위원장 톰 러디조차 영화제에 초청하지 않기로 했다. 하지만 베니스에서 영화를 찍으면서 손택과 차일즈는 사랑에 빠졌다. 이들은 이후 몇 년 동안 함께했으며, 헤어진 뒤에도 막역한 친구로 지냈다.[12]

손택은 차일즈와 사귀면서 춤에 대한 관심이 되살아나 긴밀한 예술적 협업을 시작했다. 차일즈는 손택의 1983년 단편 소설 「(기술에 관한) 기술Description (of a Description)」의 안무를 담당했고, 손택은 「유효한 빛을 위한 어휘 사전A Lexicon for Available Light」이라는 짧고 분위기 있는 글을 차일즈가 만든 「유효한 빛Available Light」이라는 무용작품에 써줬다. 이 글은 1983년 12월 『아트 인 아메리카Art in America』에 발표됐으며, 표제를 사용해서 연상 효과를 내고 짧은 글이 그 뒤를 따른다는 점에서 롤랑 바르트의 『사랑의 단상』을 강하게 상기시킨다. 이 시기 손택의 최대 관심사는 춤이라는 장르였다. 그 결과로 손택이 선호하는 감탄조로 쓰인, 엄청난 전문 지식을 과시하는 근사한 글이 여러 편 나왔지만, 초기 에세이에 비할 바는 아니었다. 그는 뉴욕시티발레단을 창립한 링컨 커스틴에 관한 피상적인 글 「무용수와 춤Dancer and the Dance」을 프랑스판 『보그Vogue』 1986년 12월 호에 실었다. 커스틴에 관한 다른 글은 1987년 5월 『배니티 페어』에 실렸다.* 1960년대에 함께 어울렸던 존 케이지, 머스 커닝햄, 재스퍼 존스의 전시회를 위해 「그들의 느낌을 기억하며In Memory of Their Feelings」라는 글을 쓰기도 했는데, 다소 난해한 이 글에서 그는 친구들, 특히 안무가 머스 커닝햄을 지적으로 조명하려고 노력한다. 심지어 무용수가 중심인물로 나오는 소설을 쓸 계획을 세우기도 했다. 하지만 동유럽 망명자에 관한 소설처럼 시작도 하지 못했다. 1986년 8월 손택은 영국 방송 채널4에서 독일 무용가 겸 안무가 피나 바우슈와 자신이 특별히 숭배했던 부퍼탈무용단에 관한 비디오 에세이의 각본을 쓰고 연출했다.

소설 『서양의 반을 향하여Toward the Western Half』를 완성하지 못하리라는 것을 예감하기라도 한듯, 손택은 단편소설과 자신의 어린 시절 추억을 담은 새로운 짧은 회고록 집필을 동시에 계획하고 있었다.13 하지만 이제껏 그래왔듯 이런 정신없는 활동은 아무런 결과물을 낳지 못한 채 연기된 계획 목록만

* 「여든에 접어든 링컨 커스틴Lincoln Kirstein Turns Eighty」이라는 제목의 글이다.

계속해서 늘릴 뿐이었다. 손택이 당시에 자주 언급했던 또 다른 계획으로는 일본에 관한 책이 있었다. 일본문화에 엄청나게 매료되었던 손택은 1980년대에 여섯 번이나 일본을 여행했다. 당시에 일본에서 종종 작업을 했던 로버트 윌슨은 일본을 함께 여행하는 동안 손택을 일본영화협회의 가리키토 부인에게 소개했다. 가리키토는 일본 무성영화에 관한 손택의 지식에 놀라워했고, 일본 무성영화를 그만큼 해박하게 아는 사람은 일본에도 거의 없다고 말했다. 윌슨은 손택이 낯선 외국문화를 놀랄 만큼 쉽게 흡수할 수 있었다고 기억한다. "손택은 관심사와 지식이 무한한 놀라운 문화비평가였습니다"라고 그는 말한다. 손택은 외국 문화의 의복이나 몸짓을 매우 예리하게 분석할 수 있었고, 특정한 시장의 외관이나 특정한 대화의 흐름을 몇 년이 지난 뒤에도 또렷이 기억했다.[14]

손택과 윌슨의 우정은 연극에 대한 그의 지속적인 관심을 반영한다. 나중에 손택은 직접 연출을 시도했다. 1985년 1월 손택은 밀란 쿤데라의 『자크와 그의 주인Jacques et son maître』을 매사추세츠주 케임브리지에 있는 아메리칸 레퍼토리 시어터에서 연출했지만, 큰 성공을 거두진 못했다. 손택의 유명세는 자동적으로 드니 디드로의 소설 『운명론자 자크와 그의 주인 Jacques le Fataliste et son maître』에 대한 쿤데라의 유쾌한 존경의 표시를 중요한 문화적 사건으로 만들었지만, 언론과 관객은 이 연극을 지나치게 '젠체한다'며 비판했다.[15] 연극에 대한 손택의 야심은 로버트 윌슨이 1984년 하계올림픽을 위해 준비하던 대형 오페라 작품 「시민전쟁The CIVIL warS」의 미국 부분을 쓰고 싶어했다는 사실에서도 분명히 드러난다. 하지만 그의 다른 수많은 계획처럼 이것도 수포로 돌아갔다. 그럼에도 윌슨과 연극, 그리고 일본에 대한 그의 열정은 뉴욕 일본사회의 연극 축제를 위한 1983년 프로그램 에세이 「분라쿠에 관한 노트A Note on Bunraku」에도 표현되었다.

손택이 평생 관심을 보인 또 다른 예술은 오페라였다. 심지어 가장 급진적이었던 아방가르드 시절에도, 그는 메트로폴리탄 오페라 극장의 공연에 정기적으로 참석했고, 국제적인 오페라 극장들도 기회가 있을 때마다 어김없이 방문했다. 손택은 바이로이트 페스트슈필하우스*의 단골 관람객이기도 했다. 손택의 친구 조너선 밀러가 로스앤젤레스 오페라에서 1987년 12월 초연한 「트리스탄과 이졸데Tristan und Isolde」의 프로그램을 위해 쓴 다소 이해하기 어려운 글 「바그너의 묘약Wagner's Fluids」은 그가 이 작곡가에게 매료됐음을 여실히 보여준다. 손택은

---

* 19세기 리하르트 바그너가 지은 오페라 극장으로 바이로이트 북부에 위치해 있으며, 해마다 바이로이트 축제를 맞아 바그너의 작품을 공연한다.

이 시기에 오페라를 직접 연출하고 싶다는 말을 종종 했다.

손택이 전보다 짧은 형식으로 눈길을 돌린 것은 『뉴요커』에 발표한 단편소설들을 통해서도 명백히 드러난다. 이 작품들에서 손택은 그의 작품에 늘 영향을 미친 자전적인 이야기를 쓰려는 충동을 계속해서 따른다. 가령 1986년 8월 발표한 「편지 장면들」은 편지 쓰기와 관계의 끝을 낭만적으로 결합하는 구도를 중심으로 돌아간다. 30년 전 필립 리프와의 결혼을 정리하는 과정을 집중적으로 다루면서 소설은 고통스러운 기억을 다루는 개인적인 이야기가 된다. 손택은 자서전에 대한 충동을 일종의 단편 회고록으로까지 확장한다. 캘리포니아에서 보낸 10대 시절의 성장기와 토마스 만과의 만남에 관한 추억담으로 높이 평가받는 「순례」는 사실상 유년기와 사춘기에 관한 회고록을 작성할 목적으로 쓴 것이었다.

하지만 손택이 시대정신과 전통적 단편소설 형식을 가장 성공적으로 혼합한 작품은 「오늘날 우리가 살아가는 방식 The Way We Live Now」(1986)이다. 이 소설은 큰 성공을 거두었고, 로저 스트로스는 3년 뒤 영국 화가 하워드 호지킨의 동판화를 삽화로 추가해 책으로 출간하기로 결정했다. 제목을 앤서니 트롤럽의 1875년 소설에서 빌리기는 했지만, 그가 묘사하는 내용은 그 어떤 것보다 더 동시대적이었다. 이 이야기는

1980년대의 무자비한 에이즈 확산을 문학적으로 다룬다. 광범위하게 퍼진 이 질병—우익 이념의 신봉자들은 초기에 이것을 문란한 생활방식에 신이 내리는 형벌이라고 장광설을 늘어놓으며 에이즈를 악마로 묘사했다—은 전 세대의 동성애 미술가와 작가, 사진가, 배우, 감독을 절멸시켰다.

「오늘날 우리가 살아가는 방식」에서 손택은 지극히 개인적인 경험을 증언한다. 당시 손택 자신의 암은 치료됐을 가능성이 매우 높은 것으로 보이지만, 주변 사람들은 점차 비극적인 질병과 죽음의 희생양이 되어가고 있었다. 1984년, 친구인 조지프 체이킨은 심장 수술을 받는 동안 뇌졸중을 일으켜 심각한 장애를 안은 채 남은 인생을 살았다. 손택의 여동생 주디스에 따르면, 손택의 어머니 밀드러드는 장녀와 화해하지 않은 채 1986년 폐암으로 세상을 떠났다.[16] 그리고 점점 더 많은 친구와 지인이 에이즈로 죽어갔다. 당시에는 이 질병의 원인을 누구도 알지 못했는데, 당국과 의료계는 감염자들 사이에서 카포시육종Kaposi's sarcoma*의 발병률이 높다는 이유로 초기에 이 병을 '게이 암'이라고 부르곤 했다. 루신다 차일즈가 기억하기를, 손택은 예전에 암에 걸린 친구들에게 그랬던 것처

---

* 인간 헤르페스 바이러스 8의 감염에 의해 나타나는 혈관벽에 생기는 악성 종양으로, 면역력이 떨어진 사람에게서 발견된다.

럼 에이즈로 인한 위기에도 마찬가지로 적극적인 관심을 표했다.[17] 그는 인간면역결핍바이러스HIV 환자들에게 공격적인 치료법을 찾으라고 조언했고, 친구인 의사 조지프 소나벤드가 HIV와 에이즈에 대한 새로운 치료법을 연구하기 위해 설립한 미국 에이즈 공동연구계획의 이사회 회원이 되기도 했다.[18] 그는 폴 세크를 비롯한 절친한 친구들이 에이즈로 죽어갈 때 그들의 침대 옆을 지켰다.

「오늘날 우리가 살아가는 방식」을 위한 촉매 역할을 한 것은 로버트 메이플소프가 에이즈에 걸렸다는 소식이었다. 이 소설은 익명의 주인공이 익명의 질병으로 죽어가는 사례를 통해 당시의 분위기를 포착한다. 손택은 죽어가는 남자의 친구와 연인 들이 느끼는 공포와 희망, 갈등에 초점을 맞춘다. 생명을 위협하는 질병으로 삶이 바뀌어버린 연인, 친구, 지인의 이름을 알파벳순으로 에일린부터 잭까지 작성한다. 책의 본문을 이루는 이들의 논평은 그들의 사회적 상호관계와 당시 에이즈가 널리 퍼뜨린 불안 및 공포뿐만 아니라, 죽음이 성생활과 동의어라도 되는 듯한 잠재적 위협에 대해 갖는 오싹한 느낌까지 증언한다. 하지만 그와 동시에 이 친구들은 서로를 지원하는 공고한 연대를 구성한다. 이 이야기는 죽음의 철자인 동시에 희망의 철자다.

손택의 소설이 열렬한 반응을 이끌어낸 이유는, 이 작품이 어느 누구도 건드리지 않았던 어지러운 시대의 흐름을 정확하게 대변했기 때문이다. 소설은 『미국 최고의 단편소설 작품집, 1987년The Best American Short Stories, 1987』의 서두를 여는 작품으로 채택됐을 뿐 아니라, 『1980년대 미국 최고의 단편소설 작품집The Best American Short Storeis of the Eighties』과 『금세기 미국 최고의 단편소설 작품집The Best American Short Stories of the Century』에도 실렸다.

하지만 이 시기에 손택이 작가와 지식인으로서 에너지를 가장 많이 쏟아부은 작업은 다른 작가와 예술가를 열정적으로 홍보하는 일이었으며, 손택은 이 활동에서 즐거움을 느꼈다. 최선을 다했음에도, 손택이 일관성을 유지하지 못하고 더는 자기 작품을 쓰지 않은 건 아마도 이런 적극적인 홍보 활동 탓인 것으로 보인다. 손택은 자신의 인기를 활용해서 밀어주고 싶은 작가들을 위해―이를테면, 러시아 시인 마리나 츠베타예바의 서한집, 롤랑 바르트 선집, 스위스 작가 로베르트 발저의 작품집을 위해―일련의 서문을 써주었다. 리처드 하워드에 따르면, 손택의 명시적인 목표는 자기가 흥미롭다고 생각하는 유럽 작가를 미국에 더 널리 알리는 것과, 그 일을 해줄 출판사를 찾는 것이었다. 손택과 하워드는 종종 로저 스트로스를 설득해서 FSG가 이런 작가들의 책을 출판하게 만들 전략을 궁리했다. 스트로스는 기꺼이 이들에게 귀를 기울이고 조언을 받아들였지만, 그것이 언제나 금전적 이익으로 이어졌던 건 아니었다. 한번은 손택과 하워드가 스트로스를 설득해서 이탈리아 사르데냐의 소설가 살바토레 사타가 쓴 『심판의 날Il giorno del giudizio』(1977)의 판권을 취득하게 했다. FSG는 이 책을 1987년에 출판했다. 이탈리아 도서에 책정된 예산이 상당히 제한적이었기 때문에 스트로스는 사타와 움베르토 에코의 『장미의 이름Il nome della rosa』(1980) 가운데 하나를 선택해야 했다. 하워드와 손택은 입을 모아 사타는 에코와 격이 다르다고 스트로스에게 장담했다. 스트로스는 『장미의 이름』이 미국에서 베스트셀러가 된 덕에 두 친구를 놀려먹을 기회를 잡았다고, 반어적인 유머를 섞어가며 이 사건을 언급했다.[19]

아메리칸 펜 센터*의 동료였던 시인 로버트 하스에 따르면, "공적인 지식인으로서 삶에서 특별히 흥미로운 순간"은 무엇보다 수전 손택이 1987년과 1989년 사이에 펜의 위원장직을 수행했을 때였다.[20] 손택이 임기 내에 특별히 역점을 둔 사업

---

* 펜 아메리카PEN America의 전신.

은 언론자유를 위한 운동이었는데, 다양한 작가 콘퍼런스나 펜 회의에서 홍보한 이 운동은 1980년대 중후반에 동구권 국가들이 해빙기를 맞으면서 정점을 찍었다. 손택은 머지않아 뉴욕에서 열리기로 되어 있던 펜 대표회의를 알릴 목적으로 1986년 1월 『뉴욕 타임스』에 기고한 「작가들이 자기들끼리 이야기할 때When Writers Talk Among Themselves」에서 이를 간결하고도 자조적인 어조로 묘사했다. "나이가 들어가고, 업적이 쌓여 감에 따라 (…) 초대장이 무더기로 날아들어 비행기를 타고 국경을 때로는 바다를 건너 대형 호텔에 투숙하는 일이 많아진다. 서로 (…) 아무 말이나 지껄이기 위해서……"21 손택은 말을 이어가며, 그럼에도 이런 모임이 정치적으로 더 중요한 의미가 있는 것으로 보이는 까닭을 "반체제와 인권 문제를 주로 다루고", 대중의 관심을 이런 문제로 돌리려고 시도하기 때문이라고 설명한다. 손택 자신은 펜을 일차적으로 '인권 단체'로 여겼다.22

신좌파와 과감히 결별한 뒤 정치적 방향성을 새로이 정하려는 욕구도 분명한 동기 부여가 되었다. 대규모 정치운동을 지지하는 대신, 이제 그는 좀더 현실적인 프로젝트에 가담했다. 다른 작가들과 함께 전 세계의 수감된 작가들의 글을 읽는 공개 낭독회를 조직했으며,23 체코슬로바키아에서 수감된 헝가리 소수당 지도자 미클로시 두러이와 터키에서 수감된 평화운동 당원 알리 타이군, 폴란드에서 투옥된 문학 교수 즈비그니에프 레비츠키, 대한민국의 김현장과 김남주를 석방할 것을 요구하는 감동적인 서한의 초안을 작성하고 서명해 편집자에게 보냈다.[24] 또 헝가리의 시인 겸 정치가 샨도르 레자크를 박해하는 데 항의했다. 벵골 시인 다우드 하이더를 방글라데시로 추방하겠다고 위협하는 데 항의하는 운동도 벌였는데, 방글라데시에서는 이슬람교도 민병대가 그를 죽이려고 벼르고 있었다. 네이딘 고디머는 이런 현실 참여가 손택에게는 마음속 깊은 곳에서 우러나오는 도덕적 의무였다고 말한다. "수전은 자기가 가진 지성의 힘을 수많은 대의명분을 위해 싸우는 데 사용했습니다. 그는 단지 개인으로만 살아가기를 거부하기로 했죠. 이것은 수전에게 실존적인 딜레마였고, 그는 다른 작가들과는 달랐어요. (…) 단순히 작가로만 머물 수가 없었습니다. 편견과 억압에 저항하는 일에 공적으로 참여해야 한다는 개인적인 책임감을 느꼈어요."[25]

펜의 위원장직을 기꺼이 맡겠다는 입장을 밝혔던 1987년에는 손택의 인기와 극적인 화법에 대한 직감, 미국 언론과의 우호적인 관계, 세계에 대한 폭넓은 지식, 배후에서 영향력을 행사하는 재능 등이 모두 큰 도움이 됐다. 프랜시스 킹을 비롯한 일부 펜 회원은 심술궂고 오만하며, 욱하는 기질이 있고, 독선적인 손택의 태도를 못마땅해했는데, 손택은 이런 태도로 자신의 정치적 안건을 끝까지 밀어붙였는가 하면, 회의에 타고 갈 비행기를 일등석으로 요구했다. 킹은 복수를 가하려는 작가들의 전형적인 전략을 사용해서 얄팍하게 가장한 실화소설 『명함 Visiting Cards』(1990)을 발표했다.[26] 하지만 아메리칸 펜 센터에서 오랫동안 사무국장을 지낸 캐런 케널리는 손택이 대단히 능숙하고 진지하게 업무를 본 것으로 기억한다. "펜 역사에서 전 세계를 상대로 말하는 법을 아는 유일한 위원장이었습니다"라고 케널리는 말했다. "비행기를 타고 유럽에서 열리는 회의에 갈 때면, 손택은 미국인이 아닌 국제적인 작가로 그곳에 참석했습니다. 무엇보다 그는 유럽인의 마음을 그 누구보다 속속들이 알았죠."[27]

이 시기에 펜이 역점을 둔 사업은 동구권 반체제 인사들을 귀화시키는 것과, 대체로 성공을 거두진 못했지만 이 국가들이 작가들을 정치적으로 박해하고 수감하는 데 반대하는 것이었다. 손택이 위원장을 맡는 동안 아메리칸 펜 센터가 보낸 항의 서한을 가장 많이 수신한 사람은 미하일 고르바초프였는데, 그는 단 한 번도 서한에 대응하지 않았다.[28]

위원장 임기 동안 가장 잊을 수 없었던 순간은 1989년 2월이었다. 이란의 국가 원수 아야톨라 루홀라 호메이니는 당시 영국에서 가장 유명한 소설가이자 손택의 벗이었던 살만 루슈디에게 사형선고를 내리는 파트와fatwa*를 선포했다. 논쟁을 불러일으킨 1988년 소설 『악마의 시The Satanic Verses』는, 전설에 따르면 쿠란의 일부 구절이 예언자 무함마드가 그것을 쓰는 동안 사탄이 그에게 속삭인 것이라고 말한다. 루슈디는 쿠란 전체가 신이 직접 쓴 것이 아니라, 무함마드에 의해 쓰인 것이라는 생각을 넌지시 내비친다. 이슬람 근본주의자의 눈에는 제목만으로도 불경스러운 작품이었다. 호메이니는 류슈디의 목에 100만 달러를 걸었고, 소설의 출판에 관여한 모든 사람을 죽이겠다고 위협했다. 국제사회에 팽팽한 위기가 감돌았다. 인도와 파키스탄에서는 소설이 곧 출간된다는 소식에 대규모 반대 시위가 벌어졌다. 시위대는 미국대사관으로 몰려갔다. 1989년 9월 이 작품을 처음으로 출간한 영국에서는 무슬림 단체가 책을 모아서 불태우는 사건이 벌어졌다. 하인리히 뵐의 책을 출판한 명망 있는 출판사인 키펜호이어 앤드 비치를 포함한 유럽의 출판사들은 이 작품의 번역 출간 계획을 철

---

* 무슬림사회에서 이슬람 법학자들이 샤리아에 저촉되는지 여부를 가려 내놓는 율법적 견해로 관습, 역사, 철학, 사상, 윤리, 예술 등 광범위한 분야에서 판단의 근간을 제시한다.

회했다.[29] 캐나다 정부는 이 소설을 수입하는 것을 중단하라고 지시했다. 미국의 출판사 바이킹은 폭탄을 설치하겠다는 위협을 받았고, 서점 체인 반스 앤드 노블과 월든 북스, 돌턴도 마찬가지였는데, 이들은 위협이 가해지자 곧바로 서가에서 책을 내렸다. 일부 유럽 작가, 심지어 이집트인 노벨상 수상자 나기브 마푸즈가 파트와로 인해 언론의 자유가 제한된 것을 공개적으로 비난한 반면, 대부분의 미국 작가는 침묵을 지켰다. 손택은 펜 운영위원회를 긴급 소집해서 공식성명을 낼 것을 요구했다. 케널리는 손택이 없었다면 이런 성명을 내는 일은 절대 없었을 거라고 회고한다. "거의 모든 사람이 주저했습니다. (…) 하지만 수전은 그 어떤 것도 결코 두려워하지 않았죠."[30]

손택은 나중에 이 문제와 관련해 미국 의회청문회에서 증언할 것을 요청받았다. 7년 뒤 빌 클린턴이 대통령으로 취임하고 초기의 엄청난 충격과 공포가 잦아들자, 손택은 다시 한번 이를 시도했다. 그동안 이탈리아 번역가가 살해되고, 일본 번역가가 공격당했으며, 루슈디의 목에 걸린 상금은 500만 달러까지 치솟았음에도, 미국 행정부는 아무런 조치도 취하지 않았다. 손택은 영국이 이란과의 외교관계를 단절한 것과 같은 정치적 해법을 미 정부에 촉구하는 공개서한을 작성했다. 하지만 손택이 트레이드마크로 삼은 이런 종류의 사회 참여는, 이미 유행이 지난 것 같았다.

　문화와 정치를 옹호하고, 펜클럽 위원장직을 수행하며, 세계 각국의 다양한 작가 모임에 빈번히 참석함으로써, 유럽에서 손택의 이미지는 전투적인 지식인으로 굳어졌고, 손택은 점차 미국보다는 유럽에서 더 많은 인기를 얻었다. 유럽을 향한 미국의 동경―손택은 여기에 경력의 상당 부분을 바쳤다―은 차츰 과거의 일이 되어갔지만, 미국을 향한 유럽의 동경은 견고했다. 유럽인들은 손택을 유럽의 지적 언어를 구사할 수 있는, 가뭄의 단비 같은 미국의 목소리로 받아들였다.

　한편 이 기간 손택 자신의 글쓰기는 지지부진했다. 1982년과 1989년 사이에 단 한 권의 책을 내놓았을 뿐이었는데, 이전에 계획했던 프로젝트 중 하나는 아니었다. 『에이즈와 그 은유AIDS and Its Metaphors』를 출간한 1989년에 진행한 인터뷰에서, 손택은 이 작품을 "우연한 글"이라고 불렀다. 책을 출간하기 전 로저 스트로스는 손택의 책들을 그래픽 아티스트 윌리엄 드렌텔이 디자인한 우아한 표지와 함께 페이퍼백 시리즈로 재출간하기로 결정한 상태였다. 1986년 9월, 손택은 『은유로서의 질병』의 페이퍼백에 3쪽짜리 후기를 쓸 작정이었다. 그런데 3쪽이 결국 95쪽으로 불어나고 말았다. 의도치 않게 예전의 에세이 형식으로 돌아간 손택은 문학과 철학 고전의 도움을 받아 당시에 전개된 시대정신의 흐름을 따져 묻는다.

『에이즈와 그 은유』는 『뉴욕 리뷰 오브 북스』에도 실렸는데, 손택은 편집자에게 정치적 주제에 관한 서한을 보낸 것을 제외하면 8년 동안 여기에 어떤 글도 쓰지 않았었다. 이 에세이는 『은유로서의 질병』의 특징적인 발상을 그대로 이어받아 전염병과 종말에 관해 널리 퍼진 은유를 합리적인 목소리로 논박한다. 손택은 다시 한번 암에 관한 책에서 이미 비판한 적이 있는 공격과 침략이라는 군사적 은유를 개탄한다. 매독과 흑사병을 가상의 원인 탓으로 보는 방식을 에이즈에 관한 논의와 비교하고, 바이러스를 삶의 다른 영역에서, 특히 컴퓨터에서 은유로 사용하는 세태를 묘사한다. 의학 연구가 효과적인 치료법을 내놓아 더는 치명적이지 않은 질병이 되면, 에이즈는 그 즉시 은유적인 힘을 잃을 것이라는 추측으로 글은 마무리된다.

『에이즈와 그 은유』는 묘하게 시대착오적인 글이었다. 책이 출간된 시점에, 이런 발상은 이미 낡은 것이었다. 에이즈에 관한 논의는 스스로 동성애자였던 저널리스트 랜디 실츠 등의 저술*을 통해 그런 수준을 크게 넘어선 상태였다. 한편 에이

---

* Randy Shilts, *And the Band Played On* (New York: St. Martin's Press, 1987). 이 책은 뉴욕 타임스 베스트셀러에 5주간 머무르며 상업적 성공을 거두었고,

즈 공동체의 구성원들은 자신들이 공격받았다고 느꼈는데, 왜냐하면 손택이 '게이gay' 대신 '호모섹슈얼homosexual'이라는 단어를 일관되게 사용했고, 그보다 더 심각하게는 "일탈로 간주되는 성행위"를 운운했기 때문이다.31 하지만 다른 한편으로, 그의 에세이는 어떤 의미에서 시대를 지나치게 앞서갔다고 해도 과언이 아니었다. 많은 독자가 불편함을 느끼거나 비현실적이라고 생각한 요소는 무엇보다 암에 관한 책에서 보여줬던 차가운 분노를 대체한 차분한 어조였다. 에이즈가 은유적 매력을 잃으리라는 손택의 말이 나중에 옳은 것으로 증명된다고 할지라도, 세상을 떠난 친구 폴 세크에게 바친 이 책이 출간된 1989년 당시, 에이즈 진단은 여전히 사형선고나 마찬가지였다. 그런 종말론적 은유들은 당시 감염자와 그 동료들을 하나로 묶어주었던 감정의 가장 잘 표현된 형태에 비하면 은유도 아니었다. 손택의 에세이는 이런 감정에 대한 연민을 거의 보여주지 않았고, 「오늘날 우리가 살아가는 방식」에서 제대로 담아냈던 도덕적인 근거를 제공하는 데도 실패했다.

그런 까닭에 반응은 주로 부정적이거나, 아무리 좋게 말해

전미도서비평가협회상 후보에 오른 후 HBO에서 동명의 영화로도 제작되었다. 실츠는 이 작품으로 자신이 '에이즈 셀러브리티AIDS Celebrity'가 되었다고 말하기도 했다.

도 회의적이었다. 손택에게 뼈아픈 일격을 날린 건 이번에도 『뉴욕 타임스』의 서평이었다. 이미 손택의 작품을 몇 차례 부정적으로 평가한 전적이 있는 원로 비평가 크리스토퍼 레먼하우프트는 이렇게 적었다. "궁극적으로 우려하는 것이 무엇이든 간에, 저자는 그것을 정확히 규정하지 않는다. 그래서 그 글을 읽는 나는 손택이 제시하는 근본적인 요점을 내쪽에서 뭔가 놓쳤거나, 아니면 빈틈없이 정연한 그의 논증에 뭔가가 결여되어 있다는 느낌을 받게 된다."[32] 그의 비평은 많은 사람의 의견을 대표하는 반응이었다. 손택은 7년 만에 낸 책에 대한 이 같은 비평을 접하고 극도로 실망했다. 그는 레먼하우프트를 '싸구려 글쟁이a hack'라고 공격하면서,[33] 자신은 랜디 실츠 같은 저널리스트가 아니라 작품을 문학적으로 평가받을 자격이 있는 에세이 작가라고 반박하기도 했다.[34]

손택이 이제껏 경력을 쌓아온 세상은 근본적으로 사라졌다. 몇 명의 벗이 세상을 떠났고, 재정 문제에 시달렸으며, 로저 스트로스의 아낌없는 지원에도 불구하고 프리랜서 지식인 겸 작가로서의 경력은 그리 오래가지 못할 것처럼 보였다. 매력적인 이미지는 아름답게 나이 들어가는 모습으로 바뀌었지만, 2002년 인터뷰에서 손택은 이제 "남자들이 더는 반하지 않는" 인생의 시기에 있다고 말했다.[35] 당시 손택의 친구와 지인의 발언 그리고 그 자신의 인터뷰를 보면 새로운 위기의 흔적을 찾을 수 있는데, 이 시기에 가진 인터뷰에서 그는 때로 무례하게 구는가 하면 시종일관 자랑을 늘어놓는 경향을 보였다. 그는 공손함이 부족한 인터뷰어를 마구 몰아세울 능력이 있었다. 또 짜증이 나면, 유명한 에이즈 이야기를 이틀 만에 썼다거나, 서재에 있는 "모든 책(대략 1만 권)이 머릿속에" 있어서 "기억으로부터" 그것을 인용할 수 있기 때문에 에세이를 쓸 때 조사를 할 필요가 없다는 식으로 터무니없는 말을 제멋대로 쏟아냈다.[36] 이 시기는 독립적인 지식인으로서 자신의 삶을 열정적으로 옹호하던 수전 손택의 모습이, 서서히 과장된 캐리커처와 자화자찬으로 바뀌어가던 시기였다.

마의 산으로의
귀환

책을 많이 쓰고 싶은 생각은 없습니다. 사람들이 지금으로부터 100년 뒤에도 읽을 탁월한 책을 몇 권 쓰고 싶어요.[1]

1960년대 대중문화의 열렬한 지지자 수전 손택은 시대가 변화하는 속도에 발맞출 준비가 돼 있지 않았다. 엘리트 고급문화가 아닌 대중문화 산업이 문화를 지배함에 따라 지적인 담론은 뒤로 밀려나는 신세가 됐다. 시대정신은 돌이킬 수 없이 변해버렸고, 추천하고, 순위 매기고, 분류하고, 정의하는 전통적인 권위를 지닌 비평가의 지위를 손택이 유지하기는 점점 더 어려워졌다. 여러 친구의 증언에 의하면, 그는 한때 아방가르드에 속했던 지위를 버리고 주류로 이동한 연예 문화가 걷잡을 수 없이 번성하는 현실에 몹시 우울해했다고 한다. 손택은 이따금 자신이 불러일으킨 것을 걷잡지 못하는, 마법사의 제자 딜레마*에 빠진 듯이 보였다. 스티브 와서먼은 미국 대중문화가 "인간 행위에서 가장 꼴사나운 측면을 (…) 일반 대중이 추구할 가치가 있는 목표로" 만들었다며 손택이 몹시 짜증을 냈다고 말한다. 와서먼에 의하면, 1960년대에 손택은 "서양의 규범을 구성하는 전통적인 양식과 미학의 체계가 연예문화에 포위되리라는 것과 사람들이 미학적 판단을 할 권리를 얻기 위해 갑자기 싸워야 하는 상황이 닥치리라는 것"을 예상하지 못했다. 그는 말했다. "모든 것이 동등한 가치를 갖는다고 생각하지 않았습니다. 결국 역사가 판단해줄 것이라고 믿었죠."[2]

그러나 대중문화에 대한 손택의 애정이 완전히 사그라든 것은 아니었다. 그는 계속 펑크클럽 CBGB에서 열리는 패티 스미스의 공연에 갔고, 때때로 할리우드 영화도 봤다. 그를 불안하게 한 현상은 대중문화가 엄청난 영향력을 얻음으로써 고급문화가 주변부로 밀려나버린 것이었다. 하지만 그럼에도 불구하고, 건전한 실용주의자였던 손택은 이후 몇 년 동안 피할 수 없는 문화적 현실을 적어도 부분적으로는 받아들이는 법을 배웠다. 손택은 베스트셀러를 한 권 썼을 뿐 아니라, 세계에서 가장 유명한 사진작가와 사랑에 빠졌다.

---

* 괴테의 발라드 「마법사의 제자Der Zauberlehrling」에서 아직 미숙한 마법사의 제자는 스승이 자리를 비운 사이 마법을 부렸다가 이를 수습하지 못해 커다란 혼란에 빠진다.

수전 손택은 서른아홉 살의 애니 리버비츠를 1988년 말에 만났다. 리버비츠는『에이즈와 그 은유』의 표지에 들어갈 손택의 사진을 찍어주기로 되어 있었다. 리버비츠는『롤링스톤』과『배니티 페어』에서 찍은 작품으로 이미 국제적인 명성을 떨치고 있었다. 그는 당연히『사진에 관하여』를 읽었고, 촬영을 준비하기 위해 첫 소설『은인』도 읽었다. 리버비츠는 명성의 동학에 관한 직감이 뛰어났다. 고전적인 구성과 강렬한 개념성, 미묘한 연극성, 심술궂은 풍자가 독특하게 섞인 그의『배니티 페어』표지 사진은 1980년대에 유명 인사의 개념을 규정하는데 일조했다. 이미 스물네 살에『롤링스톤』의 수석 사진작가가 된 리버비츠는 롤링스톤스의 요란한 순회공연, 오노 요코와 존 레논 커플의 마지막 초상을 비롯해 대중문화 시대를 대표하는 유명한 사진들을 촬영했다.

『롤링스톤』을 떠나『배니티 페어』로 옮길 무렵인 1983년, 리버비츠는 곧 어디에서나 최고의 대우를 받는 사진작가 중 한 사람이 되어 있었다. 할리우드 스타와 유명 정치인의 초상을 그처럼 매력적으로 연출할 수 있는 작가는 오직 그뿐이었다. 동시에 리버비츠는 종종 의도적으로 짓궂은 사진을 찍어 논란을 불러일으키고, 사진에 자신의 고유한 스타일을 부여했다. 이를테면, 우피 골드버그가 우유로 가득한 욕조 안에 있는 사진이나 베트 미들러가 장미 한 무더기에 뒤덮여 있는 사진을.

당연히, 55세의 손택도 리버비츠의 작품을 알았고, 그것을 높이 평가했다. 훗날 리버비츠는 이 시기를 불확실한 시기로 묘사했다. 리버비츠는 손택을 만난 후에야 뉴욕을 편안하게 느끼기 시작했다. 리버비츠는 나아가야 할 방향을 찾고 있었고, 손택은 비판적인 격려로 그를 자극했다. 손택은 첫 만남에서 리버비츠에게 "잘하고 있지만 더 잘할 수 있어요"라고 말했다고 한다.[3] 손택의 입에서 나온 비판은 리버비츠에게 극찬으로 들렸다. 그는 자신감을 갖고 더 열심히 작업에 임했으며, 사진에 좀더 개인적으로 접근하고 한층 더 깊이 파고들었다. 리버비츠는, 자신의 미학적 충동을 뒷받침해줄 누군가를 만났던 것이다.

많은 동시대인이 리버비츠가 손택과 빼닮았다고 말한다. 즉, 업계의 정상에 서기 위해 분투하고 그에 상응하는 인정을 받기를 바라는, 자의식 강하고 때로는 오만한 여성이라는 것이다.[4] 리버비츠에 의하면, 그들은 생활방식이 확연히 달라서 때로는 극적인 장면을 연출하기도 했지만, 그럼에도 서로의 야망과 예술에서의 목표를 깊이 존중했다. 둘을 아는 사람들은 그들이 이따금 무서울 정도로 말다툼을 벌이기도 했다고 말한다. 논쟁을 벌일 때면 손택은 리버비츠의 무식을 비난할 때도 있었는데, 이를테면 프랑스 혁명과 10월 혁명의 차이를 설명해야 할 때 그랬다.[5] 반면, 리버비츠가 2006년에 발간한 사진 회고집 『어느 사진작가의 삶 A Photographer's Life』에 실린 손택의 사적인 사진들은 솔직하고 자연스러운 친밀함, 애정 어린 헌신, 숭고한 사랑을 담고 있다.

두 여성은 어디서든 눈에 띄는 커플이 됐다. 이들은 전시 개막식과 연극 초연, 모금 행사, 순회강연 등 수많은 공개 행사에 참석했는가 하면, 그저 함께 식당을 찾기도 했다. 패티 스미스나 편집자 겸 작가 샤론 델러노를 비롯한 가까운 친구들이 종종 동행했다. 하지만 이렇게 자주 함께 나타나면서도, 두 사람은 결코 공식적으로 그들의 관계를 인정하는 법이 없었다. 게이와 레즈비언 활동가들이 공공 인사들을 정기적으로 '아웃팅'하며 관계를 밝힐 것을 촉구하곤 했던 시절이었음에도 불구하고 말이다. 리처드 하워드에 의하면, 그를 비롯한 펜의 구성원들은 더 많은 대중이 게이와 레즈비언을 받아들이는 데 도움이 되길 희망하며 손택이 성소수자운동을 위한 이 중요한 단계로 나아가주기를 요청했다.[6] 하지만 손택은 이를 거절했다. 어찌됐건 손택은 일평생 여성뿐만 아니라 남성과도 진지한 관계를 맺었고, 뉴욕에 자신만의 성생활을 누릴 수 있는 거처까지 마련해두었다. 그가 인터뷰를 허락한 기자 중 상당수가 리버비츠와의 관계를 알았거나 심지어 그들의 친구였다. 그렇게 두 여성의 파트너 관계가 뉴욕에서 공공연히 알려져 있었음에도, 손택의 뜻을 거슬러가며 그 사실을 보도하는 일은 예의에 어긋나는 것으로 여겨졌다.

직접적인 질문을 받았을 때조차 리버비츠와의 관계에 대해 공개적으로 말하기를 대단히 꺼렸던 손택은 인터뷰를 할 때 현재의 삶에서 다른 데로 관심을 돌리려는 듯이 30년 전 리프와의 결혼생활에 대해 언급하곤 했다. 시그리드 누네즈에 따르면, 손택은 죽을 때까지 자신의 섹슈얼리티를 사생활에 부치고, 그것에 관해 공개석상에서 말하지 않아도 되기를 바랐다. 그리고 놀랍게도, 유명세를 떨치긴 했지만 그에 성공했다.[7] 테리 캐슬은 손택이 공개적으로 동성애자임을 밝히는 것을 어떤 면에서 천박한 것으로 여겼을 것이라고 말한다.[8] 칼 롤리슨과 리사 패덕이 쓴 스캔들과 가십을 파고드는 공인되지 않은 전기를 통해 2001년에 일찍이 알려진 뒤로, 생의 마지막에 이르러서야 손택은 『뉴요커』의 조앤 아코셀라와 『가디언』의 수지 매켄지에게 인생을 살아오면서 남성과 여성을 모두 만났다고 털어놓으며, 논할 만한 가치도 없는 일이라고 덧붙였다.[9]

게다가 손택은 동성애자 예술인들 사이에 널리 퍼진 정체성 정치에도 저항한 것으로 보인다. 이미 1980년대 초에 손택은 에드먼드 화이트에게 '게이 작가'로 알려지는 것이 당신에게 왜 그렇게 중요한 일인지 이해가 안 된다는 말을 한 적이 있었다.[10] '페미니스트 작가'라는 꼬리표를 피했던 것처럼, 그는 이제 성소수자운동이 자신에게 강요하는 '레즈비언 작가'라는 꼬리표에도 저항했다. 손택의 작품은 그보다 훨씬 더 폭넓은 대중을 대상으로 하는 것이었다. 손택은 자기 작품이 정체성 정치라는 프리즘을 통해 읽히기를 원치 않았고, 커밍아웃을 했다면 의심의 여지도 없이 그렇게 될 게 뻔하다는 걸 알았다.[11]

한편, 애니 리버비츠는 손택이 사망한 뒤 손택이 "단지 친구일 뿐"이었던 것처럼 행동해서 텔레비전 풍자 프로그램 「데일리쇼The Daily Show」에서 놀림감이 되기 전까지 그들의 오랜 관계를 공개적으로 인정하지 않았다. 2006년 말, 리버비츠는 『샌프란시스코 크로니클』에서 이렇게 밝혔다. "우리는 '동반자'나 '파트너'와 같은 단어를 끔찍이 싫어했습니다. 수전은 그런 단어를 절대 사용하지 않았죠. 저도 마찬가지였고요. (…) 우리 관계는 모든 차원을 포함했습니다. 파란만장했죠. (…) 무슨 말이냐면, 우리는 인생을 살아가며 서로를 도왔다는 겁니다. 우리를 '연인들'이라고 불러주세요. '연인들'이 마음에 드네요. 낭만적으로 들리잖아요. 그러니까, 이 점만은 확실히 하죠. 전 수전을 사랑합니다. 그 점에서는 거리낄 게 없어요."12

손택의 새로운 삶은 그가 오랫동안 살아온 도시의 변화와 맞물려 있었다. 그는 죽는 날까지 뉴욕을 사랑했고, 종종 진지한 어조로 미국에서 자신이 살 수 있는 곳은 뉴욕뿐이라고 말했다. 손택은 그저 뉴욕 거리에 나가보기만 하면, 수많은 이민자의 존재가 세상이 실제로 존재한다는 사실을 당신에게 일깨워줄 것이라고 말했다.13 그에게 뉴욕이라는 국제도시는 "미국의 해안에 정박한 배"와도 같았다.14 1960년대 말까지만 해도 손택은 "지식인층이 존재하는 진보적인 뉴욕시와 미국 나머지 지역의 관계란 엄청난 부와 권력을 가지고 있지만 작고 은밀한 독립국인 바티칸이 이탈리아와 맺은 관계와 같다"15라는 글을 일기장에 쓸 수 있었다. 그러나 1980년대가 끝나갈 무렵에 주도권을 쥔 쪽은 다른 무엇보다도 부였으며, 이것이 지식인층의 영향력을 철저하게 하찮은 것으로 만들고 있음은 자명한 현실이었다.

손택은 과거에 예일대나 프린스턴대에서 문학을 공부했던 지인들 가운데 몇몇이 하루아침에 부동산 금융가가 되어 있

는 것을 발견했다.[16] 그렇게 아끼던 리버사이드드라이브의 펜
트하우스를 1970년대 후반에 포기한 뒤, 손택은 그리니치빌
리지, 웨스트엔드, 그래머시파크에 있는 아파트 몇 곳을 전전
하는 긴 여정을 시작했다. 임대료 인상을 감당하기가 점점 더
힘들어졌기 때문이다. 여전히 상대적으로 부유한 생활을 했지
만, 그의 여행 경비는 출판사, 펜, 또는 그를 초청한 단체가 대
부분 부담했다. 미국과 나머지 세계에서 우상시되었음에도 손
택은 재정 상태를 도저히 안정적으로 유지할 수 없었다. 손택
은 인세와 선인세를 두고 로저 스트로스와 언쟁을 벌였다. 판
매 부수를 고려하면 적절한 액수였는지 몰라도, 이로 인해 인
세와 선인세를 받을 때면 마치 '자선 단체'라도 된 기분을 느
꼈다. 그 때문에 새로운 소설에 몰두하지 못하고 신문 기사와
미술 전시회 카탈로그를 계속 쓸 수밖에 없었다. 새 소설『화
산의 연인』은『에이즈와 그 은유』를 출간한 뒤에 구상하기 시
작한 작품이었다.[17] 경제적 상황은 1989년 초반 그가 살던 아
파트에 화재가 난 뒤로 몹시 궁박해졌다. 소방대는 불길을 잡
기 위해 지붕에 구멍을 내야 했다. 그러나 손택의 잔고엔 지붕
과 반쯤 헐리다시피 한 아파트를 수리하는 동안 호텔에 머물
만한 돈이 없었다.[18]

　이 무렵 손택은 나중에 자신의 출판 에이전트가 되는 앤드

루 와일리를 만났다. 손택은 와일리에게 한숨을 쉬며 속마음을 털어놓았다. "수전 손택이라는 정체성에 신물이 나요. 어떤 일도 할 수가 없어요. 소설을 쓰겠다고 애쓰는 와중에도 하루에 전화를 서른 통이나 받는다니까요. 사람들은 책을 낭독해달라고 하고, 추천사를 써달라고 해요. 연설도 해달라고도 하고요. 이런저런 정치운동을 지지해달라고도 하죠. (…) 그중 상당수가 제게 중요하긴 합니다. 하지만 결국 그저 수전 손택의 역할을 할 뿐인 거죠."[19]

손택은 본래의 꿈과 동기에 더는 부합하지 않는 상황에 갇혀 꼼짝하지 못한 것으로 보인다. 아주 어린 시절부터 작가가 되기를 원했지만, 문단에서 명성을 얻었음에도 22년 넘게 소설을 쓰지 않았다. 정치적 이상에 주로 몰두했던 1980년대에는 크게 의미 있는 새로운 책을 한 권도 내지 못한 채 시간을 흘려보냈다.

앤드루 와일리와 수전 손택은 데이비드 리프의 소개로 만났다. 와일리는 당시 이미 미국 출판계의 전설로 통했다. 대담함과 독보적인 야심을 겸비한 그는 중견 문학 에이전시를 몇 년 만에 출판 왕국으로 만들었다. 손택과 만날 무렵에는 필립로스, 노먼 메일러, 솔 벨로를 비롯한 미국 최고의 작가 150명을 대리하고 있었다. 『뉴욕 타임스』에서 프랭크 브루니는 "평범한 회색 양복"을 입고, 효율적으로 일하며, 틀에 박힌 업무 방식에서 벗어나 저자를 위해 깜짝 놀랄 만한 선인세 조건을 협상해내는 와일리를 가리켜 "마이클 밀컨이 투자은행에서 차지하고 있는 지위를 출판 에이전시 업계에서 차지하고 있다"고 말했다.[20]

서점 체인이 확산하고 대니엘 스틸과 딘 R. 쿤츠 같은 부류가 써내는 현실 도피 오락물이 엄청난 시장 점유율을 자랑하면서 빠르게 변화하는 미국 출판계 풍경 속에서, 도전적인 작품을 쓰는 작가는 보통 상대적으로 적은 선인세를 받았다. 하지만 와일리는, 할리우드 에이전트처럼 자기 고객을 문학계의 스타로 표현하며, 진지한 작품에는 가격표를 붙이면 안 된다는 금기를 깨버렸다. 그는 끈질긴 협상으로 살만 루슈디와 필립 로스에게 수십만 달러의 인세를 안겨줬고, 출판사는 그들의 소설이 베스트셀러가 됐을 때 그 돈을 회수했다. 와일리는 또 작가들이 기존에 출판한 작품 목록을 해외 출판사와 함께 예의 주시했다. 그는 오늘날 미국 출판 에이전시 사이에 널리 퍼진 업무 방식을 도입한 사람이었다. 와일리는 해외 판권 계약 협상을 다른 에이전시에 위탁하지 않고 직접 처리했다. 그는 종종 해외 출판사로부터 와일리가 대행하는 저자의 기출간 도서를 개정판으로 재발매하겠다는 약속을 받아냈다. 수전 손택에게는 이런 에이전트가 이상적으로 보였다.

와일리는 손택이 국제 시장에 특히 관심이 있었다고 말한다. 그는 손택에게 인터뷰와 순회강연 일정을 조정할 것을 제안했고, 손택은 마침내 소설에 몰두할 시간을 확보하게 됐다. 와일리는 손택과 맺은 관계에서 로저 스트로스와 자신의 차이를 이렇게 표현한다. "작가와 출판인의 관계에는 언제나 약간은 가부장적인 면이 있습니다. 하지만 저와 수전의 관계는 다릅니다. 제가 정원사라면, 작가는 땅을 가지고 있죠. (…) 저는 작가를 위해 일합니다. 제가 '튤립이 괜찮을 것 같은데요'라고 말했는데 작가가 '아니요, 전 장미를 원해요'라고 말한다면, 저는 두말하지 않고 장미를 심을 겁니다."[21]

물론 손택과 에이전트의 관계가 늘 원만하기만 했던 건 아니지만, 손택은 와일리를 자기편이자 동료로 생각했다. 와일리도 오랫동안 스트로스가 고무됐던 것과 같은 확신을 가지고 손택의 이익을 대변했지만, 다른 점은 손택이 이전에 전혀 얻지 못했던 경제적 안정을 어느 정도 확보해줬다는 것이었다. 그가 손택의 에이전트로서 공식적으로 처음 한 일 중 하나는 FSG와 새로운 계약 협상을 하는 것이었다. 그는 단순히 로저 스트로스와의 오랜 우정 때문만이 아니라 기존에 출간한 도서 목록의 가치까지 고려해 손택에게 FSG에 남을 것을 권유했다. 출판사를 다른 곳으로 옮기면 관리가 어려워질 것이기 때문이었다. 와일리는 손택의 다음 작품 네 권의 선인세를 수십만 달러에 협상했다. 이는 작품의 판매 부수보다는, 손택의 엄청난 위상을 반영한 액수였다.

계약서에 서명한 뒤 손택은 종종 스트로스가 새로운 합의를 하게 돼 잘됐다는 말을 했다고 주장했지만,[22] 당연하게도 출판사로서는 이런 전개가 달갑지만은 않았다. 와일리는 "어려운 과정이었습니다"라고 말했다. 하지만 적대감은 곧 풀렸다. 와일리의 기억에 의하면, 스트로스는 결국 이런 상황의 불가피성을 이해했고, 손택이 에이전트를 고용해야 한다면 와일리가 올바른 선택이라는 데도 동의했다. 당시 FSG의 편집장이었던 조너선 갤러시도 이에 동의했다. "앤드루와 로저는 사이가 좋았습니다. 어떤 면에서 두 사람은 같은 유형이었으니까요."[23]

선인세를 넉넉히 받은 손택은 마침내 원했던 조건을 충족하는 아파트를 구입할 수 있었다. 1990년에 그는 첼시 23번가에 있는 런던 테라스 단지의 펜트하우스에 입주했다. 그 근방엔 화랑들이 밀집해 있었다. 방이 다섯 개인 아파트는 널찍하고, 빛이 잘 들고, 테라스에 둘러싸여 있었으며, 허드슨강이 내려다보이는 전망은 숨이 막힐 정도로 시선을 잡아끌었다. 이제 거대한 서재를 위한 자리를 마련했으니, 창고에 보관해야 했던 책들까지 되찾아올 수 있었다. 그리고 애니 리버비츠와도 이야기가 잘돼서 그도 같은 단지에 펜트하우스를 갖게 되었다. 두 사람은 같은 공간에 머물지 않으면서도 함께 살 수 있었다. 수전 손택은 그해에 '천재들에게 주는 상'으로도 알려진 맥아더상을 받았는데, 이 상은 예술가, 작가, 학자에게 주어지는 미국에서 가장 영예롭고도 상금이 후한 상이었다. 손택은 건강보험과 함께 5년간 총 34만 달러를 받았다. 이렇게 재정 상태와 사생활이 안정되고 와일리와 단체 일을 맡은 어시스턴트 두 명의 도움을 받게 되면서, 손택은 마침내 자기 소설에 집중할 수 있었다.

스티브 와서먼은 수전 손택이 문학으로 돌아온 것은 1980년대 후반과 1990년대 초반의 시대정신, 즉 그가 쓰는 유형의 에세이에 더는 도움이 되지 않는 지적 풍조에 어느 정도 기인한다고 본다. 대중매체 업계 전체가 극적으로 변했다. 에세이를 계속 쓸 수도 있었겠지만, 그것을 게재하던 잡지들—새로 창간한 캘리포니아의 『스리페니 리뷰』, 활기를 되찾은 『타임스 리터러리 서플먼트』, 친숙한 『하퍼스 바자』와 『파리 리뷰』, 그리고 당연히 『뉴욕 리뷰 오브 북스』—은 주류의 의식에서 완전히 사라져서 독자층이 고등교육을 받았지만 비주류인 상대적으로 작은 집단으로 축소된 상태였다. 반면에 소설은 손택이 얻고자 애썼던 더 폭넓은 대중의 인정 그리고 진지함과 마력의 조화를 약속함과 동시에 개인적인 해방감까지 선사했다. 와서먼은 말했다. "손택은 소설 형식을 사용했을 때 다양한 발상을 시험할 자유를 더 많이 얻게 되리라고 점점 더 확신했습니다. 그는 다양하고 모순적인 발상을 전달할 많은 화법을 고안할 수 있었습니다. 더는 이론적으로 논증하지 않는 대신 등장인물의 대화 안에서 논증했죠. 인생과 마찬가지로, 소설은 단 하나의 분명한 결론을 요구하지 않는다는 걸."[24] 손택은 또한 소설이라는 형식을 더욱 존중하게 됐다. 오직 문학 장르의 왕인 소설만이 올림포스로의 입장을 약속했다. "손택은 수필의 공화국보다는 소설의 왕국에서 최고의 문학 형식을 찾아내려 했습니다." 와서먼은 말했다. "문학 장르를 대표하는 가장 위대한 인물들과 대화를 나눈다고 느꼈죠. 그가 동참하기를 원한 건 대화였어요."[25] 조너선 갤러시는 손택이 소설을 "어떤 의미에서 가장 중요한 소명으로" 여겼다는 데 동의한다.[26] 데이비드 리프는 어머니가 언제나 사후의 평판을 염두에 두고 글을 썼다고 말했다. 손택은 이렇게 말했다. "책을 많이 쓰고 싶은 생각은 없습니다. 사람들이 지금으로부터 100년 뒤에도 읽을 탁월한 책을 몇 권 쓰고 싶어요."[27]

손택은 이미 1989년 말에 진지하게 『화산의 연인』의 집필에 들어갔으며, 이번에는 작업을 진득하게 해나가기로 결심한 터였다. 손택은 1979년 이후 독일학술교류처로부터 베를린에 갈 수 있게 해주는 보조금을 제안받아 언제든 이용할 수 있는 상태였다. 베를린 장벽의 붕괴로 막을 내린 전면적인 변화의 현장인 독일의 국제도시는 이전부터 점점 더 그의 흥미를 끌고 있었다. 1989년 여름 손택은 보조금 제안을 받아들인 뒤, 사방에서 정치적으로 혼란스러운 상황이 벌어지는 와중에도 베를린에서 집중적으로 시간을 보내기 시작했다. 1년 뒤 역시 독일학술교류처의 지원을 받아 돌아온 손택은 소설의 남은 부분을 마저 썼다. 또한 애니 리버비츠와 함께 이탈리아로 여행을 떠나 소설을 위한 광범위한 조사를 했다.

손택은 『뉴욕 타임스』의 레슬리 개리스에게 말했다. "이 소설을 쓰기 시작했을 때 마치 에베레스트산을 오르는 것 같았습니다. 그래서 정신과 주치의에게 '제 능력으로는 감당할 수 없나 봐요'라고 했죠. 물론, 그건 정상적인 불안감이었습니다. 저를 불안하게 한 것은 에세이를 쓰지 않는 것이었습니다. 왜냐하면 에세이의 배후에는 강력한 윤리적 자극이 숨어 있고, 전 에세이의 그런 점이 세상에 공헌한다고 생각하거든요. 그런데 주치의가 말하더군요. '사람들에게 즐거움을 주는 것은 왜 공헌이 아니라고 생각하죠?'"[28] 개리스는 손택이 이 고백을

하며 눈물을 참았다고 말한다. 조너선 갤러시는 손택이 이 소설에 관해 말할 때 "난 즐거움을 주고 싶어!"라고 격정적으로 외치는 소리를 자주 들었다고 한다.[29] 손택이 글을 쓰는 데 새롭게 동기를 부여해준 이런 요소는 역사 로맨스라는 장르와 지성의 여장부라는 손택의 이미지를 모순적으로 가리키는 소설의 부제 '로맨스A Romance'에서도 드러난다.

손택은 1980년 런던 대영박물관 근처의 한 고서점에서 구입해 펜트하우스에 걸어놓은 베수비오화산을 그린 동판화에서 『화산의 연인』을 위한 영감을 얻었다. 서점 주인은 판화가 피에트로 파브리스의 작품이며, 원래는 화산활동이 산을 에워싼 풍경을 묘사한 윌리엄 해밀턴의 책 『캄피플레그레이 Campi Phlegraei』(1776)에 있던 것이라고 말해줬다. 손택은 나중에 영국 외교관 해밀턴의 전기를 읽은 뒤, 어린 시절에 본 비비안 리와 로런스 올리비에가 나오는 「해밀턴 부인That Hamilton Woman」을 통해 그의 이야기를 이미 알고 있었다는 사실을 깨달았다. "『화산의 연인』을 쓰기 전까지 저는 의식의 모험이 아닌 어떤 이야기, 즉 진짜 이야기를 말한다는 것을 스스로 용납할 수 없었습니다."[30]

『화산의 연인』은 영국 영사이자 수집가이며 아마추어 자연과학자인 윌리엄 해밀턴 경과 18세기의 가장 아름다운 여성

중 한 명인 그의 아내 에마 해밀턴, 영국 해군 영웅 허레이쇼 넬슨 제독 사이에 있었던, 관련 증거가 많이 남아 있는 유명한 삼각관계에 관해 이야기한다. 손택은 자신의 글을 역사적 인물과 당시의 극적인 전개에서 멀어지지 않게 유지하면서도, 주인공 각각에게 자기 성격의 면면을 투영한다. 윌리엄 해밀턴은 매우 우울하고 내향적인 고미술품 수집가로 철학과 문학, 자연과학에 강박적으로 몰두함으로써 우울증을 다스리려 한다. 손택이 에마에 관해 매력을 느낀 것은 그의 경력이었다. 마을 대장장이의 딸로 태어난 그는 17세에 이미 당대 화가들에게 가장 인기 있는 모델 중 한 명으로 출세했고, 마침내 진짜 스타가 됐다. 아름답고 침착했던 그는 당시 가장 유명한 작가들의 뮤즈가 되었으나, 결과적으로 양시칠리아왕국에 파견된 영국 영사 해밀턴과 결혼했다.[31] 넬슨에게서 흥미로웠던 점은 그가 목표를 추구하면서 발휘한 극단적인 열정과 인내였다. 소설가 손택은 현대 유럽문화의 토대가 놓인 시대인 프랑스 혁명기를 배경으로 작은 이탈리아 왕국을 매우 상세히 기술한다. 손택은 자신이 이전에 썼던 어떤 글과도 다른 가볍고 교묘한 내러티브 스타일을 성취했다. 철저한 전기 연구와 사료, 자신의 개성을 등장인물과 대응시킴으로써, 손택은 처음으로 정말로 재미있는 책을 쓰고 있었다. 손택은 피비린내 나는 전투와 나폴리 법정의 정교한 의례, 관능적인 성관계 장면을 묘사한다.

하지만 그러는 한편 여기서 이론적인 목표를 함께 추구하지 않았다면, 그건 수전 손택이 아니었을 것이다. 손택은 파울 힌데미트의 1940년 발레작품 「네 가지 기질Die vier Temperamente」(1940)에서 소설의 구조를 빌려왔다고 말했다. 손택의 역사적 내러티브에는 수집, 우울함, 아름다움, 유머의 본질에 관한 작은 에세이가 삽입돼 있다. 1960년대 초반, 손택은 편재하는 전지적 화자를 비웃었지만, 이제는 바로 그 기법을 예술적으로 아주 당당하고 능숙하게 사용했다. 손택의 화자는 전통적인 전지적 화자를 20세기 후반에 맞게 그리고 어쩌면 아이러니하게 변형한 것으로, 이야기에 관해 현대적인 주석을 달아가며 논평한다.

때로 소설을 순수문학에서 멀어지게 하는 이 같은 시점과 에세이적 화법 때문에, 많은 비평가가 손택을 밀란 쿤데라에서 V. S. 나이폴에 이르는 에세이적 소설가와 동류로 분류했다. 하지만 『파리 리뷰』와의 인터뷰에서 손택은 자신이 오노레 드 발자크와 레프 톨스토이, 마르셀 프루스트, 토마스 만을 포함하는 더 큰 전통의 계보를 잇는다고 했다. 손택은 특히 10대 시절 마음을 빼앗긴 소설인 토마스 만의 『마의 산』

을 언급한다.[32] 손택의 소설 전반을 가로지르는 주제가 베수비오산을 탐구하는 해밀턴의 열렬한 호기심이라는 점은 우연이 아닐 것이다. 어떤 의미에서, 그 화산은 '마의 산'의 변주로 볼 수 있는데, 실제로 이 산의 마술적인 힘을 믿었던 18세기 사람들의 상상에서뿐만 아니라, 구유럽 문화에 대한 중추적 의미에서도 그렇다. 만의 스위스 산꼭대기 위에서처럼, 유럽이 또다시 전쟁의 소용돌이에 휘말리기 전 유럽 대륙 전역에서 온 여행자들은 나폴리에서 만나 죽음에 이를 때까지 고급문화의 목가적 삶을 살아간다. 손택의 소설은 유럽문화의 뿌리에 도달하기로 한 미국의 관점에서 쓰인 대단히 유럽적인 작품이다. 그렇게 이 책은 손택이 토마스 만의 『마의 산』―그가 "가장 철학적인 위대한 소설"[33]이라고 부른 책―을 읽음으로써 시작된 호弧를 완성하며, 어린 시절 상상한 유럽을 재발견하는 것으로 끝난다.

1992년 가을, 언론의 대대적인 광고 속에 출간된 『화산의 연인』은 거의 모든 언론에서 열광적이고 요란한 평가를 받았다. 주요 일간지는 역사소설 저자라는 새로운 역할을 두고 손택과 인터뷰를 가졌다. 거의 모든 비평가가 작품이 우수하다는 찬사를 내놓았고, 손택이 설득력 있는 내러티브 화법을 찾아냈다고 입을 모았다.[34] 『로스앤젤레스 타임스』는 이 소설을

"손택이 59년 동안 축적한 삶에 관한 지혜를 담은 보고"로 묘사하며, "손택의 글이 이렇게 잘 읽힌 적은 일찍이 없었다"라고 덧붙였다.[35] 그리고 아마도 미국에서 가장 영향력 있는 비평가였던 『뉴욕 타임스』의 미치코 카쿠타니는 『화산의 연인』을 "대단히 즐겁게 읽을 수 있으며 (…) 밤의 불꽃놀이나 회전 폭죽처럼 아이디어와 지성의 불꽃을 내뿜는다"라고 평가했다.[36] 이 소설은 『뉴욕 타임스』 베스트셀러에 8주 동안 올라 있었고, 20여 개 언어로 번역 출간됐다. 『살인 도구』가 실패한 지 25년 만에 손택은 마침내 고국에서 소설가로서의 성공을 만끽했다.

그러나 독일의 비평가들은 이 소설을 상당히 가혹하게 평가했다. 대부분의 비평가가 문학적으로 감정이입이 되지 않는다고 평가했고, 그런 점이 미진하기 때문에 풍부한 묘사에도 불구하고 독자들에게 만족을 주지 못한다고 적었다. 비평가들은 또 에세이 작가가 소설가를 너무 자주 압도한다는 점, 소설이 에세이 기술로 묘사한 표면 아래를 거의 파고들지 못한다는 점을 지적했다. 『쥐트도이체 차이퉁』의 요하네스 빌름스는 유난히 혹독하고 일정 부분 부당하기도 한 비평을 내놨는데, 주인공들에 대한 서술이 역사적 일지나 서한, 회고록에 기대어 쉽게 쓰였다는 점을 조목조목 지적했다. 그 결과는 다름 아닌 가차 없는 비난이었다. "자칭 소설이라는 이 작품의 상당 구절이, 원전을 비판적 깊이를 갖추어 진정으로 이해하지도 못한 채 단지 그대로 베껴서 풀어 쓴 것처럼 읽힌다. (…) 광범위한 영역에서 심리적 공감 능력이 결여되어 있어서, 작가가 그리는 인물들은 마치 역사적 전사轉寫화 내지는 실루엣처럼 기묘하게 흐릿한 상태로 남아 있다."[37]

사실상, 오늘날 미국에서조차 손택의 후기 소설 두 편 중 어느 하나라도 완전무결한 성공작으로 보는 독자는 거의 없다. 심지어 네이딘 고디머 같은 좋은 친구도 그의 "경이로운 지성이 소설 쓰기를 방해했다"고 인정한다.[38] 『화산의 연인』이 미국에서 열광적인 반응을 끌어낸 것은 예순이 다 된 손택이 문화적 비평거리를 내놓았다는 훈훈한 사연에 힘입은 것으로 보인다. 시대의 변화에 대응해서 손택은 다시 한번 자신을 새롭게 했다. 과거 실존주의에 물든 하이퍼모더니즘 작가, 래디컬 시크의 기수, 수심에 잠긴 이론가이자 엄밀한 지식인이었던 그는 이제 두껍고 흥미진진한 로맨스 소설을 쓰는 고전 작가가 됐다. 이런 인상은 소설에 관한 손택 자신의 발언에 의해 강화되는데, 손택은 종종 작가가 아니라 홍보가처럼 들리는 말을 했다. 손택은 어떤 주제나 인물이 어떻게 "떠올랐는지"에 대한 이야기, 또는 소설의 마지막 문장인 "죄다 빌어먹을 놈들 이야"가 떠오른 뒤에 "열에 들떠서" 책을 써 내려갔고 그 말을 쓰기 위해 소설이 필요했다는 점을 언론에서 여러 차례 언급했다. 손택의 작품에 관한 이런 발언은 창조 과정에 대한 적절한 설명이라기보다 오히려 불충분하고 믿을 수 없는 설명으로 보인다. 하지만 이것들이 초월적으로 낭만적인 미학 이상에 기초한 자기연출을 표상한다는 점은 매우 명백하다.

정신의
최전방에 선
연극

1993
1997

살면서 목격한 장면 중에 가장 놀라운 것은 아마도 고결함의 죽음일 겁니다. 제가 보기에, 다른 식으로 행동했을 때 얻을 금전적 이득 또는 불편함이나 개인적 위험의 정도와 무관하게 원칙에 입각해 이타적인 일을 할 수 있다는 생각을, 오늘날 대부분의 사람은 거의 이해할 수 없는 아주 생소한 것으로 여기죠.[1]

수전 손택의 특징 중에서 가장 눈에 띄는 점은 쉼 없는 활동, 그리고 소망과 꿈, 목표를 추구함에 있어 보여준 긍정적인 강박이다. 데이비드 리프는 어머니가 언제나 강력히 미래를 지향했으며 과거는 돌아보는 법이 없었다고 말한다. 손택은 월계관에 안주하거나 향수에 젖는 법이 없었다.[2] 이런 태도는 그의 성공, 그리고 늘 현대적 담론에 정통해서 새로운 세대 독자층의 마음을 움직이는 능력에 크게 기여했다. 손택의 친구이자 영문학자 테리 캐슬은 손택을 "언제나 자기 기록을 넘어서려 노력하는 지성의 마라톤 주자"라고 불렀다.[3]『화산의 연인』이 미국에서 놀라운 성공을 거둔 뒤, 손택은 의도적으로 아직 가진 능력을 다 발휘하지 못했다고 여기는 도전의 영역으로 눈길을 돌렸다. 그중 하나가 바로 연극이었다. 손택은 연극에 관한 에세이를 몇 편 쓴 적이 있고, 유럽과 미국의 연극계를 잘 아는 열렬한 연극 애호가였다. 또한 두 편의 연극을 연출한 적도 있었는데, 1979년 이탈리아에서 연출한 루이지 피란델로의 「여러분이 그렇다면 그런 거죠Come tu mi vuoi」, 1985년 매사추세츠주 케임브리지에서 연출한 밀란 쿤데라의 「자크와 그의 주인」이었다. 하지만 몇 차례 시도에도 불구하고 자신의 희곡은 아직 쓰지 못한 상태였다. 손택이 희곡을 쓰겠다는 계획을 실행에 옮기기로 결정한 일은 미국에서 시고니 위버 주연의 영화로도 제작된 1991년 희곡 「죽음과 소녀La muerte y la doncella」로 잘 알려진 칠레 작가 아리엘 도르프만과 관련이 있다.

두 사람은 무대에 올리기 위한 글을 쓸 때 고려해야 하는 기술적 측면에 관해 자주 이야기를 나누었다. 손택은 『화산의 연인』을 예전과 달리 사실적인 스타일로 썼지만, 연극 작업을 하면서는 모더니즘이라는 자신의 미학적 뿌리로 돌아갔다. 도르프만에 의하면, 희곡은 그에게 일차적으로 지적인 프로젝트였다. 그는 말했다. "손택은 자기 드라마를 무대에서 더 매력적으로 보이게 만들기 위해 쉼표 하나도 희생하지 않으려고 했습니다."[4] 당시 유행하던 자연주의 전통을 미국 연극에 적용하는 대신, 손택은 철학적 질문을 제기하고 언어의 울림이 지닌 물성을 전면에 내세울 수 있는 방식으로 언어를 실험하고자 했다. 그가 초점을 맞춘 것은 형식주의였다. 희곡의 주제보다는 대화와 독백의 내용을 줄이고 해석과 이해의 가능성을 다양하게 허용하는 것이 더 중요했다. 여기에 주안점을 둔 결과는 그의 영화 「식인종을 위한 이중주」 「형제 칼」 「안내 없는 여행」뿐만 아니라 『은인』 『살인 도구』에서 이미 문제의식을 드러냈던 종류의 의도적이고 계획적인 불가해성이었다.

여러 측면에서 그가 연극 개념의 주요 모델로 삼은 작가는 사뮈엘 베케트로 보인다. 가장 좋아한 연극작품은 친구 로버트 윌슨의 연출작이었다. 1960년대 이후 그는 미국 연극계에서 가장 성공한 연출가 중 한 사람이 됐고, 유럽에서도 돌풍을 일으켰다. 윌슨의 스타일은 추상적인 무대 장치와 인상적인 조명 효과, 거리감을 느끼게 하는 마이크 음성, 그리고 엄격한 아름다움이나 차가운 분위기, 밀도 높은 지성의 인상을 주기 위한 기계적인 안무를 경합한 초현대적인 것이었다. 윌슨은 손택의 연극 프로젝트에 가장 긴밀하게 협력한 사람이었다.

연극 프로젝트를 실행에 옮긴 것은 사실 오래전인 1979년까지 거슬러 올라간다. 당시 손택은 헨리와 윌리엄 제임스의 여동생인 여성 작가 앨리스 제임스에 관한 희곡을 구상했다.

앨리스는 오랜 친구 캐서린 로링과 함께 영국으로 이주하고 난 뒤 겨우 8년이 지난 1892년에 유방암에 걸려 44세의 나이로 사망했다. 작가로서 그의 명성은 주로 사후에 발간된 일기에 기초한다. 그는 일기에 당시의 의례와 전통, 자기 가족에게 일어난 트라우마적 사건, 여성을 혐오하는 사회의 희생양이 된 경험을 신랄하게 묘사한다. 편지, 전기, 그리고 이 일기로 인해 그는 1980년대 페미니스트 집단에서 상징적으로 언급되는 인물이 됐다. 손택과 앨리스 제임스 사이의 연대기적 유사성은 연극 프로젝트를 위한 비옥한 토양이 돼줄 것 같았다. 손택 자신도 "나는 『앨리스, 깨어나지 않는 영혼Alice in Bed』(1991)을 쓰기 위해 평생을 준비해왔다"[5]라고 말했다. 『앨리스, 깨어나지 않는 영혼』은 "여성의 비탄과 분노" 그리고 여성이 갇혀 있는 "정신적 감옥이라는 현실"을 표현하려는 의도로 쓰인 희곡이다.[6]

자신을 낭만에서 영감을 받는 예술가로 연출하기를 즐겼던 손택은 『앨리스, 깨어나지 않는 영혼』을 1990년 1월 베를린에 머무는 동안 단 2주 만에 완성했다고 말하곤 했지만,[7] 사실 이 희곡은 베를린과 뉴욕에서 손택이 일부를 골라 낭독한 뒤 몇 차례의 개작을 거쳐 탄생했다.[8] 당시 손택은 연극을 향한 자신의 열정을 묘사했다. "그래요. 목소리가 들립니다. 그래서

정신의 최전방에 선 연극 1993-1997

제가 희곡 쓰는 걸 좋아하죠."[9]

「앨리스, 깨어나지 않는 영혼」은 1991년 9월 본에서 초연됐다. 2년 뒤에는 로버트 윌슨이 베를린 샤우뷔네 극단에서 이 작품을 연출했다. 미국에서는 벨기에 출신 네덜란드 연출가 이보 판 호버의 지휘 아래 뉴욕 시어터 워크숍에서 초연되기까지 9년을 기다려야 했다. 이 모든 연출작이 정중한 비판에서부터 악의적인 비판까지 온갖 부정적인 비평의 세례를 받았다. 작품은 손택이 앨리스 제임스라는 소재와 개인적 연관성을 완전히 무시하고, 대신 몸져누운 제임스의 절망을 떠올리게 하려는 시도로 일련의 동떨어진 거짓 실험 이미지, 대화, 클리셰를 사용했다는 인상을 남긴다. 연극은 매트리스 더미 아래에 누워 있는 한 여성의 혼란스러운 이미지로 시작된다. 다음 장면은 19세기 프로토페미니스트 마거릿 풀러와 에밀리 디킨슨이 참석한 다과회다. 연극의 여섯 장면을 하나로 묶어주는 통합된 개념은 없다. 대신 관객은 독단적인 언어와 엄청난 비애에 직면한다. 이 연극을 2주 만에 썼다는 손택의 주장은 낭만에 영감을 받은 창조적 황홀감이 아닌, 예술가적 딜레탕트를 암시한다.

앨리스 제임스에 관한 전기에서뿐 아니라 다른 자료에서도 아주 많은 것을 차용했다는 점도 문제가 된다. 예를 들어 다과회 장면 ― 손택에 따르면, 루이스 캐럴이 창작한 19세기의 다른 유명한 앨리스 이야기인 『이상한 나라의 앨리스』를 참고했다 ― 은 페미니스트 주제와 실험적인 무대 기술을 성공적으로 결합한 영국의 극작가 캐릴 처칠의 희곡 「최상의 여성들 Top Girls」(1982)에 나오는 상상 속의 모임 장면과 강한 유사성을 보인다. "불안정한 연극용 산문"[10]이라는 『쥐트도이체 차이퉁』 뤼디거 샤퍼의 비판이나, "앨리스로 하여금 아무것도 말할 수 없게 해놓고, (…) '아무것도'라는 말만 끊임없이 내뱉게 한다"[11]라는 『프랑크푸르터 알게마이네 차이퉁』 게르하르트 슈타델마이어의 비웃음 섞인 비평은 그나마 절제된 것으로 보인다. 존 사이먼이 『뉴욕 매거진』에 쓴 글은 이런 절제마저 완전히 벗어 던졌다. "손택 양은 (…) 다다이스트, 초현실주의자, 부조리주의자, 포스트모던의 비밀에 어울릴 만한 어려운 작품을 쓰는 과업을 스스로에게 부과한 게 틀림없다. 만약 이들이 불분명하고, 터무니없고, 비논리적이고, 충격적일 수 있다면, 그렇다면, 손택도 그들을 그렇게 만들 수 있을 것이다 ― 그것도 엄청나게."[12]

손택과 로버트 윌슨의 협업은 보스턴순수미술관에서 열린 윌슨의 1991년 회고전 카탈로그를 위해 쓴 6쪽짜리 짧은 희곡 「어떤 파르지팔A Parsifal」*로 시작됐다. 「어떤 파르지팔」은 일면 로스앤젤레스 오페라단에서 윌슨이 연출한 「파르지팔Parsifal」에서 영감을 받은, 리하르트 바그너의 해체로 볼 수 있다. 손택은 파르지팔을 무지막지하고 난폭한 군인으로 해석한다. 손택의 소품은 그가 세상을 떠난 후 실험 집단 호텔 서번트 시어터 컴퍼니가 오프오프브로드웨이 P. S. 122에서 초연했다. 손택이 이 작품에서 범한 계산 착오는 종이 위에서도 무대 위에서도 뚜렷이 드러났고, 훌륭한 실험주의 극작가가 되기 위해서는 먼저 훌륭한 현실주의자가 되어야 한다는 점을 보여주었다. 손택은 이 희곡을 윌슨에게 주면서 말했다. "아무도 이걸 제작하지 않을 거예요. 하지만 만약 누군가 한다면, 그건 당신일 겁니다."[13]

이들의 협업에서 가장 즐거웠던 순간은 헨리크 입센의 「바다에서 온 여인The Lady from the Sea」(1888)을 각색했을 때였다. 손택과 윌슨은 롱아일랜드에 있는 윌슨의 워터밀 센터에서 워크숍을 열어 몇 명의 배우와 함께 이 작품을 발전시켰다. 이들은 이탈리아 페라라에서 초연(1998)한 뒤 이탈리아와 스페인, 폴란드, 노르웨이, 프랑스, 터키, 한국에서 성공적인 순회

* 「파르지팔Parsifal」은 리하르트 바그너가 볼프람 폰 에셴바흐의 「파르지발Parzival」에 기초해 쓰고, 1882년 초연한 오페라 작품의 제목이기도 하다.

공연을 마쳤다.* 윌슨은 손택이 희곡에 언제나 정신공간과 가상공간을 엄청나게 남겨두었고, 그 부분을 자신의 연출로 채울 수 있었기 때문에, 손택과 함께 작업하는 것을 매우 좋아했다고 말한다.[14]

날카로운 안목을 지닌 비평가 손택이 정작 본인이 쓴 희곡의 품질이 의심스럽다는 생각은 하지 않은 건지 알아내기란 쉽지 않다. 타인의 작품에 내리던 예리한 비판적 판단이 자기 작품을 대할 때 무뎌지는 건 흔한 일이다. 손택은 몇몇 인터뷰에서 다년간 자기 작품에 관한 비평을 읽지 않았으며, 비평을 읽은 뒤 내용이 긍정적인지 부정적인지 전해주는 일을 아들 데이비드에게 맡겼다고 시인했다.[15] 손택은 친구들로부터도 비판적인 반응을 거의 받아보지 못한 것 같다. 아리엘 도르프만과 로버트 윌슨은 그들의 모든 연극 경력에도 불구하고, 희곡이 공연되지 않는다거나 소설이 연극으로 자주 각색되지 않는다며(단편 「베이비」는 1994년 함부르크에서 무대에 올려졌다) 손택이 불평을 늘어놓을 때 차마 그의 작품을 비판하지 못했다. 도르프만은 작품이 대다수의 연극 애호가에게 지나치게 아방

* 한국 공연은 2000년 서울연극제 개막작 「바다의 여인」으로 소개됐다. 로버트 윌슨이 직접 연출했고, 조르조 아르마니가 무대의상을, 배우 윤석화가 엘리다 역을 맡았다.

가르드하고, 특별히 지적인 관객을 필요로 한다며 손택을 달랬다.[16] 윌슨은 손택에게 "철학을 지향하는" 그의 작품은 "셰익스피어의 희곡처럼 나이를 먹지 않을 것"이므로 언젠가 그의 시대가 올 것이라고 말했다.[17]

손택이 돌파구를 마련한 연극은 자신이 쓴 작품이 아닌 연출작이었는데, 이는 전례 없는 언론의 관심을 끌었다. 1993년 8월, 수전 손택이 점령당한 사라예보에서 사뮈엘 베케트의 「고도를 기다리며Waiting for Godot」*를 무대에 올렸을 때는 연극의 예술성이 중요한 게 아니었다. 그 대신, 손택은—그 자신의 희곡에서 때로는 거슬릴 정도로 노골적이었던— 웅장한 상징적 표현에 대한 애호를 이보다 더 효과적일 수 없는 정치적 성명으로 탈바꿈시켰다.

손택이 전쟁으로 피폐해진 보스니아를 1993년 4월에 처음 여행한 것은 아들을 만나기 위해서였다. 데이비드 리프는 사라예보에서 몇몇 미국 신문에 소식을 전하고 있었고, 유럽 심장부에서 벌어지는 내전에 관한 책을 쓰고 있었다. 그곳에서는 서구 언론이 똑똑히 지켜보는 앞에서 매주 수백 명이 참혹

* 베케트가 원작 *En attendant Godot*를 직접 영역했다.

하게 살해됐다.[18] 사라예보는 세르비아 민병대에 둘러싸인 상태로 매일 폭격을 당하고 밤낮으로 저격수의 총격을 받았다. 아들에 대한 걱정과 유럽에 대한 깊은 유대감으로, 손택은 이들을 돕기 위해 뭔가 구체적인 행동을 해야겠다고 느꼈다. 손택은 한 인터뷰에서 말했다. "보스니아보다 르완다에서 벌어지고 있는 일이 훨씬 더 심각합니다. 하지만 제2차 세계대전 종전 후 50년이 지난 지금 유럽에 대량학살과 집단처형소가 존재할 수 있다는 것이 믿기지 않습니다."[19] 손택이 직접적인 체험을 통해 이런 인상을 이해하길 원했으리라는 것은 자명하다. 독일의 종군기자 카롤린 엠케는 목격을 해야만 한다는 이같은 의무감을 손택이라는 사람의 본질을 구성하는 요소로 묘사한다. "그는 다른 사람들이 고통받고 있는 상황에서 위험으로부터 보호받는 외국인으로 지낸다는 사실을 견디지 못했습니다. '제1세계 지식인' 역할을 하는 것으로는 만족하지 못했죠. 교전 지역에서 어떤 일이 벌어지는지를 알아내고, 그것을 진정으로 이해하고 싶어했습니다."[20] 이를 위해 손택은 세르비아의 포화를 받으며 디나르알프스산맥을 통과하는 비포장도로를 달려 공항이 파괴된 사라예보로 들어가는, 잠재적으로 치명적일 수 있는 위험을 기꺼이 감수했다.

손택은 유엔 인도주의 프로그램 국장과도 친분이 있었기

에, 비행기를 타고 포위된 도시로 가는 사절단에 자기도 동행할 수 있는지 물었다. 60세의 나이에, 베트남을 두 번 방문했고 제4차 중동전쟁 기간에 다큐멘터리 영화를 작업한 바 있었던 손택은 교전지역에서 어떻게 하면 자신의 시간을 의미있고 "도덕적으로 적절한 방식"으로 보낼 수 있을지 궁리했다. 손택은 『가디언』에서 이런 질문을 던졌다. "당신이 기자도 인도주의 단체 직원도 아니라면, 사라예보에서 무엇을 할 수 있겠는가."[21] 사라예보에서 보낸 2주는 손택에게 결정적인 경험이 됐고, 그는 그 도시로 돌아가 확실한 기여를 할 방법을 찾았다. 손택은 말했다. "연극계 사람들을 우연히 만났을 때, 돌아와서 얼마간 함께 작업을 하면 어떻겠냐고 물었습니다. '좋다'고 하더군요. 별로 생각할 것도 없이 제 머릿속에 바로 떠오른 연극이 『고도를 기다리며』였습니다."[22]

손택이 몇 년 뒤 인터뷰에서 말했듯이, 포위되고 파괴된 보스니아 수도에 체류한 경험은 인생에서 가장 중요한 사건 중 하나가 된다. 손택은 이 경험의 압도적인 힘을 묘사했다. "단순히 전쟁을 경험한 게 아니었습니다―그것은 인간의 목숨을 부지한다는 일에 관한 경험이었죠. 그곳에서 계속됐던 궁핍함의 온도가 어느 정도인지 상상도 못 할 겁니다. 먹을 거라곤 거의 없고, 난방도 불도 안 들어오고, 창문에 유리라곤 남아

나질 않았고, 전기도 우편물도 전화도 완전히 끊긴 상태에서 위협은 반복됐죠. 전쟁이란 소음, 어마무시한 소음이자 주변을 포위한 죽음입니다. 어느 때고 머리가 날아갈 수 있고, 오른편 혹은 왼편에 있는 사람이 그렇게 될 수도 있죠. 그럼에도 불구하고 거기엔 행위의 놀라운 지속성이라는 것이 존재합니다. 모든 층위에서, 사람들이 목숨을 부지해나가는 걸 볼 수 있죠."[23]

사라예보에서 손택와 같이 지낸 『뉴욕 리뷰 오브 북스』 필진 마크 대너는 말한다. "손택은 놀라웠습니다. 그저 올바른 편에서 서서 싸우고 있다고 느끼는 데 그치지 않고 치열하게 참여했습니다. 이상하게 들릴지 모르겠지만, 그때가 손택 인생의 전성기였어요."[24] 대너는 교전지에서 살아남는 법을 알려주는 손택의 전문 지식에 깊은 인상을 받았다. 손택은 대너에게 사방에 깔려 있는 명사수로부터 몸을 보호하기 위해 도시에 산재한 화물 컨테이너 뒤로 몸을 숨기는 법과 다음 안전지역으로 돌진하기 전에 지형을 정찰하는 법을 일러주었다.

기자들은 폭격으로 절반은 날아가다시피 한 홀리데이인에 살았는데, 이곳은 유일하게 계속 영업 중인 호텔이었지만, 도시 전체의 상황과 마찬가지로 물과 난방, 전기 없이 버텨야 했다. 이들은 몸을 씻고 화장실 물을 내리기 위해, 손전등을 들고 공용 펌프에 가서 병이며 쓰레기통에 물을 담아 방으로 날랐다. "손택에게는 대단한 모험이었죠. 그는 노력의 효과를 믿었습니다."[25]

손택의 참여는 진정 감탄스러운 것이었지만, 때로는 현실적인 장애물에 부딪히기도 했다. 오랫동안 손택은 초등학교를 개교하려고 했지만, 아이들이 등굣길에 저격수의 총에 맞을 것을 두려워한 부모들 때문에 이 프로젝트는 시작조차 할 수 없었다. 사라예보의 펜 회원들을 위해 뉴욕의 문학계에서 모금 행사를 조직한 일은 그보다 더 성공적이었다. 그는 사라예보에 절실히 필요했던 기금을 직접 들고 도시로 돌아갔다― 그것도 암시장에서 사용할 수 있도록 전부 현금으로.[26]

손택은 프랑스 지식인 앙드레 글뤼크스망과 베르나르앙리 레비가 비행기를 타고 사라예보에 와서 24시간 순방을 한 뒤 기자회견을 연 일을 두고 이들을 가혹하게 비난했다. 『워싱턴 포스트』에 말한 것처럼, 손택은 자신이 스페인내전 당시 프란시스코 프랑코의 군대에 맞서 적극적으로 참전한 조지 오웰과 어니스트 헤밍웨이의 전통에 속한다고 보았다.[27] 손택은 전 세계 지식인들이 행동하지 않는 현실을 이해할 수 없었으며, 사라예보에 가서 2주 동안 머물며 도시가 물리적으로 파괴된 모습과 사람들의 비참함을 기록하자고 애니 리버비츠를 설득했다. 손택은 말했다. "사람들은 저더러 여기에 오다니 미친 거 아니냐고 말합니다. 하지만 제가 여기 오지 않을 수 없었다는 것을 그들은 몰라요. 이건 여기서 무슨 일이 벌어지고 있는지 알게 된 순간에 내린 명백한 도덕적 선택이었습니다. 그리고 유일한 선택이었죠."[28]

하지만 마크 대너는 손택 역시도 사라예보의 일부 주민으로부터 거센 비판을 받았다고 말한다. 이들은 손택이 자신의 대중적 이미지를 제고하기 위해 상황을 이용할 뿐이라고 느꼈다. 손택 스스로도 사라예보의 기자들 사이에서 안 좋은 평판을 얻을 만한 행동을 할 때가 있었다. 전쟁 소식을 직접 전한 것도 아니었고, 포위된 도시를 장기간에 걸쳐 개별적으로 아홉 차례 방문하는 동안 구체적으로 하는 일이 있었던 것도 아니었으면서, 손택은 동료들에게 자신이 내전을 가장 생생히 경험하고 있으며 "최전방에 선" 유일한 사람이라고 생각한다는 인상을 주었다.[29]

하지만 「고도를 기다리며」를 무대에 올리겠다는 손택의 생각은 주민들도 기자들도 열렬히 환영했다. 1993년 7월 사라예보를 두 번째로 방문했을 때, 손택은 사라예보에서 여전히 정상적으로 운영되었던 두 극단 중 하나인 포조리슈테 믈라디(사라예보 청년극단)에서 베케트의 연극을 위한 리허설을 했다.

연극은 도시가 포위당한 기간에도 계속 상연됐다. 손택의 연극은 연출가 하리스 파쇼비치가 기획한 작은 축제의 일부로 포함됐다. 손택은 리허설이 엄청나게 힘들었다고 말했다. 조명과 의상 같은 가장 기본적인 장비가 부족했을 뿐만 아니라, 배우들이 개인적 상실과 식량 부족, 공포로 인해 지속적인 탈진 상태에 있었기 때문이다. 손택과 무대 디자이너 오그넨카 핀치는 무대를 탄약 상자와 모래주머니, 병상과 같은 사라예보의 새로운 삶을 상징하는 일상적인 표지로 채웠다. 기다림의 집단적 본성을 강조하기 위해, 손택은 블라디미르와 에스트라공 역할에 각각 세 명의 배우를 배정해서 번갈아 가며 대사를 읊게 했다. 여섯 명의 배우는 남성 두 명, 남성 한 명과 여성 한 명, 남성 두 명 등 세 쌍으로 조정됐다. 모든 배우는 강제수용소의 수감복을 입었다. 베케트의 원작은 2막으로 구성되며, 각각 고도가 나타나지 않은 것으로 끝나지만, 관객들이 공연이 끝난 뒤 집에 가려면 길고 위험한 길을 가야 한다는 점을 고려해 손택은 1막으로 임시 각색했다. 초와 손전등이 무대를 밝혔다.[30]

보스니아인 연출자 다보르 코리츠는 이 연극이 다소 "딱딱하고 쓸데없이 진지한"[31] 경향이 있다고 생각했지만, 손택의 「고도를 기다리며」는 사라예보 연극문화의 정상성과 도시의 고통스러운 무력감에 대한 강력한 상징이었다. 「고도를 기다리며」는 구 유고슬라비아의 다문화 국제도시에서 무엇이 위험에 처해 있는지를 세계에 보여주었는데, 그것은 바로 도시의 생활방식과 예술적 다양성이었다. 이것은 포위와 파괴에 대한 명시적 저항의 본보기였다. 연극이라는 선택은 사라예보의 대량학살을 거의 손가락 하나 까딱하지 않고 지켜보고만 있는 북대서양조약기구NATO, 보스니아와 인접한 유럽 국가들, 미국에 대한 통렬한 비판의 역할을 했다. 그들이 2년 뒤 마침내 보스니아에 병력을 배치했을 때, 포위 공격을 끝내는 데는 고작 며칠이 소요됐을 뿐이었다. 그동안 사라예보는 세르비아군을 격퇴할 연합군의 공습과 해방을 기다렸던 것이다. 또한 물과 가스, 전력, 식량, 담배, 휘발유를 기다렸고, 폭격을 중단하고 저격수를 철수시키기를, 끊임없는 죽음의 공포가 끝나기를 기다렸던 것이다.

손택의 인기와 그가 연출한 「고도를 기다리며」의 상징적 가치는 언론으로부터 비상한 관심을 끌었다. 신문과 잡지, 라디오, 텔레비전의 기자들이 다 허물어져가는 포조리슈테 믈라디 극장으로 모여들었다. 서양의 거의 모든 신문과 뉴스 방송이 손택의 연극 작업에 관해 보도했다. 손택은 수많은 인터뷰 요청을 선뜻 받아들였고, 거의 행복에 겨워하며 사라예보와 그곳에서 자신이 한 활동에 대해 말했다. 그러나 사라예보의 많은 주민과 일부 기자에게는 떠들썩한 언론의 관심이 경솔한 것으로 보였다. 그들이 보기에 손택은 사라예보의 운명보다는 자신을 폐허가 된 도시의 영웅으로 홍보하는 데 더 관심이 있는 것 같았다. 이런 시류에 편승한 건 오랫동안 손택을 눈엣가시로 여겨온 미국 보수 언론만이 아니었다. 유럽의 좌파 문화부 기자들도 마찬가지였다. 대표적인 예로, 뮌헨의 『쥐트도이체 차이퉁』은 손택을 신랄하게 비꼬며 "포위된 도시의 연출가로서 세계에 부끄러움을 안긴, 갈기 머리를 한 메데이아이자 무모한 도덕주의자"라는 별명을 붙여줬다.[32] 손택은 이런 공격에 노발대발했다. 그는 자신을 변호하기 위해 『뉴욕 리뷰 오브 북스』에 긴 에세이를 썼다. 초기 인터뷰에서 그는 연극을 상연하기 위해 사라예보의 연극인들에게 허락을 구했다고 말했지만,[33] 이후의 모든 인터뷰에서는 그들이 자신을 찾아와서 공연을 요청했다고 자랑조로 이야기했다. 더욱이, 언론의 관심은 자기 잘못이 아니라고 주장했다. 자신은 어떠한 보도나 인터뷰도 원하지 않았는데, 극단의 배우와 직원 들이 기자들을 들여보내달라고 요구했다는 것이다.

물론, 손택이 사라예보에서 위험하고 고단한 장기간의 작업에 착수한 이유가 오직 주목을 받고자 하는 욕구 때문이었다고 비난하는 것은 지나치게 냉소적인 반응이다. 그와 반대로, 전쟁으로 파괴된 도시에 서구사회의 관심을 모으도록 돕는 데 있어서 인기란 손택이 마음대로 사용할 수 있었던 최고의 통화였다. 돌이켜 생각하면, 그의 인터뷰와 사라예보 동료의 증언이 그려내는 손택의 모습은 열정적이고 때로는 순진한 여성의 모습이다. 자신의 임무가 스페인내전에 참여한 지식인들의 전통에 속한다고 굳게 믿었던 손택은, 이런 시대착오적인 생각이 얼마나 가식적으로 들릴 수 있는지 깨닫지 못한 것 같다. 손택은 이런 비난에 엄청난 상처를 받았다.

보스니아 전쟁이 끝난 뒤에도 손택과 데이비드 리프는 적어도 1년에 한 번은 사라예보에 가서 포위 기간에 그들이 맺은 관계를 유지하고 도시의 삶을 재건하는 데 실질적인 도움을 주었다. 손택은 사라예보 전쟁에 참여한 공로를 인정받아 명예시민증을 수여받았고, 스위스 몽블랑 문화예술 후원자상도 받았다. 그는 이 상금을 전액 사라예보 인도주의 단체에 기부했다. 손택의 사후에 보스니아헤르체고비나의 수도 중심에 있는 시민광장은 그를 기리기 위해 이름을 새로 명명했다.*

그 뒤로 몇 년 동안 손택의 작업에선 사라예보에서 경험한

---

* 사라예보 국립극장 앞에 있는 이 광장은 '수전 손택 광장Pozorišni Trg Susan Sontag'으로 불린다.

엄청난 충격이 고스란히 전해졌다. 손택은 인터뷰를 통해 구 유고슬라비아의 전쟁을 자신이 평생 감탄하며 바라봐온 유럽 문화의 종말로 생각한다고 자주 말했다. 서유럽의 문화·정치 엘리트의 전쟁에 대한 무관심으로 인해 손택은 유럽의 이상에 대해 점차 환멸을 느꼈으며, 이것은 그가 이후에 쓴 글에서 확연히 드러난다. 손택은 미국에서 진지한 고급문화의 소멸을 목격했다. 그런데 이제 고급문화의 원류인 유럽에서도 그런 경향이 두드러졌다. 이미 1998년 5월 베를린회담 연설「유럽이라는 개념(또 한 편의 비가)The Idea of Europe(One More Elegy)」에서 손택은 옛 유럽의 진지한 미학적, 윤리적, 개인적 가치관은 이제 '유로랜드Euroland'에 밀려나고 있으며, 이 테마파크는 자신의 지형도 안에서 유럽 고급문화의 대변자들을 이민자와 망명자라는 낯선 이들로 바꿔놓고 있다고 주장했다.[34] 손택의 글은 이 과정에 대한 정확한 기술이라기보다는 처음부터 자기 작업에 동기를 부여해주었던 꿈에 대한 고별사라고 할 수 있다.

유고슬라비아 전쟁 이후로, 이런 변화는 손택이 치열하게 작업했던 『인 아메리카』라는 의미심장한 제목의 새 소설에서 가장 분명히 볼 수 있다. 이 소설은 역사적 인물인 헬레나 모제스카(본명 헬레나 모제예프스카, 1840-1909)를 모델로 한 폴란드 배우 마리나 잘레조프스카의 경력을 추적한다. 헬레나 모제스카는 1876년에 러시아 치하의 폴란드에서 미국으로 이주한 뒤, 그곳에서 일약 스타로 발돋움해 19세기의 가장 유명한 배우 중 한 사람이 됐다. 손택은 보스턴의 작은 서점에서 폴란드 작가 헨리크 시엔키에비치에 관한 논문을 훑어보던 중에 자신의 여주인공을 발견했다. 이 젊은 남성은 모제스카 수행단의 일원으로 모제스카와 동행했고, 캘리포니아주 애너하임에서 단명한 그의 유토피아적 농업 공동체를 공동으로 설립했다.

특히 『인 아메리카』의 도입부에서 손택은 직접 소설 속으로 들어가서 자신과 주인공 사이의 유사성을 짚어낸다. 『인 아메리카』는 표면적으로 명성과 디바로서의 삶에 관한 명상록처럼 보인다. 하지만 어떻게 보면, 이 소설은 손택 자신이 정신적인 측면에서 미국으로 돌아왔다는 것 역시 보여준다. 소설에서 가장 감동적인 부분은 마리나가 옛 유럽과 그 이상으로부터 쫓겨나는 장면과 미국에서 공인으로 살아가며 어려움을 겪는 장면이다.

사라예보에서 보낸 시간에 의해 설명되는 손택의 방향 전환은 자신이 몸담고 자라온 서양문화가 엄청나게 변화한 탓에, 보스니아에서 자신이 한 일과 같은 지식인의 사회 참여가

신뢰와 가치를 잃었다는 놀라운 통찰에서 가장 여실하게 드러난다. 이런 실망감은 그가 극작가 토니 쿠슈너와의 인터뷰에서 이제 대부분의 사람이 이타주의나 원칙에 의해서 뭔가를 한다는 걸 전혀 상상할 수 없는 일이라고 여긴다고 토로했던 예에서도 절절히 드러난다. 손택은 이런 도덕적 타락을 에밀 졸라 시대 이래 작가와 지식인이 자신 있게 사용해온 수사의 몰락 때문이라고 보았다. 손택은 말했다. "'제 원칙상 ⋯⋯은 있을 수 없습니다'라든지, '저는 이것이 옳은 일이라고 믿습니다. 그러므로 행동에 옮길 것입니다'라든지, '위험한 일일지언정, 저는 ⋯⋯을 해야겠습니다'─이런 종류의 언어와 생각은 죽음을 맞고 있습니다. 대부분의 사람이 이런 것들은 사실상 말이 안 된다고 생각하죠."[35]

손택은 연설과 강의, 인터뷰, 좌담회에서 이런 견해를 표명할 때, 종종 사라예보에서 자기가 겪은 일을 제시하며 격분한 상태로 다른 참석자들을 공격했다. 심지어 그들이 자신을 지지하고 자신의 정치적 주장에 동조할 때조차 그랬다. 손택과 함께 사라예보의 펜 회원들을 위해 모금 행사를 조직했던 기자 폴 버먼과 같은 많은 동시대인은 그를 존경했음에도 이런 행동을 참을 수 없었다고 말한다.[36]

하지만 손택의 친구들은 그의 기행에 즐거워했다. 웬디 레

서에 따르면, 손택은 교전지역에 가보지 않은 사람들의 견해
는 덮어놓고 무시했다.[37] 레서가 보기에 이런 태도는 독선이라
기보다 때로 자기중심주의로 흐르는 도덕적 신념의 표현이었
다. 자신의 윤리 원칙에 대한 믿음이 매우 확고했던 손택은 대
화에서 그것이 희석되는 것을 원치 않았다. 레서는 자신의 친
구였던 시인 톰 건을 만나보고 싶어한 손택이 두 사람을 초대
해 샌프란시스코에서 점심을 함께했던 일을 기억한다. 건은 모
임이 끝난 뒤 눈에 띄게 기진맥진한 모습이었다. 그는 손택이
확고한 도덕 원칙을 지닌 참으로 좋은 사람이지만, "좋은 사
람이라고 해서 점심을 같이하기 쉬운 건 절대 아니"라는 것을
알게 됐다.[38]

심지어 가까운 친구이자 옹호자인 앤드루 와일리조차 손택
이 인간미 넘치고, 사적으로 가식이 없으며, 호기심이 있지만,
한편으로는 분명 귀부인 노릇을 할 줄도 알았다는 점을 인정
했다. "손택은 마리아 칼라스와 같은 방식으로 공격성을 표출
했습니다. 사람들은 원하는 바를 정확히 알고 있는 사람과 함
께라는 사실을 늘 염두에 둬야 했죠. 손택은 뭔가가 마음에
들지 않으면, 공격을 개시했습니다."[39] 테리 캐슬도 손택이 언
제나 뭔가 마음에 들지 않으면 비난과 공격을 퍼붓고, 무례하
고 까칠하게 굴 준비가 돼 있었다는 데 동의한다. "자칭 '세계

의 비평가'라는 역할을 내려놓는 법이 없었죠. 자기가 찬성하지 않는 말을 할 때, 멍청하거나 진부하다고 생각하는 말을 할 때면 손택은 동료들을 모질게 대할 권한을 갖고 있었습니다. (…) 그가 지닌 아우라의 일부였죠."[40] 결국, 손택의 오만함은 학계와 지식인층에서 공인된 문학 장르가 되었고, 캐슬에 따르면 험담의 소재이자 은밀한 놀림감으로 통했다. 한번은 공식적인 저녁 식사 자리에서 어느 저명한 스탠퍼드대 교수가 손택에게 친구 조너선 밀러(밀러는 손택이 미국에서 누리는 것과 비슷한 지위를 영국에서 누렸다)에 관한 소식을 들은 것이 있는지 물었다. 손택은 신문도 안 읽었느냐며 그를 쏘아붙였다. 또 한번은 영문과 교수 데이나 헬러가 손택의 희곡 『앨리스, 깨어나지 않는 영혼』을 두고 같은 제목을 캐슬린 샤인이 이미 소설에서 쓴 적이 있는 걸 아느냐고 물었다. 손택은 노픽대 학생들이 다 보는 앞에서 헬러의 어리석음을 비난했다.[41] 심지어 펜 센터의 공식 만찬에서 옆에 앉아 있던 더블데이 출판사의 편집자가 자기를 못 알아보자 연회장을 나가버린 일도 있었다.[42]

스티븐 코크와 시그리드 누네즈는 손택이 재능이 탁월하고 연줄이 든든한 권력가였다고 말한다.[43] 일례로, 손택은 전화 한 통으로 『배니티 페어』 편집장 티나 브라운을 설득해 애니 리버비츠가 찍은 논쟁적인 데미 무어의 임신 중 누드 사진을 표지에 게재하게 했다. 잘 알려지지 않은 작가들에 대한 손택의 지지는 그들이 상을 받고 더 나은 출판사를 찾는 결과로 이어지기도 했다. 한편, 자신에 관한 불편한 기사가 나가는 것을 막고자 할 때는 앤드루 와일리, 로저 스트로스, 그리고 그들의 변호사가 가진 힘을 동원할 줄도 알았다. 1960년대 이후로 절친하게 지낸 리처드 하워드와 스티븐 코크에 의하면, 당시 손택은 수많은 공격으로부터 자신을 보호해주는 거대한 측근 세력을 꾸렸지만, 이 때문에 신망을 많이 잃기도 했다. 한 비평가는 이 측근 세력을 정치단체의 군사 조직과 비교했다.[44] 손택은 숭배자를 필요로 했고, 많은 친구와 조수와 지인이 기꺼이 그에 응해주었는데, 그 이유는 손택이 영향력 있는 여성이었을 뿐만 아니라, 나이가 들어서까지도 활기와 젊음의 기운을 발산하는, 매력적이고 세심하고 너그러운 친구가 되어줄 줄 알았기 때문이다. FSG의 홍보 담당자 제프 서로이는 손택과 함께한 저녁이 얼마나 놀라웠는지를 기억한다. 손택은 연극, 오페라, 일본 음식 등 많은 것에 관심이 있었으며, 열정을 발산하는 그의 능력에는 전염성이 있었다. "수전과 함께한다는 건 조수석에 앉거나 갓길에서 차에 치여 죽거나 둘 중 하나였지만, 조수석에 앉으면 환상적이었죠."[45]

손택이 진지함과 이상주의의 몰락으로 여긴 것에 대해 오만한 태도로 비통해하는 모습은 1990년대 말에 쓴 짧은 에세이들에서도 눈에 띈다. 여기에서 손택은 자신이 고급문화의 유일한 보루라고 믿은 분야, 다시 말해 아직까지 건재했던 문학에 점점 더 초점을 맞춘다. 이를 애통해하는 어조는 스페인어로 번역된 『해석에 반대한다Contra la Interpretación』 신판에 써준 1996년 서문 「30년이 지난 후……Treinta años después……」에서 가장 뚜렷이 나타난다. 다른 작가라면 자신의 가장 중요한 책 가운데 한 권을 돌아보며 향수에 젖을지도 모르겠지만, 손택은 그렇지 않았다. 대신 손택은 자신의 초기작을 두고 대단히 양면적인 감정이 엇갈린다는 뜻을 분명히 밝혔다. 한 가지 이유는 문화적 가치, 쾌락의 옹호, 심미성, 대중문화가 그간 의기양양한 소비자본주의의 깃발 아래서 재평가되어왔기 때문이었다. 엘리트 문화와 대중문화의 위계를 폐지해야 한다고 열렬히 부르짖을 때만 해도, 그는 자신이 장려하는 구속받지 않는 예술이 언젠가 고급문화의 기초를 흔드는 하찮은 소비문화의 침략을 가능하게 하리라는 것을 알지 못했다. 젊은 문화 혁명가 수전 손택과 고급문화에 대한 보수적인 옹호자를 자처하는 나이 든 손택 사이의 간극은 그보다 더 클 수 없었다. "진지함(그리고 훌륭함)이라는 바로 그 생각은 이제 대부분의 사람에게 진기하고 비현실적인 것으로 여겨지고 있으며—
기질에 따른 자의적인 결정으로—허용될 때에도 아마 불건전
한 것으로 여겨질 것이다."46

이와 같은 진지하고 지적인 예술에 대한 애도와 문화를 평
준화하는 세력에 대한 저항은 손택의 다른 글에서도 읽을 수
있다. 「영화의 한 세기A Century of Cinema」에서 손택은 영화의 역
사가 100년을 넘긴 후 시작된 난해한 영화의 쇠퇴를 애도한
다. 그는 자신의 비관적인 관점을 특히 1960년대와 1970년대
에 전 세대 영화광이 도전적인 유럽 영화감독에 대한 긴 회고
전을 보고 영향력 있는 프랑스 영화 잡지 『카이에 뒤 시네마
Cahiers du Cinéma』를 구독하게 만들었던 영화를 향한 열정이 사
라지고 없음을 기록한다. 시네필의 눈에 영화는 마술적이고,
반복될 수 없는, 유일무이한 경험이었지만, 이런 사고방식은
오늘날 영화산업이 낳는 결과물의 관점에서는 더 이상 가능
하지 않다고 그는 말한다. 1996년 2월 25일 『뉴욕 타임스』에
이 글이 「영화의 쇠퇴The Decay of Cinema」라는 제목으로 발표되
자 뉴욕의 예술계에서 논란이 일었다. 손택은 단지 널리 퍼진
생각을 묘사하기만 한 게 아니었다. 저자의 불평이 옳다는 것
을 증명이라도 하듯, 『뉴욕 타임스』의 문화부 편집자들은 독
자들이 알아보지 못할 것 같은 몇몇 감독의 이름을 글에서

삭제했다.[47]

하지만 이런 한탄 조는 아무리 정당화한다고 해도, 억지스럽게 들릴 때가 있다. 후안 룰포의 1955년 소설 『페드로 파라모Pedro Páramo』 등 유럽과 라틴아메리카 작품들의 영역본에 써준 서문들, 독일 작가 W. G. 제발트에 관한 에세이 「비탄에 잠긴 정신A Mind in Mourning」이나 「사후의 삶: 마샤두 지 아시스의 경우Afterlives: The Case of Machado de Assis」, 그리고 『강조해야 할 것』에 수록된 다른 에세이들과 같은 이 시기 손택의 가장 아름다운 글에는 이런 한탄이 부재한다. 이 글들은 오히려 손택이 마크 모리스 무용단이나 라이너 베르너 파스빈더 재단 뉴욕 지부 같은 기관의 자문위원으로서 예술 전반을 홍보하는 데 실질적으로 참여했음을 보여준다. 손택은 미국에서 거의 철저히 무명인 작가의 작품을 소개하는 일련의 글을 썼는데, 룰포와 제발트, 마샤두 지 아시스뿐만 아니라, 유고슬라비아의 포스트모던 작가 다닐로 키시, 폴란드 시인 아담 자가예프스키, 고전적인 폴란드 아방가르드 작가 비톨트 곰브로비치도 소개했다. 손택의 격려에 힘입어 이 작가들 중 몇몇은 앤드루 와일리를 에이전트로 고용하고 FSG에서 책을 출판할 수 있었다.

손택은 자신이 써준 서문에서 우아하고 고상하지만 구식

인 세계문학에 대한 헌신에 새 생명을 불어넣고, 문학의 우수성을 열정적으로 옹호한다. 물론 그의 서문은 언제나처럼 작가로서의 자기인식과 자신의 문학적 야심도 전달한다. 하지만 주제가 되는 작가와 작품의 특징을 적절히 드러내 물 흐르듯 전기를 그려내는 것은 바로 작가의 업에 대한 손택의 관점이다. 이 에세이들은 손택이 지적인 흥미를 추구할 수 있는 적소를 찾게 해주었을 뿐 아니라, "위대한 도서관을 위한 프로젝트"를 실질적으로 확장하는 데도 도움을 줬다. 손택이 영향력을 행사하지 않았다면, 후안 룰포와 같은 작가의 책이 영어로 번역되는 일은 결코 없었을 것이다. 다른 작가의 책도 표지에 손택이라는 이름이 없었다면, 절대로 그처럼 많은 독자를 확보하지 못했을 것이다. 손택은 그런 귀부인 노릇, 즉 위대한 문학에 대한 열정적이고도 때때로 유별난 옹호자 노릇을 즐겼다.

삶과
내세

나는 춤출 때 행복하다.[1]

수전 손택에게 1990년대는 무엇보다 애니 리버비츠와 함께한 시절이었다. 두 여성은 여러 곳을―요르단, 이집트, 이탈리아, 일본―함께 여행했다. 소설 『인 아메리카』를 쓰기 위해 헬레나 모제예프스카의 삶을 조사할 때는 캘리포니아주 애너하임에 있는 폐허가 된 폴란드 스타의 농장을 방문했다.[2] 1996년 리버비츠는 뉴욕 허드슨강 근처 라인벡에 그림 같은 토지를 매입했다. 클리프턴포인트라고 불리는 이 토지는 한때 옛 뉴욕의 금융 귀족과 상류사회를 대표하는 영향력 있는 애스터 가문의 전원 토지였다. 그곳에는 세기가 바뀔 즈음에 지어진 집 몇 채와 호수가 있었으며, 허드슨강 둑이 펼쳐져 있었다. 리버비츠는 토지를 세심하게 재건하면서 크게 즐거워했고, 두

사람은 연못 근처 작은 집으로 이사했다. 재건을 마친 뒤, 이 집은 손택의 전원주택이 됐다.[3]

유방암 투병을 한 뒤로 손택은 몸이 보내는 신호에 극도로 민감해졌다. 1998년 여름, 몸이 점점 안 좋아지는 것을 느끼기 시작한 손택은 7월 초에 재검을 받았다.[4] 결과는 충격적이었다. 암이 재발했던 것이다. 이번에는 희귀한 종류의 자궁육종이었다.[5] 예후는 이전 암보다 훨씬 나았지만, 이미 암을 앓은 적이 있었던 65세 손택에게는 잠정적인 희망만이 있을 따름이었다. 암과의 첫 번째 대결에서도 그랬듯이, 손택은 정신을 가다듬고 한 가지 가능성, 즉 생존만을 준비했다. 데이비드 리프는 후일 손택의 사고방식을 "긍정적인 부정"이라고 표현했다.[6] 손택은, 23년 전과 마찬가지로, 이 통계를 극복할 수 있으리라고 굳게 믿었다. "어머니는 당신이 죽을 수도 있다는 것에 대해서는 언급조차 하지 않았습니다", 데이비드는 말했다.[7]

손택은 이후 1년 반을 엄청난 고통 속에서 보냈다. 뉴욕에 있는 마운트시나이병원에서 완전한 자궁적출 수술과 지난한 방사선치료, 항암치료를 받았다.[8] 암이 재발하고 처음 몇 달 동안, 애니 리버비츠는 거의 매일 손택 옆을 지켰고, 손택은 리버비츠로 하여금 자신이 앓는 병의 다양한 단계를 기록하게 했다. 리버비츠가 2006년 『어느 사진작가의 삶』에 실은 작은 판형의 이 사진들은 그의 사진 가운데 가장 감동적이고 논쟁적인 것에 속한다. 이 사진들엔 몸을 가누지 못하는 손택을 간호사가 씻기는 장면, 손택이 친구와 간병인의 도움을 받으며 항암치료를 받는 장면, 그리고 그 유명한 갈기처럼 길고 숱 많은 머리카락을 짧게 자른 모습이 담겼다.

손택의 에이전트 앤드루 와일리는 센트럴파크에서 오전에 조깅을 한 뒤 매일 그를 보러 갔다. 와일리는 손택이 얼마나 절박하게 자신의 생존을 진행 중인 계획과 연결시켰는지 생생히 기억했다. 심지어 비몽사몽 중에도, 손택은 여전히 집필을 계획 중인 책에 관해 생각했다. 어느 날 아침 와일리가 병실에 들어갔을 때, 수척해진 손택이 침대에 누워서 자고 있었다. "손택을 보면서 오, 세상에, 손택이 세상을 떠났구나 생각했습니다. 그런데 제가 팔에 손을 대니까 손택이 갑자기 정신을 차리며 말하더군요. '작업하는 중이에요!' 제가 '뭐라고요?'라고 물으니, '작업하는 중이라고요!'라고 했습니다. 저는 손택을 안으며 말했죠. '당신 완전히 정신을 잃었군요.' 수전은 그런 사람이었습니다. 말 그대로 사경을 헤매는 와중에도 졸았다고 생각되는 게 싫었던 거죠!"[9]

항암치료는 육종을 몰아냈지만, 부작용 중 하나로 발에 심각한 신경장애가 생겼다. 손택은 65세에 장기간에 걸친 물리

치료를 통해 다시 걷는 법을 배워야 했다. 재활은 끔찍했지만, 손택은 투사였다―살아있음을 기뻐하고 매 순간을 즐기기로 단단히 결심한 투사.[10]

그동안, 그야말로 무한한 투지로 무장한 손택은 다시 글을 쓰기 시작했다. 두 번째 암 투병 기간에 손택이 완성한 첫 번째 작품은 손택과 리버비츠가 함께 구상한 사진집의 서문이었다. 1999년 가을에 발간된 『여성들Women』에는 예술가, 정치인, 주부, 농부, 스트리퍼 등 리버비츠가 찍은 미국 여성 200명의 초상이 담겼다. 이 작품은 새천년이 시작되던 시기 미국 여성들의 삶에 대한 인류학적 편람이나 마찬가지였다. 사진집은 아우구스트 잔더가 바이마르공화국의 독일인들을 찍은 1929년 사진집 『시대의 얼굴Antlitz der Zeit』[11]에 개념적으로 큰 빚을 지고 있다. 리버비츠의 사진은 다양한 사회 계층과 완전히 중립적인 카메라의 눈을 잔더보다 훨씬 더 나란히 병치한다. 서문에서 손택은 이 책이 묘사하는 모든 여성을 연결해주는 뭔가가 있는지 묻고, 때로는 시대착오적인 인상을 주는 성찰을 한 뒤 이 질문에 대답하기를 거부한다. 이 글에서 손택은 『화산의 연인』을 매듭짓는 여성들의 네 가지 독백과 희곡 『앨리스, 깨어나지 않는 영혼』에서 이미 다루었던 주제, 즉 여성들의 삶을 이어간다. 이 주제에 관심이 있었음에도 표면 아래를 파고드는 데 실패했다는 사실은, 이 주제가 사실 손택과 어울리지 않았음을 시사한다. 여성으로서 손택의 삶은 일반화하기에 너무도 모순적으로 흘러왔다. 손택은 1960년대와 1970년대에 비판했던 페미니스트 담론을 다시 받아들이지도 않고, 1990년대에 미국 대학교에서 지속된 포스트페미니스트 젠더 담론을 채택하지도 않는다. 그 대신, 더 먼 과거로 간다. 당시의 인터뷰에서 손택은 버지니아 울프에 대한 열정을 재발견했다고 말한다. 인류학으로부터 영향을 받은 성찰은 여러모로 울프의 『자기만의 방A Room of One's Own』(1929)을 연상시킨다. 하지만 울프와 달리 손택은 여성의 일상적 삶에 관한 기초적 문제를 분명히 하거나, 여성의 인간적 조건의 보편적 측면을 밝히는 데 실패한다.

『여성들』의 광택지에서 이보다 더 부각되는 것은 손택이 심각한 질병을 극복한 뒤에 공인의 삶이라는 무대로 의기양양하게 귀환하며 자신의 이미지를 확인하는 모습이다. 수전 손택과 카메라의 오랜 연애를 가장 아름답게 담아낸 초상 가운데 하나가 이 책의 말미에 있다. 항암치료 이후에 다시 자라난 회색빛이 감도는 하얗고 짧은 머리카락은 손택의 인상적인 이목구비에 관능적인 무게를 더한다. 터틀넥 스웨터를 입고 손으로 턱을 괸 채로 예리한 눈빛을 보내는 손택은 그 어느 때보다도 자족적인 비평적 권위의 아이콘으로 보인다.

　데이비드 리프는 에세이 「은유 이상으로서의 질병Illness as More than Metaphor」에서 손택이 죽음에 대해 거의 언급하지 않았지만 죽음에 관한 생각이 "대화의 향연에 유령"처럼 도사리고 있었다고 말한다. 손택이 "장수에 골몰했다는 것"과 "100살까지 살고 싶다는 말을 자주 했다는 것"에서 이런 점이 특히 두드러진다.[12] 죽음에 관한 생각을 적극적으로 억누르려는 시도는 때로 삶을 초인적으로 갈망하는 모습으로 표출됐다. 손택은 여전히 잠을 자는 대신 밤을 새워가며 이야기하고, 책을 읽고, 영화를 볼 수 있었다.[13] 아이러니하게도 손택은 9개의 목숨 중에 이미 6개를 써버렸다고 종종 말하면서도, 한편으로 글쓰기를 막 시작한 참이고 자신의 최고작은 아직 나오지 않았다고 주장했다. 2000년 3월에는 "완전히 새로운 인생을 얻었습니다. 끝내줄 거예요"[14]라고 말했다. "하루는 24시간이지만, 저는 하루가 48시간인 것처럼 살려고 노력합니다."[15] 손택은 정말로 그렇게 살았다. 심지어 어렸을 때 어머니가 못 하게 했던 피아노 수업까지 받았다.[16] 손택의 열정은 친구들에게도 영향력을 발휘하는 삶을 긍정하는 충동이었다. 제프 알렉산더라는 조수가 손택에게 이메일 계정을 만들어주고 인터넷을 어떻게 사용하는지 가르쳐줬을 때, 손택은 새 기술에 완전히 빠져들어서 한 달 만에 알렉산더보다 더 많은 것을 알게 됐다. 손택은 원할 때면 언제 어디서고 글을 쓰고 인터넷을 사용할 수 있도록 펜트하우스 이곳저곳에 몇 대의 컴퓨터를 배치했다.[17]

손택은 여전히 항암치료를 받는 동안에 『인 아메리카』를 완성했다. 전작인 『화산의 연인』처럼 헬레나 모제예프스카의 삶에 기초한 이 소설도 역사적 사건을 소설로 각색한 것이었다. 이 소설 역시 강인한 여성을 주요 등장인물로 삼았다. 손택은 전통적인 저자의 서술 시점을 허구의 일기와 편지, 대화, 내적 독백과 결합했다.

하지만 이런 노력에도 불구하고 결과는 실망스러웠다. 이 장편소설은 배우와 스타 숭배, 유럽 이민자, 아메리칸드림에 대한 클리셰를 모아놓은 것과 다름없다. 많은 장면이 일차원적이고 틀에 박힌듯 진부하다. 주인공의 고귀한 이타주의와 예술에 대한 도취는, 손택이 때때로 순진하게 접근했던, 스스로 생각하는 공인으로서 자신의 역할을 반영하는 듯 보인다.

개인적인 이야기를 한다는 측면에서는, 자신이 창조해낸 여주인공을 활용해 자기 명성에 관한 생각까지 탐구하고 있다는 암시가 엿보인다. 자신의 일대기, 이를테면 사라예보에서의 체류, 필립 리프와의 결혼, 폴란드계 유대인 조부모에 대한 모순적인 언급을 삽입하는 경향은 『화산의 연인』에서보다 훨씬 더 뚜렷하게 나타난다. 소설의 도입부는 흥미롭게도 단어마다 인용 부호를 붙이기를 좋아하는 자신의 성향을 언급하는 등 진지한 지식인으로서 자기 명성을 공들여 암시하는 문장으로 가득하다.

실험적인 경향이 있기는 하지만, 『인 아메리카』는 전통적인 장편소설에 머물렀다. 이 소설은 손택이 1960년대에 옹호한 하이모더니즘 문학으로부터 확연히 벗어나 있다. 또한 조지프 브로드스키, 안나 반티, 다닐로 키시, 호르헤 루이스 보르헤스와 같은 작가에 대한 논의에서 손택이 고급문화로서의 세계문학에 관해 권위 있게 선언한 바와도 극명한 대조를 이룬다. 심지어 자신의 문학적 모델이 유행에 영향을 받지 않는 복잡성을 지향한다는 것을 가치 있게 생각하고, 이것이 주류문화에 체제 전복적인 영향을 주었다는 것을 입증할 때조차, 『인 아메리카』를 통해 인기를 얻고자 손택이 채택한 전략은 스위스 비평가 안드레아 퀼러가 "주제와 이야기가 여가 시간에 책을 읽는 사람들의 취향"이라고 부른 것에 위험할 정도로 근접한다.[18]

『화산의 연인』이 성공을 거둔 뒤라 FSG는 『인 아메리카』

를 광고할 때도 그만큼의 노력을 기울였다. 손택은 항암치료로 인해 아직 상당히 쇠약한 상태였지만, 엄청난 직업의식을 발휘해서 소설을 홍보하는 데 몸을 던졌다. 소설이 발간된 2000년, 미국 전역을 순회하는 낭독회를 계획한 FSG의 홍보 담당자 제프 서로이는 손택과 함께 시카고, 시애틀, 포틀랜드, 샌프란시스코, 로스앤젤레스, 버클리, 덴버, 아이오와시티, 휴스턴, 마이애미, 워싱턴을 여행했다. 힘든 활동이었지만 손택은 극도의 피로감 속에서도 여행을 즐겼고, 독자를 만나며 즐거워했다.[19]

『인 아메리카』는 미국에서 엇갈린 반응을 얻었다.『화산의 연인』을 극찬했던『뉴욕 타임스』의 미치코 카쿠타니는『인 아메리카』를 "전통적이기 짝이 없는 19세기 소설에 대한 전통적이기 짝이 없는 모방"이라고 평가했다.[20] 반면에『워싱턴 포스트』의 리처드 루리는 아쉬운 부분이 있지만 역사의 파노라마와 손택의 서술에서 느껴지는 기백, 지성, 유쾌함에 매료됐다고 말했다.[21]

손택을 특별히 가혹하게 평가한 이는 81세의 아마추어 역사가이자 캘리포니아 헬레나 모제예프스카 재단의 공동 창립자인 엘런 리였는데, 2001년 5월에 손택이 표절을 했다고 비난하면서 손택은 심한 타격을 입었다.[22] 리는 이 소설에서 모제예프스카의 회고록 『헬레나 모제스카의 기억과 인상Memories and Impressions of Helena Modjeska』(1910)과 『미국인의 초상Portrait of America』(1959)에 있는 모제예프스카의 친구 헨리크 시엔키에비치의 편지, 매리언 콜먼이 쓴 잘 알려지지 않은 모제예프스카의 전기 『어여쁜 로절린드: 헬레나 모제스카의 미국 활동Fair Rosalind: the American career of Helena Modjeska』, 윌라 캐더의 『나의 원수My Mortal Enemy』(1926)로부터 글자 그대로 또는 약간의 수정을 가해서 모사한 부분을 열두 군데나 찾아냈다. 엘런의 문제 제기에 대해 손택은 오만한 태도를 보이며 얼버무리는 식으로 반응했다. 이 소설은 역사적 인물인 모제예프스카와 주변 인물로부터 "영감을 받았고 (…) 그 이상도 그 이하도 아니다. 소설에 등장하는 대부분의 인물은 허구이며, 그렇지 않은 인물들은 그들의 실제 모델과 근본적으로 차이가 있다"라고 명시한 판권 면의 주注를 언급한 것이다.[23] 손택은 『뉴욕 타임스』에서 문학 이론에 의거해 자기를 변호했다. "역사 속 실존 인물을 다루는 모든 사람은 원전을 옮기고 차용한다. (…) 나 역시 원전을 사용하되, 그것을 완전히 변형시켰다. (…) 그런 책들을 본 적이 있다. 모든 문학은 일련의 참조이자 언급이라는 더 큰 논쟁이 있다."[24]

손택의 글을 면밀히 검토하면 표절 혐의가 입증되지 않는다는 것이 증명된다. 문제가 된 부분은 387쪽짜리 소설에서 3쪽 분량에 불과하다. 조너선 갤러시와 제프 서로이는, 순수하게 법적인 문제로 볼 때, 손택이 사용한 원전은 오래돼서 더는 저작권의 보호를 받지 않으므로 표절이 성립할 수 없다고 덧붙인다. 하지만 출처의 목록을 상세히 작성했다면 이런 혐의를 대부분 피할 수 있었다는 점에는 두 사람 모두 동의한다.[25] 한편, 종종 간과되고는 했던 손택의 문학적 텍스트들 간의 상호텍스트성Intertextualität, 즉 손택이 특별한 언급 없이 『화산의 연인』과 『앨리스, 깨어나지 않는 영혼』에서도 사용한 기법이 여기서도 명백히 드러난다. 이 기법은 부분적으로 손택이 사용한 역사적인 자료, 그리고 일부는 폭넓은 조사를 하고 다른 글을 인용할 수밖에 없는 에세이를 쓰며 보낸 수십 년간의 시간에 기인한 것이다. 손택의 소설 스타일은 분명 여기에 영향을 받았다.

혹평을 하는 사람들이 있었음에도 『인 아메리카』는 미국의 문학상 가운데 가장 영예로운 상인 전미도서상 후보에 올랐다. 1만 달러짜리 상을 받기 위해 맨해튼에 있는 매리엇 마르키스의 무대에 올랐을 때, 손택은 놀라움을 감추지 못했다. "놀랍다는 말로는 부족하군요……. 정말 말할 수 없이 감격스럽습니다."[26] 손택은 뒤이은 기자회견에서 부정적인 비평을 언급할 때, 다소 성을 내며 비평을 전혀 읽지 않는다고 말했다. "저는 비위가 아주 약합니다. 비판을 받는 건 괴로운 일이죠."[27]

에세이와 달리 손택의 문학작품을 좋게 평가하지 않았던 뉴욕 문학계에서, 일반적으로 이 상은 지적인 우상으로서 그의 지위를 인정한 것으로 여겨졌다.[28] 이 책을 출간해서 전미도서상을 받고 난 이후에 가진 인터뷰에서, 손택은 이런 의견이 널리 받아들여지는 상황에도 굴하지 않고, 계속해서 이제 자신의 본업은 소설가라고 주장했다. 손택은 소설이 이전에 낸 에세이보다 더 우수하다고 여겼다. 1960년대 에세이들이 차츰 잊힌다고 할지라도 자신이 소설로 기억된다면 크게 신경 쓰지 않을 것이라는 대담한 발언도 이따금씩 했다.[29]

일흔을 앞두고도 손택은 나이 든 여성처럼 행동하지 않았다. 앤드루 와일리는 말한다. "만년에도 손택은 여전히 스물한 살 같았습니다. 언제나 모르는 것에 관심이 있었죠. 많은 사람이 만년에 이르면 자기가 아는 것에 의존하죠. 하지만 수전은 어제 태어나서 여전히 온 세상이 신세계인 것처럼 살았습니다."[30] 손택은 나이를 '기괴한 것'이라고 불렀다. 그는 평생 해온 일을 여전히 하고 있었다.[31] 손택은 60대 후반에도 일상을 치열하게 살아가며,[32] 열린 마음으로 새로운 친구를 사귀고,

예술과 정치의 새로운 발전을 접하고 흥분할 줄 알았고, 관습에 얽매이지 않고 살았다.

손택은 이제 삶을 뉴욕에서 보내는 시간과 베를린, 교토, 바하마, 파리로의 긴 여행으로 나누었다. 애니 리버비츠는 센강과 도핀느 광장이 내려다보이는 파리의 콰이데그랑오귀스탱에 있는 아파트를 구입했다. 외젠 아제와 브라사이는 19세기에 이 건물 사진을 촬영했고, 파블로 피카소는 1937년 그곳에서 「게르니카」를 그렸다.

뉴욕현대미술관의 큐레이터 클라우스 비젠바흐는 손택이 매일 저녁 서너 개의 행사에 참석했는데, 한 행사에서 흥미를 잃으면 곧장 다른 행사로 발길을 옮겼다고 기억했다.[33] 조수 중 한 명이 차이나타운에 있는 한 불가리아 술집에서 목요일 밤에 로큰롤 공연을 한다고 전하자 손택은 기다렸다는 듯 그곳으로 향했다. 손택은 설명했다. "오스카 와일드는 '나는 유혹을 제외한 모든 것에 저항한다'라고 말했습니다. 그래서 저는 '불가리아 술집! 난 그곳에 가야 해!'라고 생각했죠."[34] 대중문화의 어떤 측면을 즐길 줄 알았던 손택의 능력은 마지막까지 강력했다. 손택은 패티 스미스의 베스트 음반 「랜드Land」(2002)에 들어갈 리플릿에 짧은 글을 써줬으며, 테크노와 펑크, 신스팝을 혼합한 음악을 하는 브루클린 일렉트로클래시

2인조 피셔스푸너의 음반 「오디세이Odyssey」(2005)에 수록될 부시에 반대하는 노래 「우리에겐 전쟁이 필요해We Need a War」를 위해 글을 써줬다. 손택은 극찬을 받은 영화 「아메리칸 뷰티American Beauty」(1999)보다 미국의 교외 생활에 관한 이야깃거리를 더 많이 제공한다며 「토이 스토리 2Toy Story 2」(1999)를 무심한 듯 툭 추천하기도 했다.[35]

손택이 이탈리아어로 번역된 『화산의 연인』이 만족스럽지 않아서 번역가를 교체해달라고 요구했을 때, 출판사는 이미 그의 책을 다수 번역한 바 있는 파올로 딜로나르도를 보냈다. 딜로나르도는 『가디언』에 말했다. "우리는 그 책을 단어 하나씩 일일이 따져가며 함께 작업했습니다. (…) 손택은 언어를 사랑했습니다. 한 단어의 의미를 두고 몇 시간씩 논할 수 있을 정도였죠."[36] 손택과 딜로나르도는 함께 번역 작업을 하면서 친한 친구가 됐다. 딜로나르도가 손택의 마지막 몇 년 동안 가장 가까운 벗 중 한 사람이었다고 많은 이가 말한다. 딜로나르도가 손택의 펜트하우스로 이사할 정도로 두 사람은 마음이 아주 잘 맞았다.[37]

클라우스 비젠바흐에 따르면, 손택은 더그 에이킨, 제프 월, 더글러스 고든, 매슈 바니와 같은 미디어 아티스트에게 특히 관심이 많았다. 이들은 새로운 작품을 함께 관람하고 나중에는 예술가들을 만났다.[38] 손택은 비젠바흐를 자기 세대의 동료들에게 소개했고, 비젠바흐는 뉴욕이나 베를린에서 손택을 매슈 바니, 안드레아스 구르스키, 사샤 발츠에게 소개했다. 손택은 언제나 완벽한 집중력을 유지했으며, 탁월한 안목과 진지함을 바탕으로 예의와 품위를 갖추어 말했다. 파티에서 집으로 가는 길에 택시 운전사와 말을 할 때건 베를린현대미술연구소Berliner Kunstwerken의 견습생과 대화할 때건, 손택의 진정한 성격인 개방성은 변함이 없었다고, 비젠바흐는 전했다.[39]

손택은 클라우스 비젠바흐, 비요크, 매슈 바니와 함께한 파티에서 유고슬라비아 출신 행위예술가 마리나 아브라모비치를 만났다. 아브라모비치는 작가인 손택이 현대미술에 대해 해박한 지식을 갖고 있었다는 점, 특별히 손택의 지각력이 엄청났던 점을 생생히 기억한다. 이들은 종종 손택의 주방에 앉아서 예술과 구 유고슬라비아에서의 경험에 대해 꼭두새벽까지 이야기했다. 아브라모비치는 말했다. "언제나 주변 사람들이 저를 감당할 수 없다고 느꼈는데, 마침내 제가 감당할 수 없는 누군가를 찾아낸 거죠!"[40]

중국의 시인이자 편집자인 베이링이 2000년 8월 중국에서 체류하는 동안 정권을 비판했다는 이유로 체포됐을 때, 손택은 그를 석방시키기 위해 사용할 수 있는 모든 연줄을 동원했다. 손택은 링이 감금됐다는 소식을 노벨상 수상자 체스와프 미워시, 귄터 그라스, 네이딘 고디머를 비롯해 자신이 아는 전 세계의 작가에게 전했다. 또 아메리칸 펜 센터로 하여금 중국 주석에게 공개적인 항의 서한을 보내게 했고, 『뉴욕 타임스』의 사설란에 행동을 촉구하는 글을 썼으며, 빌 클린턴의 집무실에 전화를 걸었는가 하면, 친분이 있었던 국무장관 매들린 올브라이트와 개인적으로 이야기를 나누기도 했다. 대중적·정치적 압력에 직면한 중국은 2주 만에 링을 석방했다.

손택은 『인 아메리카』로 전미도서상을 받음으로써 문학가로서의 명성을 인정받았다. 2000년과 2001년에 손택은 지난 20여 년간의 기사와 연설을 모아 수정하는 작업을 진행했고, 이는 『강조해야 할 것』이라는 책으로 묶여 2001년에 발간됐다. 여느 때처럼 열정적이었던 손택은 문학을 주제로 한 최근의 에세이와 연설을 모은 책, 일본을 배경으로 하는 새로운 소설, 단편소설집, 자신의 질병에 관한 세 번째 자서전도 구상하고 있었다.[41] 하지만 스스로도 인정했듯이, 손택은 여전히 규칙적으로 글을 쓰는 습관이 몸에 배어 있지 않았다. 대신, 손택은 이따금씩 폭발적으로 작업했다. 2002년 1월, 손택은 『가디언』에 믿기 힘들 만큼 가볍게 이를 언급했다. "저는 매일 또는 심지어 매주 글을 써야 할 필요를 못 느낍니다. 하지만 일단 뭔가를 시작하면, 18시간을 그대로 앉아 있다가 어느 순간 오줌을 눠야 한다는 것을 깨닫죠. 아침에 일을 시작해서 한 번도 자리에서 일어나지 않은 채 몰두하다 갑자기 주변이 어두워진 것도 여러 날입니다. 무릎에 아주 안 좋죠."[42]

하지만 이런 폭발적인 에너지는 오래가지 않았다. 두 번째 암 투병을 한 뒤 이상적인 유산을 반드시 남기고 말겠다는 욕구가 더 강해진 손택에게, 글을 쓰려고 애쓸 때마다 맞닥뜨리는 이런 어려움은 커다란 고충이었다. 사후에 발간된 에세이집 『문학은 자유다At the Same Time』(2007)의 서문에 데이비드 리프가 썼듯이, 그는 "죽음을 피할 수 없다는 사실로 인한 불안을, 적어도 작품은 자신보다 더 오래 살아남으리라는 환상으로 달래는" 작가들 가운데 한 사람이었다.[43] 하지만 자신은 필립 로스나 존 업다이크, 조이스 캐럴 오츠와 같은 동시대 작가처럼 다작하지 못했다고 입버릇처럼 불평했던 데서 이런 환상이 쉽게 좌절로 변하곤 했다는 것을 엿볼 수 있다. "저는 전업 작가가 아닙니다. 그랬던 적도 없고 그럴 일도 없죠. (…) 저는 글을 쓰지 않고 몇 달을 지냅니다. 그냥 어슬렁거리거나, 몽상을 하거나, 어딘가를 가거나, 뭔가를 보죠. (…) 좀이 쑤셔서 나가지 않고는 못 배기거든요."[44]

    2000년 가을, 칼 롤리슨과 리사 패덕은 손택이 생전에 열망해온 유산을 추가적으로 위협하는, 공인되지도 않았고 공감할 수도 없는 전기를 펴냈다. 루신다 차일즈와 테리 캐슬에 의하면, 손택은 몇 년 동안 자신을 그림자처럼 따라다닌 두 저자에게 격노했다. 이들의 신보수주의 관점은 평전 전체를 관통하던 개인적·정치적 반감을 더욱 노골적으로 드러냈다.[45] 손택은 대부분의 친구와 지인에게 일러 롤리슨, 패덕과 말을 섞지 않도록 하는가 하면, 앤드루 와일리와 FSG 변호사들의 도움을 받았음에도 W. W. 노턴 앤드 컴퍼니가 『수전 손택: 우상 만들기Susan Sontag: The Making of an Icon』를 출판하는 것을 막을 수 없었다. 이 책의 보도자료에서 손택은 "맨해튼의 시빌레"*로 묘사된다.

    하지만 손택은 언제나 앙팡 테리블이자 디바로서의 면모를 보였다. 이 전기는 손택의 명성에 영구적인 손상을 입히지 못했다. 오히려 손택은 작가로서 국제적인 주요 문학상을 연달아 수상하면서 이후 몇 년 동안 더욱 명성을 높였다. 2001년 5월, 손택은 예루살렘국제도서전에서 예루살렘상을 받았다. 예루살렘상 수상으로 손택의 명성은 더더욱 높아졌고 시몬

---

* 그리스 신화에 나오는 여성 예언자, 주술사.

드 보부아르, 호르헤 루이스 보르헤스, 존 맥스웰 쿠체, 호르헤 셈프룬에 비견되며 가장 중요한 현대 작가의 반열에 올랐다.

하지만 손택은 이런 인정의 기쁨을 온전히 누리지 못했다. 이 상의 심사위원은 당시 이스라엘 외무부 장관인 시몬 페레스였고, 상을 수여한 이는 예루살렘의 총리 에후드 올메르트였다. 두 사람 모두 이스라엘의 정착 정책을 적극적으로 지지했다. 미국과 이스라엘의 좌파는 손택이 이 상을 수락한 일을 두고 정착 정책을 간접적으로 지지한다는 뜻으로 받아들였다.[46] 손택은 재치 있고 대담하게 이 정치적 분쟁 지역으로 들어가서 '말의 양심The Conscience of Words'이라는 제목의 연설을 했다. 손택은 주최 측을 직접적으로 모욕하지 않으면서도 이스라엘과 팔레스타인의 분쟁에 단호한 태도를 취하며 이스라엘을 비판하는 데 용케 성공했다. 손택의 비판이 정치적 신념이 아닌 작가로서의 소명에 기초한다는 점은 분명했다. 손택은 이 소명에 대중매체가 전파하는 규격화된 견해와 완전히 어긋나는, 책임감이라는 윤리가 포함된다고 말했다. "이스라엘 공동체를 이 영토에 이주시키는 일을 중단하지 않는 한, 이곳에 평화는 있을 수 없다고 믿습니다. (…) 제가 이 말씀을 드리는 것은 (…) 명예를 위해서입니다. 문학의 명예 (…) 문학의 지혜는 의견을 갖는 것과 상반됩니다. (…) 작가가 하는 일이란 무릇 사람들을 자유롭게 하고 일깨워야 합니다. 연민과 새로운 호기심의 길을 열어야 합니다. 우리가 변화할 수 있음을 (…) 상기시켜야 합니다."[47]

그 자리에 참석했던 많은 이가 손택의 연설에 전적으로 공감했다. 박수가 쏟아졌다. 특히 청중 속의 미국 대표단이 환호했다. 다른 이들은 회관을 떠나거나, 에후드 올메르트처럼 침묵을 지켰다.[48]

예루살렘 연설에 공을 들이고 에세이집 『강조해야 할 것』을 준비하는 일 외에, 손택은 2000년과 2001년에 거의 잊힌 러시아계 유대인 작가 레오니드 칩킨에 골몰하는 등 작은 프로젝트를 진행했다. 1990년대 초반, 손택은 런던의 고서점에서 칩킨의 소설 『바덴바덴에서의 여름Summer in Baden-Baden』(1981)을 우연히 발견하고, 이 작품을 "한 세기의 가장 아름답고, 고상하고, 독창적인 업적이라고 할 만한 소설이자 소설 이상의 것"이라고 생각했다.[49] 손택은 칩킨의 삶을 조사했고, 1977년에 소련에서 미국으로 건너온 그의 아들 미하일과 친구가 되었다. 또 출판사 뉴디렉션스를 설득해서 이 소설을 신판으로 발행하게 하면서, 2001년 7월 이 책에 열광적인 서문을 써주었다. 이 글은 『뉴요커』에도 실렸고, 덕분에 칩킨의 책은 미국에서 엄청난 독자를 확보했으며, 그 결과로 유럽에서도 몇 개 언어로 번역됐다.

20년 만에 내놓은 에세이집『강조해야 할 것』은 2001년 가을에 발간됐으며, 미국에서 대체로 호의적인 평가를 받았다. 여기에 실린 몇 편의 글을 읽으면 미국의 풍경을 대변하는 지식인 겸 작가가 다시 한번 옛 열정과 문화적 참여의식을 되살려 글을 쓴다는 데서 향수 어린 안도감을 얻을 수 있다. 그와 동시에, 대부분의 비평가는 그사이 전설이 된 손택의 초기 에세이들을 들먹였다.『뉴스데이Newsday』는 손택이 "모든 것에 관심이 있는" 대단히 재능 있는 작가 중 한 명이라고 했다.[50]『로스앤젤레스 타임스』는 손택을 새롭고 변화무쌍한 정신의 소유자로 "진리가 아니라 진행 중인 주장을 만들어낸다. 글을 쓰다가 막다른 곳에 다다른다고 해도 (…) 거기서 빠져나오는 글을 쓸 에너지를 찾아낸다"라고 칭송했다.[51]『강조해야 할 것』에 실린 에세이에 진지한 논의가 부족한 것은 그 대부분이 초기작의 난해한 복잡성에 근접하지 않는다는 사실의 결과다. 1980년대의 춤에 관한 글에서부터 연설, 카탈로그에 쓴 글, 후기(일부는 주로 금전적 필요 때문에 쓴 것이다), 1990년대 후반의 제발트, 지 아시스, 룰포를 위한 서문에 이르기까지 이 책에 수록된 많은 글은 피상적이라는 특징이 있다. 책은 주제에 통일성이 거의 없으며, 손택의 다른 에세이집에서 뚜렷이 보이는 선견지명도 부족하다. 『워싱턴 포스트』와 『뉴욕 타임스』에는 이 책을 폄하하는 비평이 실렸는데, 그 내용은 다음과 같았다. 책의 거만하고 전도하는 듯한 어조는 종종 "뻔하거나 수상쩍은 것을 천둥 치는 소리를 내며 공표"하는 수준에까지 이른다. "『강조해야 할 것』은 사상가로서 손택의 위상을 높이는 데 거의 보탬이 되지도 않는다. 손택이 자신의 도덕적 우월성, 즉 사회의 양심으로서 지식인의 임무를 모범적으로 이행했다는 점을 이렇게 거창하게 주장한 적은 결코 없었다. 사실상, 손택은 드물게 스스로를 공공연히 성인으로 지명한 최초의 인물이다."[52]

타인의
고통

모든 기억은 개별적이며, 재현할 수 없다. 기억은 개인과 함께 죽는다. 집단 기억이라는 것은 기억이 아니라 일종의 규정이다. 즉, 이것이 중요하다는 것, 그리고 이것이 그 사건이 어떻게 일어났는지에 관한 이야기라는 것을, 우리 마음속에 그 이야기를 고착시키는 사진으로 규정하는 것이다.[1]

2002년 1월, 수전 손택은 서신과 원고를 포함해 1만여 권의 개인 장서까지 모두 캘리포니아대 로스앤젤레스 캠퍼스UCLA에 110만 달러에 넘긴다는 계약서에 서명했다. 한 작가의 아카이브에 지급된 금액으로는 역대 최고였다. 손택은 출판하지 않은 원고의 대부분을 자신의 사후 5년 동안 봉인한다는 조항을 명기했다. 손택은 본래 이 문서들을 뉴욕공립도서관에 팔기를 원했지만, 그래도 자신의 유산을 보관하고 사람들이 그것을 이용할 이곳이 자신과 개인적인 연관성이 있는 장소라는 점에 기뻐했다.[2] 손택의 인생 여정은 출발점으로 돌아가고 있는 듯 보였다. 즉, 손택이 고급문화를 숭배하기 시작했던 로스앤젤레스로 말이다. UCLA가 지급한 기록적인 금액은 마침내 손택 자신이 지성의 신전에 입성했음을 시사했다.

살아 있는 어느 시각예술가의 회고처럼, 작가가 자료를 판다는 것은 일반적으로 작가가 활발한 작품활동을 점차 접고 대중의 눈에서 멀어지기 시작함을 뜻한다. 하지만 손택은 그렇지 않았다. 다가오는 몇 년은 손택이 다시 한번 강렬한 창조성을 발휘하는 시기였으며, 작가 손택은 또다시 정치선동가로서 국제적인 언론의 주목을 받게 된다.

2001년 9월 11일, 수전 손택은 독일과 미국의 미술가, 작가, 지식인, 정치인을 위한 만남의 장인 아메리칸 아카데미에 '귀빈'으로 참석해 열흘간 베를린에 머물고 있었다. 그곳에서 손택은 유명 연사들이 참여하는 일련의 강연에서 첫 번째로 연단에 오를 예정이었다. 그렇게, 전 세계 대부분의 사람처럼 손택도 고향에서 벌어지고 있는 사건을 텔레비전을 통해 지켜보았다. 집에는 텔레비전이 없었지만, 손택은 아들론 호텔의 객실에 있는 텔레비전 화면 앞에 얼어붙은 채, 3000여 명에 달하는 사망자를 낸 공격, 부시 행정부가 논란에 휩싸인 테러와의 전쟁을 시작하고 이라크와의 전쟁을 준비하는 시발점이 된 공격을 되풀이해 보여주는 장면을 시청했다. 호텔 방의 전화기는 손택의 반응을 들으려는 기자들의 전화로 쉴 새 없이 울려댔다. 하랄트 프리케는 『타게스차이퉁Die Tageszeitung』에 손택이 자신을 '의견 내는 기계'로 활용하려는 이런 시도에 몹시 짜증을 냈다고 보도했다. 그러나 손택은 짜증을 억누르고 『뉴요커』를 위한 짧은 글을 써서 편집장 데이비드 렘닉에게 보냈다.[3]

아메리칸 아카데미에서는 100여 명 가까운 사람이 모여서 손택이 나타나기를 기다렸고, 이 자리에는 지그리트 뢰플러와 크리스토프 슈튈츨도 함께했다. 손택은 그곳에서 『인 아메리카』의 일부를 발췌해 낭독하기로 되어 있었다. 하지만 사람들은 9월 11일 공격에 관한 손택의 입장을 듣기를 기대했다. 손택은 "전 아무 말도 하지 않을 겁니다"라고 운을 뗀 뒤, 『뉴요커』를 위해 써둔 글을 꺼내 읽어 내려갔다.[4] 연단에 서 있는 모습에서 불편한 기색이 엿보였다. "언어적으로 잘 다듬어지지 않았어요. 훈계 조이기도 합니다. 어쩌면 도를 넘어서고 과장하는 것일 수도 있죠." 손택도 이런 점을 짚고 넘어갔다.[5] 낭독을 마쳤을 때, 청중은 깜짝 놀라서 할 말을 잃었다.[6]

분노에 찬 논설 「살인자들은 비겁자가 아니었다Feige waren die Mörder nicht」는 『프랑크푸르터 알게마이네 차이퉁』에 독일어로 번역돼 실렸고, 제목을 붙이지 않은 이 글의 더 짧은 버전이 9월 24일 『뉴요커』의 '장안의 화제' 란에 실렸다. 9월 11일의 "무시무시한 현실" 이후, 미국이 "현실로부터 이렇게 동떨어진 적은 없었다".7 손택은 언론과 정치인에 대한 반발로 "독선적인 헛소리와 노골적인 기만"을 공격하며, 민주주의에 걸맞는 논의가 부재함을 한탄한다. "미국의 공직자와 대중매체 논평가가 한목소리로 신성한 체하며 현실을 감추는 수사를 구사하는 모습"은 손택으로 하여금 "만장일치로 갈채를 보내고 자축하는 소련 당대회의 모습"을 떠올리게 했다.8 손택이 가장 날카로운 비판의 날을 세웠던 지점은 대부분의 미국 실황방송 전반에 공통적으로 깔려 있는 맥락인 테러리스트의 비겁함에 관한 진부한 수사였다. "이것이 '문명'이나 '인류' 또는 '자유세계'에 대한 '비겁한' 공격이 아니라, 미국의 특정한 동맹과 행동에서 비롯된, 자칭 세계의 초강대국에 대한 공격이라는 인식은 어디에 있는가? (…) 그리고 만약 '비겁하다'라는 단어를 사용하고자 한다면, 다른 사람을 죽이기 위해 자기 목숨을 기꺼이 바친 자들보다는, 보복의 범위를 벗어나 하늘 높은 곳에서 살인하는 자들에게 적용하는 것이 더 적절할 것이다."9

게다가 손택은 중동에 대한 미 정보국과 정책의 실패를 평가할 것을 요구했으며, 이 트라우마적 사건에 관해 진지하게 논의할 것을 호소하며 다음과 같이 글을 끝맺었다. "다 같이 슬퍼하자. 그러나 다 같이 바보가 되지는 말자."10 이 말은 가장 많이 인용되는 손택의 문장 중 하나다. 이 글은 진주만에 서부터 매카시 시대와 냉전을 거쳐 베트남전쟁과 그 너머까지, 미국의 제국주의 수사를 고찰하는 한 지식인의 신조를 대변한다. 손택은 부시 행정부의 근본주의적·보수주의적 기조에서도 이러한 양면적인 과거가 되풀이되고 있음을 포착한다.

9·11과 손택이 개탄한 바로 그 "카우보이 수사"[11]를 활용한 행정부로부터 10여 년이 넘게 흐른 오늘날, 문제의 사건이 발생한 직후 손택이 짧은 글 하나로 촉발시킨 전 세계적 스캔들을 상상하기란 어렵다.

하지만 2001년 9월, 손택의 격렬한 비판은 심지어 진보적인 미국인들 사이에서조차 감정적인 반응을 불러일으켰다. 『뉴요커』에 게재된 '장안의 화제' 버전은 『프랑크푸르터 알게마이네 차이퉁』의 긴 버전보다 훨씬 더 응축되고 맹렬한 인상을 남겼는데, 전자에선 손택이 "경악하고 슬퍼하는 미국인이자 뉴요커"로서 모든 희생자와 연대하겠노라고 자신의 입장을 밝힌 첫 구절이 생략돼 있었다.[12]

많은 교양 있는 미국인은 손택이 테러리스트의 공격과 미국의 대외 정책 사이에 연관성이 있다고 시사한 것을 통탄할 만한 모욕으로 받아들였다. 공격이 있고 몇 주 뒤, 90퍼센트가 넘는 미국인이 손택이 신랄하게 공격했던 부시 행정부의 정책을 지지했다는 사실을 고려하면 이것은 놀라운 일도 아니었다. 실제로는 손택의 입장에 공감했던 가장 진보적인 뉴요커들조차 이 사건으로 인한 충격, 친구와 친지를 잃은 고통과 슬픔이 너무나 엄청났기 때문에 그의 날 세운 비판에 대한 분노를 억누를 수 없었다. 이 글에는 끔찍한 사건의 압도적인 현실로부터 지리적으로 떨어져 있던 손택의 상황도 새겨져 있다. 목격자 증언의 정치를 그처럼 신뢰했던 저자가, 우연히 사건 현장으로부터 멀리 떨어져 있었던 상황에서, 뉴욕에 오랫동안 거주한 사람답지 않은 성명을 써냈던 것이다. 만약 손택이 세계무역센터가 무너지며 냈던 귀청이 떨어질 듯한 굉음을 들었다면, 먼지를 뒤집어쓴 사람들이 어찌할 바를 모르고 거리를 질주하는 광경을 보았다면, 며칠 동안 사라지지 않고 도시 전체를 뒤덮었던 그 지독한 악취를 맡았다면, 그는 아마도 다른 논평을 썼을 것이다.

『뉴요커』는 손택의 논평에 항의하는 편지를 셀 수 없이 많이 받았다.[13] 손택 자신도 익명의 항의 편지들을 받았는데, 그 가운데는 살해 협박도 있었다.[14] 심지어 유럽에서도 일부 사람들이 손택의 발언을 "새된 어조" "격노한 장광설" "히스테리에 가까운 독선"이라는 말로 비난했다.[15] 미국에서 이런 묘사는 온화한 반응에 속했다. 손택은 1960년대에 정치에 참여한 이래 줄곧 『워싱턴 타임스』 『뉴욕 포스트』 『위클리 스탠더드』 『내셔널 리뷰』와 같은 신보수주의 출판물을 도발해왔지만, 이제는 그들이 손택을 '반미 좌파' 내지 '좌파 폭파범'의 상징으로 만들었으며, 그에게 '배신자'에 '도덕적 백치'라는 낙인을 찍었다. 『위클리 스탠더드』는 "테러리스트의 공격에 뒤이은 지식인과 예술가 특유의 어리석음을 인정하는 수전 손택 증서"를 몇 호에 걸쳐 수여했다.[16] 보수적인 블로거 앤드루 설리번은 이와 비슷한 '주간 수전손택상'을 만들었다. 심지어 『워싱턴 포스트』와 『뉴 리퍼블릭』을 비롯한 중도 신문과 잡지조차 손택의 "도덕적 둔감함"[17]을 비난하거나, "오사마 빈라덴, 사담 후세인, 수전 손택의 공통점은 무엇인가"라는 질문으로 시작하는 기사를 내보냈다(『뉴 리퍼블릭』의 편집국장에 따르면, 답은 테러리스트의 공격이 미국의 대외 정책에서 유래했다고 볼 수 있다는 생각이다).[18]

부시 행정부를 비판함으로써 이러한 격한 반응을 끌어낸 사람이 손택 한 사람뿐이었던 건 아니다. 미국에서 갑자기 자유민주주의 정신을 거의 질식시키는 정치권과 언론의 분위기가 생겨났다. 부시 행정부 대변인 애리 플라이셔는 백악관 기자회견에서 오해의 여지가 없는 경고를 했다. "사람들은 언행을 조심해야 할 겁니다."[19] 빌 마허는 토크쇼 「정치적으로 올

바르지 않은Politically Incorrect」에서 테러리스트를 '비겁자'라고 부를 수는 없다는 취지로 비슷한 발언을 한 후 사과와 해명을 했음에도 몇몇 스폰서를 잃고 ABC에서 해고됐다. 텍사스와 오리건의 신문 편집기자들은 일부 시사평론가가 대통령을 비난한 데 대해 사과했다. 한 시사평론가는 부시에 반대하는 발언을 했다는 이유로 해고됐다.[20]

베를린에서 첫 비행기를 타고 뉴욕으로 돌아온 뒤, 손택은 택시를 타고 과거에는 세계무역센터였으나 이제는 악취가 진동하고 연기가 자욱한 공동묘지로 최대한 가까이 가서 30분 동안 근처를 거닐었다.[21] 2주 뒤, 51세의 나이에 첫 아이를 기다리고 있던 애니 리버비츠는 손택과 함께 이 참사의 현장에 들어갈 수 있는 허가를 받아냈다.[22] 이로부터 한참 뒤에, 손택은 이탈리아 기자에게 그제야 비로소 "파괴의 현실과 어마어마한 희생자 수"를 제대로 이해했으며, 이로 인해 "이 사건을 바라보는 관점을 근본적으로 바꾸게 됐다"라고 말했다.[23]

스스로 9·11에 관한 글과 거리를 둔다고 명시적으로 말한 적은 없지만,[24] 손택은 미국의 잡지와 텔레비전 인터뷰에서 그에 관해 언급할 기회가 몇 번 있었다. 그는 이를 '해명'이라고 했지만, 그중 일부는 본질적으로 정정이었다. 예를 들어, 웹진 '살롱닷컴'과의 인터뷰에서 손택은 보수 언론이 터무니없게도 자신을 악마로 묘사하며 인신공격을 하는 행태에 맞서 스스로를 방어했다. "저는 급진적인 관점이 무엇인지 알고 있습니다. 아주 가끔 그것을 옹호하기도 했죠. 하지만 제 에세이가 급진적이라거나 특별히 이견을 제시한다고는 전혀 생각하지 않았습니다. 아주 상식적인 것으로 보았죠."[25] 손택은 특히 테러리즘 공격이 "정당한 수단에 의한 정당한 불만 제기"였다고 생각하지 않는다는 점을 분명히 하는 데 열을 올렸다.[26] 하지만 이 발언이 9·11은 "미국의 특정한 동맹과 행동에서 비롯되었다"는 관점과 어떻게 조화될 수 있는지에 대해서는 설명하지 않았다.[27] 손택은 아프가니스탄에서 탈레반 정권의 '이슬람 파시즘'이 전복되기를 바랐지만, 미국이 민간인을 폭격하는 일이 없이 그렇게 될 수 있기를 바란다고, 늘 그랬듯 솔직하게 의사를 밝혔다. 또한 미국과 이스라엘이 점령지에 관하여 정치적 입장을 180도 전환해봤자, 이슬람 근본주의자들에 의한 테러를 막는 데 거의 도움이 되지 않을 것이라고 말했다. "만약 내일 이스라엘이 요르단강 서안지구와 가자지구에서 병력을 단독으로 철수한다고 발표하고 (…) 뒤이어 팔레스타인 국가를 선포한다고 해도, 빈라덴의 알카에다 지원 병력은 줄지 않을 것이라고 생각합니다."[28]

이 인터뷰는 손택이 예전의 정치적 모습으로 돌아왔음을

보여준다. 이후 미국과 유럽에서 행한 수많은 연설, 강연, 인터뷰를 통해, 손택은 부시 행정부 지배하의 신보주의 미국을 가장 영리하고 전문적으로 비판하는 비평가 중 한 사람으로 명성을 쌓는다. 손택은 절대적인 애국심이라는 공화당의 이상을 조롱하며 반박했고,[29] 비판적인 대중매체를 열렬히 옹호했으며, 대중이 텔레비전 외에 외국 신문과 인터넷 블로그를 비롯한 정보 출처를 폭넓게 이용할 수 있어야 한다고 주장했다.[30] 많은 미국 대중이 부시의 테러와의 전쟁을 지지하던 당시, 손택은 대중매체의 자발적인 자기검열을 미국 민주주의에 대한 위협이라며 맹비난했고, 테러와의 전쟁이라는 새로운 개념을 "끝을 예측할 수 없는 전쟁"이라고 비난하며 그것이 "부시 행정부가 의도한 유령 전쟁으로서" "엄청난 결과가 따르는 은유"임을 폭로했다.[31] 손택은 도청에 대한 제한과 은행의 기밀 유지 의무를 느슨하게 하는 애국자법Patriot Act의 도입으로 시민권이 축소되는 것에 극렬히 반대했고, 외교 규칙을 어기는 행정부를 공격했다. "끝없는 전쟁은 없다. 하지만 스스로 무적이라 믿는 국가가 권력 확장을 선언하는 일은 있다."[32]

미국의 이라크 침공이 점차 가시화되어가던 시기 손택이 격렬한 반대 주장을 편 까닭은, 단지 대량살상무기에 관한 부시 행정부의 주장을 믿지 않았기 때문만이 아니라, 중동 지역이 수니파, 시아파, 쿠르드족 사이의 장기적 내전 상태에 빠질 수 있음을 경고하기 위해서였다.[33] 대다수의 유럽인뿐만 아니라 미국의 수많은 동부 해안 지식인이 이런 견해를 갖고 있었지만, 수전 손택처럼 일찌감치 이를 공개적으로 지지한 미국인은 거의 없었다. 『뉴욕 타임스』와 『로스앤젤레스 타임스』 같은 진보 매체조차 전시 상태임을 의식해 비판적인 보도를 꺼렸다. 게다가 손택은, 예루살렘에서나 9·11 직후보다, 단순히 의견을 전하는 데 그치지 않겠다는 자신이 정한 목표에 훨씬 더 가까이 다가가고 있었다. 손택의 주장은 CNN, 폭스 뉴스, 또는 일간지의 정치 평론에서 자기 의견을 퍼뜨리는 차원을 훨씬 넘어선 윤리적인 수준에 있었다. 이는 손택의 주장이 편파적이지 않았기 때문이라기보다, 문화사에 대한 깊은 지식을 바탕으로 근본적인 질문을 제기했기 때문이다. 예를 들면, 왜 미국 외교 정책은 언제나 외국인의 생명이 미국인의 생명보다 가치가 덜하다고 상정하는가? 전쟁에 대한 우리의 개념 안에는 왜 언제나 전쟁의 진정한 피해자인 민간인에 대한 맹점이 존재하는가?[34] 당시 많은 미국 좌파에게 손택은 미국의 양심을 대표하는 인물이었다.

제1세계에 사는 현대인의 삶에 관한 기초적인 사실 중 하나는 이들이 전쟁을 오직 이미지를 통해서만 경험한다는 것이다. 현대의 모든 전쟁은 우리의 문화적 기억에서 지울 수 없는 요소가 되는 상징적인 사진을 낳는다. 예를 들면, 제2차 세계대전이 끝나갈 무렵 연합군이 찍은 아우슈비츠나 베르겐벨젠 강제수용소의 사진, 베트남전쟁에서 벌거벗은 채로 소리를 지르며 네이팜탄 공격을 피해 달아나는 아홉 살 소녀 킴푹의 사진, 이라크전쟁 기간 아부그라이브 교도소에서 자행된 고문을 찍은 스냅사진 등이 있다. 손택은 9·11 공격이 있기 일곱 달 전인 2001년 2월, 옥스퍼드대학교에서 국제앰네스티 강연을 했다. 여기에서 그는 캘리포니아에 살던 열두 살 유대인 소녀 시절 나치 강제수용소 사진을 처음 본 뒤로 줄곧 사로잡혀온 문제, 전쟁을 사진으로 표현한다는 것을 주제로 다루었다. 9·11 공격에 대한 대중매체의 보도와 뒤이은 아프가니스탄전쟁에 자극받은 손택이 다시금 새롭게 이 주제에 몰두하게 된 것이다. 그 결과물인 『타인의 고통』(축약된 글이 2002년 12월 『뉴요커』에 실렸다)은 2003년 3월 이라크전쟁이 시작됨과 동시에 출판되었으므로, 손택의 생각은 그 어느 때보다 더 시의적절했다.

  『타인의 고통』은 손택이 자신을 대표하는 장르인 에세이로 귀환한 마지막 작품이다. 이 책의 중심 주제는 민간인이 군대와 그로 인한 인간의 '희생'을 이해하는 데 있어 전쟁 사진이 수행하는 역할이다. 이 책은 어떤 의미에서 30년 전 에세이 『사진에 관하여』를 개정한 속편으로 볼 수도 있다. 과거에 이미지 세계의 포괄적인 논리를 강조했다면 새로운 에세이에서 손택은 '현실로 회귀'하는 작업에 착수하는데, 여기에 사라예보에서 보낸 시기에 대한 기억과 논평을 포함시킨 것은 우연이 아니다. 이 에세이는 사진과 전쟁을 똑같이 중요하게 다룬 논고다. 손택은 우리의 집단 기억에 자리를 잡고 있는 유명한 전쟁 사진의 목록을 논의한다. 손택은 우리가 그것을 받아들인 역사와 그것의 기원을 기술하는데, 몇몇 사진은 포즈를 취하고 있으므로 전쟁 사진과 특별히 연관되는 진실성을 위배한다. 손택은 적군의 시신은 오래된 식민 충동에 의해 모든 대중매체에 실리지만, 미국인 전사자의 사진을 인쇄하거나 전시하는 것은 금하는 '훌륭한 감식력'이라는 것의 개념을 분석한다. 버지니아 울프가 1938년에 발표한 단행본 분량의 에세이 「3기니Three Guineas」를 언급하면서, 손택은 전쟁 사진이 주는 충격의 가치에 대해 사유한다. 여기에 울프가 내놓을 수 있는 유일한 답은 평화주의였다. 손택은 이에 동의하지 않는다. 손택이 보기에 이미지는 분명한 메시지를 전하지 않는다. 이미지는 이야기가 아니다. 따라서 사진을 읽는 방식은 사진 속 사건이 일어난 맥락과 사진에 관한 서사가 이미 존재하는지 여부에 따라 달라진다.

초기 에세이의 어조는 금언에 대한 애호와 폭발적인 열정이 특징이었지만, 새 책의 목소리는 노련한 지식인의 것이었다. 손택은 의문을 제기하고, 주장에 반론을 제시하며, 최종적인 답을 제시하기를 서두르지 않는다. 특히 가장 번뜩이고 복잡한 생각에 차분하게 접근해 이를 다각도로 검토함으로써, 독자를 원대한 주장에 직면하게끔 하는 대신 자기 생각을 독자의 의식 깊은 곳으로 스며들게 한다.

『사진에 관하여』가 출간된 뒤로, 사진이라는 매체에 대한 손택의 생각 중 일부는 저널리즘과 학술 담론의 상투어가 된 상태였는데, 손택은 『타인의 고통』을 이용해 그것을 다시 논의한다. 전작의 주장은 전쟁과 같은 사건이 사진에 의해 더욱 '현실적인' 것이 되는 반면, 그것을 보는 사람은 과포화에 의해 둔감해진다는 것이었다. '이미지의 생태학'에 대한 손택의 요구는 이런 의미에서 이해돼야 했다. 이제 훨씬 더 객관적인 입장을 취한 손택은 "이미지의 생태학은 존재하지 않을 것이다. 어떤 보호자 위원회도 공포를 제한해서 놀랄 수 있는 능력을 생생하게 유지시켜주지 않을 것이다. 그리고 공포 자체는 줄어들지 않을 것이다"라고 썼다.[35] 전쟁의 공포는 실제로 존재한다고 그는 쓴다. 이것은 TV 화면 속의 시뮬레이션이 아니다. 그리고 전쟁을 묘사하는 사진은 서양의 민간인이 전쟁이 어떤 것인지 상상할 수 있게 해주는 유일한 수단이다. 손택은 크림전쟁부터 양차 세계대전과 스페인내전을 거쳐 베트남전쟁에 이르기까지 전쟁에 대한 생생한 묘사를 광범위하게 조사하는 작업에 착수하며, 언론의 전쟁 사진은 대중 오락물의 폭력 장면과는 다른 지위를 갖는다는 점—전자는 연민을 자아낼 수 있다—을 지적한다. 손택이 보기에, 전쟁 사진을 증인으로 만드는 것은 전쟁 사진의 이런 특징이다. 손택은 전쟁 사진이 우리가 전쟁의 공포를 이해하는 데 도움을 줄 수는 없지만, 우리가 전쟁에 대해 생각하고 그에 따라 행동하도록 할 수는 있을 것이라는 조심스러운 희망을 표현한다.

손택의 수정주의적 아우라를 "델포이의 지혜"[36]라고 비판한 『뉴욕 타임스』의 미치코 카쿠타니를 제외하면, 진지한 미국 언론의 반응은 거의 만장일치로 호의적이었다. 『뉴스데이』는 『타인의 고통』을 "손택의 1960년대와 1970년대 비평을 만들어낸 에너지의 근원으로의 진정한 귀환"이라며 찬양했다.[37] 『워싱턴 포스트』는 이 책이 이라크전쟁에서 찍혀 나올 사진들에 대해 고마운 지침을 제공하는 반가운 작품이라고 했다.[38] 『로스앤젤레스 타임스』는 "압도적인 질문을 퍼부으면서 (…) 답변을 주지도 (…) 도피할 여지를 주지도 않는" 손택의 절

제력에 주목했다.[39]

　수전 손택이 문화비평으로 귀환한 사건은 유럽에서 그의 인기를 끌어올리는 요인이 되기도 했다. 프랑스와 독일, 러시아는 이라크전쟁이 개시되기 전부터 부시 행정부의 군사 계획에 이미 분명한 의구심을 표명한 바 있었다. 무력 개입이 시작되자마자, 이들의 비판은 제2차 세계대전 이후 가장 심각한 상황으로 치달았던 유럽과 미국 간의 갈등으로 번졌다. 심지어 영국과 스페인, 폴란드를 비롯해 전쟁에 참전한 미국의 공식 연합국에서조차, 거의 한 목소리로 전쟁에 반대하는 대중매체의 보도가 나왔다. 이들은 미국의 정책을 전혀 이해할 수 없다는 반응을 보였는가 하면 노골적인 반미주의까지 온갖 비난을 망라했다. 이런 상황에서, 손택은 그 어떤 작가보다 더 유럽적인 미국인 작가로 보였다. 이 시기에 베를린과 파리, 런던에 체류하던 손택은 미국의 의견을 명백하게 설명할 수 있는 비판적 지식인으로서 논평을 해달라는 요청을 자주 받았다. 이라크전쟁에 반대하는 손택의 입장은 미국에서는 소수의견이었지만, 유럽에서는 다수 의견이었다. 영향력 있는 뮌헨의 일간지 『쥐트도이체 차이퉁』은 이렇게 썼다. "소련과 동구권의 몰락과 함께 사라지기 시작했던 유형의 인물이 미국인

수전 손택의 모습으로 돌아온 것 같다. 그것은 바로 반체제 지식인이다."⁴⁰

2003년 10월 손택이 독일에서 가장 명망 있는 문학상 중 하나인 독일출판협회 평화상을 수상했을 때, 이는 독일과 미국 두 나라 모두에서 일차적으로 정치적 신호로 받아들여졌다. 독일의 법률가이자 문필가 요아힘 자르토리우스, 미하엘 크뤼거, 법률가 유타 림바흐, 정치가 크리스티나 바이스 등이 속해 있던 독일출판협회 심사위원단은 성명서를 통해 이런 인상을 확인해주었다. 이들은 손택이 "유럽의 유산을 결코 잊지 않았으며, 두 대륙 사이를 잇는 가장 중요한 지식인 대사 중 한 명"이 되었다고 말했다. 이들은 미국 행정부의 일방적인 정책을 교묘하면서도 지극히 독일인답게 간접적으로 비판하며 말을 이었다. "조작된 이미지와 훼손된 진리의 세상에서, 손택은 자유사상의 존엄성을 대변한다."⁴¹

보수적인 독일 정치인들이 반발하고 미국 대사 대니얼 코츠와 독일 대통령 요하네스 라우, 독일 총리 게르하르트 슈뢰더, 외무부 장관 요슈카 피셔가 불참했지만, 2003년 10월 프랑크푸르트 파울 성당에서 열린 시상식은 무난하게 진행됐다.⁴² 손택의 절친한 친구 이반 나겔은 전쟁을 고찰한 작품의 관점을 돋보이게 하는 인상적인 찬사를 남겼다. 나겔이 돌이켜봤을 때, 베트남과 이스라엘, 보스니아 전쟁을 전적으로 평화주의적으로 바라보지도 강경하게 호전적으로 바라보지도 않는 손택의 모순적인 판단은 "냉철하고 분명하며, 심지어 예언적"이었다. 나겔은 손택의 저작에 있는 모순을 짚은 자신의 논평을 이렇게 요약했다. "완전한 것은 (…) 자주 바뀐 것이다." 그러나 "국민과 군대, 기업에 대한 통치권이 전쟁을 전혀 모르는 사람들의 손에 넘어갔고", 따라서 이들은 "잔혹 행위를 하기"[43] 쉽다는 그의 발언조차 당시 유럽 지식인들이 내놓던 미국에 대한 반사적인 비평에는 그다지 적합하지 않았다.

손택도 감사의 말을 할 때 어떤 반미주의적 발언도 하지 않았다. 『프랑크푸르터 룬트샤우』의 크리스토프 슈뢰더에 의하면, 그와 반대로 현명하고 수사적으로 세련된 그의 연설은 "화해의 기본적인 어휘에 의해"[44] 뒷받침됐다. 「문학은 자유다 Literature Is Freedom」라는 제목의 이 연설에서 손택은 "유럽과 미국 사이에 잠재한 적대감"[45]을 비판한다. 여기에서 그는 알렉시 드 토크빌과 데이비드 허버트 로런스를 언급하며, 대서양을 사이에 둔 양 대륙 사이에 잠복해 있는 반목이 언제나 예외적이기보다는 일반적이었음을 분명히 한다. 대륙 사이의 차이에 관한 대중의 고정관념은 19세기 미국 문학에서 자주 나타나는 주제일 뿐만 아니라 미국을 여행하는 유럽인들이 일반적으로 관찰하는 것이기도 했다. 손택이 보기에, 이런 고정관념은 '낡은' 유럽과 '새로운' 미국 사이의 근본적인 대립이라는 말로 요약됐다. 도널드 럼즈펠드가 '구' 유럽과 '신' 유럽의 차이를 조롱한 것을 언급하며, 손택은 미국이 동맹국을 선택함에 있어서 '새로운' 것이 무엇인지 결정할 권리를 스스로 부여했음을 지적했다. 손택은 이런 적대감을 '가까운 미래에' 해소할 방법을 알지 못하지만,[46] 화해의 여지는 분명히 있을 것이라고 예상했다. 문학이 어떤 역할을 할 것이라고 생각한 지점도 바로 여기였다. 반反신화의 전개가 가능하기 때문이다. 손택에 의하면, 작가들은 "사람들이 받아들이고 있는 사고나 느낌, 생각이 틀렸음을 입증하는" 경험을 제시함으로써 차이라는 상투어를 반박할 수 있다.[47] 손택은 애리조나에서 보낸 자신의 소녀 시절에 관한 사랑스러운 일화로 연설을 마무리했다. 손택은 독일 고전문학을 읽은 것이 자신을 구원했다고 말했다. 밤중에 나치 병사들이 자기를 잡으러 오는 악몽을 꾸긴했지만 말이다. 겨우 몇백 마일 떨어진 곳에서는 미래에 손택의 독일 편집자가 되는 프리츠 아르놀트가 포로수용소에 앉아 미국와 영국 고전문학을 읽으면서 수감 생활을 견뎌내고 있었다. 두 사람 모두에게 문학은 "국가적 허영심, 속물근성, 강요된 편협성이라는 감옥"으로부터의 탈출을 의미했다.[48] 두 사람에게 문학은 자유를 의미했다고 손택은 말했다.

독일출판협회 평화상은 수전 손택에게 수여된 마지막 훈장이 아니었다. 겨우 2주 뒤, 손택은 스페인의 주도인 오비에도에서 아스투리아스 왕세자 문학상을 받았으며, 노벨상 수상에 대한 희망도 품었다. 죽기 직전, 손택은 에이전트 앤드루 와일리에게 보르헤스도 노벨상을 받지 못한 것으로 스스로를 달랬다고 말했다.[49] 만년에 받은 상들에는 명예박사 학위와 명망 있는 강의를 해달라는 초청도 따랐다. 2003년 5월, 휴스턴에 있는 로스코 채플에서 인권 단체인 이스라엘 고문 방지 공개 위원회의 상임이사 이샤이 메누힌이 오스카 로메로 인권상을 받을 때, 손택은 그에게 경의를 표하는 연설을 했다. 또한 2003년 6월에는 런던의 퀸 엘리자베스 홀에서 문학 번역에 관한 성 히에로니무스 강연(이후 W. G. 제발트 강의로 이름이 바뀌었다)을 했으며, 2004년 3월에는 남아프리카공화국 케이프타운과 요하네스버그에서 첫 번째 네이딘 고디머 강연을 했다.

손택은 이런 수상 연설과 강연을 무엇보다 문학에 대한 자신의 이해와 비판적 지식인 겸 작가의 과업을 분명히 설명하기 위한 기회로 삼았다. 손택의 전통이 된 수많은 서문도 같은 역할을 했다. 손택은 보리스 파스테르나크, 마리나 츠베타예바, 라이너 마리아 릴케가 쓴 편지의 영문판이나 신판, 이탈리아 작가 안나 반티의 소설 『아르테미시아Artemisia』(1947), 거의 잊힌 러시아계 프랑스 작가 빅토르 세르주의 『툴라예프 동지의 재판The Case of Comrade Tulayev』(1967), 아이슬란드인 노벨상 수상자 하들도르 락스네스의 『빙하 아래Under the Glacier』(1968)에 서문을 썼다. 이런 글들에서, 손택의 문학에 대한 이해는 거의 종교적인 함축을 띤다. 손택에게 릴케, 츠베타예바, 파스테르나크는 "하나의 신과 두 숭배자였으며, 두 숭배자는 또한 서로를 숭배했다. (그리고 그들의 편지를 읽는 독자인 우리는 그들이 미래에 신이 된다는 것을 안다.)"[50] 손택은 반티의 『아르테미시아』를 "다른 책의 재로 쓰인 불사조 같은 책"이라고 묘사했다.[51] 그리고 혁명적 공산주의자이자 반스탈린주의자 세르주의 작품에서는 역사의 모순과 일상의 잔인성을 "유한하고 무한한 모든 것에 대한 치유적인 개방성으로" 대체하는 "소설의 진리"을 발견한다.[52] 반면 락스네스의 『빙하 아래』는 "신비로운 지혜"의 사례로 본다.[53] 심지어 성 히에로니무스 강연에서는 세계문학을 번역하기 위한 "복음주의적 동기"를 말한다.[54] 구원에 대한 희망을 노골적으로 드러내는 손택은 "문학—중요한 문학, 필수적인 문학—의 한 가지 기능은 예언"이라고 주장한다.[55] "모든 국민의 최고의 영광은 작가들로부터 나온다."[56]

문학이 구원을 약속한다는 철 지난 선언은 손택이 아주 어린 시절의 독서와 연관 짓는 본래의 욕망을 반영한다. 2004년, 손택은 좋은 작가가 되려면 "도스토옙스키, 톨스토이, 투르게네프, 체호프로부터 자극과 영향을 받을 가능성이 활짝 열려 있던" 시기에 태어났어야 한다고 말했다.[57] 손택이 세계문학의 모든 내러티브에서 포착한 것, 그리고 텔레비전 시대의 대체와 재활용이 가능한 내러티브에 대항해 모으려고 했던 것이 바로 이러한 문학의 선택적 친화성이 지니는 예언적성격이다. 삶의 마지막 몇 년 동안, 손택에게 문학은 근본적인자유의 공간이었을 뿐만 아니라, 진보의 사회적 책임을 위한예언적 공간이기도 했다. 이런 유사 종교적인 충동은 손택이 2003년과 2004년에 계획하고 있던 마지막 에세이집의 주요주제가 되기도 했다. 손택의 사후인 2007년 3월에 발간된『문학은 자유다』는 유행이 거의 완전히 지나버린 작가의 사회 참여에 대한 절박한 간청으로 들리기도 한다. 마지막 선집은 앞서 언급한 서문과 강의 외에 독일 평화상과 예루살렘상에 대한 수락 연설과 9·11에 대한 논쟁적인 논평을 담고 있다. 이책은 손택이 혼란스러운 유년기를 살아갈 수 있게 해주었던, 그러나 이제는 사회적 타당성을 잃을 위기에 처한 고급문화를 신비주의적으로 끌어올려 구해내고자 하는 의지를 보여준다.

2004년 3월 초, 네이딘 고디머는 수전 손택을 설득해서 남아프리카 오지에 있는 별장으로 짧은 휴가를 함께 떠났다. 손택은 뉴욕으로 돌아온 직후, 몸에 이유 없이 수많은 멍이 든 것을 발견했다. 손택은 이것이 파멸의 징조임을 즉시 알아차렸다.[58] 셰익스피어의 「한여름 밤의 꿈Midsummer Night's Dream」을 제작하기 위해 브루클린 음악원에서 제프 서로이를 만났을 때, 손택은 이미 진단을 받은 터였다. 급성 백혈병의 전조인 골수이형성증후군이었는데, 아마도 첫 번째 암 투병 기간에 받은 방사선 치료가 원인인 것 같았다. 손택은 공황 발작을 다스리기 위해 진정제를 필요로 했다. 엄청난 충격을 받은 손택은 서로이에게 말했다. "이건 아마겟돈이에요."[59]

손택의 마지막 여정은 아홉 달 반 동안 지속됐다. 마지막 몇 달을 비교적 편안하게 보낼 수 있게 해주는 대안 치료법과 생존할 수 있는 유일한 희망인 골수이식 가운데, 손택은 성공할 가능성이 낮았음에도 후자를 택했다. 손택은 맨해튼의 메모리얼 슬론케터링 암센터에서 그를 치료하던 의사 스티븐 나이머에게 말했다. "삶의 질 따위에는 관심 없어요!"[60] 손택은 눈물을 보이며 앤드루 와일리에게 다른 선택의 여지가 없다고 말했다. "아직 해야 하는 일이 너무 많아요. 그걸 하지 못하면,

나 자신을 절대 용서할 수 없을 거예요."[61]

데이비드 리프는 어머니가 골수이식을 받기로 결정한 뒤, 희망에 차서 공황 발작이 잦아들었다고 기억한다.[62] 심지어 일을 다시 시작해서 그해 5월에는 『뉴욕 타임스 매거진』에 아부그라이브 교도소의 고문 사진에 관한 대단히 설득력 있는 에세이를 썼다. 손택은 "이 사진들은 바로 우리다"라는 명징한 표현을 썼다.[63]

하지만 희망에 찬 휴지기는 그리 오래가지 않았다. 손택은 거의 생명을 앗아갈 뻔했던 심각한 감염으로부터 회복한 뒤, 최고의 이식 치료 기관인 프레드 허친슨 암 연구소로 향했다. 애니 리버비츠는 친구로부터 전용기를 빌려서 손택이 시애틀까지 타고 갈 수 있게 해줬다.[64]

수전 손택은 이식 치료가 실패했을 때의 후유증이 얼마나 혹독할지 예견하지 못했다. 어머니의 마지막 질병에 관한 에세이에서, 데이비드 리프는 손택이 이식에 대한 거부반응으로 백혈병이 재발한 것에 얼마나 충격을 받았는지를 우울할 정도로 자세히 묘사한다. 손택은 몹시 동요한 나머지 틀림없이 죽을 징조라며 소리를 질렀다.[65] 창밖으로 펼쳐진 유니언호와 레이니어산의 그림 같은 풍경 속에서, 손택은 고문과도 같은 고통에 신음했다. 애니 리버비츠가 마지막으로 찍은 사진에서, 의식이 없고 약물로 인해 부종도 심했던 손택은 더는 알아볼 수 없는 모습을 하고 있다. 말년까지도 검게 염색했던 긴 머리카락은 짧게 잘린 환자의 하얀 머리카락이 대신한다. 의료 기기에 둘러싸인 손택은 탈진과 죽음 사이의 좁은 경계에 머물러 있는 듯이 보인다. 리버비츠는 자신의 카메라로 손택의 개인적인 전쟁, 곧 패배하고 만 전쟁을 기록했다. 그 결과물은 손택이 직접 승인할 수 없었을 것임이 분명했기에, 윤리적 의문을 제기하며 손택의 많은 친구와 지인을 충격에 빠뜨린 사진들이었다. 이 사진들을 최종적으로『어느 사진작가의 삶』에 실을지 여부를 결정하는 일은 리버비츠에게 양심과 관련된 복잡한 문제였다. 결국, 지적으로 깨어 있었고 미학적으로 만족을 몰랐던 손택이라면 "이 작업을 당당히 옹호했을 것이라는" 느낌이 의심보다 중요했다.[66]

애니 리버비츠는 손택이 비행기를 타고 맨해튼의 슬론케터링으로 돌아갈 수 있도록 조처했다. 스티븐 나이머는 마지막으로 몇몇 백혈병 환자에게 도움이 됐던 실험적인 치료를 시도했다. 하지만 손택의 사례는 절망적이었다. 손택은 마지막 몇 주를 반의식불명 상태로 보냈으며, 의사소통조차 할 수 없었다. 2004년 12월 28일 아침, 수전 손택은 아들과 가까운 친구들이 지켜보는 앞에서 숨을 거두었다. 손택의 아들 데이비드 리프는 이렇게 썼다. "어머니는 아파하거나 괴로워하시지 않고 편안히 숨을 거두셨다. 어머니는 그렇게 떠나셨다."[67]

1933   1월 16일 수전 리 로젠블랫 뉴욕에서 태어남. 중국 톈진에서 모
        피거래회사를 소유하고 있던 아버지 잭 로젠블랫과 어머니 밀
        드러드 로젠블랫(결혼 전 성은 제이컵슨)은 수전과 여동생 주디
        스를 친척의 손에 맡김.

1938   2월 17일 잭 로젠블랫 톈진에서 폐결핵으로 사망. 밀드러드 로
        젠블랫은 홀로 미국으로 귀국.

1939   마이애미에서 반년을 보낸 후 가족은 애리조나 투손으로 이사.
        손택은 이곳에서 학교에 입학함.

1945   밀드러드 로젠블랫이 미 육군 대위 네이선 손택과 재혼. 두 딸
        은 의붓아버지의 성을 따름.

1946   가족이 로스앤젤레스로 이사하면서, 손택은 노스할리우드 고
        등학교에 재학. 토마스 만과의 만남.

1949   연초에 버클리대학교에 등록. 가을학기에 시카고대학교로 편입.

1950   사회학 강사 필립 리프와 결혼.

1951   시카고에서 대학 기본교육을 마치고 보스턴 근처로 이사. 허버

트 마르쿠제를 알게 됨.

1952   9월 28일 보스턴에서 아들 데이비드 리프 출산. 코네티컷대학
        교에서 영문학 전공.

1955   하버드대학교 편입. 종교철학을 주전공으로 공부함.

1957   철학과 졸업. 전미대학여성협회로부터 외국에서 쓰게 될 박사
        논문을 위한 장학금을 수여했으나, 논문을 마무리 짓지 못함.

1958   영국 옥스퍼드대학교와 프랑스 소르본대학교에서 연구년을 보
        냄. 미국으로 귀국 후 필립 리프에게 이혼 요구.

1959   3월에 아들과 함께 뉴욕으로 이사. 『코멘터리』에서 편집자로 일
        하고, 이후 뉴욕시립대와 세라로런스대에서 강의. 마리아 아이
        린 포네스를 사귐. 첫 소설 『은인』을 쓰기 시작.

1960   뉴욕 컬럼비아대학교에서 강의하며 『컬럼비아 데일리 스펙테이
        터』 편집자로 일함. 출판사 FSG와 첫 소설의 출판 계약을 맺음.

1962   지식인들이 보던 명망 있는 잡지 『파르티잔 리뷰』에 첫 에세이
        발표. 이후 몇 년간 『뉴욕 리뷰 오브 북스』 『에버그린 리뷰』 『네
        이션』과 『코멘터리』에 글을 기고함.

1963   첫 소설 『은인』 출간.

1964   컬럼비아대 강사직을 그만둠. 뉴저지 럿거스대 소속 작가로 재
        직. 에세이 「캠프'에 관한 단상」 발표. 유럽, 특히 프랑스로 정
        기적 여행을 떠나기 시작함.

1966   에세이집 『해석에 반대한다』 출간. 조지폴크상을 수상하고 구
        겐하임 장학금 수여. 평화운동에 참여. 재스퍼 존스, 워런 비티,
        존 케이지, 머스 커닝햄, 폴 세크, 피터 후자, 조지프 체이킨, 로
        버트 윌슨, 조지프 코넬, 리처드 하워드, 스티븐 코크와 알게 됨.

1967   두 번째 소설 『살인 도구』 출간.

1968   5월에 베트남 북부를 여행. 논쟁적 에세이 「하노이 여행」 발표.

1969   두 번째 에세이집 『급진적 의지의 스타일』 출간. 스웨덴에서 영

화「식인종을 위한 이중주」제작을 마치고, 5월 칸 영화제 비경 쟁부문에서 처음 상영.

1970   스웨덴에서 두 번째 영화「형제 칼」제작에 들어감.

1971   5월 칸 영화제 비경쟁부문에서「형제 칼」상영. 니콜 스테판과 사귐. 파리로 일부 짐을 옮김.

1973   1월에 중국을 여행. 10월에 이스라엘에서 다큐멘터리「약속의 땅」작업에 들어감. 에세이『사진에 관하여』집필 시작.

1975   2월에『뉴욕 리뷰 오브 북스』에 비평「매혹적인 파시즘」발표. 유방암 발견.

1977   『사진에 관하여』출간 후 전미도서비평가협회상 수상.

1978   『은유로서의 질병』과 단편집『나, 그리고 그 밖의 것들』출간.

1979   이탈리아 투린의 테아트로 스타빌레 극장에서 루이지 피란델로 의「여러분이 그렇다면 그런 거죠」연출.

1980   『우울한 열정』출간. 이후 몇 년간 무용, 오페라, 영화, 연극 등 다양한 주제로『배니티 페어』『타임스 리터러리 서플먼트』『뉴 요커』『보그』에 소소한 비평 에세이를 발표.

1982   2월 6일 뉴욕 시청에서 폴란드 계엄령에 관한 연설로 논쟁을 불러일으킴. 베니스에서 영화「안내 없는 여행」촬영. 루신다 차일즈를 사귐.『수전 손택 선집』출간.

1985   밀란 쿤데라의『자크와 그의 주인』을 매사추세츠 케임브리지의 아메리칸 레퍼토리 시어터에서 연출.

1986   11월『뉴요커』에 발표한「오늘날 우리가 살아가는 방식」이 성 공적인 반응을 얻고,『미국 최고의 단편소설 작품집, 1987년』 『1980년대 미국 최고의 단편소설 작품집』과『금세기 미국 최고 의 단편소설 작품집』에 실림.

1987   아메리칸 펜 클럽 위원장을 역임하고, 탄압을 받는 동유럽 출 신 작가들을 강력하게 옹호.

1988	애니 리버비츠와 사귐.
1989	『에이즈와 그 은유』출간. 독일학술교류처의 보조금을 받아 베를린에 6개월간 체류. 『화산의 연인』집필 시작.
1990	영예를 안긴 맥아더상 수상.
1991	첫 연극「앨리스, 깨어나지 않는 영혼」이 독일 본에서 초연.
1992	『화산의 연인』출간.
1993	사라예보에서 사뮈엘 베케트의「고도를 기다리며」연출.
1994	사라예보에서의 활동을 인정받아 스위스 몽블랑 문화예술 후원자상 수상.
1995	역사소설『인 아메리카』집필 시작. 동시에 여러 잡지에 W. G. 제발트, 마샤두 지 아시스, 다닐로 키시 등을 소개하는 글을 발표.
1998	두 번째 암 발병.
1999	리버비츠와 함께 구상한 사진집『여성들』출간.
2000	『인 아메리카』출간으로 미국에서 가장 영향력 있는 문학상인 전미도서상 수상.
2001	5월 예루살렘상 수상―수상 소감에서 이스라엘의 정착 정책을 비판. 『강조해야 할 것』출간. 9·11 이후 "살인자들은 비겁하지 않다"는 입장을 표명해 공공의 집중 공격을 받음.
2003	전쟁 사진에 관한 에세이『타인의 고통』출간. 10월 독일출판협회 평화상과 스페인 아스투리아스 왕세자 문학상 수상.
2004	암의 재발로 여러 병원에 입원. 12월 28일 수전 손택 뉴욕에서 사망.
2007	사후『문학은 자유다』출간.

감사의 말

텅 빈 노트북 화면을 마주했을 때의 외로움을 피할 수 있는 작가는 없다. 그럼에도 불구하고 그곳에서 혼자가 아니라는 것은 아름다운 경험이다. 많은 친구, 지나간 인생의 동반자, 그리고 정신과 의사가 이 책을 쓰는 동안 놀라운 방식으로 나를 뒷받침해주었다. 그들은 중요한 아이디어를 가져다주었고, 인내심을 갖고 논의해주었는가 하면, 원고 수정에도 많은 노력을 들여주었다. 그런 의미에서 이분들께 진심을 다해 감사를 전한다. 실비아 바, 슈테펜 베를레, 앙겔리카 보슈쿠겔, 노먼 핸슨, 옴리 카플란포이어라이젠, 마티아스 쿰과 크세니아 쿰, 라이언 킨젤라, 세라 러바인, 마리 나우만, 내털리 네이글, 오나 니런버그, 시오반 올리리, 데이비드 스나이더, 안드리아나

스멜라, 피에르 발레, 그리고 코르넬리아 주코프스카. 이들은 더할 나위 없이 훌륭한 동료였다.

또 원고를 위한 작업에 협조해준 뉴욕공립도서관의 기록보관소 관계자들, 뉴욕현대미술관 필름아카이브 부서의 찰스 실버, 브루클린 라이터스 스페이스의 스콧 애킨스에게도 진심으로 감사드린다. 그 밖에 전문적이고도 참을성 있는 편집자 프란치스카 귄터와 문학 에이전트 에네 글리엔케에게도 원고 작업에 있어 특별히 중대한 도움을 받았다. 이분들이 없었다면 이 책은 세상에 나오지 못했을 것이다.

감사의 말

주

프롤로그

1. 2007년 3월 8일 마리나 아브라모비치와의 인터뷰; "1년 전 수전 손택이 사망했다. 우리 모두는 그를 매우 그리워한다", Michael Krüger, "Ah, Susan! Toujours fidèle", *Frankfurter Allgemeine Sonntagszeitung* (Januar 1, 2006); Joseph Hanimann, "Verpasstes Rendezvous; Pariser Gedenktopographie" *Frankfurter Allgemeine Zeitung* (Januar 19, 2005)
2. Lothar Müller, "An den Abgründen der Oberfläche (⋯) Zum Tod der Essayistin, Schriftstellerin und Moralistin Susan Sontag", *Süddeutsche Zeitung* (Dezember 30, 2004).
3. Henning Ritter, "Sie kam, sah und schrieb … Zum Tode von Susan Sontag", *Frankfurter Allgemeine Zeitung* (Dezember 20, 2004).
4. Margalit Fox, "Susan Sontag, Social Critic with Verve, Dies at 71", *The New York Times* (December 28, 2004).
5. 같은 기사.

유년기라는 것에 관한 기억 1933-1944

1. 1987년 스페인어로 처음 발표된 마리셀마 코스타, 아델라이다 로페스와의 인터뷰 "Susan Sontag o la pasion por las palabras". 이 인터뷰는 "Susan Son-

tag: The Passion for Words"로 *Conversations with Susan Sontag*, trans. by Kathy Leonard, ed. by Leland Poague (Jackson: University Press of Mississippi, 1995), 222-236에 실렸다.

2. 2006년 5월 29일 데이비드 리프와의 인터뷰. [손택은 「순례」에서 아직 고등학생이던 시절 토마스 만을 찾아갔던 일을 그린다. (이 평전이 독일에서 출간된 이후에 공개된) 1949년 12월 28일 자 일기에서 그는 1949년 UC버클리에서의 봄학기와 시카고대학교에서의 가을학기를 마치고 이 독일 작가를 찾아간 일을 밝힌다. Susan Sontag, *Reborn: Journals and Notebooks, 1947–1963*, ed. by David Rieff (New York: Farrar, Straus and Giroux, 2008), 57–61.]

3. Sontag, *I, etcetera* (New York: Farrar, Straus and Giroux, 1978), 13. 『뉴보스턴 리뷰』 제프리 모비어스와의 인터뷰에서 손택은 설명했다. "1973년 4월 『애틀랜틱 먼슬리』에 발표한 「중국 여행 프로젝트」와 같은 새로운 단편소설에서 제 자신의 삶을 이야기했습니다", Poague, *Conversations with Susan Sontag*, 49-50.

4. Sontag, "Pilgrimage", *The New Yorker* (December 21, 1987), 38.

5. Edward Hirsch, "Susan Sontag: The Art of Fiction No. 143," *The Paris Review*, no. 137 (Winter 1995).

6. 2007년 4월 13일 루신다 차일즈와의 인터뷰.

7. Ellen Hopkins, "Susan Sontag Lightens Up," *Los Angeles Times Magazine* (August 16, 1992).

8. Carl Rollyson and Lisa Paddock, *Susan Sontag: The Making of an Icon* (New York: Norton, 2000), 4를 참조하라.

9. Hopkins, "Susan Sontag Lightens Up."

10. Rollyson and Paddock, *Susan Sontag: The Making of an Icon*, 4. 롤리슨과 패덕은 학교의 공식 문서들을 회람했으나, 문서상의 기록과 손택이 훗날 언급한 사실 간의 불일치를 지적하지는 않았다.

11. Sontag, *I, etcetera*, 17.

12. Joan Acocella, "The Hunger Artist," *The New Yorker* (March 6, 2000), 72.

13. Poague, *Conversations with Susan Sontag*, 53.

14. Marta Kijowska, "Die Wohltäterin", *Frankfurter Allgemeine Zeitung* (Januar 4, 2004).

15. David Rieff, *Going to Miami: Exiles, Tourists, and Refugees in the New America*, (Boston: Little, Brown, 1987), 4.

16. Poague, *Conversations with Susan Sontag*, 134. [『롤링스톤』지 조너선 콧과의 인터뷰 전문은 『수전 손택의 말』, 김선형 옮김, 마음산책, 2015로 출간되었다. 해당 내용은 182쪽 참조.]

17. 2007년 3월 20일 앤드루 와일리와의 인터뷰.

18. Hirsch, "Susan Sontag: The Art of Fiction," 182.

19. 에브 퀴리, 『마담 퀴리』, 조경희 옮김, 이룸, 2006.

20. "In Depth with Susan Sontag," 워싱턴의 방송사 C-SPAN과 2003년 3월 2일 가진 3시간 분량의 인터뷰.

21. Zoë Heller, "The Life of a Head Girl," *The Independent* (London) (September 20, 1992): 10 이하 참조.

22. Sontag, "Pilgrimage," 39.

23. Hirsch, "Susan Sontag: The Art of Fiction," 182.

24. Ron Grossman, "At the C Shop with Susan Sontag," *Chicago Tribune* (December 1, 1992).

25. Hirsch, "Susan Sontag: The Art of Fiction," 183.

26. Sontag, *I, etcetera*, 6.

27. Sontag, "Pilgrimage," p. 38; Hirsch, "Susan Sontag: The Art of Fiction," 180.

28. Annie Leibovitz, *A Photographer's Life, 1990–2005* (New York: Random House, 2006).

29. 같은 책.

30. Sontag, *Where the Stress Falls* (New York: Farrar, Straus and Giroux, 2001), 256.

31. 같은 책, 255.

32. Hirsch, "Susan Sontag: The Art of Fiction," 179.

33. Poague, *Conversations with Susan Sontag*, 121.

34. 같은 책, 215.

35. 같은 책, 222.

36. Leslie Garis, "Susan Sontag Finds Romance," *The New York Times Magazine* (August 2, 1992).

37. 같은 기사.

38. Sontag, "Pilgrimage," 41.

39. 2007년 3월 6일 네이딘 고디머와의 인터뷰.

40. 같은 인터뷰.

수전 손택의 창조 1945-1948

1. Elizabeth Farnsworth, "Conversation: Interview with Susan Sontag," NewsHour with Jim Lehrer, PBS, February 2, 2001.

2. Acocella, "The Hunger Artist," 72.

3. 2006년 12월 2일 리처드 하워드와의 인터뷰, 2007년 3월 28일 스티븐 코크와의 인터뷰, 2007년 3월 6일 편집자 스티브 와서먼과의 인터뷰.

4. Sontag, "Pilgrimage," 43.

5. 같은 책.

6. 같은 책, 38.
7. 같은 책.
8. Zoë Heller, "The Life of a Head Girl."
9. Rollyson and Paddock, *Susan Sontag: The Making of an Icon*, 19.
10. 같은 책, 19-20.
11. Sontag, "Pilgrimage," 39.
12. Poague, *Conversations with Susan Sontag*, 173.
13. Sontag, "Pilgrimage," 39.
14. 같은 책, 40.
15. 같은 책.
16. Poague, *Conversations with Susan Sontag*, 191.
17. 2007년 3월 6일 스티브 와서먼과의 인터뷰.
18. Sontag, "Pilgrimage," 41; Acocella, "The Hunger Artist," 72도 참조할 것.
19. Philip Fisher, "Susan Sontag and Philip Fisher: A Conversation," *Salmagundi*, no. 139-140 (Summer-Fall 2003): 177-178.
20. Poague, *Conversations with Susan Sontag*, 233.
21. Sontag, "Pilgrimage," 42.
22. 같은 책, 46.
23. 같은 책, 53.

지성의 광란 1949-1957

1. Sontag, "The Letter Scene," in *Telling Tales*, ed. by Nadine Gordimer (New York: Picador/Farrar, Straus and Giroux, 2004): 225.
2. Grossman, "At the C Shop with Susan Sontag."
3. Mary Ann Dzuback, Robert M. Hutchins, *Portrait of an Educator* (Chicago: University of Chicago Press, 1991): 5-45를 보라.
4. Poague, *Conversations with Susan Sontag*, 271.
5. 같은 책, 75.
6. Grossman, "At the C Shop with Susan Sontag," 51-52; Poague, *Conversations with Susan Sontag*, 272.
7. Sharon Cohen, "The Nobelist of All. University of Chicago Celebrates 100th," ATP-Press (September 29, 1991).
8. Poague, *Conversations with Susan Sontag*, 272.
9. Zoë Heller, "The Life of a Head Girl."
10. Grossman, "At the C Shop with Susan Sontag."
11. 같은 글.
12. Poague, *Conversations with Susan Sontag*, 274.

13. Gerhard Spörl, "Die Leo-Konservativen", *Der Spiegel* (August 4, 2003), 42-45.

14. Hirsch, "Susan Sontag: The Art of Fiction."

15. 같은 인터뷰.

16. Christine Stansell, *American Moderns: Bohemian New York and the Creation of a New Century* (New York: Henry Holt/Metropolitan Books, 2000): 147 이하를 보라.

17. Jack Selzer, *Kenneth Burke in Greenwich Village: Conversing with the Moderns, 1915–1931* (Madison: University of Wisconsin Press, 1996)을 보라.

18. Hirsch, "Susan Sontag: The Art of Fiction."

19. Suzie Mackenzie, "Finding Fact from Fiction," *The Guardian* (London) (May 27, 2000): 31.

20. Garis, "Susan Sontag Finds Romance."

21. Brett Harvey, *The Fifties: A Woman's Oral History* (New York: Harper Collins, 1993).

22. Mackenzie, "Finding Fact from Fiction."

23. Acocella, "The Hunger Artist," 73.

24. Sontag, "The Letter Scene," 225.

25. Zoë Heller, "The Life of a Head Girl."

26. Acocella, "The Hunger Artist," 72.

27. 같은 글.

28. Poague, *Conversations with Susan Sontag*, 277.

29. 같은 책, xxvi.

30. 2007년 3월 2일 손택의 제자였던 제프 알렉산더와의 인터뷰.

31. Michael D'Antonio, "Little David, Happy at Last," *Esquire* 113, no. 3 (March 1990): 137.

32. Poague, *Conversations with Susan Sontag*, 31.

33. Suzy Hansen, "Rieff Encounter," *The New York Observer* (May 2, 2005).

34. Sontag, *In America* (New York: Farrar, Straus and Giroux, 2000): 24.

35. Rollyson and Paddock, *Susan Sontag: The Making of an Icon*, 41.

36. Mackenzie, "Finding Fact from Fiction."

37. Acocella, "The Hunger Artist," 72-73.

38. David Halberstam, *The Fifties* (New York: Random House, 1993): 3-24를 보라.

39. Poague, *Conversations with Susan Sontag*, 115.

40. 같은 책, xxvi.

41. Sontag, "The Letter Scene," 225.

파리, 로맨스 1958-1959

1. Sigrid Löffler, "Eine europäische Amerikanerin, Kantianerin und Vordenkerin ihrer Epoche im Gespräch in Edinburgh", *Literaturen* (Oktober 2003). 손택은 2003년 11월 5일 프랑스 문화원과 알리앙스 프랑세즈가 뉴욕에서 주최한 트로피 수여식에서 배우 이자벨 위페르를 위한 연설을 했다. 이 말은 다음에서 재인용했다. "For Isabelle," in *Isabelle Huppert: Woman of Many Faces*, ed. by Elfriede Jelinek and Serge Toubina (New York: Abrams, 2005): 41.
2. Sontag, "The Letter Scene," 225.
3. 같은 글, 252.
4. Zoë Heller, "The Life of a Head Girl."
5. Sontag, "The Letter Scene," 233.
6. Stanley Karnow, *Paris in the Fifties* (New York: Times Books/Random House, 1997): 3.
7. Sontag, *Reborn: Journals and Notebooks, 1947-1963*, ed. by David Rieff (New York: Farrar, Straus and Giroux, 2008): 160-161.
8. Poague, *Conversations with Susan Sontag*, 134.
9. Susan Sontag, foreword to *A Place in the World Called Paris*, ed. by Steven Barclay, xviii (San Francisco: Chronicle Books, 1994).
10. Sontag, *Reborn*, 166.
11. Edward Field, *The Man Who Would Marry Susan Sontag* (Madison: University of Wisconsin Press, 2005): 161.
12. Sontag, *Reborn*, 165.
13. 같은 책, 167.
14. 같은 책, 162.
15. 같은 책, 189.
16. 같은 책, 188-189.
17. 2007년 2월 23일 스티븐 코크와의 인터뷰.
18. 2006년 12월 7일 엘리엇 스타인과의 인터뷰.
19. Tony Judt, *Past Imperfect: French Intellectuals, 1944–1956* (Berkeley: University of California Press, 1992)를 참조.
20. Poague, *Conversations with Susan Sontag*, 129.
21. Sontag, "The Letter Scene," 233.

뉴욕과의 연계 1959-1963

1. Hopkins, "Susan Sontag Lightens Up."

2. 2006년 12월 2일 리처드 하워드와의 인터뷰.

3. Barbara Rowes, "Bio—Susan Sontag," *People Magazine* (March 20, 1978): 74-76, 79–80. Garis, Heller, Hopkins도 참조할 것.

4. Hansen, "Rieff Encounter."

5. Sontag, "The Third World of Women," *Partisan Review*, no. 40 (Spring 1973): 205.

6. 2007년 1월 15일 애넷 마이컬슨과의 인터뷰.

7. Poague, *Conversations with Susan Sontag*, xxvi-xxvii; Richard Howard, "Remembering Susan Sontag," *Los Angeles Times* (January 2, 2005).

8. D'Antonio, "Little David, Happy at Last," 132.

9. Acocella, "The Hunger Artist," 73.

10. 같은 글.

11. Hansen, "Rieff Encounter."

12. Sontag, *Reborn*, 248.

13. 2006년 12월 2일 리처드 하워드와의 인터뷰.

14. Field, *The Man Who Would Marry Susan Sontag*, 161.

15. 같은 책, 160-164.

16. 2006년 12월 엘리엇 스타인과의 인터뷰.

17. Acocella, "The Hunger Artist," 74.

18. Field, *The Man Who Would Marry Susan Sontag*, 162.

19. 2006년 12월 2일 리처드 하워드와의 인터뷰.

20. Acocella, "The Hunger Artist," 74 참조; Rollyson and Paddock, *Susan Sontag: The Making of an Icon*, 56.

21. Sontag, *On Self*, 54. [Sontag, *Reborn*, 218.]

22. Maria M. Delgado and Caridad Svich, eds., *Conducting a Life: Reflections on the Theatre of María Irene Fornés* (Lyme, N.H.: Smith and Kraus, 1999): 255. 손택도 세부 사항만 조금 다른 이야기를 Poague, *Conversations with Susan Sontag*, 227에서 한 적이 있다.

23. Poague, *Conversations with Susan Sontag*, 227; Field, *The Man Who Would Marry Susan Sontag*, 163.

24. Sontag, *Reborn*, 221.

25. 2006년 12월 2일 리처드 하워드와의 인터뷰.

26. Field, *The Man Who Would Marry Susan Sontag*, 162.

27. D'Antonio, "Little David, Happy at Last," 137.

28. 같은 글, 132.

29. Hirsch, "Susan Sontag: The Art of Fiction."

30. 같은 글.

31. 1981년 7월 1일 로버트 지루가 수전 손택에게 보낸 편지, New York Public Library: Farrar, Straus and Giroux files, Box 346.

32. Hopkins, "Susan Sontag Lightens Up"; Miriam Berkley, *Publisher's Weekly* (October 22, 1982)도 참조할 것.

33. Christopher Lehmann-Haupt, "Roger W. Straus Jr., Book Publisher from the Age of Independents, Dies at 87," *The New York Times* (May 27, 2004); James Atlas, "Roger Straus: Charismatic Co-Founder of Farrar," *The Independent* (May 31, 2004); "Writers Pay Tribute to Roger Straus," *Los Angeles Times Book Review* (June 6, 2004).

34. 2007년 3월 19일 미하엘 크뤼거와의 인터뷰.

35. 2007년 3월 26일 조너선 갤러시와의 인터뷰.

36. 2007년 3월 21일 시그리드 누네즈와의 인터뷰.

37. 1962년 4월 30일과 1963년 1월 14일 로저 스트로스가 손택에게 보낸 편지, New York Public Library: Farrar, Straus and Giroux files, Box 344.

38. New York Public Library: Farrar, Straus and Giroux files, Box 344의 여러 편지를 참조.

39. Adam Zagajewski, John McPhee, and Robert McCrum, "Writers Pay Tribute to Roger W. Straus Jr.," *Los Angeles Times Book Review* (June 6, 2004).

40. 2007년 2월 23일 스티븐 코크와의 인터뷰.

41. 2006년 12월 2일 리처드 하워드와의 인터뷰.

42. 2006년 12월 7일 네드 로럼과의 인터뷰.

43. 2007년 2월 23일 스티븐 코크와의 인터뷰.

44. Ned Rorem, *The Later Diaries of Ned Rorem, 1961–1972* (San Francisco: Da Capo, 1983): 143.

45. 2006년 12월 2일 리처드 하워드, 2006년 12월 7일 엘리엇 스타인과의 인터뷰.

46. William Phillips: *A Partisan View: Five Decades of Literary Life* (New York: Stein and Day, 1983).

47. 2007년 4월 6일 엘리자베스 하드윅과의 인터뷰.

48. Arthur Marwick, *The Sixties: Cultural Revolution in Britain, France, Italy, and the United States, c. 1958-c. 1974* (Oxford: Oxford University Press, 1998): 2-41, 288-359; David Denby, "The Moviegoer: Susan Sontag's Life in Film," *The New Yorker* (September 12, 2005): 102 이하 참조.

49. New York Public Library: Farrar, Straus and Giroux files, original draft for the dust jacket, Box 344.

50. Daniel Stern, "Life Becomes a Dream," *The New York Times Book Review* (September 8, 1963).

51. Carolyn G. Heilbrun, "Speaking of Susan Sontag," *The New York Times Book Review* (August 27, 1967): 2, 30.

52. Deborah Solomon, *Utopia Parkway: The Life and Works of Joseph Cornell* (New York: Farrar, Straus and Giroux, 1997): 317.

캠프 1964

1. Sontag, *Where the Stress Falls*, 270–271.
2. Steven Watson, *Factory Made: Warhol and the Sixties* (New York: Pantheon Books, 2003); Jon Margolis, *The Last Innocent Year—America in 1964, the Beginning of the "Sixties"* (New York: William Morrow, 1999): 3–36을 보라.
3. Sontag, On Self (July 27, 1964). [Sontag, *As Consciousness Is Harnessed to Flesh: Journals & Notebooks, 1964–1980*, ed. by David Rieff (New York: Farrar, Straus and Giroux, 2012), 3-5.]
4. 1964년 6월 4일 로저 스트로스가 해리 포드에게 쓴 편지. New York Public Library: Farrar, Straus and Giroux files, Box 344.
5. 2007년 1월 15일 애넷 마이컬슨과의 인터뷰.
6. Heilbrun, "Speaking of Susan Sontag."
7. Hirsch, "Susan Sontag: The Art of Fiction."
8. Anna Fels, *Necessary Dreams: Ambition in Women's Changing Lives* (New York: Pantheon Books, 2004): 99–106 참조.
9. Sontag, *As Consciousness Is Harnessed to Flesh*, 29.
10. Sontag, "On Self," *The New York Times Magazine* (September 10, 2006), 1964년 7월 27일의 도입부.
11. Hirsch, "Susan Sontag: The Art of Fiction."
12. "In Depth with Susan Sontag," C-SPAN 인터뷰.
13. 주디스 서먼은 2007년 2월 5일 뉴욕 맨해튼 나인티세컨드스트리트Y에서 열린 수전 손택 트리뷰트에 패널로 참석해 말했다.
14. Acocella, "The Hunger Artist."
15. Hirsch, "Susan Sontag: The Art of Fiction."
16. 같은 글.
17. Sontag, "On Self," 1964년 7월 27일의 도입부.
18. Howard, "Remembering Susan Sontag."
19. 1965년 11월 18일 쓴 편지에서 손택은 한 심포지엄에서 요나스 메카스, 케네스 앵거, 마이크 쿠처 등의 아방가르드 영화에 관해 연설한 일을 언급한다. New York Public Library: Farrar, Straus and Giroux files, Box 342A.
20. 사건에 대한 자세한 설명은 Steven Watson, *Factory Made*, 143–147을 참고하라.
21. Sontag, *Against Interpretation and Other Essays* (New York: Farrar, Straus and Giroux, 1967): 231.
22. Hopkins, "Susan Sontag Lightens Up."
23. Rollyson and Paddock, *Susan Sontag: The Making of an Icon*, 76.
24. Hopkins, "Susan Sontag Lightens Up."

25. 1964년 4월 9일 로저 스트로스가 모리스 템플 스미스에게 보낸 편지, New York Public Library: Farrar, Straus and Giroux files, Box 343.

26. Victor Navasky, "Notes on Cult: or, How to Join the Intellectual Establishment," *The New York Times Magazine* (March 27, 1966): 128.

27. Poague, *Conversations with Susan Sontag*, 57.

28. 1964년 4월 9일 로저 스트로스가 모리스 템플 스미스에게 보낸 편지, New York Public Library: Farrar, Straus and Giroux files, Box 343.

29. 1965년 5월 7일 라일라 카프가 제러드 폴링거(런던), 알렉산더 한스(암스테르담), 에르베르 로트망(파리)에게 보낸 편지, New York Public Library: Farrar, Straus and Giroux files, Box 343.

30. Navasky, "Notes on Cult."

31. Sontag, *Against Interpretation*, 231.

32. 1992년 8월 23일 윌리엄 필립스가 『뉴욕 타임스』에 보낸 서한(헤드라인은 "Susan Sontag Finds Romance").

33. Howard, "Remembering Susan Sontag."

34. 엘리엇 스타인과의 인터뷰.

35. Sontag, *Against Interpretation*, 287.

36. 같은 책, 286.

37. 같은 책, 281.

38. Denby, "The Moviegoer," 90.

39. Navasky, "Notes on Cult"를 보라.

40. Thomas Meehan, "Not Good Taste, Not Bad Taste—It's 'Camp.'" *The New York Times Magazine* (March 21, 1965): 30–31, 113–115.

41. Poague, *Conversations with Susan Sontag*, xxvii.

42. Fremont-Smith.

43. Callie Angell, *Andy Warhol Screen Tests: The Films of Andy Warhol Catalogue raisonné*, Vol. 2 (New York: Abrams, 2006): 190.

44. 같은 책.

아방가르드 스타일 1965-1967

1. Maxine Bernstein and Robert Boyers, "Women, the Arts & the Politics of Culture: An Interview with Susan Sontag," *Salmagundi*, no. 31–32 (Fall 1975–Winter 1976): 29–48.

2. 2007년 3월 7일 스티븐 코크와의 인터뷰.

3. Sontag, *Against Interpretation*, 7.

4. 같은 책.

5. 같은 책, 9.

6. 같은 책, 13.

7. "In Depth with Susan Sontag," C-SPAN 인터뷰.

8. 2006년 12월 7일 엘리엇 스타인과의 인터뷰.

9. Sontag, *Against Interpretation*, 13.

10. 같은 책, 14.

11. Eliot Weinberger, "Notes on Susan," *The New York Review of Books* (August 16, 2007).

12. Sontag, *Against Interpretation*, 303.

13. 같은 책.

14. Benjamin DeMott, "Lady on the Scene," *The New York Times Book Review* (January 23, 1966): 5, 32.

15. Robert Mazzocco, "Swingtime," *The New York Review of Books* (June 9, 1966).

16. Elizabeth W. Bruss, *Beautiful Theories: The Spectacle of Discourse in Contemporary Criticism* (Baltimore, Md: Johns Hopkins University Press, 1982): 224-237을 참조.

17. Norman Podhoretz, *Making It* (New York: Random House, 1968): 154.

18. Harvey Teres, *Renewing the Left: Politics, Imagination, and the New York Intellectuals* (New York: Oxford University Press, 1996): 173-203.

19. Fremont-Smith; Herbert Mitgang, "Victory in the Ashes of Vietnam?," *The New York Times* (February 4, 1969)를 보라.

20. Irving Howe, *Decline of the New* (New York: Harcourt, Brace, 1970): 260 참조.

21. Liam Kennedy, *Susan Sontag: Mind as Passion* (Manchester, U.K.: Manchester University Press, 1995): 16-46.

22. Navasky, "Notes on Cult."

23. 2007년 3월 7일 스티븐 코크와의 인터뷰.

24. 같은 인터뷰.

25. Edmund Wilson, *The Sixties: The Last Journal, 1960–1972* (New York: Farrar, Straus and Giroux, 1993): 569, 748.

26. Hopkins, "Susan Sontag Lightens Up."

27. Howe, *Decline of the New*, 260.

28. 2007년 4월 6일 엘리자베스 하드윅과의 인터뷰.

29. 2006년 12월과 2007년 3월 21일 사이 리처드 하워드, 시그리드 누네즈와의 인터뷰.

30. 2006년 12월과 2007년 3월 사이 리처드 하워드, 스티븐 코크와의 인터뷰.

31. BBC 2, November 17, 1964. 그리고 1964년 11월 17일 로런스 폴린저가 로저 스트로스에게 보낸 편지, New York Public Library: Farrar, Straus and Giroux files, Box 343.

32. Zoë Heller, "The Life of a Head Girl."
33. 2007년 3월 4일 테리 캐슬과의 인터뷰.
34. 같은 날 테리 캐슬과의 인터뷰; 2007년 3월 7일 웬디 레서와의 인터뷰.
35. Sontag, "On Self," 1960년 2월 날짜가 없는 일기와 1965년 11월 8일의 도입부.
36. Sontag, *As Consciousness Is Harnessed to Flesh*, 138.
37. Sontag, "On Self," 1965년 7월 4일의 도입부.
38. 1972년 7월 5일 수전 손택이 로저 스트로스에게 보낸 편지, New York Public Library: Farrar, Straus and Giroux files, Box 344.
39. Poague, *Conversations with Susan Sontag*, 146.
40. Kennedy, *Susan Sontag*, 1.
41. Heilbrun, "Speaking of Susan Sontag."
42. Sontag, "On Self," 1964년 11월 17일의 도입부.
43. 1966년 11월 23일 라일라 카프가 수전 손택에게 보낸 편지, New York Public Library: Farrar, Straus and Giroux files, Box 343.
44. Howard, "Remembering Susan Sontag."
45. Henry Luhrman, "A Bored Susan Sontag: 'I Think Camp Should Be Retired,'" *Columbia Owl* (March 23, 1966); Charles Poore, "Against Joan of Arc of the Cocktail Party," *The New York Times* (April 28, 1966).
46. 1966년 8월 11일 수전 손택이 로저 스트로스에게 보낸 편지, New York Public Library: Farrar, Straus and Giroux files, Box 342A.
47. 1966년 8월 8일 수전 손택이 로저 스트로스에게 보낸 편지, New York Public Library: Farrar, Straus and Giroux files, Box 342A.
48. 2007년 3월 7일 스티븐 코크와의 인터뷰.
49. Carlin Romano, "Desperately Seeking Sontag," *FAME Magazine* (April 1989).
50. 2007년 3월 7일 스티븐 코크, 2006년 12월 6일 엘리엇 스타인과의 인터뷰.
51. Sontag, "On Self," 1965년 11월 24일 도입부.
52. 같은 글, 1966년 10월 8일 도입부.
53. Sontag, *As Consciousness Is Harnessed to Flesh*, 168.
54. 2007년 3월 7일 스티븐 코크와의 인터뷰.
55. 2006년 12월 6일 네드 로럼과의 인터뷰.
56. Joseph Cornell, *Joseph Cornell's Theater of the Mind: Selected Diaries, Letters, and Files*, ed. and with an introduction by Mary Ann Caws (New York: Thames and Hudson, 1993): 327–338을 보라.
57. 2007년 4월 7일 로버트 윌슨과의 인터뷰.
58. Sontag, "On Self," 1966년 8월 9일 도입부.

래디컬 시크 1967-1969

1. 1978년 3월 빅터 보크리스와 하이 타임스에서 가진 인터뷰, "The Dark Lady of Pop Philosophy," in *Beat Punks by Victor Bockris* (New York: Da Capo, 2000): 85에서 재인용.

2. "In Depth with Susan Sontag," C-SPAN 인터뷰; Evans Chan: Against Postmodernism, etcetera. A Conversation with Susan Sontag. In: *PMC* Paragraph 55 (January 12, 2001).

3. 2006년 12월에서 2007년 3월 사이 스티븐 코크, 엘리엇 스타인과의 인터뷰; Howard, "Remembering Susan Sontag."

4. Poague, *Conversations with Susan Sontag*, 15.

5. James Baldwin et al., "Police Shooting of Oakland Negro," *The New York Times* (May 6, 1968): 46.

6. 1968년 1월 17일 라일라 카프가 프리츠 J. 라다츠에게 보낸 편지, New York Public Library: Farrar, Straus and Giroux files, Box 342A.

7. 2007년 3월 7일 스티븐 코크와의 인터뷰.

8. 2007년 4월 6일 엘리자베스 하드윅과의 인터뷰.

9. Tom Wolfe, *Radical Chic & Mau-Mauing the Flak Catchers* (New York: Farrar, Straus and Giroux, 1970)를 참조할 것.

10. 2007년 4월 6일 엘리자베스 하드윅과의 인터뷰.

11. Weinberger, "Notes on Susan"을 보라.

12. Scott McLemee, "The Mind as Passion," *American Prospect* 16, no. 2 (February 2005)를 보라.

13. Sontag, *Styles of Radical Will* (New York: Farrar, Straus and Giroux, 1969): 194.

14. 같은 책.

15. 같은 책, 198.

16. 같은 책, 195.

17. 같은 책, 203.

18. 1968년 4월 8일 홀 D. 버셀이 그래픽디자이너 밀턴 글레이저에게 보낸 편지, New York Public Library: Farrar, Straus and Giroux files, Box 347.

19. 로버트 지루가 수전 손택에게 보낸 날짜 표시가 없는 제안서, New York Public Library: Farrar, Straus and Giroux files, Box 347.

20. Sontag, *Styles of Radical Will*, 74-99.

21. Andrew Kopkind, "Communism and the Left," *The Nation* (February 27, 1982).

22. 1968년 11월 8일 라일라 카프가 길리아나 브로기에게 보낸 편지, New York Public Library: Farrar, Straus and Giroux files, Box 347.

23. 같은 편지.

24. 1968년 8월 26일 수전 손택이 로저 스트로스에게 보낸 편지, New York Public Library: Farrar, Straus and Giroux files, Box 347.

25. Kennedy, Susan Sontag, 61-73도 참조할 것.

26. Sontag, *Styles of Radical Will*, 271.

27. Charles Ruas, "Susan Sontag: Past, Present and Future," *The New York Times* (October 24, 1982).

28. Evans Chan, "Against Postmodernism, Etcetera—A Conversation with Susan Sontag," *Postmodern Culture* (PMC) (January 12, 2001).

29. Sontag, *Styles of Radical Will*, 214.

30. 같은 책, 259.

31. 2007년 3월 28일 스티븐 코크와의 인터뷰.

32. 1967년 3월 17일 로저 스트로스가 이탈리아 출판인 알베르토 몬다도리에게 보낸 편지와 1966년 8월 11일 수전 손택이 로저 스트로스에게 보낸 편지, New York Public Library: Farrar, Straus and Giroux files, Box 342A.

33. 1967년 3월 17일 로저 스트로스가 알베르토 몬다도리에게 보낸 편지, New York Public Library: Farrar, Straus and Giroux files, Box 342A.

34. Hirsch, "Susan Sontag: The Art of Fiction."

35. Eliot Fremont-Smith, "Diddy Did It-Or Did He?" *The New York Times* (August 18, 1967): 31.

36. Benjamin DeMott, "Diddy or Didn't He?" *The New York Times Book Review* (August 27, 1967): 1-2, 30.

37. Poague, *Conversations with Susan Sontag*, 43.

38. Alfred Kazin, *Bright Book of Life: American Novelists and Storytellers from Hemingway to Mailer* (Boston: Little, Brown, 1973): 180, 184.

39. Susan Sontag, *Todesstation* (Munich: Fischer, 1985): 373.

40. 2006년 5월 29일 데이비드 리프와의 인터뷰.

41. 2007년 3월 28일 스티븐 코크와의 인터뷰.

카메라 뒤에서 1969-1972

1. Sontag, *Against Interpretation*, 237.

2. Poague, *Conversations with Susan Sontag*, 97-105, 143-164와 113 이하를 보라.

3. 같은 책.

4. Hopkins, "Susan Sontag Lightens Up."

5. Denby, "The Moviegoer" 참조.

6. 같은 글.

7. Hopkins, "Susan Sontag Lightens Up."

8. Mel Gussow, "Susan Sontag Talks About Filmmaking," *The New York Times* (October 3, 1969): 36.

9. Victoria Schultz, "Susan Sontag on Film," *Changes* (May 1, 1972): 3-5; Sue Johnston, "Duet for Cannibals: Interview with Susan Sontag," *Cinema Papers* (July-August 1975): 112.

10. 2007년 3월 스티븐 코크와 시그리드 누네즈 인터뷰.

11. Schultz, "Susan Sontag on Film," 4; Leticia Kent, "What Makes Susan Sontag Make Movies?" *The New York Times* (October 11, 1970): sec. 2, 13.

12. Gussow, "Susan Sontag Talks About Filmmaking."

13. 1968년 11월 9일 수전 손택이 스톡홀름에서 로저 스트로스에게 보낸 편지, New York Public Library: Farrar, Straus and Giroux files, Box 342A.

14. H. Michael Levenson, "The Avant-Garde and the Avant-Guardian," *Harvard Crimson* (July 27, 1973).

15. New York Public Library: Farrar, Straus and Giroux files의 수많은 편지와 정산서를 참조, 특히 342B와 344.

16. 같은 자료.

17. Sontag, "Posters: Advertisement, Art, Political Artifact, Commodity," in *The Art of Revolution: Castro's Cuba, 1959–1970*, by Dugald Stermer (New York: McGraw-Hill, 1970): xvii.

18. 1969년 3월 4일 수전 손택이 로저 스트로스에게 보낸 편지, New York Public Library: Farrar, Straus and Giroux files, Box 342A.

19. Sontag, "Some Thoughts on the Right Way (for Us) to Love the Cuban Revolution," *Ramparts Magazine* (April 1969): 10.

20. *The New York Times* (May 21, 1971).

21. Mary Breasted, "Discipline for a Wayward Writer," *Village Voice* (November 4, 1971): 1.

22. Poague, *Conversations with Susan Sontag*, 114.

23. 같은 책, 63, 65.

24. 같은 책, 86.

25. Hugh Kenner, "The Harold Robbins Bit Styled to Make It with the Literati," *The New York Times Book Review* (November 2, 1969).

26. "Suicide off L.I. Is Identified as Woman Writer," *The New York Times* (November 9, 1969).

27. 2007년 3월 7일 스티븐 코크와의 인터뷰.

28. 1971년 1월 19일 수전 손택이 스톡홀름에서 로저 스트로스에게 보낸 편지, New York Public Library: Farrar, Straus and Giroux files, Box 342B.

29. 1969년 3월 9일 수전 손택이 스톡홀름에서 로저 스트로스에게 보낸 편지, New York Public Library: Farrar, Straus and Giroux files, Box 342A.

30. Schultz, "Susan Sontag on Film," 4.

31. Dennis V. Paoli, "Child Admitted Only with College Graduate," *Village Voice* (August 24, 1972): 55.

반半유배 상태로 1972-1975

1. Sontag, *I, etcetera*, 38.
2. Poague, *Conversations with Susan Sontag*, 122.
3. Kent, "What Makes Susan Sontag Make Movies?"
4. 2006년 12월 21일 리처드 하워드와의 인터뷰.
5. Helen Benedict, *Portraits in Print: A Collection of Profiles and the Stories Behind Them* (New York: Columbia University Press, 1991): 23.
6. Poague, *Conversations with Susan Sontag*, 10.
7. Robert Brustein, "If an Artist Wants to Be Serious, and Respected and Rich, Famous and Popular, He Is Suffering from Cultural Schizophrenia," *The New York Times Magazine* (September 26, 1971).
8. Ronald Bergan, "Nicole Stéphane: Renowned for Her Acting Debut She Later Struggled to Bring Proust to the Screen," *The Guardian* (London) (March 23, 2007): 42; "Kommentar: Jede Menge verlorener Zeit," *Frankfurter Allgemeine Zeitung* (März 29, 2007): 37.
9. Schultz, "Susan Sontag on Film," 5를 참조할 것.
10. 1972년 7월 11일 수전 손택이 로저 스트로스에게 보낸 편지, New York Public Library: Farrar, Straus and Giroux files, Box 344.
11. Jonathan Rosenbaum, "Goodbye, Susan, Goodbye: Sontag and Movies," *Synoptique* 7 (February 14, 2005), http://www.synoptique.ca/core/en larticles/rosenbaum/.
12. 2006년 12월 21일 리처드 하워드와의 인터뷰.
13. Sontag, *Under the Sign of Saturn* (New York: Farrar, Straus and Giroux, 1980): 176.
14. Poague, *Conversations with Susan Sontag*, 175.
15. 같은 책, 109.
16. 1973년 4월 25일 영국 출판사 섹터 앤드 워버그의 톰 로젠솔이 FSG의 영국 에이전트 데버라 로저스에게 보낸 편지, New York Public Library: Farrar, Straus and Giroux files, Box 342B.
17. 1973년 5월 13일 수전 손택이 로저 스트로스에게 보낸 편지; 헨리 카터 카네기와 로저 스트로스 사이에 오간 법률 문서도 참조할 것, New York Public Library: Farrar, Straus and Giroux files, Box 342B.
18. Sigrid Nunez, "Sontag Laughs," *Salmagundi* 152 (Fall 2006): 11-21.
19. Poague, *Conversations with Susan Sontag*, 189.

20. Nunez, "Sontag Laughs," 16.

21. 1973년 6월 2일 수전 손택이 로저 스트로스에게 보낸 편지, New York Public Library: Farrar, Straus and Giroux files, Box 342B.

22. Leo Lerman, *The Grand Surprise: The Journals of Leo Lerman*, ed. Stephen Pascal (New York: Knopf, 2007): 413도 참조할 것.

23. Poague, *Conversations with Susan Sontag*, 175.

24. 로저 스트로스가 파리에 있는 수전 손택에게 보낸 편지들, New York Public Library: Farrar, Straus and Giroux files, Box 342A and 342B.

25. Philip Nobile, *Intellectual Skywriting: Literary Politics and the New York Review of Books* (New York: Charterhouse, 1974): 211 이하를 보라.

26. 2007년 3월 21일 시그리드 누네즈와의 인터뷰. 누네즈는 당시 『뉴욕 리뷰 오브 북스』에서 편집 보조로 일하고 있었다.

27. 1972년 7월 5일 수전 손택이 파리에서 로저 스트로스에게 보낸 편지, New York Public Library: Farrar, Straus and Giroux files, Box 344.

28. 1973년 5월 21일 수전 손택이 파리에서 로저 스트로스에게 보낸 편지, New York Public Library: Farrar, Straus and Giroux files, Box 342B.

29. Sontag, *Under the Sign of Saturn*, 10.

30. 같은 책, 9.

31. Poague, *Conversations with Susan Sontag*, 176.

32. Bruss, *Beautiful Theories*, 208–216 참조.

33. Poague, *Conversations with Susan Sontag*, 60.

34. 1973년 8월 1일 파리에서 수전 손택이 로저 스트로스에게 쓴 편지, New York Public Library: Farrar, Straus and Giroux files, Box 342B.

35. Sontag, *I, etcetera*, 51.

36. Rollyson and Paddock, *Susan Sontag: The Making of an Icon*, 146.

37. Schultz, "Susan Sontag on Film," 3.

38. 1974년 여름 뉴요커 극장에서 배포한 소책자에서 인용, 현재는 Museum of Modern Art: Box "Sontag"에 아카이빙돼 있다.

39. FSG에서 뉴요커에 보낸 정산서, New York Public Library: Farrar, Straus and Gir oux files, Box 342B.

40. 1974년 2월 7일 수전 손택이 로저 스트로스에게 보낸 편지, New York Public Library: Farrar, Straus and Giroux files, Box 342B.

41. 1974년 2월 7일 스티븐 코크와의 인터뷰.

42. Wendy Perron, "Susan Sontag on Writing, Art, Feminism, Life and Death," *SoHo Weekly News* (December 1, 1977): 23–24, 45.

43. 같은 글, 45.

44. Schultz, "Susan Sontag on Film," 4.

45. 2007년 2월 23일 스티븐 코크와의 인터뷰.

46. Sontag, *Against Interpretation*, 25–26.

47. 1975년 1월 19일 수전 손택이 로저 스트로스에게 보낸 편지, New York Public Library: Farrar, Straus and Giroux files, Box 342B를 참조하라.

48. See Sontag, *Under the Sign of Saturn*, 73–105.

49. Adrienne Rich and Susan Sontag, "Feminism and Fascism: An Exchange," *The New York Review of Books* (March 20, 1975): 65ff.

50. 같은 글, 66.

51. 2006년 12월 21일 리처드 하워드와의 인터뷰.

52. 2007년 3월 6일 네이딘 고디머와의 인터뷰.

53. Poague, *Conversations with Susan Sontag*, 63.

54. 2007년 3월 28일 스티브 와서먼과의 인터뷰.

환자의 왕국 1975-1979

1. Sontag, *Illness as Metaphor* (New York: Farrar, Straus and Giroux, 1978): 3.

2. 1974년 2월 7일 수전 손택이 로저 스트로스에게 보낸 편지, New York Public Library: Farrar, Straus and Giroux files, Box 344.

3. Acocella, "The Hunger Artist," 68 이하 참조.

4. Garis, "Susan Sontag Finds Romance," 21 이하 참조.

5. Perron, "Susan Sontag on Writing, Art, Feminism, Life and Death."

6. Ruas, "Susan Sontag Found Crisis of Cancer Added a Fierce Intensity to Life," *The New York Times* (January 30, 1978).

7. 2007년 2월 23일 스티븐 코크와의 인터뷰; Sontag, Introduction to *Peter Hujar, Portraits in Life and Death*, (New York: Da Capo, 1976).

8. Garis, "Susan Sontag Finds Romance."

9. Benedict, *Portraits in Print*, 25.

10. 2007년 2월 23일 스티븐 코크와의 인터뷰.

11. 같은 인터뷰.

12. 날짜 표시가 없는 호소문, New York Public Library: Farrar, Straus and Giroux files, Box 342B.

13. Benedict, *Portraits in Print*, 25.

14. Poague, *Conversations with Susan Sontag*, 109.

15. 2007년 3월 21일 시그리드 누네즈와의 인터뷰.

16. 2007년 3월 6일 스티브 와서먼과의 인터뷰.

17. Acocella, "The Hunger Artist," 68 이하를 참조할 것; 2006년 12월 21일 리처드 하워드와의 인터뷰.

18. 2006년 12월 21일 리처드 하워드와의 인터뷰.

19. 같은 인터뷰.

20. Sontag, *On Photography* (New York: Farrar, Straus and Giroux, 1977): 3.

21. 같은 책, 179 – 180.
22. William H. Gass, "A Different kind of Art," *The New York Times Book Review* (December 19, 1977).
23. Lerman, *The Grand Surprise*, 415.
24. 2007년 2월 23일 스티븐 코크와의 인터뷰.
25. Poague, *Conversations with Susan Sontag*, 116.
26. Gary Indiana, "Susan Sontag (1933 – 2004)," *Village Voice* (December 28, 2004).
27. Poague, *Conversations with Susan Sontag*, 109.
28. Sontag, *Illness as Metaphor*.
29. Poague, *Conversations with Susan Sontag*, 230.
30. 2006년 12월 21일 리처드 하워드와의 인터뷰.
31. Poague, *Conversations with Susan Sontag*, 230.
32. 2007년 4월 14일 대릴 핑크니가 이메일로 이야기해주었다.
33. 2007년 3월 21일 시그리드 누네즈와의 인터뷰.
34. 같은 인터뷰.
35. Bockris, "The Dark Lady of Pop Philosophy," 77.
36. 같은 글, 78.
37. Lerman, *The Grand Surprise*, 413을 보라.
38. 2007년 2월 23일 스티븐 코크와의 인터뷰.
39. Anatole Broyard, "Styles of Radical Sensibility," *The New York Times* (November 11, 1978): 21.
40. 2007년 3월 19일 미하엘 크뤼거가 이메일로 이야기해주었다.
41. 같은 메일.

최후의 지식인 1980-1983

1. Monika Beyer, "Styl—to jeszcze nie ycie," *Polityka*, no. 22 (May 31, 1980).
2. James Atlas, "The Changing World of New York Intellectuals," *The New York Times Magazine* (August 25, 1985)를 참조.
3. Kennedy, *Susan Sontag*, 106-109를 보라.
4. Poague, *Conversations with Susan Sontag*, 167.
5. Hal Foster, "A Reader's Guide," *Artforum* 7 (March 2005): 188.
6. 같은 글.
7. 2007년 3월 22일 미국 사회학자 리처드 세넷과의 인터뷰.
8. Kennedy, *Susan Sontag*, 106-109 참조.
9. 리처드 세넷과의 인터뷰: 2007년 2월 27일 에드먼드 화이트와의 인터뷰.
10. Sontag, *Where the Stress Falls*, 283.

11. 2007년 2월 27일 에드먼드 화이트와의 인터뷰.

12. 2007년 3월 22일 리처드 세넷과의 인터뷰.

13. Sontag, *Where the Stress Falls*, 332.

14. 2006년 12월에서 2007년 3월 사이 리처드 하워드, 시그리드 누네즈, 에드먼드 화이트, 스티븐 코크와 가진 인터뷰.

15. 2007년 2월 21일 스티븐 코크와의 인터뷰.

16. Herbert Mitgang, "Publishing the Eclectic Susan Sontag," *The New York Times* (October 10, 1980).

17. Sontag, *Where the Stress Falls*, 331.

18. David Rieff, foreword to *At the Same Time: Essays and Speeches*, by Susan Sontag, ed. by Paolo Dilonardo and Anne Jump (New York: Farrar, Straus and Giroux, 2007): xiv.

19. Ruas, "Susan Sontag: Past, Present and Future."

20. John Leonard, "On Barthes and Goodman, Irony and Eclecticism," *The New York Times* (October 13, 1980).

21. Sontag, *Under the Sign of Saturn*, 202.

22. 같은 책, 175.

23. 같은 책, 121.

24. 같은 책, 131.

25. 같은 책, 117.

26. 같은 책, 134.

27. Garis, "Susan Sontag Finds Romance."

28. Richard Lacayo, "Stand Aside, Sisyphus." *Time Magazine* (October 24, 1988): 86–88.

29. Hirsch, "Susan Sontag: The Art of Fiction."

30. "Susan Sontag Provokes Debate on Communism," *The New York Times* (February 27, 1982).

31. 같은 기사.

32. Christopher Hitchens, "Poland and Other Questions," *The Nation* (February 27, 1982): 237.

33. Diana Trilling, "Susan Sontag's God That Failed," *SoHo Weekly News* (February 24, 1982).

34. Alexander Cockburn, untitled, *The Nation* (February 27, 1982).

35. Benedict, *Portraits in Print*, 33.

36. Ruas, "Susan Sontag: Past, Present and Future."

37. 2007년 2월 27일 에드먼드 화이트와의 인터뷰.

38. Alexander Cockburn, "Susan Sontag," *Village Voice* (October 11, 1983).

39. 2007년 3월 26일 조너선 갤러시와의 인터뷰.

40. Walter Kendrick, "In a Gulf of Her Own," *The Nation* (October 23, 1982):

404-406.

소규모 정치 활동 1984-1988

1. Sontag, "When Writers Talk Among Themselves," *The New York Times Book Review* (January 5, 1986): 1, 22-23.
2. 2007년 2월 21일 스티븐 코크와의 인터뷰.
3. Edmund White, *Caracole* (New York: E. P. Dutton, 1985); 2007년 2월 27일 에드먼드 화이트와의 인터뷰.
4. 2007년 4월 14일 대릴 핑크너가 보낸 이메일.
5. 2007년 3월 24일 캐런 케널리와의 인터뷰.
6. 이후 언급되는 손택의 모든 글은 『강조해야 할 것』에 실렸다.
7. Benedict, *Portraits in Print*, 25를 참조.
8. 2006년 12월 2일 리처드 하워드와의 인터뷰.
9. "In Depth with Susan Sontag," C-SPAN 인터뷰를 보라.
10. 2006년 12월 2일 리처드 하워드와의 인터뷰.
11. 2007년 4월 13일 루신다 차일즈와의 인터뷰.
12. 같은 인터뷰.
13. Jack Rosenberger, "Susan Sontag," *Splash Magazine* (April 1989) 참조.
14. 2007년 4월 7일 로버트 윌슨과의 인터뷰.
15. Frank Rich, "Stage-Milan Kundera's 'Jacques and His Master,'" *The New York Times* (January 24, 1985): C19.
16. Mackenzie, "Finding Fact from Fiction," 31 이하를 보라.
17. 2007년 4월 13일 루신다 차일즈와의 인터뷰.
18. Poague, *Conversations with Susan Sontag*, 258.
19. 2006년 12월 2일 리처드 하워드와의 인터뷰.
20. 2007년 2월 27일 로버트 하스로부터 받은 편지.
21. Sontag, "When Writers Talk Among Themselves."
22. 같은 글.
23. Anon., "PEN Plans a Forbidden Reading of 'Forbidden Reading,'" *The New York Times* (November 11, 1986).
24. 손택이 『뉴욕 리뷰 오브 북스』에 보낸 1983년 3월 13일, 1985년 3월 28일, 1986년 8월 14일, 1988년 11월 24일 자 서한을 참조하라.
25. 2007년 3월 6일 네이딘 고디머와의 인터뷰.
26. Francis King, *Visiting Cards* (London: Constable, 1990)를 보라.
27. 2007년 3월 24일 캐런 케널리와의 인터뷰.
28. 동구권 활동과 관련해서는 Walter Goodman, "U.S. PEN Unit Fights for Eastern Bloc Victims," *The New York Times* (May 30, 1988)를 참조하라.

29. 독일의 어느 출판사도 이 책을 출간할 엄두를 내지 못하자, 귄터 그라스와 한스 마그누스 엔첸스베르거, 귄터 발라프를 포함한 실무진이 꾸려졌고 이들은 '아르티켈 노인첸Artikel 19'이라는 출판사를 세워 궁지에 몰린 이 책을 출간하고자 했다.
30. 2007년 3월 24일 캐런 케널리와의 인터뷰.
31. Sontag, *AIDS and Its Metaphors*, 25.
32. Christopher Lehmann-Haupt, "Shaping the Reality of Aids through Language," *The New York Times* (January 16, 1989).
33. Rosenberger, "Susan Sontag" 참조.
34. Poague, *Conversations with Susan Sontag*, 260.
35. Mackenzie, "Finding Fact from Fiction."
36. Romano, "Desperately Seeking Sontag."

마의 산으로의 귀환 1989-1992

1. Hopkins, "Susan Sontag Lightens Up."
2. 2007년 3월 6일 스티브 와서먼과의 인터뷰.
3. Bob Thompson, "A Complete Picture: Annie Leibovitz Is Ready for an Intimate View of Her Life," *The Washington Post* (October 19, 2006): C1.
4. 익명을 요구한 리버비츠의 촬영보조 두 명과의 인터뷰.
5. 2006년 12월 2일 리처드 하워드, 2007년 3월 28일 스티븐 코크와의 인터뷰.
6. 2006년 12월 2일 리처드 하워드와의 인터뷰.
7. 2007년 3월 21일 시그리드 누네즈와의 인터뷰.
8. 2007년 3월 4일 테리 캐슬과의 인터뷰.
9. Acocella, "The Hunger Artist"; Mackenzie, "Finding Fact from Fiction."
10. 2007년 2월 27일 에드먼드 화이트와의 인터뷰.
11. 2006년 12월과 2007년 3월 사이에 가진 테리 캐슬, 리처드 하워드, 시그리드 누네즈, 에드먼드 화이트, 스티븐 코크와의 인터뷰.
12. Edward Guthmann, "Love, Family, Celebrity, Grie -Leibovitz Puts Her Life in Foto Memoir," *San Francisco Chronicle* (November 1, 2006).
13. "In Depth with Susan Sontag," C-SPAN 인터뷰.
14. Benedict, *Portraits in Print*, 28.
15. Sontag, "On Self," 1966년 1월 4일 자 도입부.
16. Rosenberger, "Susan Sontag."
17. Margaret Fichtner, "Susan Sontag's Train of Thought Rolls into Town," *Miami Herald* (February 19, 1989) 참조; 2007년 3월 26일 조너선 갤러시와의 인터뷰.
18. Paula Span, "Susan Sontag: Hot at Last," *The Washington Post* (September

17, 1992): C1-2.

19. 2007년 3월 20일 앤드루 와일리와의 인터뷰.

20. Frank Bruni, "The Literary Agent as Zelig," *The New York Times Magazine* (August 11, 1996).

21. 2007년 3월 20일 앤드루 와일리와의 인터뷰.

22. 예컨대 Fichtner, "Susan Sontag's Train of Thought Rolls into Town"을 보라.

23. 2007년 3월 20일 앤드루 와일리, 2007년 3월 26일 조너선 갤러시와의 인터뷰.

24. 2007년 3월 6일 스티브 와서먼과의 인터뷰.

25. 같은 인터뷰.

26. 2007년 3월 26일 조너선 갤러시와의 인터뷰.

27. Hopkins, "Susan Sontag Lightens Up."

28. Garis, "Susan Sontag Finds Romance."

29. 같은 글.

30. Hirsch, "Susan Sontag: The Art of Fiction."

31. Sara Mosle, "Magnificent Obsessions—Talking with Susan Sontag," *Newsday* (August 30, 1992).

32. Hirsch, "Susan Sontag: The Art of Fiction."

33. 같은 글.

34. Span, "Susan Sontag: Hot at Last."

35. Hopkins, "Susan Sontag Lightens Up."

36. Michiko Kakutani, "Historical Novel Flavored with Passion and Ideas," *The New York Times* (August 4, 1992).

37. Johannes Willms, "Die weltberühmte Dreiecksgeschichte," *Süddeutsche Zeitung* (März 31, 1993).

38. 2007년 3월 6일 네이딘 고디머와의 인터뷰.

정신의 최전방에 선 연극 1993-1997

1. Tony Kushner, "On Art and Politics: Susan Sontag," in *Tony Kushner in Conversation*, ed. by Robert Vorlicky (Ann Arbor: University of Michigan Press, 1998): 179.

2. 2006년 5월 29일 데이비드 리프와의 인터뷰.

3. 2007년 3월 4일 테리 캐슬과의 인터뷰.

4. 2007년 2월 22일 아리엘 도르프만과의 인터뷰.

5. Sontag, *Alice in Bed* (New York: Farrar, Straus and Giroux, 1993): 117.

6. 같은 책.

7. 같은 책, 116.

8. 2007년 5월 23일 대럴 핑크니와의 대화.

9. Hirsch, "Susan Sontag: The Art of Fiction."

10. Rüdiger Schaper, "Schwestern von gestern, Brüder von morgen," *Süddeutsche Zeitung* (September 17, 1993).

11. Gerhard Stadelmaier, "Schlafschmock: Bühne und Bett-Bob Wilson inszeniert Susan Sontag," *Frankfurter Allgemeine Zeitung* (September 17, 1993).

12. John Simon, "One Singular Sensation," *The New York Magazine* (November 20, 2000).

13. 2007년 4월 7일 로버트 윌슨과의 인터뷰.

14. 같은 인터뷰.

15. Acocella, "The Hunger Artist," 68 이하를 보라.

16. 2007년 2월 22일 아리엘 도르프만과의 인터뷰.

17. 2007년 4월 7일 로버트 윌슨과의 인터뷰.

18. David Rieff, *Slaughterhouse: Bosnia and the Failure of the West* (New York: Simon and Schuster, 1995).

19. Ed Vulliamy, "This Time It's Not Personal," *The Observer* (May 20, 2000).

20. 2007년 3월 19일 카롤린 엠케와의 인터뷰.

21. Alfonso Armada, "Sarajevo," *The Guardian* (July 29, 1993): 8-9.

22. 같은 기사.

23. Noah Richler, "The Listener: Reflections on Darkness," *The Independent* (November 21, 1999).

24. 2007년 4월 11일 마크 대너와의 인터뷰.

25. 같은 인터뷰.

26. Paul Berman, "On Susan Sontag," *Dissent* 52, no. 2 (Spring 2005): 110.

27. John Pomfret, "Godot' amid the Gunfire," *The Washington Post* (August 19, 1993): C1, C6.

28. 같은 기사.

29. 2007년 4월 11일 마크 대너와의 인터뷰.

30. See Sontag, "Godot Comes to Sarajevo," *The New York Review of Books* (October 21, 1993): 52-60; Pomfret, "Godot' amid the Gunfire."

31. Davor Koric, "Warten auf das Endspiel," *Frankfurter Allgemeine Zeitung* (August 20, 1993).

32. JR (pseud.), "Susan in den Ruinen," *Süddeutsche Zeitung* (Oktober 19, 1993).

33. Armada, "Sarajevo."

34. Sontag, *Where the Stress Falls*, 285-289.

35. Kushner, "On Art and Politics: Susan Sontag," 179.

36. Berman, "On Susan Sontag."

37. 2007년 3월 7일 웬디 레서와의 인터뷰.

38. 같은 인터뷰.

39. 2007년 3월 20일 앤드루 와일리와의 인터뷰.

40. 2007년 3월 4일 테리 캐슬과의 인터뷰.

41. Dana Heller, "Desperately Seeking Susan," *Common Review* 5, no. 1 (Summer 2006): 10-16 참조.

42. Franklin Foer, "Susan Superstar: How Susan Sontag Became Seduced by Her Own Persona," *New York Magazine* 38, no. 3 (January 14, 2005): 34-42.

43. 2007년 스티븐 코크, 시그리드 누네즈와 가진 인터뷰.

44. Gary Younge, "Susan Sontag, the Risk Taker," *The Guardian* (January 19, 2002): 6.

45. 2006년 12월에서 2007년 3월 사이 리처드 하워드, 제프 서로이, 스티븐 코크, 테리 캐슬, 시그리드 누네즈, 에드먼드 화이트와 가진 인터뷰.

46. Sontag, *Where the Stress Falls*, 273.

47. Denby, "The Moviegoer."

삶과 내세 1998-2001

1. Sontag, *I, etcetera*, 45.

2. Leibovitz, *A Photographer's Life*를 보라.

3. 같은 책.

4. 같은 책.

5. David Rieff, "Illness as More Than Metaphor," in *The Best American Essays 2006*, ed. by Lauren Slater (Boston: Houghton Mifflin, 2006): 161.

6. 같은 책, 160.

7. 2007년 4월 13일 루신다 차일즈와의 인터뷰.

8. 2007년 3월에서 4월 사이 앤드루 와일리, 스티븐 코크, 제프 서로이와의 인터뷰; Mackenzie, "Finding Fact from Fiction," 31 이하 참조; Kevin Jackson, "Susan Son tag—In the Line of Fire," *The Independent* (August 9, 2003): 6, 9-11.

9. 2007년 3월 20일 앤드루 와일리와의 인터뷰.

10. 2006년 12월 21일 리처드 하워드와의 인터뷰; Acocella, "The Hunger Artist," 68 이하 참조; Mackenzie, "Finding Fact from Fiction," 31 이하 참조.

11. August Sander, *Antlitz der Zeit: Sechzig Aufnahmen deutscher Men schen des 20. Jahrhunderts, mit einer Einleitung von Alfred Döblin* (München: Transmare/Wolff, 1929).

12. Rieff, "Illness as More Than Metaphor," 161.

13. 2007년 3월에서 4월 사이 스티브 와서먼, 마리나 아브라모비치, 클라우스 비젠

바흐와의 인터뷰.

14. Jackson, "Susan Sontag—In the Line of Fire," 6; Acocella, "The Hunger Artist," 68.

15. Liam Lacey, "Waiting for Sontag," *Globe and Mail* (November 23, 2002): R5.

16. Acocella, "The Hunger Artist," 68.

17. 2007년 3월 2일 제프 알렉산더와의 인터뷰.

18. Andrea Köhler, "Das Mal der Subjektivität," *Neue Zürcher Zeitung* (Juli 9, 2005), 47.

19. 2007년 3월 21일 제프 서로이와의 인터뷰.

20. Michiko Kakutani, "Love as Distraction that Gets in the Way of Art," *The New York Times* (February 29, 2000)

21. Richard Lourie, "Stages of Her Life," *The Washington Post* (March 5, 2000).

22. Doreen Carvajal, "So Whose Words Are They, Anyway?" *The New York Times* (May 27, 2000): B9, B11 참조.

23. Sontag, *In America*.

24. Carvajal, "So Whose Words Are They, Anyway?"

25. 2007년 3월 26일 조너설 갤러시, 2007년 3월 21일 제프 서로이와의 인터뷰.

26. Linton Weeks, "Susan Sontag Wins National Book Award for Fiction," *The Washington Post* (November 16, 2000).

27. 같은 기사.

28. Laura Miller, "National Book Award Winner Announced," Salon.com (November 16, 2000).

29. 예를 들어 "In Depth with Susan Sontag," C-SPAN 인터뷰를 보라.

30. 2007년 3월 20일 앤드루 와일리와의 인터뷰.

31. "In Depth with Susan Sontag," C-SPAN 인터뷰.

32. 2007년 3월 19일 카롤린 엠케와의 인터뷰.

33. 2007년 4월 4일 클라우스 비젠바흐와의 인터뷰.

34. 같은 인터뷰.

35. Simon Houpt, "Goodbye Essays, Hello Fiction, Says Sontag," *Globe and Mail* (Canada) (October 23, 2000): 3.

36. Younge, "Susan Sontag, the Risk Taker."

37. 2006년 12월에서 2007년 5월까지 웬디 레서, 테리 캐슬, 마리나 아브라모비치, 대럴 핑크니와 가진 인터뷰.

38. 2007년 4월 4일 클라우스 비젠바흐와의 인터뷰.

39. 같은 인터뷰.

40. 2007년 3월 8일 마리나 아브라모비치와의 인터뷰.

41. Rieff, foreword to *At the Same Time*, vii.

42. Younge, "Susan Sontag, the Risk Taker."

43. Rieff, foreword to *At the Same Time*, xii.

44. Jackson, "Susan Sontag—In the Line of Fire."

45. 2007년 3월에서 4월 사이 루신다 차일즈, 테리 캐슬과의 인터뷰.

46. Alexander Cockburn, "What Sontag Said in Jerusalem," *The Nation* (June 4, 2001).

47. Sontag, *At the Same Time*, 152-154.

48. Cockburn, "What Sontag Said in Jerusalem"; Herbert R. Lottman, "For Jerusalem, a Bustling 20th Fair," *Publishers Weekly* 248, no. 22 (May 28, 2001).

49. Susan Sontag, Introduction to Leonid Tsypkin, *Summer in Baden-Baden*, trans. Roger and Angela Keys (New York: New Directions, 2003): ix.

50. Hitchens, "An Internationalist Mind."

51. Hilary Mantel, "Not Either/Or But Both/And," *Los Angeles Times Book Review* (October 7, 2001).

52. William Deresiewicz, "The Radical Imagination," *The New York Times Book Review* (November 4, 2001): 7.

타인의 고통 2001-2004

1. Sontag, *Regarding the Pain of Others* (New York: Farrar, Straus and Giroux, 2003): 86.

2. Mimi Avins, "UCLA Buys Sontag's Archive," *Los Angeles Times* (January 26, 2002).

3. Harald Fricke, "Meinung und nichts als die Meinung," *Die Tageszeitung* (September 15, 2001).

4. breb (pseud.), "Monströse Realität," *Frankfurter Allgemeine Zeitung* (September 15, 2001).

5. Fricke, "Meinung und nichts als die Meinung."

6. 같은 기사.

7. Sontag, "Feige waren die Mörder nicht," *Frankfurter Allgemeine Zeitung* (September 15, 2001); Sontag, untitled ("Feige waren die Mörder nicht" 의 축약본), *The New Yorker* (September 24, 2001): 32.

8. 같은 글.

9. 같은 글.

10. 같은 글.

11. Sontag, *At the Same Time*, 110.

12. 손택 사후에야 영어 원문 전체가 『문학은 자유다』에 「9.11」이라는 제목으로 공

개되었다. Sontag, *At the Same Time*, 105–107.

13. Celestine Bohlen, "In New War on Terrorism, Words Are Weapons, Too," *The New York Times* (September 29, 2001).

14. David Talbot, "The 'Traitor' Fires Back," Salon.com (October 16, 2001).

15. Susanne Ostwald, "Besonnenheit und schrille Töne," *Neue Zürcher Zeitung* (September 17, 2001).

16. Anonymous, "Sontagged," editorial in *Weekly Standard* (October 15, 2001): 42–43.

17. Charles Krauthammer, "Voices of Moral Obtuseness," *The Washington Post* (September 21, 2001).

18. Lawrence Kaplan, "No Choice," *New Republic* 225 (October 1, 2001).

19. Bohlen, "In New War on Terrorism, Words Are Weapons, Too"; Tim Rutten and Lynn Smith, "When the Ayes Have It, Is There Room for Nay sayers?" *Los Angeles Times* (Southern California Living section) (September 28, 2001).

20. Bohlen, "In New War on Terrorism, Words Are Weapons, Too"; Rutten and Smith, "When the Ayes Have It, Is There Room for Naysayers?"

21. Sontag, *At the Same Time*, 109.

22. Leibovitz, *A Photographer's Life*.

23. "In Depth with Susan Sontag," C-SPAN 인터뷰.

24. 2006년 5월 26일 데이비드 리프와의 인터뷰.

25. Talbot, "The 'Traitor' Fires Back."

26. 같은 인터뷰.

27. Sontag, *At the Same Time*, 105.

28. Talbot, "The 'Traitor' Fires Back."

29. Sontag, *At the Same Time*, 108–117.

30. Talbot, "The 'Traitor' Fires Back."

31. Sontag, *At the Same Time*, 118–119.

32. 같은 책, 122.

33. "In Depth with Susan Sontag," C-SPAN 인터뷰.

34. 같은 인터뷰.

35. Sontag, *Regarding the pain of Others*, 108.

36. Michiko Kakutani, "A Writer Who Begs to Differ ... with Herself," *The New York Times* (March 11, 2003).

37. Scott McLemee, "Understanding War Through Photos," *Newsday* (March 30, 2003).

38. Lorraine Adams, "Picturing the Worst," *The Washington Post* (April 13, 2003)

39. Neal Ascherson, "How Images Fail to Convey War's Horrors," *Los Ange*

les Times Book Review (March 16, 2003): R8.

40. Müller, "An den Abgründen der Oberfläche."

41. https://www.friedenspreis-des-deutschen-buchhandels.de/alle-preis-traeger-seit-1950/2000-2009/susan-sontag.

42. Hubert Spiegel, "Europas Kind: Susan Sontags Dankesrede in der Paulskirche," *Frankfurter Allgemeine Zeitung* (Oktober 13, 2003)을 참조하라.

43. Ivan Nagel, "Nur wer sich wandelt, ist vollkommen: Krieg und Frieden im Jahr 2003," *Frankfurter Allgemeine Zeitung* (Oktober 14, 2003).

44. Christoph Schröder, "Ein ganz gewöhnlicher Sontag-Vormittag," *Frankfurter Rundschau* (Oktober 13, 2003).

45. Sontag, *At the Same Time*, 194.

46. 같은 책, 202.

47. 같은 책, 204.

48. 같은 책, 209.

49. 2007년 3월 20일 앤드루 와일리와의 인터뷰.

50. Sontag, *At the Same Time*, 16.

51. 같은 책, 39.

52. 같은 책, 88.

53. 같은 책, 89.

54. 같은 책, 157.

55. 같은 책, 195.

56. 같은 책, 210.

57. 같은 책, 211.

58. 2007년 3월 6일 네이딘 고디머와의 인터뷰.

59. 2007년 3월 21일 제프 서로이와의 인터뷰. 진단에 대해서는 Rieff, "Illness as More Than Metaphor," 159, 그리고 Leibovitz, *A Photographer's Life*를 보라.

60. Rieff, "Illness as More Than Metaphor," 163.

61. 2007년 3월 20일 앤드루 와일리와의 인터뷰.

62. Rieff, "Illness as More Than Metaphor," 160.

63. Sontag, "Regarding the Torture of Others," *The New York Times Magazine* (May 23, 2004): 24-29.

64. Leibovitz, *A Photographer's Life*.

65. Rieff, "Illness as More Than Metaphor," 161.

66. Emma Brockes, "My Time with Susan," *The Guardian* (October 7, 2006): 18-33.

67. Rieff, "Illness as More Than Metaphor," 171.

참고문헌

수전 손택 작품

단행본

A Susan Sontag Reader. New York 1982.

Against Interpretation. New York 1966. [『해석에 반대한다』, 이민아 옮김, 이후, 2002.]

Aids and Its Metaphors. New York 1989. 「에이즈와 그 은유」, 『은유로서의 질병』, 이재원 옮김, 이후, 2002.]

Alice in Bed. New York 1993. [『앨리스, 깨어나지 않는 영혼』, 배정희 옮김, 이후, 2007.]

As Consciousness Is Harnessed to Flesh. Edited by David Rieff. New York 2012. [『의식은 육체의 굴레에 묶여 1964~1980』, 김선형 옮김, 이후, 2018.]

At the Same Time: Essays and Speeches. Edited by Paolo Dilonardo and Anne Jump. Foreword by David Rieff. New York 2007. [『문학은 자유다』, 홍한별 옮김, 이후, 2007.]

The Benefactor. New York 1963.

Brother Carl. New York 1974.

Death Kit. New York 1967.

Duet for Cannibals. New York 1970.

I, etcetera. New York 1978. [『나, 그리고 그 밖의 것들』, 김전유경 옮김, 이후, 2007.]

Illness as Metaphor. New York 1978. [「은유로서의 질병」, 『은유로서의 질병』, 이 재원 옮김, 이후, 2002.]

In America. New York 2000. [『인 아메리카』, 임옥희 옮김, 이후, 2008.]

On Photography. New York 1977. [『사진에 관하여』, 이재원 옮김, 이후, 2005.]

Reborn. Edited by David Rieff. New York 2008. [『다시 태어나다』, 김선형 옮김, 이후, 2013.]

Regarding the Pain of Others. New York 2003. [『타인의 고통』, 이재원 옮김, 이 후, 2004.]

Styles of Radical Will. New York 1969. [『급진적 의지의 스타일』, 이병용·안재연 옮김, 현대미학사, 2004.]

Trip to Hanoi. New York 1969.

Under the Sign of Saturn. New York 1980. [『우울한 열정』, 홍한별 옮김, 이후, 2005.]

The Volcano Lover. New York 1992.

The Way We Live Now. New York 1991.

Where the Stress Falls. New York 2001. [『강조해야 할 것』, 김전유경 옮김, 이후, 2006.]

그 밖의 글들

Cuban Posters. In: Dugald Sterner and Susan Sontag: *The Art of Revolution. 96 Posters from Cuba*, New York 1970.

The Letter Scene. In: Nadine Gordimer (Hg.): *Telling Tales*, New York 2004, pp. 277–304.

Feige waren die Mörder nicht. In: *Frankfurter Allgemeine Zeitung*, 15 September, 2001.

Feminism and Fascism: An Exchange. In: *The New York Review of Books* (March 20, 1975).

For Isabelle. In: Nancy Cohen u. a. (Hg.): *Isabelle Huppert. Woman of Many Faces*, New York 2005, p. 41 이하.

Godot Comes to Sarajevo. In: *The New York Review of Books* (October 21, 1993).

Introduction. In: *Peter Hujar: Portraits in Life and Death*, New York 1976.

Introduction. In: Leonid Tsypkin: *Summer in Baden-Baden. A Novel*, New York 2001.

Literatur ist Freiheit. In: *Frankfurter Allgemeine Zeitung*, 13 Oktober 2003.

On Self. In: *The New York Times Magazine* (September 10, 2006).

Pilgrimage. In: *The New Yorker* (December 21, 1987).

Regarding the Torture of Others. In: *The New York Times Magazine* (May 23, 2004).

Some Thoughts on the Right Way for Us to Love the Cuban Revolution. In: *Ramparts*, April 1969.

The Third World of Women. In: *Partisan Review*, No. 40, Spring 1973.

When Writers Talk among Themselves. In: *The New York Times* (January 5, 1986).

인터뷰

Armada, Alfonso: Sarajevo-Susan Sontag. In: *The Guardian* (July 29, 1993).

Chan, Evans: Against Postmodernism, etcetera. A Conversation with Susan Sontag. In: *PMC* (January 12, 2001).

Brockris, Victor: The Dark Lady of Pop Philosophy. In: *Victor Brockris: Beat Punks*. New York's Underground Culture from the Beat Generation to the Punk Explosion. New York 1988, pp. 73–89.

Conversations with Susan Sontag. Edited by Leland Poague. Jackson 1995.

Farnsworth, Elizabeth: Conversation. 수전 손택과의 인터뷰. In: News Hour with Jim Lehrer. PBS. New York (Febuary 2, 2001).

Fisher, Philip: Susan Sontag. A Conversation. In: *Salmagundi*, Saratoga Springs, Sommer 2003, No. 139/140.

Gussow, Mel: Susan Sontag Talks about Filmmaking. In: *The New York Times* (October 3, 1969).

Hirsch, Edward: Susan Sontag: The Art of Fiction CXLIII. In: *The Paris Review*, No. 137, Winter 1995.

In Depth with Susan Sontag. 워싱턴의 방송사 C-SPAN에서 수전 손택과 진행한 3시간 분량의 인터뷰 (March 2, 2003).

Johnson, Sue: Duet for Cannibals. Interview with Susan Sontag. In: *Cinema Papers*, July/August 1975.

Kent, Leticia: What Makes Susan Sontag Make Movies? In: *The New York Times* (October 11, 1970).

Kushner, Tony: Sontag in On Art and Politics. In: Robert Vorlicky (Hg.): *Tony Kushner in Conversation*, Ann Arbor 1998, pp. 170–187.

Richler, Noah: The Listener; Reflections on Darkness. In: *The Independent* (November 21, 1999).

Rowes, Barbara: Bio – Susan Sontag. In: *People Magazine* (March 20, 1978).

Ruas, Charles: Susan Sontag Found Crisis of Cancer Added Fierce Intensity to Life. In: *The New York Times* (January 30, 1978).

Schultz, Victoria: Susan Sontag on Film. In: *Changes*, 1, Mai 1972.

Talbot, David: The 'Traitor' Fires Back. In: Salon.com (October 16, 2001).

Vulliamy, Ed: Interview: This Time It's not Personal: Susan Sontag (…). In: *The Observer* (May 21, 2000).

2차문헌

단행본

Angell, Callie: *Andy Warhol Screen Tests. The Films of Andy Warhol Cata-logue raisonné*, Volume II, New York 2006.

Benedict, Helen: *Portraits in Print. A Collection of Profiles and the Stories behind Them*, New York 1991.

Bruss, Elizabeth W.: *Beautiful Theories. The Spectacle of Discourse in Con-temporary Criticism*, Baltimore and London 1982.

Cornell, Joseph: *Theater of the Mind*. Edited and with an Introduction by Mary Ann Caws, New York and London 1993.

Curie, Eve: *Madame Curie. Eine Biographie*, Frankfurt/Main 2003 (26. Au-flage).

Delgado, Maria M. (Hg.): *Conducting a Life. Reflections on the Theatre of Maria Irene Fornes*, North Stratford 1999.

Dzuback, Mary Ann: *Robert M. Hutchins. Portrait of an Educator*, Chicago 1991.

Fels, Anna: *Necessary Dreams. Ambition in Women's Changing Lives*, New York 2004.

Field, Edward: *The Man Who Would Marry Susan Sontag*, Madison 2005, p. 160.

Halberstam, *David: The Fifties*, New York 1993.

Harvey, Brett: *The Fifties. A Woman's Oral History*, New York 1993.

Howe, Irving: *Decline of the New*, New York 1970.

Judt, Tony: *Past Imperfect. French Intellectuals 1944–1956*, Berkeley, Los Angeles, Oxford 1992.

Karnow, Stanley: *Paris in the Fifties*, New York 1997.

Kazin, Alfred: *Bright Book of Life. American Novelists and Storytellers from Hemingway to Mailer*, New York 1974.

Kennedy, Liam: *Susan Sontag. Mind as Passion*, Manchester 1995, pp. 16–46.

King, Francis: *Visiting Cards*, London 1990.

Leibovitz, Annie: *A Photographer's Life*, New York 2006.

Margolis, Jon: *The Last Innocent Year – America in 1964, the Beginning of the 'Sixties'*, New York 1999.

Marvick, Arthur: *The Sixties*, Oxford and New York 1998, pp. 3–41 and pp. 288–359.

Nobile, Philip: *Intellectual Skywriting. Literary Politics and the New York Review of Books*, New York 1974.

Pascal, Stephen and Lerman, Leo: *The Grand Surprise. The Journals of Leo Lerman*, New York 2007.

Phillips, William: *A Partisan View: Five Decades of Literary Life*, New York 1983.

Podhoretz, Norman: *Making It*, London 1968.

Rieff, David: *Going to Miami. Exiles, Tourists and Refugees in the New America*, Boston 1987. Ders.: *Schlachthaus. Bosnien und das Versagen des Westens*, München 1995.

Rollyson, Carl/Paddock, Lisa: *Susan Sontag. The Making of an Icon*, New York 2000.

Rorem, Ned: *The Later Diaries of Ned Rorem 1961–1972*, San Francisco 1983.

Sander, August: *Antlitz der Zeit. Sechzig Aufnahmen deutscher Menschen des 20. Jahrhunderts mit einer Einleitung von Alfred Döblin*, Erstausgabe München 1929.

Selzer, Jack: *Kenneth Burke in Greenwich Village. Conversing with the Moderns, 1915–1931*, Madison 1996.

Solomon, Deborah: *Utopia Parkway. The Life and Works of Joseph Cornell*, New York 1997.

Stansell, Christine: *American Moderns. Bohemian New York and the Generation of a New Century*, New York 2000.

Teres, Harvey: *Renewing the Left. Politics, Imagination, and the New York Intellectuals*, Cambridge 1996.

Watson, Stephen: *Factory Made: Warhol and the Sixties*, New York 2003.

Wilson, Edmund: *The Sixties. The Last Journals. 1960–1972*, New York 1973.

Wolfe, Tom: *Radical Chic & Mau-Mauing the Flak Catchers*, New York 1970.

일간지 및 잡지 기고문

무기명: Kommentar: Jede Menge verlorener Zeit. In: *Frankfurter Allgemeine Zeitung*, 29. März 2007.

무기명: Pen Plans a Forbidden Reading of 'Forbidden Reading'. In: *The New York Times* (November 11, 1986).

무기명: Suicide off L.I. Is Identified as Woman Writer. In: *The New York Times* (November 9, 1969).

무기명: Susan Sontag Provokes Debate on Communism. In: *The New York Times* (February 27, 1982).

Acocella, Joan: The Hunger Artist. Is There Anything Susan Sontag Doesn't Want to Know? In: *The New Yorker* (March 6, 2000).

Adams, Lorrain: Picturing the Worst. In: *The Washington Post* (April 13, 2003).

Atlas, James: Obituary: Roger Straus: Charismatic Co-Founder of Farrar. In: *The Independent* (May 31, 2004); The Changing World of New York Intellectuals. In: *The New York Times Magazine* (August 25, 1985).

Avins, Nini: UCLA Buys Sontag's Archive. In: *The Los Angeles Times* (January 26, 2002).

Baldwin, James et al.: Police Shooting of Oakland Negro. In: *The New York Times* (May 6, 1968).

Bergan, Ronald: Nicole Stèphane; Renowned for her Acting Debut She Later Struggled to Bring Proust to the Screen. In: *The Guardian* (March 23, 2007).

Berman, Paul: On Susan Sontag. In: *Dissent*, spring 2005.

Bernstein, Richard: Susan Sontag, as Image and as Herself. In: *The New York Times* (January 26, 1989).

Bohlen, Celestine: Think Tank. In New War on Terrorism, Words Are Weapons, Too. In: *The New York Times* (September 29, 2001).

Breasted, Mary: Discipline For a Wayward Writer. In: *Village Voice* (November 4, 1971).

breb (Kürzel): "Monströse Realität." In: *Frankfurter Allgemeine Zeitung* (September 15, 2001).

Brockes, Emma: My Time with Susan. In: *The Guardian* (October 7, 2006).

Broyard, Anatole: Styles of Radical Sensibility. In: *The New York Times* (November 11, 1978).

Bruni, Frank: The Literary Agent as Zelig. In: *The New York Times Magazine* (August 11, 1996).

Brustein, Robert: If an Artist Wants to Be Serious, and Respected and Rich, Famous and Popular, He Is Suffering from Cultural Schizophrenia. In: *The New York Times Magazine* (September 26, 1971).

Carvajal, Doreen: So Whose Words Are They, Anyway? A New Sontag Novel Creates a Stir by Not Crediting Quotes From Other Books. In: *The New York Times* (May 27, 2000).

Cockburn, Alexander: Untitled. In: *The Nation* (February 27, 1982); Susan Sontag. In: *Village Voice* (October 11, 1983); What Sontag Said in Jerusalem. In: *The Nation* (June 4, 2001).

Cohen, Sharon: The Nobelist of All. University of Chicago Celebrates 100th. In: ATP-Press (September 29, 1991).

D'Antonio, Michael: Little David, Happy at Last. In: *Esquire*, March 1990.

DeMott, Benjamin: Diddy or Didn't he? In: *The New York Times Book Review* (August 27, 1967); Lady on the Scene. In: *The New York Times Book Review* (January 23, 1966).

Denby, David: The Moviegoer. Susan Sontag's Life in Film. In: *The New Yorker* (September 19, 2005).

Deresiewicz, William: The Radical Imagination. In: *The New York Times Book Review* (November 4, 2001).

Fichtner, Margarit: Susan Sontag's Train of Thought Rolls into Town. In: *Miami Herald* (February 19, 1989).

Foer, Franklin: Susan Superstar. How Susan Sontag Became Seduced by Her Own Image. In: *The New York Magazine* (January 14, 2005).

Foster, Hal: A Reader's Guide. In: *Artforum* (March 7, 2005).

Fox, Margalit: Susan Sontag, Social Critic with Verve, Dies at 71. In: *The New York Times* (December 28, 2004).

Fremont-Smith, Eliot: After the Ticker Tape Parade. In: *The New York Times* (January 31, 1966); Diddy Did it—or Did He? In: *The New York Times*, 18. August 1967.

Fricke, Harald: "의견이었고 또 의견일 따름이었다. 작가 수전 손택은 아메리칸 아카데미에서 마지막 소설 『인 아메리카』만 낭독하려고 했다. 그러나 취재진이 몰려들었고 '미국에 맞선 전쟁'에서 '우민화'를 두고 논평을 해달라고 몰아세웠다." In: *Die Tageszeitung*, 15 September 2001.

Garis, Leslie: Susan Sontag Finds Romance. In: *The New York Times Magazine* (August 2, 1992).

Gass, William H.: A Different Kind of Art. In: *The New York Times* (December 18, 1977).

Goodman, Walter: U.S. PEN Unit Fights for Eastern Block Victims. In: *The New York Times* (May 30, 1988).

Grossman, Ron: At the C-Shop with Susan Sontag. In: *The Chicago Tribune* (December 1, 1992).

Guthmann, Edward: Love, Family, Celebrity, Grief—Leibovitz Puts Her Life in Foto Memoir. In: *San Francisco Chronicle* (November 1, 2006).

Hanimann, Joseph: Verpaßtes Rendezvous; Pariser Gedenktopographie. In: *Frankfurter Allgemeine Zeitung*, 19. Januar 2005.

Hansen, Suzy: Rieff Encounter. In: *The New York Observer* (May 1, 2005).

Heilbrun, Carolyn G.: Speaking of Susan Sontag. In: *The New York Times Book Review* (August 27, 1967).

Heller, Dana: Desperately Seeking Susan. In: *The Common Review*, Volume 5, No. 1.

Heller, Zoë: The Life of a Head Girl. In: *The Independent* (September 20, 1992).

Hitchens, Christopher: An Internationalist Mind. In: *Newsday* (September 9, 2001); Untitled. In: *The Nation* (February 27, 1982).

참고문헌

Hopkins, Ellen: Susan Sontag Lightens Up. The 'Dark Lady' of American Intellectuals Ventures from her Lofty Terrain into the Steamy Times of an Adultress and her Besotted Lover. In: *The Los Angeles Times Magazine* (August 16, 1992).

Houpt, Simon: Goodbye Essays, Hello Fiction, Says Sontag. In: *The Globe and Mail* (October 23, 2000).

Howard, Richard: Remembering Susan Sontag. In: *The Los Angeles Times* (January 2, 2005).

Indiana, Gary: Susan Sontag (1933−2004). Remembering the Voice of Moral Responsibility — and Unembarrassed Hedonism. In: Village Voice (January 4, 2005).

Jackson, Kevin: Susan Sontag — In the Line of Fire. In: *The Independent* (August 9, 2003).

JR (Kürzel): Susan in den Ruinen. In: *Süddeutsche Zeitung*, 19. Oktober 19, 1993.

Kakutani, Michiko: A Writer Who Begs to Differ ⋯ With Herself. In: *The New York Times* (March 11, 2003); Historical Novel Flavored with Passion and Ideas. In: *The New York Times* (August 4, 1992); Love as Distraction that Gets in the Way of Art. In: *The New York Times* (February 29, 2000).

Kaplan, Lawrence: No choice. In: *The New Republic* (September 21, 2001).

Kendrick, Walter: In a Gulf of her Own. In: *The Nation* (October 23, 1982).

Kenner, Hugh: The Harold Robbins Built Style to Make it with the Literati. In: *The New York Times Book Review* (November 2, 1969).

Kijowska, Marta: Die Wohltäterin; Eine besondere Beziehung: Polen trauert um Susan Sontag. In: *Frankfurter Allgemeine Zeitung*, 4. Januar 2004.

Köhler, Andrea: Das Mal der Subjektivität. In: *Neue Zürcher Zeitung*, 9. Juli 2005.

Kopkind, Andrew: Communism and the Left. In: *The Nation* (February 27,1982).

Koric, Davor: Warten auf das Endspiel. In: *Frankfurter Allgemeine Zeitung*, 20. August 1993.

Krauthammer, Charles: Voices of Moral Obtuseness. In: *The Washington Post* (September 21, 2001).

Krüger, Michael: Ah, Susan! Toujours fidèle; Vor einem Jahr starb Susan Sontag. Wir alle vermissen sie sehr. In: *Frankfurter Allgemeine Zeitung*, 1. Januar 2006.

Lacayo, Richard: Stand Aside Sisyphus. In: *The Time Magazine* (October 24, 1988).

Lacey, Liam: Waiting for Sontag. In: *The Globe and Mail* (November 23, 2002).

Lehmann-Haupt, Christopher: Roger W. Straus Jr. Book Publisher from the Age of Independents, Dies at 87. In: *The New York Times* (May 27, 2004); Shaping the Reality of Aids through Language. In: *The New York Times* (January 16, 1989).

Leonard, John: On Barthes and Goodman, Irony and Eclecticism. In: *The New York Times* (October 13, 1980).

Levenson, Michael: The Avant-Garde and the Avant-Guardian. In: *The Harvard Crimson* (July 27, 1973).

Löffler, Sigrid: Eine europäische Amerikanerin, Kantianerin und Vordenkerin ihrer Epoche im Gespräch in Edinburgh. Portrait der Friedenspreisträgerin Susan Sontag. In: *Literaturen*, Oktober 2003.

Lottman, Herbert R.: For Jerusalem, A Bustling 20th Fair. In: *Publishers Weekly* (May 28, 2001).

Lourie, Richard: Stages of Her Life. In: *The Washington Post* (March 5, 2000).

Luhrman, Henry: A Bored Susan Sontag: 'I Think Camp Should be Retired.' In: *The Columbia Owl* (March 23, 1966).

Mackenzie, Suzie: Finding Fact from Fiction. In: *The Guardian* (May 27, 2000).

Mantel, Hilary: Not Either/Or But Both/And. In: *The Los Angeles Times Book Review* (October 7, 2001).

Mazzocco, Robert: Swingtime. In: *The New York Review of Books* (June 9, 1966).

McLemee, Scott: The Mind as Passion. In: *The American Prospect*, February 2005; Understanding War through Photos. In: *Newsday* (March 30, 2003).

Meehan, Thomas: Not Good Taste, Not Bad Taste—It's 'Camp'. In: *The New York Times Magazine* (March 21, 1965).

Miller, Laura: National Book Award Winner Announced. In: Salon.com (November 16, 2000).

Mitgang, Herbert: Publishing the Eclectic Susan Sontag. In: *The New York Times* (October 10, 1980).

Ders.: Victory in the Ashes of Vietnam? In: *The New York Times* (February 4, 1969).

Mosle, Sara: Magnificent Obsessions—Talking with Susan Sontag. In: *Newsday* (August 30, 1992).

Müller, Lothar: An den Abgründen der Oberfläche (···) Zum Tod der Essayistin, Schriftstellerin und Moralistin Susan Sontag. In: *Süddeutsche Zeitung*, 30. Dezember 2004.

Nagel, Ivan: Nur wer sich wandelt, ist vollkommen; Krieg und Frieden im Jahr 2003: Rede zur Verleihung des Friedenspreises des deutschen Buchhandels an Susan Sontag. In: *Frankfurter Allgemeine Zeitung*, 14. Oktober 2003.

Navasky, Victor: Notes on Cult; or, How to Join the Intellectual Establishment. In: *The New York Times* (March 27, 1966).

Nunez, Sigrid: Sontag Laughs. In: *Salmagundi*, Saratoga Springs, Herbst 2006, No. 152.

Ostwald, Susanne: "Besonnenheit und schrille Töne." In: *Neue Zürcher Zeitung*, 17. September 2001.

Paoli, Dennis V.: Child Admitted only with College Graduate. In: *Village Voice* (August 24, 1972).

Perron, Wendy: Susan Sontag. In: *Soho Weekly News* (December 1, 1977).

Phillips, William: Susan Sontag Finds Romance. In: *The New York Times Magazine* (August 23, 1992).

Pomfret, John: Godot Amid Gunfire. In: *The Washington Post* (August 19, 1993).

Poore, Charles: Against Joan of Arc of the Cocktail Party. In: *The New York Times* (April 28, 1966).

Rich, Adrienne (with Susan Sontag): Feminism and Fascism: An Exchange. In: *The New York Review of Books* (March 20, 1975).

Rich, Frank: Stage—Milan Kundera's 'Jacques and His Master.' In: *The New York Times* (January 24, 1985).

Rieff, David: Foreword. In: Susan Sontag: *At the Same Time*. Edited by Paolo Dilonardo and Anne Jump, New York 2007. S. XI–XVII; *Illness as More Than Metaphor*. p. 160. In: Lauren Slater (Hg.): *The Best American Essays 2006*. Boston and New York 2006. pp. 159–171.

Ritter, Henning: Sie kam, sah und schrieb (···) Zum Tode von Susan Sontag. In: *Frankfurter Allgemeine Zeitung*, 20. Dezember 2004.

Romano, Carlin: Desperately Seeking Sontag. In: *FAME Magazine*, April 1989.

Rosenbaum, Jonathan: Goodbye, Susan, Goodbye: Sontag and the Movies. In: *Synoptique* 7, (Februar 14, 2005) (URL: http://www.synoptique.ca/core/en/articles/ rosenbaum/).

Rosenberger, Jack: Susan Sontag. In: *Splash Magazine*, April 1989.

Ruas, Charles: Susan Sontag. Past, Present and Future. In: *The New York Times* (October 24, 1982).

Rutten, Tim: When the Ayes Have It, Is There Room for Naysayers? The U.S. Climate Is Chilly These Days for Those Who Practice Political Dissent.

In: *The Los Angeles Times* (September 28, 2001), Southern California Living Section.

Schaper, Rüdiger: Schwestern von gestern, Brüder von morgen. In: *Süddeutsche Zeitung*, 17. September 1993.

Scherson, Neal: How Images Fail to Convey War's Horrors. In: *The Los Angeles Times Book Review* (March 16, 2003).

Schröder, Christoph: Ein ganz gewöhnlicher Sontag-Vormittag. Die USamerikanische Schriftstellerin und Denkerin Susan Sontag nahm den Friedenspreis des Deutschen Buchhandels entgegen. In: *Frankfurter Rundschau*, 13. Oktober 2003.

Simon, John: One Singular Vision. Alice in Bed Should Immediately Be Put to Sleep. In: *The New York Magazine* (November 20, 2000).

Span, Paula: Susan Sontag. Hot at Last. In: *The Washington Post* (September 17, 1995).

Spiegel, Hubert: Europas Kind: Susan Sontags Dankesrede in der Paulskirche. In: *Frankfurter Allgemeine Zeitung*, 13. Oktober 2003.

Spörl, Gerhard: Die Leo-Konservativen. In: *Der Spiegel*, Nr. 32, 4. August 2003.

Stadelmaier, Gerhard: Schlafschmock: Bühne und Bett – Bob Wilson inszeniert Susan Sontag. In: *Frankfurter Allgemeine Zeitung*, 17. September 1993.

Stern, Daniel: Life Becomes a Dream. In: *The New York Times Book Review* (September 8, 1963).

Thompson, Bob: A Complete Picture: Annie Leibovitz Is Ready for An Intimate View of Her Life. In: *The Washington Post* (October 19, 2006).

Trilling, Diana: Susan Sontag's God That Failed. In: *Soho Weekly News* (February 24, 1982).

Weeks, Linton: Susan Sontag Wins National Book Award for Fiction. In: The Washington Post (November 16, 2000).

Weinberger, Eliot: Notes on Susan. In: *The New York Review of Books* (August 16, 2007).

Willms, Johannes: Die weltberühmte Dreiecksgeschichte. In: *Süddeutsche Zeitung*, 31. März 1993.

Younge, Gary: Susan Sontag, the Risk Taker. In: *The Guardian* (January 19, 2002).

Zagajewski, Adam, John McPhee, und Robert McCrum: Writers Pay Tribute to Roger Straus. In: *The Los Angeles Times Book Review* (July 6, 2004).

인터뷰, 기록보관소 및 기타 정보

2006년 3월부터 2007년 3월 사이 가진 인터뷰: Marina Abramović, Jeff Alexander, Klaus Biesenbach, Terry Castle, Lucinda Childs, Mark Danner, Ariel Dorfman, Carolin Emcke, Jonathan Galassi, Nadine Gordimer, Elizabeth Hardwick, Richard Howard, Stephen Koch, Michael Krüger, Wendy Lesser, Annette Michelson, Sigrid Nunez, Darryl Pinckney, David Rieff, Ned Rorem, Jeff Seroy, Elliott Stein, Steve Wasserman, Robert Wilson, Andrew Wylie.

2007년 2월 5일 맨해튼 나인티세컨드스트리트Y에서 열린 관객과의 대화, The Critic's Voice II: A Tribute to Susan Sontag.

Film Archive, Museum of Modern Art.

FSG-Files, New York Public Library, Manuscripts and Archives.

수전 손택
영혼과 매혹

초판 인쇄 2020년 9월 14일
초판 발행 2020년 9월 23일

지은이 다니엘 슈라이버
옮긴이 한재호
펴낸이 강성민
편집장 이은혜
기획 노만수
책임편집 박은아
독자모니터링 황치영
마케팅 정민호 김도윤
홍보 김희숙 김상만 지문희 김현지

펴낸곳 (주)글항아리 | 출판등록 2009년 1월 19일 제406-2009-000002호
주소 10881 경기도 파주시 회동길 210
전자우편 bookpot@hanmail.net
전화번호 031-955-2663(편집부) 031-955-2696(마케팅)
팩스 031-955-2557

ISBN 978-89-6735-824-2 03840

글항아리는 (주)문학동네의 계열사입니다.

이 도서의 국립중앙도서관 출판예정도서목록(CIP)은 서지정보유통지원시스템 홈페이지
(http://seoji.nl.go.kr)와 국가자료종합목록 구축시스템(http://kolis-net.nl.go.kr)에서 이용
하실 수 있습니다. (CIP제어번호: CIP2020038475)

geulhangari.com